O Bom Partido

Curtis Sittenfeld

O Bom Partido

Tradução

Alexandre Barbosa de Souza

essência

Título original: *Eligible*

Preparação: Julia Barbosa
Revisão: Laura Folgueira e Elisa Martins
Diagramação: Departamento de criação da Editora Planeta do Brasil
Capa: André Stefanini

DADOS INTERNACIONAIS DE CATALOGAÇÃO NA PUBLICAÇÃO (CIP)
ANGÉLICA ILACQUA CRB-8/7057

Sittenfeld, Curtis
O bom partido : uma versão moderna e emocionante do clássico Orgulho e preconceito / Curtis Sittenfeld. – São Paulo : Planeta do Brasil, 2019.
320 p.

ISBN: 978-85-422-1557-1
Título original: *Eligible*

1. Ficção norte-americana 2. Família - Ficção 3. Austen, Jane, 1775-1817. Orgulho e preconceito I. Título

19-0188 CDD 813.6

2019
Todos os direitos desta edição reservados à
Editora Planeta do Brasil Ltda.
Rua Bela Cintra, 986, 4º andar – Consolação
São Paulo – SP – 01415-002
www.planetadelivros.com.br
atendimento@editoraplaneta.com.br

Para Samuel Park,
devoto de Austen e querido amigo.

Quando chegar o fim do mundo,
quero estar em Cincinnati, porque lá tudo
acontece com vinte anos de atraso.
Mark Twain

Parte um

Capítulo 1

Muito antes de ele chegar a Cincinnati, todo mundo sabia que Chip Bingley estava procurando uma esposa. Dois anos antes, Chip – formado na Dartmouth College e na faculdade de Medicina de Harvard e herdeiro dos Bingley da Pensilvânia, que no século vinte fizeram fortuna com artigos sanitários – havia, com certa relutância ostensiva, participado do massacrante reality de televisão *Bom partido*. Ao longo de oito semanas, no outono de 2011, vinte e cinco mulheres solteiras moraram juntas em uma mansão no Rancho Cucamonga, Califórnia, e competiram pelo coração de Chip: acompanhando-o em encontros para jogar vinte-e-um em Las Vegas e provar vinhos nas vinícolas de Napa Valley, brigando entre si, xingando umas às outras, tanto na frente dele quanto pelas costas. Ao final de cada episódio, cada mulher recebia ou um beijo na boca, significando que continuaria na competição, ou um beijo no rosto, significando que devia voltar para casa imediatamente. No último episódio, com apenas duas mulheres na disputa – Kara, uma loira de cabelos cacheados e olhos grandes de vinte e três anos, ex-líder de torcida convertida em professora do primário, de Jackson, Mississippi; e Marcy, uma técnica em higiene dental ambígua, mas atraente, morena, de Morristown, Nova Jersey –, Chip chorou copiosamente e se recusou a propor casamento a qualquer uma das duas. Eram ambas extraordinárias, declarou, lindas e inteligentes e sofisticadas, mas ele não sentira com nenhuma delas algo que denominou "uma afinidade de alma". De acordo com a regulamentação da Comissão Federal de Comunicações, a frase seguinte de Marcy ficou cheia de bipes de palavras censuradas que, não obstante, pouco fez para ocultar sua raiva.

— Não é porque ele participou daquele programa idiota que eu vou querer que ele conheça as nossas filhas — disse a senhora Bennet ao marido certa vez enquanto tomavam café da manhã naquele fim de junho. Os Bennet moravam na Grandin Road, em uma ampla casa estilo Tudor de oito quartos no bairro de Hyde Park, em Cincinnati. — Eu nunca cheguei nem a assistir. Mas, sabe, ele fez Medicina em Harvard.

— É, você comentou — disse o senhor Bennet.

— Depois de tudo o que passamos, eu não acharia nada mal termos um médico na família — falou a senhora Bennet. — Você pode até dizer que estou sendo interesseira, mas eu diria que estou sendo é esperta.

— Interesseira? — repetiu o senhor Bennet. — Você?

Cinco semanas antes, o senhor Bennet passara por uma cirurgia coronária de emergência. Após uma recuperação um tanto longa, só nos últimos dias aquele seu humor tipicamente sardônico retornara.

— Chip Bingley nunca nem quis participar do *Bom partido*, mas a irmã dele o indicou — disse a senhora Bennet.

— Pelo visto, esses programas não são tão diferentes do Prêmio Nobel — comentou o senhor Bennet. — Ambos dependem de indicações.

— O que eu gostaria de saber é se Chip vai alugar ou comprar uma casa aqui — disse a senhora Bennet. — Assim saberíamos por quanto tempo ele pretende ficar em Cincinnati.

O senhor Bennet deixou a torrada no prato.

— Para alguém que é um completo desconhecido da nossa família, você parece interessada demais nos detalhes da vida do sujeito.

— Eu não diria um *completo* desconhecido. Ele trabalha na emergência do Christ Hospital, o que significa que Dick Lucas deve conhecê-lo. Chip é muito respeitado, não é igual a esses jovens desclassificados que costumam aparecer na TV. Além de ser muito bonito.

— Achei que você nunca tinha assistido ao programa.

— Só vi por acaso um minuto, quando as meninas estavam assistindo. — A senhora Bennet olhou irritadiça para o marido. — Você não devia discutir comigo. É ruim para a sua recuperação. Seja como for, Chip podia ter tido uma carreira na TV, mas preferiu voltar para a Medicina. E dá para ver que ele vem de boa família. Fred, eu realmente acredito que essa mudança dele para cá justo agora que Jane e Liz estão em casa pode ser a salvação dos nossos problemas. — Havia quinze anos que as duas mais velhas das cinco irmãs Bennet moravam em Nova York; mas, com receio pela saúde do pai, elas tinham voltado de forma abrupta, ainda que temporária, para Cincinnati.

— Meu bem — disse o senhor Bennet —, se um fantoche com um fundo de investimento e um diploma de Medicina de Harvard se mudasse para cá, você acharia que ele era predestinado a se casar com as nossas filhas.

— Pode provocar quanto quiser, mas o tempo está passando. De fato, Jane não parece que vai fazer quarenta em novembro, mas qualquer um que cogitar se casar com ela vai acabar pensando melhor no que isso significa. E Liz não está muito longe disso.

— Muitos homens não querem filhos. — O senhor Bennet bebeu um gole de café. — Eu mesmo até hoje não sei se quero.

— Uma mulher de quarenta anos *pode* ter filhos — a senhora Bennet disse —, mas não é tão fácil quanto a mídia quer que a gente acredite. A filha da Phyllis e do Bob teve que fazer vários tratamentos, e só acabou conseguindo um pequeno Ying vindo de Xangai. — Ao se levantar, a senhora Bennet olhou para o relógio dourado e oval. — Vou telefonar para Helen Lucas e ver se ela dá um jeito de nos apresentar o Chip.

Capítulo 2

Era sempre a senhora Bennet quem fazia a oração nos jantares da família – ela gostava da oração anglicana das refeições –, e mal havia terminado de dizer *amém* quando, com incontido entusiasmo, anunciou:

— Os Lucas nos convidaram para o churrasco de Dia da Independência!

— A que horas vai ser? — perguntou Lydia, que aos vinte e três era a mais jovem das Bennet. — Porque Kitty e eu já temos outros planos.

Mary, que tinha trinta, disse:

— Os fogos nunca começam antes de anoitecer.

— Fomos convidadas para uma pré-festa em Mount Adams — disse Kitty. Kitty tinha vinte e seis anos e era a mais próxima em idade e temperamento de Lydia, embora, ao contrário dos padrões típicos entre irmãs, fosse ela quem acompanhava a irmã mais nova e era desencaminhada por ela.

— Mas eu ainda não contei quem também foi convidado para o churrasco. — De seu lugar na ponta da comprida mesa de carvalho, a senhora Bennet exclamou: — Chip Bingley!

— O bom partido chorão? — disse Lydia, e Kitty deu uma risadinha quando ela acrescentou: — Nunca vi nem mulher chorar tanto como ele no final da temporada.

— O que seria um bom partido chorão? — perguntou Jane.

— Ah, Jane — disse Liz. — Tão inocente e pura. Você já ouviu falar nesse programa, *Bom partido*, certo?

Jane franziu a sobrancelha.

— Creio que sim.

— Ele participou há uns dois anos. Era o sujeito desejado por vinte e cinco mulheres.

— Vocês não fazem ideia do terror que é para um homem ser uma minoria tão pequena assim — disse o senhor Bennet. — Eu às vezes vou às lágrimas, e vocês são apenas seis.

— Esse *Bom partido* é degradante para as mulheres — disse Mary, e Lydia emendou:

— Claro que você acharia isso.

— Mas as temporadas se alternam e na outra foi uma mulher para vinte e cinco caras — Kitty disse. — Isso, sim, é igualdade.

— As mulheres se humilham mais que os homens — disse Mary. — Elas são muito desesperadas.

— Chip Bingley fez Medicina em Harvard — contou a senhora Bennet. — Ele não é desse tipo vulgar de Hollywood.

— Mamãe, a vulgaridade hollywoodiana dele é o único motivo pelo qual Cincinnati se importa com ele — disse Liz.

Jane se virou para a irmã.

— Você sabia que ele estava na cidade?

— Você não?

— Qual de nós a senhora acha que ele vai querer, mamãe? — perguntou Lydia. — Ele é velho, não? Então suponho que vá ser a Jane.

— Obrigada, Lydia — disse Jane.

— Ele tem trinta e seis anos de idade, — disse a senhora Bennet. — Isso o torna adequado para a Jane ou a Liz.

— Por que não a Mary? — perguntou Kitty.

— Ele não parece ser o tipo da Mary — disse a senhora Bennet.

— Porque ela é gay — respondeu Lydia. — E ele não é mulher.

Mary fuzilou Lydia com os olhos.

— Antes de mais nada, eu não sou gay. E mesmo que eu fosse, melhor ser lésbica que sociopata.

Lydia desdenhou.

— Você não tem escolha.

— Vocês ouviram o que ela falou? — Mary se virou para a mãe, na ponta da mesa, depois para o pai, na cabeceira. — Há algo de muito errado com a Lydia.

— Não há nada de errado com nenhuma de vocês — disse a senhora Bennet. — Jane, que verdura é essa mesmo? Está com um gosto estranho.

— Espinafre — explicou Jane. — Fiz no vapor.

— A bem da verdade — disse o senhor Bennet —, tem algo de errado com todas vocês. Vocês são adultas, e deveriam morar sozinhas.

— Papai, nós viemos para cuidar do senhor — disse Jane.

— Eu já estou bem. Voltem para Nova York. Você também, Lizzy. Já que é a única que se recusa a aceitar um centavo de nós e, não por coincidência, é também a única com um emprego de verdade, você devia dar o exemplo para suas irmãs. Em vez disso, são elas que estão arrastando você para baixo.

— Jane e Lizzy sabem da importância do meu almoço — disse a senhora Bennet. — É por isso que elas ainda estão aqui. — O evento ao qual a senhora Bennet estava se referindo era o almoço anual para arrecadar fundos da Liga das Mulheres de Cincinnati, marcado aquele ano para a segunda quinta-feira de setembro. Membro da liga desde os vinte e poucos anos, a senhora Bennet, pela primeira vez, planejaria a disposição das cadeiras, e, como costumava lembrar à família, a enorme pressão e a responsabilidade do papel a deixavam, lamentavelmente, indisponível para cuidar da recuperação do marido. — Ora, o churrasco dos Lucas está marcado para as quatro — continuou a senhora Bennet. — Lydia e Kitty, é o suficiente para irem conosco e ainda chegarem à festa de vocês a tempo da queima de fogos. Helen Lucas também convidou outros jovens do hospital além de Chip Bingley, de modo que seria uma pena vocês perderem uma oportunidade de conhecê-los.

— Mamãe, ao contrário das nossas irmãs, Kitty e eu somos perfeitamente capazes de conhecer pessoas sozinhas — falou Lydia.

A senhora Bennet olhou da ponta da mesa para o marido.

— Se alguma das meninas se casasse com um médico, eu já ficaria satisfeita, de fato — disse a ele. — Mas, Fred, se isso fizer com que elas saiam de casa, acho que você também ficaria.

Capítulo 3

No campo profissional, o senhor Bennet pouco fizera pela família, contando com uma herança grande, mas que diminuía a cada ano, o que tornava suas observações sobre a indolência das filhas um tanto hipócritas. Ele, porém, não estava errado. A bem da verdade, era possível perdoar um observador externo que se perguntasse afinal o que *faziam* as irmãs Bennet dia após dia, ano após ano. Não que não fossem educadas. Pelo contrário: dos três aos dezoito anos de idade, cada uma das irmãs frequentara a escola Seven Hills, uma instituição de ensino difícil embora calorosa, onde, nos primeiros anos de vida, elas decoravam canções como "Fifty Nifty United States" e colaboravam – a colaboração era um dos pilares de Seven Hills – com seus colegas de classe para produzir imensos estegossauros ou tricerátops de papel machê. Nos últimos anos, elas leram a *Odisseia*, ajudaram a organizar a Festa da Colheita anual e fizeram viagens de verão à França e à China; durante esse tempo inteiro, todas jogaram futebol e basquete. A conta acumulada dessa educação progressista e de amplo espectro chegava a oitocentos mil dólares. Depois disso,

as cinco ingressaram em universidades particulares, embarcando no que eufemisticamente se poderia chamar de carreiras não lucrativas, embora, no caso de algumas das irmãs, "não carreiras não lucrativas" talvez fosse uma descrição mais precisa. Kitty e Lydia jamais haviam trabalhado mais do que alguns meses em cada coisa, como babás esporádicas ou vendedoras na Abercrombie & Fitch ou na Banana Republic em Rookwood Pavilion. De modo semelhante, viveram sob outro teto que não da casa dos pais apenas durante períodos breves, experimentos de semi-independência que sempre resultavam em brigas dramáticas entre amigas antes íntimas, contratos quebrados e mudanças intempestivas, com objetos em cestos de roupa suja e sacos de lixo, de volta à mansão em estilo Tudor da família. Basicamente, o que ocupava as irmãs Bennet mais jovens eram almoços no Green Dog Café ou no Teller's, mensagens e vídeos assistidos em seus telefones, e exercícios. Cerca de um ano antes, Kitty e Lydia haviam começado a fazer crossfit, um intenso regime de força e condicionamento que envolvia levantamento de peso, bolas de ferro, cordas navais, siglas obscuras, abstenção da maioria dos alimentos exceto carne e uma atitude desdenhosa em relação à massa dos fracos e ignorantes que ainda acreditavam que correr era exercício suficiente, e um *bagel*, um desjejum aceitável. Naturalmente, todas as Bennet, com exceção de Kitty e Lydia, pertenciam à massa dos fracos e ignorantes.

Mary, nesse ínterim, estava terminando seu terceiro mestrado a distância, desta vez em psicologia; os anteriores haviam sido em direito criminal e administração de empresas. Sendo a irmã de aparência mais comum, Mary considerava sua decisão de viver com os pais uma prova de seu compromisso com a vida intelectual acima das aquisições materiais, e também um reflexo de sua aversão ao desperdício, pois seu quarto de menina ficaria vazio se ela não o ocupasse. Segundo essa lógica, a prevenção de desperdícios de Mary era algo verdadeiramente exemplar, pois ela raramente se afastava desse quarto, dia após dia, trancando-se lá dentro com seus estudos, acordada madrugada adentro, e dormindo até tarde. A única exceção dessa rotina eram suas saídas noturnas das terças-feiras, mas se alguém perguntasse que compromisso misterioso era esse, toda semana, Mary esbravejava:

— Não é da sua conta! —

Ou era o que ela teria dito na época em que a família ainda perguntava. Em uma dessas ocasiões, Lydia diria:

— Reunião dos Alcoólicos Anônimos? Clube de Leitura de Lésbicas? Encontro de Lésbicas Alcoólatras?

Jane e Liz sempre tiveram empregos, mas, até para elas, certa consciência de haver uma rede de segurança constante lhes permitira priorizar seus interesses pessoais acima da remuneração. Jane era instrutora de ioga, posição que teria lhe permitido arcar com o aluguel em uma cidade como Cincinnati, mas não em Manhattan, e certamente não no Upper West Side, que ela chamara de lar nos últimos quinze anos. Embora Liz, também tivesse passado a época dos vinte e dos trinta anos em Nova York, a maior parte desse tempo alugara apartamentos em prédios sem elevador e bairros periféricos, até se mudar recentemente para Cobble Hill, no Brooklyn. A única exceção fora o apartamento na esquina da Setenta e Dois com a Amsterdam, que as irmãs dividiram brevemente depois que Liz se formou no Barnard College no final dos anos 1990, um ano depois de Jane. Ainda que tenham se dado bem morando juntas, o convívio chegou ao fim quando Jane ficou noiva de um afável analista financeiro chamado Teddy. A inquietação da senhora Bennet com a ideia de Jane e Teddy morarem juntos antes de se casarem era relevada pelo diploma da Cornell e o emprego lucrativo de Teddy. Infelizmente, ele começou a se dar conta de sua atração por outros homens, e isso acabou impedindo uma união permanente com Jane, embora ela e o ex-noivo tenham se separado pacificamente e, uma ou duas vezes por ano, Liz e Jane se encontrassem com Teddy e seu parceiro, Patrick, para um *brunch*.

Liz passara toda a sua vida profissional trabalhando em revistas, sendo contratada ao sair da faculdade pelo setor de checagem de uma revista semanal conhecida por sua incisiva cobertura de política e cultura. De lá, ela foi para a *Rímel*, uma revista feminina mensal que ela assinava desde os catorze anos, atraída tanto pelas posições feministas como por seu gosto específico para sapatos e cosméticos. Primeiro, ela foi assistente editorial, depois, editora assistente, depois, editora especial, mas aos trinta e um, ao se dar conta de que sua verdadeira paixão era contar histórias, e não editá-las, Liz se tornou colunista, posição que ainda ocupava. Escrever pagava menos que editar, mas Liz acreditava ter o emprego ideal: viajava regularmente e entrevistava pessoas talentosas e, às vezes, bem-sucedidas. No entanto, suas conquistas não impressionavam a própria família. O pai, até hoje, depois de tanto tempo, ainda fingia não lembrar o nome da revista.

— Como vão as coisas lá na *Esmalte*? — perguntava ele, ou: — Alguma mudança lá na *Batom*?

Mary costumava dizer que a *Rímel* reforçava padrões de beleza opressivos e excludentes; nem Lydia e Kitty, que não tinham problema nenhum com padrões de beleza opressivos e excludentes, se interessavam pela revista, talvez porque não gostassem nem de revistas, nem de livros, e se limitassem a ler as telas de seus telefones.

E, no entanto, se o emprego de Liz não impressionava as pessoas próximas, sua natureza flexível era o que havia permitido que ela permanecesse na casa durante a convalescência do pai, situação semelhante à de Jane, que tirara licença do estúdio de ioga onde trabalhava. Cinco semanas antes, as duas irmãs haviam viajado para Cincinnati sem saber o que aconteceria, e muito abaladas, após a cirurgia do senhor Bennet. Quando ficou claro que ele se recuperaria completamente, Liz e Jane estavam profundamente envolvidas tanto com sua recuperação quanto com os cuidados diários da casa: faziam as compras e preparavam refeições adequadas a cardíacos para a família toda; se revezavam em levar o senhor Bennet às consultas médicas, inclusive ao ortopedista que vinha tratando do braço que o senhor Bennet quebrara ao perder a consciência durante o incidente cardíaco e cair no patamar da escada do segundo andar. (Como ainda estava com o gesso no braço direito, o senhor Bennet não conseguia dirigir.) Além disso, embora ainda não tivessem conseguido muitos progressos até ali, Liz e Jane tinham intenção de lidar com a condição deteriorada de desordem e poeira a que a mansão estilo Tudor chegara.

Embora suas irmãs pudessem teoricamente ter feito elas mesmas todas aquelas tarefas, as mais jovens não pareciam inclinadas a tanto. Embora também claramente abaladas pelo infarto do pai, não o estavam a ponto de alterar suas rotinas diárias: Lydia e Kitty continuaram fazendo crossfit e longos almoços em restaurantes, enquanto Mary raramente saía do quarto e, quando saía, tentava falar sobre mortalidade com algum membro da família. Na cozinha, observando o pai beber sua vitamina de plantago em pó, que servia para dissipar os efeitos constipatórios do analgésico, Mary anunciou que a visão dos nativos americanos sobre a vida e a morte como um ciclo lhe parecia mais avançada que o pendor ocidental para as medidas heroicas, momento em que o senhor Bennet despejou o resto da bebida na pia e disse:

— Meu Deus, Mary, por que você não fecha essa matraca?! — e saiu.

A senhora Bennet expressou grande preocupação com a situação do marido – a bem dizer, ela mal conseguia falar sobre a noite em que ele fora internado sem soluçar ao se lembrar do pavor que aquilo lhe causara –, mas também não podia ser sua enfermeira ou motorista devido aos muitos afazeres para o almoço da Liga das Mulheres.

— E se a senhora pedisse que outra pessoa do comitê assumisse e a senhora retomasse a direção no ano que vem? — Liz havia perguntado um dia quando o senhor Bennet ainda estava no hospital. A mãe olhou para ela horrorizada.

— Ora, elas nunca mais me deixariam em paz, se eu fizesse isso — a senhora Bennet disse. — Lizzy, todos esses itens que serão leiloados... Sou *eu* a responsável por eles.

— Então que tal fazer uma planilha compartilhada na rede que todas vocês pudessem acessar? — Como a senhora Bennet não lidava bem com computadores, Liz acrescentou: — Eu ajudo a senhora.

— Nem pensar — disse a senhora Bennet. — Também sou eu quem está tratando com a floricultura, fui eu quem tive a ideia de usar guardanapos com a insígnia da liga. Não se abre mão desse tipo de coisa no meio do caminho.

— Será que, secretamente, no fundo, a mamãe odeia o papai? — Liz perguntou a Jane na manhã seguinte, quando as duas saíram para correr. — Porque ela não está dando nenhum apoio, na verdade.

— Acho que ela só não quer pensar em como as coisas poderiam ter sido mais sérias — disse Jane.

Depois que o senhor Bennet voltou para casa, contudo, Liz passou a se perguntar se estaria errada, não quanto à antipatia da mãe pelo pai, mas apenas ao grau de segredo dessa antipatia. Embora os pais tivessem retomado seus almoços juntos no Country Club assim que o senhor Bennet voltou a ter energia, o casal levava vidas muito separadas em sua mansão estilo Tudor. Na verdade, o pai não dividia mais o quarto principal, mas dormia sozinho em uma cama estreita no escritório do segundo andar, arranjo que antecedera sua estada no hospital. Quando Liz perguntou a Mary há quanto tempo viviam assim, Mary franziu o cenho e disse:

— Cinco anos? Bom, não sei, talvez dez?

Reforçando a desolação de Liz havia o fato de que, embora o doutor Morelock tivesse falado explicitamente sobre a importância de o senhor Bennet começar uma dieta com pouca carne vermelha, pouco sal e pouco álcool, a senhora Bennet recebera o marido em casa com um coquetel à base de uísque e salgadinhos de queijo, seguido por bifes no jantar. Quando a refeição da noite seguinte começou com rosbife, Liz discretamente perguntou à mãe se depois ela poderia fazer frango ou salmão.

— Mas a Kitty e a Lydia gostam de bife, porque é comida de homens das cavernas — protestou a senhora Bennet.

— Mas o papai sofreu um ataque cardíaco — Liz disse.

Desde então, todas as noites, ela e Jane se revezariam preparando o jantar. Também concordaram que ficariam em Cincinnati até o fim de semana seguinte ao almoço da Liga das Mulheres. Liz não acreditava muito que a mãe assumiria os cuidados do pai depois que elas partissem; antes disso, ela esperava que, quando ele estivesse sem o gesso, com a fisioterapia avançada senão completa, e a capacidade de dirigir recuperada, ele já tivesse em condições de se virar sozinho.

Capítulo 4

— Buzine para a sua mãe saber que estamos esperando — disse o senhor Bennet. Na grande rampa circular da mansão estilo Tudor, esperando para irem ao churrasco nos Lucas, Liz estava no assento do motorista do Lexus sedã da mãe, com o senhor Bennet no banco do passageiro e Jane atrás.

— Ela já sabe — Liz disse.

O senhor Bennet se inclinou e, usando o braço esquerdo, que estava sem o gesso, apertou ele mesmo a buzina.

— Jesus, papai — disse Liz. — Tenha um pouco de paciência.

Os Bennet iriam até os Lucas em nada menos que três carros: Lydia e Kitty iriam no Mini Cooper de Kitty, e Mary insistiu em ir em seu próprio Honda híbrido.

— Assim, não será um problema se o papai ficar cansado e quiser ir embora mais cedo — comentara a senhora Bennet enquanto ela, Liz e Jane conferiam na cozinha o pão de ló ligeiramente desmoronado de morangos e mirtilos que Jane fizera.

Na rampa da entrada, Liz se virou para o pai:

— Você está ansioso para conhecer o famoso Chip Bingley?

— Ao contrário da sua mãe, eu não me importo com quem vocês vão se casar, ou, francamente, se vocês vão se casar — disse o senhor Bennet. — É uma instituição que não fez grande coisa por mim, Deus sabe disso.

— Que belo sentimento. — Liz acariciou o joelho do pai. — Obrigada por compartilhar.

A senhora Bennet surgiu na porta dos fundos, parecendo afobada, e gritou:

— Só mais um minutinho. — Antes que pudessem responder, ela tornou a sumir.

Liz olhou para Jane pelo espelho retrovisor.

— Jane, e você, está animada para encontrar o Chip? — Jane olhava pela janela, absorta; era tão plácida em sua conduta que às vezes era difícil distinguir se estava aborrecida ou simplesmente pensativa. Em todo caso, ela nunca participava com muito gosto das brincadeiras que o pai e as irmãs tanto adoravam fazer.

— Acho que sim — respondeu Jane, quando a senhora Bennet saiu de casa.

— É muita gentileza da sua parte se juntar a nós! — gritou pela janela aberta o senhor Bennet.

Liz deu a partida quando a mãe se sentou no banco de trás.

— O telefone tocou, era Ginger Drossman nos convidando para um *brunch* — disse a senhora Bennet. — Por isso demorei tanto. — Quando ela se inclinou para o banco da frente, um olhar contrariado fez seu semblante franzir. — Lizzy, tenho certeza de que ainda dá tempo de você entrar correndo e vestir uma saia.

Na adolescência e quando tinha vinte e poucos anos, tal comentário teria irritado Liz, mas, aos trinta e oito anos de idade, brigar com a mãe por causa de roupas lhe parecia absurdo. Alegremente, ela disse:

— Não, estou bem assim. — Mesmo que a mãe não conseguisse reconhecer, os shorts que ela estava usando eram extremamente elegantes, assim como a blusa branca sem mangas e as sandálias de palha.

Jane falou enquanto desciam a rampa para a rua:

— Acho que a Lizzy está linda.

Capítulo 5

Embora tecnicamente Liz e Jane fossem solteiras, esse fato não revelava a história inteira de nenhuma das duas. Após o primeiro noivado infrutífero de Jane, ela conhecera um homem chamado Jean-Pierre Babineaux, um financista francês muito educado, e eles ficaram juntos por quase dez anos. Jane supunha que ela e Jean-Pierre acabariam se casando, mas as conversas sobre esse assunto eram sempre marcadas por certa ambiguidade, que, em retrospecto, ela identificaria como uma espécie de aviso. Não que lhes faltasse afeição recíproca, mas as circunstâncias de suas vidas eram incompatíveis: ele era quinze anos mais velho que ela, divorciado e pai de gêmeos, que tinham doze anos quando Jane o conheceu. Voltava com frequência a Paris, e embora Jane não tivesse do que reclamar quando o visitava, ficando no apartamento que ele mantinha no Sixième, ela não tinha intenção de viver tão longe da família, certamente não em definitivo. No entanto, o plano final de Jean-Pierre era voltar a morar em sua terra natal. Além do mais, embora Jane indiscutivelmente desejasse filhos, Jean-Pierre fizera uma vasectomia quando os gêmeos tinham dois anos de idade.

O rompimento definitivo de Jane e Jean-Pierre não foi menos devastador para os dois pelo fato de ambos serem retraídos e discretos. Aos trinta e sete, ela estava solteira outra vez e permaneceria assim pelos dois anos seguintes. Pouco depois de seu aniversário de trinta e nove anos, depois de dolorosas considerações sobre uma multidão de candidatos anônimos, Jane se deitou de camisola hospitalar em uma clínica na Cinquenta e Sete Leste, aguardando a inserção do sêmen de um doador em seu útero através de uma seringa sem agulha. Embora Jane seguisse todas as recomendações para criar as condições favoráveis à gravidez – parou de beber álcool, dormia oito horas por noite e meditava diariamente –, a fertilização não ocorreu durante aquele ciclo, nem em nenhum dos diversos ciclos seguintes. Embora não fosse uma anomalia estatística – poucas mulheres que tentavam engravidar por inseminação artificial conseguiam imediatamente –, essa ausência de progresso foi desestimulante, além de dispendiosa, e o convênio médico de Jane não cobria os mil dólares mensais do tratamento. Antecipando-se à censura dos pais, ela não contou nada a eles e, portanto, não recebeu nenhum dinheiro deles além do valor do aluguel, que o senhor Bennet costumava pagar diretamente. Assim, pela primeira vez em sua vida adulta, Jane se viu evitando restaurantes, deixando de cortar o cabelo e desviando da rua em que sua loja de roupas favorita, com saias justas elegantemente cortadas de quatrocentos dólares e luxuosas blusas de trezentos, se localizava. Tais sacrifícios, para a maioria das pessoas, ela admitia, não seriam considerados difíceis, mas pessoalmente ela se deu conta de uma nova austeridade.

Jane não tinha mais ninguém com quem conversar sobre seus esforços além de Liz. Seu ginecologista sugerira que ela contasse aos pais antes da primeira inseminação, porém Jane supôs que, se não conseguisse engravidar, atrairia para si o duplo castigo de ter de suportar o histrionismo da mãe, além da ausência de um bebê. E Jane ainda nutria esperanças de se casar um dia, embora o casamento não fosse mais seu objetivo imediato.

Ao contrário de Jane, Liz tinha intenção de evitar a maternidade. O fato de estar saindo com um homem casado tornava lógica essa intenção, embora ela mesma não soubesse dizer se essas circunstâncias tinham ocorrido por acaso ou por um desejo inconsciente. No final dos anos 1990, Liz e Jasper Wick, recém-contratados pelo departamento de checagem da mesma revista de prestígio, imediatamente se deram bem: trocaram sorrisinhos quando o editor de livros, que era de Delaware, pronunciou a palavra "*memoir*" como *memuá*; almoçavam juntos diversas vezes em um restaurante tailandês barato; e costumavam dividir o serviço quando checavam fatos para artigos trabalhosos. (Haviam começado a trabalhar com computadores com conexões de internet precárias, numa época em que a checagem de fatos significava visitar a biblioteca pública ou esperar aflitivamente por respostas telefônicas.)

Quando Liz e Jasper se conheceram, ele tinha uma namorada, o que não era surpreendente: ele tinha olhos castanhos profundos e cachos loiros desgrenhados e era ao mesmo tempo inteligente e irreverente, jovial e reflexivo, possuindo, na avaliação de Liz, quantidades perfeitas de neuroses e luxúrias para torná-lo interessante de se conversar, receptivo a fofocas, e afeito a analisar o comportamento e a personalidade dos outros sem chegar a parecer pouco viril. Na verdade, o único defeito de Jasper, na opinião de Liz, além da namorada, era o fato de ele usar um anel dourado de Stanford, sua *alma mater*; Liz não gostava de joias em homens, nem de ostentação acadêmica. Mas, a bem dizer, ficou contente em identificar a única coisa em Jasper que ela mudaria, pois foi como se dar conta de que aquilo que se esqueceu de levar em uma viagem era apenas um frasco de perfume, e não a carteira de habilitação – um alívio.

A princípio, Liz acreditara que sua união com Jasper era só uma questão de tempo; Jasper confessara uma infinidade de problemas que ele e a namorada, Serena, vinham passando, a ponto de Liz imaginar que *ela* não precisaria convencê-lo de nada. Embora continuasse com Serena, Jasper costumava soltar verdadeiras bombas enquanto conversava com Liz, como: "Quero dizer, com você eu falo muito mais abertamente do que com ela" ou "Às vezes fico pensando que você e eu formaríamos um belo casal. Você nunca pensou nisso?". Liz tinha certeza de que ele dizia essas coisas porque, embora não tivesse mais um diário, ela as escrevia palavra por palavra, assim como a data em que foram ditas, no papel sulfite que guardava em seu criado-mudo. Além disso, depois que ela contou a Jasper que, quando bebê, seu apelido era Ninny ou Nin, ele passou a chamá-la assim.

Oito meses depois de conhecer Jasper, ou após sete meses e três semanas completamente apaixonada por ele, durante uma nevasca ocorrida em um sábado de fevereiro, Liz foi correr com ele no Central Park, coberto com mais de dez centímetros de neve, e os flocos continuavam a cair. O ritmo de Jasper, combinado à neve no chão, tornou aquilo o esforço físico mais extremo que Liz jamais experimentara e, depois de alguns quilômetros, ela não suportou mais. Parou, se inclinou, apoiou as mãos nos joelhos e declarou, ofegante:

— Desisto. Você venceu.

— Sério? — Jasper estava menos de um metro à frente dela, olhando por cima do ombro, sorrindo embaixo da touca preta de lã. — E qual será o meu prêmio?

O seu prêmio sou eu, Liz pensou.

— O direito de se gabar — respondeu ela. — E uma bebida quente em qualquer bar que esteja aberto. — Então, ela se ajoelhou e se deixou cair de costas na neve.

Jasper voltou alguns passos e se deitou ao lado dela. Ficaram em silêncio enquanto os flocos flutuavam e rodopiavam no ar, o céu estava branco sujo, a neve embaixo deles era como um colchão gelado. Jasper pôs a língua para fora, capturando um floco, e Liz fez o mesmo. Todos os barulhos costumeiros de Manhattan haviam emudecido com a nevasca, e ela se sentiu completamente feliz. Então, Jasper se virou para ela.

— Ontem à noite eu e a Serena nos separamos — falou ele.

A alegria se acendeu no coração de Liz – era bom demais para ser verdade. Ela torceu para parecer calma ao dizer:

— Acho que faz sentido.

— Você acha?

— Parece que vocês dois tinham muitos problemas.

— Mas ela ficou furiosa. Disse que eu a peguei desprevenida. — Embora não fosse mais bonita que Liz, Serena era muito mais categoricamente difícil, e mais esperançosa de fazer as pazes e se reconciliar.

— Você ainda quer ir na festa do Alex hoje à noite ou acha que vai deixar para uma próxima? — perguntou Liz. Haveria uma festa contra o dia dos namorados no apartamento de um colega de trabalho, mas, se Jasper quisesse, Liz pensou, eles podiam pedir comida, assistir a um filme e ficar mais à vontade.

— É provável que eu vá.

Liz então se sentiu atacada por algo molhado e volumoso, uma substância que se partiu ao contato com seu nariz e se espalhou em seus olhos e narinas.

— Ai! — ela exclamou. — Que diabos é isso? — Mas, no mesmo instante em que perguntou, descobriu a resposta. Embora ela realmente não tivesse intenção de devolver uma bola de neve, Jasper estava sorrindo com expectativa. Quando a bola dela só raspou em seu casaco à prova d'água, ele disse:

— Ah, Nin, você ainda tem muito que aprender comigo.

Quanto tempo ainda, naquele dia, Liz imaginou, eles levariam até se envolver romanticamente? Seis ou oito semanas, provavelmente – tempo suficiente para ele processar sua separação de Serena, sendo *processo* um termo que o próprio Jasper usava, diferentemente de todos os namorados que ela tivera na faculdade, a bem dizer, em referência a suas próprias emoções. Mas pelo jeito não foi preciso processar tanto. Liz não sentiu nenhuma vontade de ficar observando Jasper de perto na festa, o que tornou ainda mais devastador o momento em que ele foi embora com a irmã do dono da casa, Natalie, caloura da NYU.

Pura necessidade de ainda se sentir desejado, Liz pensou consigo mesma. É natural, e talvez seja até melhor para ele conseguir se desvencilhar logo dessa necessidade. Sem dúvida aquilo que era óbvio para Liz – e para os outros também, uma editora mais velha da revista chegara a murmurar para ela: "Você e o Jasper Wick ficariam tão *lindos* juntos" – logo se tornaria visível também para Jasper.

Infelizmente, Jasper e Natalie ficariam juntos por dois anos, e, depois de duas semanas desse namoro, Liz voltou a conviver com Jasper como no tempo em que ele estava com Serena: almoçavam, às vezes corriam, eram a referência profissional um do outro – ela editava e revisava os textos que ele fazia na esperança de conseguirem uma matéria de capa na revista, e ela era também sua confidente, ajudando-o a lidar com suas preocupações diante da imaturidade de Natalie ou a atenuar sua irritação quando a namorada, chapada, devorou todas as suas *tortillas* com manteiga de amendoim. Em uma noite de quarta-feira, quando Natalie estava na casa dos pais em Phoenix, Liz e Jasper beberam muitas cervejas em um bar na Times Square, e, sentindo-se incapaz de continuar bebendo, Liz deixou escapar:

— Mas e *nós dois*? Eu achei que você imaginava *nós dois* como um casal!

Jasper pareceu surpreso.

— É o que você quer? — perguntou ele.

— É claro que é o que eu quero! — confirmou Liz.

— Parte de mim também quer. — A voz de Jasper saiu com um tom incomodado, e não galante. — Mas entre nós as coisas seriam sérias, e não sei se estou pronto para isso. Você é uma amiga tão importante que eu não quero correr o risco de perdê-la.

Quando eles saíram do bar, antes de se despedirem em Port Authority, pararam na esquina da Quarenta e Dois com a Sétima Avenida e continuaram conversando; havia entre eles sempre um número infinito de assuntos a serem tratados e dissecados, ruminados e ridicularizados e revisitados. Era uma noite de março com vento, e os cabelos castanhos de Liz haviam se soltado do rabo de cavalo e se espalhado sobre sua testa e coberto seu rosto.

Abruptamente, Jasper disse:

— O seu cabelo está todo rebelde hoje. — Ele se aproximou dela, estendeu a mão. Mas, ao mesmo tempo, Liz levantou o braço e afastou o cabelo, e, assim, Jasper retirou a mão e recuou. Houve inúmeras horas – ou talvez mais do que horas, talvez semanas e dias – em que Liz se dedicou a repetir essa inação, essa ausência de contato. Porque o cabelo dela não estava especialmente rebelde, sempre escapava do elástico, era óbvio que ele estivera prestes a tocá-la, prestes a beijá-la e talvez se tornar seu namorado e o amor de sua vida. Será que ela o teria interrompido por costume, porque era o cabelo dela e a cabeça dela? Porque ela não costumava beijar namorados de outras garotas? Ou porque estaria, instintivamente, querendo arruinar o próprio destino?

Na noite em que ele não a tocou, Liz e Jasper tinham ambos vinte e quatro anos de idade. Nos seis anos seguintes, eles jamais se beijaram; chegaram até a dormir na mesma cama duas vezes, na casa da tia de um amigo em Sag Harbor e outra vez em uma viagem de visita à irmã de Jasper na Universidade da Virgínia. Nesse ínterim, Jasper circulou por outras namoradas – depois de Natalie houve Gretchen, depois de Gretchen, Elise, e depois de Elise veio Katherine – e Liz, dividida, saiu com outros caras, mas nunca por mais de alguns meses. Jasper perguntava detalhes sobre esses homens, e uma vez, quando Liz começou a experimentar os primeiros encontros virtuais, eles combinaram que ele e Elise iriam beber no mesmo bar onde Liz encontraria seu pretendente, para que Jasper e Liz pudessem trocar impressões durante o encontro; isso lhes pareceu a princípio uma ideia terrivelmente divertida, mas se revelou totalmente estúpida na prática. Jasper, é claro, não havia contado nada a Elise e, assim, fingiu que o encontro com Liz fora uma coincidência, e Liz ficou sem saber se o fato de Elise aparentemente acreditar na farsa tornava as coisas melhores ou piores.

A essa altura, nem Jasper, nem Liz estavam mais na revista onde haviam se conhecido, mas Liz ainda trabalhava no mesmo edifício, e Jasper costumava voltar lá para almoçar no mesmo café, projetado por um famoso arquiteto, e que lembrava, com suas divisórias de vidro azul, uma sequência de aquários. Durante todos esses anos, a atração de Liz por Jasper e a atração aparentemente menor, porém não menos real, de Jasper por Liz foi algo a que eles se referiam em tom de brincadeira – por exemplo, após uma visita ao Guggenheim juntos, ela mostrou o ingresso e disse, com um tom que esperava ser de inequívoco sarcasmo:

— Quem sabe se eu dormir com isso embaixo do travesseiro, você não se apaixona por mim?

E ele sorriu e disse:

— Quem sabe.

Ainda tinham, embora menos, discussões emotivas, embalados pelo álcool, sempre iniciadas por Liz.

— É ridículo a gente não estar junto — dissera ela uma vez. — Na maioria das coisas, eu sou basicamente a sua namorada.

— Odeio estar lhe causando essa tristeza — respondera Jasper.

— Sou uma idiota — disse Liz. — Qualquer um que olhe para mim vai me achar uma idiota.

— Você não é idiota — falou Jasper. — Você é a minha melhor amiga.

Se ao menos ela tivesse deixado ele passar a mão em seu cabelo naquela hora!

De quando em quando, Liz dava um tempo de Jasper. Dizia que a amizade era insalubre e logo começava a fazer ioga, algo que, apesar de toda sua lealdade a Jane, ela odiava. Mas os círculos sociais de Liz e Jasper se sobrepunham o suficiente para que depois de uma semana ou um mês, eles acabassem se encontrando em uma festa ou um jogo de *frisbee* e então conversassem incansavelmente sobre todas as coisas que tinham guardado para contar um ao outro.

Quando completaram trinta e um anos, Jasper anunciou seu noivado com uma atraente e simpática sócia de um tradicional escritório de advocacia, uma mulher chamada Susan, sobre quem ele se mostrou a Liz não menos ambíguo do que em relação às namoradas anteriores. Depois de correrem juntos um dia, ele perguntou a Liz se ela poderia ser seu padrinho; ao notar sua expressão, ele emendou:

— Ou madrinha, que seja. — Quando Liz começou a soluçar, ele completou: — Mas o que foi? O que foi? — E ela saiu correndo e não falou mais com ele nos cinco anos seguintes; embora ainda o encontrasse às vezes em eventos midiáticos, não compareceu ao casamento de Jasper, muito menos participou da cerimônia.

Um sábado de primavera de 2011, Liz e um oboísta que ela conhecera em um encontro às escuras encontraram Jasper e Susan no High Line, Jasper levando um carrinho onde dormia um bebê. Susan cumprimentou Liz calorosamente – como Elise, Susan sempre parecera incompreensivelmente não desconfiar de Liz, fazendo com que ela se perguntasse exatamente como Jasper falava sobre a amizade deles – e os cinco acabaram tomando um *brunch* juntos, durante o qual o bebê, um menino chamado Aidan, acordou e começou a berrar tão incansavelmente que Liz até perdoou Jasper, mas só um pouco. Na manhã da segunda-feira, Jasper enviou um e-mail para Liz: Foi ótimo vê-la. Sinto muita falta da nossa amizade.

Após uma troca de mensagens, eles se encontraram para almoçar durante a semana, ocasião em que discutiram artigos recentes que haviam adorado ou odiado, e depois Jasper confessou a pressão financeira que sofria agora que Susan resolvera abandonar o direito e ficar em casa com Aidan. Os últimos anos, aparentemente, haviam sido difíceis: como todo recém-nascido, Aidan havia tido cólicas, e Susan a princípio tivera dificuldades para amamentar, mas agora não queria mais parar e passava a maior parte do tempo tentando descobrir potenciais elementos químicos tóxicos no produto usado para limpar o carpete dos corredores do prédio onde viviam. Enquanto isso, Jasper estava patinando em falso no trabalho. Ele sabia que era capaz de editar uma revista – ainda era editor sênior, em vez de editor-executivo, cargo que costumava ser o trampolim para se tornar editor-chefe – e agradeceu as sugestões de Liz sobre quais publicações poderiam ser mais adequadas para que ele continuasse subindo na carreira. O grande respeito de Jasper pelas ideias e opiniões de Liz, seu interesse pelos comentários dela sobre todos os assuntos, até mesmo sobre o fato de sua esposa ainda estar amamentando um bebê de nove meses, eram ao mesmo tempo a dinâmica mais lisonjeira e mais ofensiva que ela já experimentara. Ela imaginou que, se ele tivesse a opção, passaria um cabo entre o cérebro dela e o dele, ou talvez simplesmente baixaria todo o conteúdo do córtex cerebral dela para o seu.

Na próxima ocasião em que se encontraram depois do hiato de cinco anos, foram beber, e, depois da terceira rodada, Jasper disse que ele e Susan haviam chegado juntos à dolorosa conclusão de que o casamento havia atingido um limite e que, embora ambos tivessem as melhores intenções, haviam cometido um erro ao escolherem um ao outro. O problema era que se Susan ou qualquer uma de suas irmãs se divorciassem, a avó dela, profundamente católica, rica, rancorosa e surpreendentemente saudável aos noventa e oito anos, que morava no Upper East Side, acabaria as excluindo de seu testamento, e Aidan não conseguiria estudar em uma escola particular. Assim, embora Jasper e Susan se liberassem para relações extraconjugais, continuariam morando juntos até a avó de Susan morrer. Depois de transmitir essa informação, Jasper engoliu em seco, e surgiram lágrimas em seus olhos castanhos quando ele disse:

— Sempre existiu só você, Nin. Eu estraguei tudo, mas para mim sempre existiu só você.

Em alguns momentos ao longo daqueles cinco anos de silêncio, Liz se permitira fantasiar que Jasper apareceria em seu escritório ou em seu apartamento – possivelmente, como em um filme, depois de correr na chuva – para declarar com urgência seu amor. Ele chegaria até a dizer, nesses cenários: "Sempre existiu só você". Mas nessa fantasia ele ainda não teria se casado legalmente com Susan e certamente não teria um filho de nove meses. E, no entanto, através da cintilante maciez das três doses de gim que ela havia consumido, Liz achou que aquelas circunstâncias constrangedoras conferiam à situação certa credibilidade: *não era* bom demais para ser verdade. Ela *não* precisaria se sentir insegura quanto a conseguir tudo por que sempre esperara.

De volta ao apartamento dela, a consumação daquilo que eles nem sabiam o que era que havia entre eles também não foi nenhum sonho realizado – seguramente os catorze anos de preliminares e mais de meia dúzia de coquetéis não ajudaram –, mas foi adequado, e depois, quando Jasper adormeceu abraçado a ela, ela desejou que seu eu de vinte e dois anos pudesse saber que, no final, eles acabariam ficando juntos. Seu eu de vinte e dois anos de idade talvez achasse menos encantador quando Jasper se levantou quarenta minutos depois, tomou um banho rápido e voltou correndo para a esposa e o filho – apesar do acordo conjugal entre Jasper e Susan, no dia seguinte seria a vez de Jasper acordar com Aidan às cinco da manhã.

Na mesma semana, Jasper voltou três vezes ao apartamento de Liz e em duas ocasiões acabou dormindo e passando a noite; seria preciso estabelecer regras. As desvantagens desse tipo de relação eram tão gritantemente óbvias – como as pessoas do círculo de conhecidos da família de Susan, leais à sua avó, moravam em Manhattan, era necessário ter discrição, e Liz e Jasper portanto não saíam para jantar em restaurantes, nem chegavam juntos a eventos relacionados ao trabalho – que mal pareciam fazer valer a pena. Por outro lado, ela era capaz de desfrutar de uma genuína proximidade, assim como de intimidade física, com alguém que conhecia bem e com quem se importava profundamente, embora ainda tivesse tempo para trabalhar e correr e ler e encontrar amigos – talvez, na verdade, mais tempo do que quando ficava percorrendo páginas de encontros ou passando três horas seguidas analisando sua condição de solteira com Jane e outras mulheres. Algumas amigas sabiam sobre Jasper, assim como sua irmã mais velha, e as reações céticas dessas poucas pessoas a impediam de discutir sua situação; era muito fácil soar como se Jasper estivesse simplesmente traindo a esposa.

Uma sexta-feira do final de maio, dois anos após a reconciliação de Liz e Jasper, Liz estava no apartamento de Jane; Jane estava picando couve para uma salada enquanto Liz abria uma garrafa de vinho tinto que trouxera.

— Você realmente vai me fazer beber sozinha? — disse Liz.

— Estou preparando um ambiente uterino hospitaleiro — Jane respondeu.

— Entendi, vou ter que beber sozinha.

— Sinto muito. — Jane franziu o cenho.

— Não se lamente. — Liz pegou uma taça da prateleira de Jane. — E qualquer feto adoraria morar no seu útero. Aposto que o seu útero é algo como o Ritz dos úteros. Ou seria dos *uteri*? — Liz ergueu a taça. — Aos substantivos latinos e à reprodução. — Jane brindou com seu copo d'água, e Liz acrescentou: — Você se lembra da Sandra do meu escritório, que demorou três anos para engravidar? Ela falou que foi a um acupunturista que... — No bolso da calça, o telefone de Liz vibrou, e ela se perguntou se seria Jasper; aparentemente, Jane se perguntou a mesma coisa, porque disse, com censura não inteiramente disfarçada:

— É ele?

Mas não era; era a irmã delas, Kitty. Liz estendeu o telefone para que Jane pudesse ver a tela antes de dizer:

— Oi, Kitty. Estou aqui na Jane.

— É o papai — disse Kitty, claramente chorando. — Ele foi para o hospital.

Capítulo 6

Meia hora depois de ter reclamado à senhora Bennet de que estava com azia, que ele atribuíra à vitela *alla cacciatora* que a esposa servira no jantar, o senhor Bennet havia acabado de subir a escada do salão principal até o primeiro andar de sua mansão estilo Tudor quando caiu, sentindo falta de ar. Lydia ouviu a queda do pai, Mary telefonou para a emergência e ele foi transportado de ambulância até o Christ Hospital.

Ao receber o telefonema de Kitty no apartamento de Jane, Liz imediatamente começou a tentar encontrar passagens para Cincinnati, mas os últimos voos partindo do LaGuardia ou do JFK já haviam saído. Com reservas para a manhã seguinte, Liz voltou para seu apartamento, jogou algumas roupas em uma mala, dormiu intermitentemente por algumas horas e encontrou Jane outra vez no embarque do Terminal D do aeroporto LaGuardia às seis da manhã. Àquela altura, o pai já havia saído de uma cirurgia de seis horas, estava entubado e inconsciente na unidade de terapia intensiva.

Embora ele estivesse acordado e o tubo de oxigênio tivesse sido removido, quando Liz e Jane chegaram ao hospital, diretamente do aeroporto, ele parecia preocupantemente abatido e muito menor em sua camisola de hospital do que em seu traje habitual, de calça cáqui, camisa de colarinho e paletó azul-marinho. Ao vê-lo, Liz precisou conter as lágrimas, enquanto Jane desatou a chorar abertamente.

— Jane, minha querida... — disse o senhor Bennet, mas não falou mais nada, nenhuma tolice que pudesse confortá-las. Os eletrodos que monitoravam seus sinais vitais emitiam bipes indiferentes.

Ele ficaria uma semana no hospital. Mas, logo no segundo dia após a cirurgia, ele foi transferido da terapia intensiva para um quarto onde permaneceria em observação, e sua saúde havia melhorado consideravelmente. Com melhoras que em geral não eram muito aparentes, porém se manifestavam subitamente em determinados momentos, sua cor voltou, sua energia aumentou, seu humor mordaz retornou, e realmente começou a parecer que ele ficaria bom outra vez.

Nesse ínterim, as duas irmãs Bennet mais velhas rapidamente adotaram certos padrões. Dormiam em camas de solteiro no quarto do segundo andar que, quando elas eram pequenas, haviam sido de Liz. Ela acertou o despertador de seu celular para tocar às sete da manhã, e elas se levantariam e correriam juntas antes que ficasse quente demais: fariam a curva da Grandin Road, passariam pelo Country Club, pegariam a direita na Madison Road e, outra vez, a direita na Observatory, depois subiriam a longa ladeira do primeiro trecho da Edwards Road, que era suave, mas infinito, e do segundo trecho de subida, que era curto, mas muito íngreme. De volta à casa, comeriam cereal, tomariam banho, uma depois da outra, depois decidiriam o que precisava ser feito naquele dia.

Originalmente esquecida, diante do estado de saúde do pai, mas evidenciando-se com insistência cada vez maior conforme o senhor Bennet ia melhorando, estava a consciência por parte das irmãs de que a mansão estilo Tudor, construída em 1903, encontrava-se em estado de profundo abandono. Nos últimos vinte anos, Liz e Jane costumavam passar três dias com os pais em suas visitas, geralmente por ocasião de feriados, e Liz se deu conta, em retrospecto, de que a mãe provavelmente gastava semanas fazendo preparativos para a chegada das duas. Desta vez, em que a senhora Bennet não fizera nenhum preparativo, havia pilhas de correspondências na mesa de mármore da entrada; mofo crescendo na pia do banheiro do segundo andar; teias de aranha nos lustres e nos cantos do teto; e Jane e Liz dividiram um quarto porque a cama e a maior parte do piso do quarto ao lado, que outrora fora de Jane, estavam tomadas por todo tipo de caixas, algumas vazias ou só com plástico-bolha, mas algumas ainda fechadas, enviadas por diversas lojas e mercados, endereçadas à senhora Frederick M. Bennet. Um dia antes de o pai receber alta do hospital, Liz usara a lâmina de uma tesoura para abrir três dessas caixas, que continham, respectivamente, uma almofada de *plush* cor de creme com um abacaxi bordado; um conjunto de toalhas de banho azul royal com o monograma da senhora Bennet; e doze pratos de sobremesa com reproduções de Yorkshire terriers (os Bennet jamais tiveram um cão dessa raça – ou, a bem dizer, de nenhuma outra).

Que a mãe dedicava grande interesse aos utensílios domésticos não era novidade; o ímpeto usual para a senhora Bennet telefonar para Liz em Nova York era saber se ela não estaria precisando, digamos, de uma chaleira de porcelana com estampa de hera que normalmente custava duzentos e sessenta dólares, mas que estava em oferta por duzentos e trinta. Invariavelmente, sem entrar no mérito de quem pagaria pela chaleira em questão, Liz, irritada, dizia que não; parecia ótimo, mas ela tinha pouco espaço, e além do mais, ela lembrava à mãe, não era uma grande bebedora de chá. Uma vez, anos antes, Liz havia sido convencida a aceitar uma grande bandeja com bordas douradas ("Para os seus jantares!", a senhora Bennet dissera entusiasmada), mas quando soube dezoito meses depois que Liz não dera nenhum jantar desde então, a senhora Bennet insistiu que Liz lhe devolvesse a bandeja. Só o envio pelo correio lhe custou cinquenta e cinco dólares. De modo que, não, não era segredo que a mãe tinha um fetiche por todo tipo de objeto de decoração doméstica, mas a absurda quantidade de coisas acumuladas no antigo quarto de Jane, além do fato de muitas caixas ainda estarem lacradas, fizeram com que Liz se perguntasse se não haveria ali algum tipo de patologia envolvida.

No meio tempo, quase diariamente, a mansão estilo Tudor revelou suas deficiências: torneiras pingando, rachaduras no assoalho, lâmpadas queimadas e de tamanhos errados nas arandelas. Em muitos casos, não estava claro para Liz se determinado problema, como uma mancha de infiltração de quase dois metros e meio na parede da sala, era novo ou se os pais e as irmãs simplesmente fingiam não o ver por meses ou anos.

Os três acres de terra que circundavam a mansão estilo Tudor apresentavam seu próprio conjunto de complicações, inclusive o crescimento excessivo de ervas daninhas atrás da casa e um fungo no grande bordo onde outrora Liz fizera piqueniques com suas bonecas. Até onde ela podia ver, o pai não havia feito na área externa, durante um bom tempo, nada além de aparar a grama e, desde que adoecera, nem isso. Um dia, Liz se deu conta, enquanto esperava ao telefone pelo orçamento de um jardineiro, de que a casa dos pais era como uma pessoa extremamente obesa que já não conseguia enxergar, tocar ou sequer manter jurisdição sobre o próprio corpo; era simplesmente grande demais e – essa pessoa, eles – se tornara cansada e inflexível.

Durante as horas do dia que reservara para trabalhar, Liz abria seu laptop sobre a escrivaninha cor-de-rosa que os pais lhe deram em 1987 e respondia a e-mails dos editores da *Rímel* sobre um artigo recente que ela lhes enviara, marcava ou fazia entrevistas, dispensava ou respondia a anunciantes. Além de artigos sobre diversos assuntos, Liz escrevia todo mês três miniperfis para a tradicional coluna "Mulheres que ousam" da *Rímel* – por exemplo, uma soldada no Iraque, uma professora cega de aeróbica ou a diretora de uma escola em Wichita que salvou os alunos de um tornado. Embora Liz secretamente visse suas entrevistadas como "Mulheres atraentes e bem-produzidas que ousam", as pesquisas e entrevistas com essas personagens eram sua parte favorita do trabalho.

Jane, por sua vez, não estava tentando trabalhar de Cincinnati. Algumas vezes por semana, apenas, ia a uma aula de ioga em um estúdio em Clifton, mas na condição de aluna, não de professora. Ainda assim, para ambas, os dias passaram surpreendentemente depressa, um ciclo de corridas matinais, consultas médicas, tarefas domésticas, desjejuns, almoços e jantares em família. Maio logo virou junho; e junho, julho.

Jasper e Liz trocavam mensagens de texto com frequência, às vezes de hora em hora. Uma mensagem dele, com uma foto anexada do vendedor de sanduíches com turbante da esquina da Cinquenta e Cinco com a Sexta Avenida: Tenho certeza de que esse cara está com saudades de vc.

Liz voltara a Nova York para passar uma noite depois que o pai saiu do hospital, viagem que lhe permitiu encontrar sua editora, escolher mais algumas roupas para si e para Jane, descartar embalagens abertas de iogurte das geladeiras das duas, jogar fora seu vaso com uma muda de bambu, e dar cópias de chaves para uma assistente que trabalhava na seção de alunos e moradias de Barnard College, uma mulher que se encarregou de última hora e com surpreendente bom humor de encontrar estudantes que até o dia 31 de agosto sublocariam os apartamentos de Liz e Jane. Uma vez cumpridas essas tarefas, mas antes de voltar ao aeroporto, Liz se encontrou com Jasper no apartamento dele às onze da manhã de uma terça-feira. Quando ela chegou, Susan e Aidan estavam de saída para uma aula de ginástica. Embora não se vissem desde o encontro no High Line dois anos antes – nesse intervalo, Aidan se transformara de bebê hiper-alimentado em pessoa em miniatura –, Susan disse de maneira corriqueira como se fosse uma vizinha:

— Oi, Liz.

Mas assim que Susan e Aidan foram embora, enquanto Liz e Jasper tiravam suas roupas no quarto – não dispunham de muito tempo e, em todo caso, estavam muito além do estágio dos esforços de sedução –, Liz sentiu uma inquietação que foi ao mesmo tempo muito inesperada e nem um pouco surpreendente.

— Você e a Susan ainda dormem na mesma cama? — questionou.

— Quando dormimos, é como se fôssemos irmãos — Jasper disse. — E é só porque nosso sofá não é confortável. Não esqueça, ela tem um namorado.

Nu, Jasper subiu na cama, que estava desfeita, com lençóis beges e edredom lavanda de algodão empurrado até o pé da cama. Houve um momento em que Liz quase não conseguiu continuar – a imagem de Aidan, aquele cenário doméstico de Jasper e Susan ainda juntos, não importava o acordo que tivessem, era simplesmente estranha demais. Porém, lá estava Jasper, a evidência fisiológica de sua prontidão já aparente, e ele era um homem bonito e ela precisava ir ao aeroporto e a verdade era que ela também queria fazer sexo – já havia algum tempo desde a última vez e levaria mais outro tanto até a próxima. Ela abriu o fecho e se livrou do sutiã, que era sua última peça de roupa, e se juntou a ele na cama. Cinco horas depois, seu avião pousou em Cincinnati.

Capítulo 7

A senhora Bennet nem precisou, como se viu, insistir muito com a senhora Lucas para convencê-la a facilitar um encontro entre as irmãs Bennet e Chip Bingley. Ao receber o telefonema da senhora Bennet, a senhora Lucas havia declarado que nada lhe traria maior prazer ou honra maior a Cincinnati, que a presença das belas filhas dos Bennet e dos pais no churrasco que os Lucas estavam oferecendo para as contratações recém-chegadas ao Christ Hospital, onde o doutor Lucas era ao mesmo tempo médico e alto executivo.

A senhora Lucas compartilhava com a senhora Bennet a mesma aflição pela filha adulta solteira, embora no caso da senhora Lucas a decepção se concentrasse em uma só pessoa em vez de ser multiplicada por cinco. Charlotte Lucas, que havia sido colega de classe e melhor amiga de Liz em Seven Hills por quinze anos, também era solteira, gerente brilhante e confiante na Procter & Gamble, que desde a formatura engordara uns trinta e cinco quilos. Para a senhora Bennet, esse fato colocava a infelicidade da senhora Lucas em uma categoria diferente, ainda que igualmente frustrante, daquela em que suas próprias filhas se encaixavam. Obviamente, Charlotte não havia se casado porque era gorda; portanto, ela simplesmente precisava de uma dieta. As filhas da senhora Bennet, no entanto, sem nenhum defeito físico ou pessoal aparente (exceto Mary, sem graça e comum), estavam em uma situação aparentemente impossível de remediar.

A senhora Bennet, ela mesma familiarizada com a obesidade, imaginava se a senhora Lucas considerava Charlotte candidata à afeição de Chip, mas a decidida inclusão das Bennet na lista de convidados do churrasco confirmou à senhora Bennet que a senhora Lucas não nutria expectativas ilusórias em relação à própria filha. Assim, embora não tivesse conseguido desencalhar nenhuma das meninas nas últimas duas décadas em que vinha tentando ativamente, as esperanças da senhora Bennet para aquele churrasco eram mesmo altas.

Os Lucas moravam em Indian Hill, um subúrbio a vinte e cinco quilômetros do centro, lar de cincinnatianos que gostavam de ter cavalos ou ao menos cães de raça que ficavam soltos em propriedades de muitos acres. A casa dos Lucas era uma vasta mansão colonial de tijolos com sacadas no andar de cima e telhado de ardósia. Na cozinha, vários Bennet abraçaram vários Lucas, Jane entregou o pão de ló e Liz se aproximou da janela para ver os convidados, cerca de uma dúzia de pessoas, que já conversavam no quintal de pedra dos fundos.

— Jane, venha ver seu futuro marido — chamou ela, divertida.

Jane foi até ela.

— Imagino que Chip Bingley seja aquele alto, moreno e lindo?

Charlotte Lucas esclareceu:

— Não, o Chip é aquele cara de bermuda listrada vermelha e branca. O alto, moreno e lindo é o amigo dele, Fitzwilliam Darcy, que entrou no centro de neurocirurgia de emergência da Universidade de Cincinnati no ano passado como clínico. Dizem que ele também é solteiro, mas que é um tanto reservado. Ele e Chip fizeram Medicina juntos. — Charlotte se virou para Jane. — É sério que você nunca assistiu à temporada do Chip de *Bom partido*?

— Ela nunca viu nenhum episódio — disse Liz. — Ela é praticamente um unicórnio.

— Ah, a temporada do Chip foi fantástica — falou Charlotte. — Chegou a acontecer uma disputa física envolvendo extensões capilares arrancadas.

Mary, que se demorara no carro da mãe lá fora, disse:

— Acho esse *Bom partido* um programa degradante para as mulheres.

— Você já falou isso — Liz olhou de relance para Charlotte. — Você disse que o nome do amigo do Chip é Fitzwilliam; se for mesmo, será que ele veio a bordo do *Mayflower* direto para cá?

— As pessoas o chamam pelo sobrenome. — Charlotte sorriu. — Embora eu não ache que Darcy seja muito melhor que Fitzwilliam.

Nos últimos anos, Charlotte e Liz não haviam passado muito tempo juntas, além das festas de Natal ou dos almoços marcados quando Liz vinha de Nova York visitar os pais, mas ainda tinham imenso prazer na companhia uma da outra. Na verdade, uma das melhores consequências dessa longa temporada de Liz em Cincinnati havia sido a retomada de sua amizade com Charlotte de modo genuíno, como adultas, e a descoberta de que seu prazer ao lado da mulher não era menor do que fora ao lado da menina. Especulavam, um tanto como brincadeira, se seriam as últimas únicas pessoas solteiras da época da escola, embora Liz se perguntasse se Charlotte não sofreria mais agudamente com essa distinção – Charlotte morava em Cincinnati, onde a mãe podia importuná-la de perto; ela não tinha a desculpa de uma irmã mais velha, que, supostamente, deveria se casar primeiro; queria ter filhos; e não tinha um namorado secreto.

— O Chip é mais baixo pessoalmente do que na TV, não? — comentou Charlotte. — Mas é realmente bonitinho. E aquele cara de gola V, Keith, também é médico no pronto-socorro de emergência. — O sujeito em questão era negro, a única pessoa não branca no churrasco. — E a mulher de vestido listrado é uma residente. O homem ao lado dela é o marido, e o bebê é deles. — Além desses convidados, havia uma loira atraente que Liz não reconheceu e dois casais mais velhos que Liz havia visto uma vez na festa de Ano-Novo da casa nova dos Lucas; os homens desses casais também eram médicos do Christ Hospital.

— O Keith também está solteiro? — Liz perguntou. — Porque se estiver, Jane, basicamente há todo um bufê para você escolher.

— Talvez eu devesse lembrá-las — disse o senhor Bennet enquanto desavergonhadamente preparava para si um gim-tônica no bar ao lado — que vocês não estão observando esses cavalheiros por trás de um vidro espelhado. — O senhor Bennet ergueu a mão, e o doutor Lucas acenou de volta.

— Duvido que eles leiam lábios — disse Liz.

Jane se virou para Charlotte.

— A loira também é médica?

— Essa é a Caroline Bingley. Irmã do Chip. Ela mora em Los Angeles, mas está ajudando o irmão a se instalar por aqui.

— O Chip é lindo — declarou Jane, e Liz e Charlotte trocaram olhares entusiasmados.

— Então, vamos lá para fora para que eu a apresente — Charlotte disse.

Capítulo 8

Passada a euforia das apresentações, Liz se viu conversando com Keith, que era muito simpático e, rapidamente ela descobriu, noivo de uma mulher que estava terminando a residência em San Diego. Quando os peitos de frango ficaram prontos, e a salada de batata, a de repolho e os sanduíches foram servidos, Liz e Keith abordaram os seguintes assuntos: o clima de San Diego, o clima de Cincinnati e o famoso chili de Cincinnati, que Keith ainda não havia provado. Enquanto passavam ao interesse dele por golfe, Liz ficou contente ao notar que Jane parecia profundamente envolvida em uma conversa com Chip Bingley; essa conversa continuou enquanto Jane e Chip se serviam e se sentavam lado a lado, junto às rochas aparentes de um muro de contenção, logo seguidos pela irmã de Chip, Caroline.

Depois de preparar seu prato, Liz caminhou até a mesa de quatro lugares no quintal em que Fitzwilliam Darcy estava sentado com o marido da residente e um dos médicos mais velhos. O marido e o médico mais velho estavam falando sobre a campanha dos Reds naquela temporada e, dirigindo-se a Fitzwilliam Darcy (ou, como ela se lembrou, apenas Darcy), Liz apontou para a cadeira vazia.

— Tem alguém nessa cadeira?

— Sim — disse Darcy. Ele não temperou a recusa com desculpas, e Liz supôs que ele não devia ter escutado direito, talvez tivesse entendido que ela perguntara se a cadeira estava livre.

Ela repetiu:

— Tem alguém?

— Sim — confirmou Darcy, e continuou sem mais explicações. — Tem.

Apesar do aviso de Charlotte de que Darcy parecia um tanto reservado, Liz ficou tão desconcertada que se sentiu tentada a dizer: "Perdoe-me por imaginar que eu fosse digna de me sentar à sua mesa". E daí que ele estudou Medicina em Harvard; e daí que ele era um neurocirurgião – nada disso lhe dava carta branca para ser rude. Antes de se afastar, ela sorriu de um modo que esperava que fosse compreendido como falso.

Notando que Kitty e Lydia estavam por perto, Liz foi até elas e se sentou em uma otomana almofadada perto de Kitty. As irmãs mais novas discutiam o momento ideal para chegar ao próximo compromisso, que aparentemente era uma festa na casa do dono da academia de crossfit que elas frequentavam. Lydia apontou para o sanduíche no prato de Liz.

— Quando você come carboidrato, você não se sente pesada e lenta?

— Moderação é tudo — Liz disse. Havia muitos motivos para ela achar irritante o entusiasmo das irmãs pelo crossfit e pela dieta paleolítica, entre os quais o fato de Liz conhecer bem o assunto muito antes delas, havendo inclusive escrito um artigo a respeito em 2007. Outro motivo de irritação era o fato de as irmãs estarem com uma aparência fantástica; sempre foram atraentes, mas desde que começaram com o crossfit, praticamente brilhavam de tanta energia e força.

Quando o telefone de Liz vibrou em seu bolso, ela estava quase terminando de comer e sentindo-se ainda mais ofendida pela atitude esnobe de Darcy do que antes, já que a cadeira ao lado dele permaneceu vazia o tempo inteiro. Ela aproveitou a oportunidade para entrar, lavar as mãos sujas de molho de churrasco na pia da cozinha e verificar a mensagem que chegara.

Maior confusão de todos os tempos em Southampton, dizia a mensagem de Jasper; e ela digitou de volta: Aguenta aí. E quando são os fogos?

Só Deus sabe, mas nenhum será brilhante como você, Jasper escreveu.

Você se refere à minha personalidade explosiva ou às minhas lantejoulas de mamilos?, digitou Liz.

Uau, Jasper respondeu.

Parada atrás da porta dos fundos, olhando para a tela do celular, Liz aos poucos se deu conta de uma conversa que ocorria atrás da porta telada. Após se concentrar por alguns segundos, ela percebeu que eram Chip Bingley e Fitzwilliam Darcy.

— ...muito melhor do que eu esperava — Chip estava dizendo. — Quando eu falei que estava indo morar em Cincinnati, as pessoas praticamente diziam "meus pêsames", mas não é nada mal.

— Disse o homem que passou uma hora conversando com a única mulher bonita da festa — respondeu Darcy. — Sem contar a sua irmã, é claro. — Liz podia ouvir o som dos cubos de gelos no copo, então Darcy acrescentou: — Tenho certeza de que eles fazem o melhor que podem, mas o povo daqui é dolorosamente provinciano.

Dentro da cozinha, Liz sorriu. Foi estranhamente prazeroso ter a confirmação do esnobismo de Darcy.

Em tom amistoso, Chip disse:

— Depois de um ano aqui, você não conheceu nenhuma local à altura das suas expectativas?

— Mal consigo pensar em algo menos tentador — falou Darcy.

Chip gargalhou.

— Alguém comentou comigo que a irmã da Jane, a Liz, também está solteira.

— Imagino que seria pouco gentil da minha parte dizer que não me surpreende.

Liz ficou perplexa; de repente, ouvir atrás da porta perdeu a graça. Quem aquele sujeito pensava que era, e o que ele tinha contra ela especificamente? Ao serem apresentados, eles mal trocaram dez palavras.

— Eis o que aprendi sobre as pessoas desta cidade — dizia Darcy. — Elas avaliam as mulheres segundo uma curva normal de distribuição. Se dizem que alguém é sofisticada, quer dizer que na época da faculdade ela foi a Paris, e se dizem que é bonita, quer dizer que está só cinco quilos acima do peso em vez de vinte. E são todos obcecados com casamento. Agem como se estivessem lhe fazendo um favor ao obrigá-lo a tomar café com a professorinha infantil que conhecem da igreja nas duas únicas horas livres que você tem na semana. Perdi a conta de quantas esposas de colegas meus tentaram me apresentar amigas. Depois que você apareceu na TV, elas devem estar salivando.

— Sabe de uma coisa? — falou Chip. — Para mim, vai ser uma questão de honra obrigá-lo a ter uma vida social, e não venha me dizer que isso é um paradoxo. Se você só tem duas horas livres por semana, vamos fazer com que sejam duas grandes horas. — Seu tom afetuoso pareceu a Liz bastante desabonador – Chip não só não parecia tentado a defendê-la das insinuações de Darcy, como sequer lhe ocorrera que as palavras do amigo a ofendiam.

— Que bom que você está gostando daqui agora — Darcy disse. — E não estou sendo irônico. Mas quero ver o que você vai achar daqui a um ano.

Quando Chip ia responder, Liz empurrou a porta telada e, em tom enfaticamente amigável, cumprimentou:

— Oi! — Ela se virou rapidamente para Chip e para Darcy e, olhando nos olhos de Darcy, sustentou o olhar por mais um momento. — Eu estava lá dentro imaginando que nota eu me daria — disse ela. — Percebi que seria A+, porém ouvi dizer que por aqui classificamos as mulheres em uma curva de distribuição normal, de modo que provavelmente sou o quê? Estou mais para um B, não? Ou seria um B-? Quando você tiver um minuto para descobrir, não hesite em me avisar.

Sem esperar que ele respondesse, ela saiu andando, ansiosa para repetir o comentário de Darcy o quanto antes para alguém e difundi-lo para o maior número de pessoas que conseguisse.

Capítulo 9

Liz e Jane foram fazer sua corrida matinal costumeira no dia seguinte, e haviam acabado de passar pela Edwards Road quando Jane disse:

— O Chip me escreveu ontem depois que fomos dormir para saber se eu queria sair para jantar amanhã.

— Ele te escreveu? Sair para jantar? Sábado à noite? Jane, ele está a fim de você.

— Não sei, não.

— Como não sabe? Vocês praticamente tiveram que ser separados à força quando fomos embora da casa dos Lucas.

— Ele é simpático, mesmo — disse Jane. — E atraente, é óbvio. Mas é uma situação complicada... Depois que ele apareceu na TV, a mamãe veio com essa trama para nos apresentar. Você não acha um pouco ridículo tudo isso?

— Não existe a menor sombra de dúvida para mim de que você vai acabar encontrando, cedo ou tarde, o homem dos seus sonhos. Se por algum acaso for alguém que a mamãe empurrou para você, bem, até um relógio quebrado está certo duas vezes por dia.

— A vida ficou muito mais simples depois que eu comecei o tratamento de fertilização. Não conheci mais ninguém que me interessasse — Jane disse. — Afinal, o que eu poderia dizer em um encontro? "Gostei de você, mas, falando nisso, uma vez por mês eu recebo injeções de esperma anônimo dentro do útero. Espero que isso não estrague as coisas entre nós!"

— Você está exagerando — disse Liz. — Simplesmente vá jantar com ele.

Jane ficou calada, e Liz disse:

— Consigo ouvir daqui os seus pensamentos. O que foi?

— Sei que eu não deveria exagerar, é só um encontro — começou Jane, devagar. — Mas não consigo evitar fazer as contas. E se começarmos a sair, ficarmos saindo por três ou seis ou dezoito meses, e *depois* nos separarmos? A essa altura, eu já vou ter quarenta e um.

— Você não vai continuar o tratamento enquanto estiver aqui, certo? — Liz olhou para Jane, que negou com a cabeça.

— Começar todo o tratamento de novo em outra clínica seria muito complicado — explicou Jane.

— Nesse caso, dê uma chance ao Chip enquanto estivermos em Cincinnati. Tenha um caso de verão. Você gostou dele.

Elas estavam passando pela Corbin Drive, e Jane disse baixinho, quase baixinho demais para Liz conseguir escutar:

— É verdade. Gostei bastante dele.

Capítulo 10

— Tem uma coisa que eu ainda não entendi. — disse Liz a Mary — Que dia, afinal, a Mervetta vem? Porque a casa está ficando nojenta. — Trabalhando duas vezes por mês na mansão estilo Tudor da família desde que Liz era criança, Mervetta limpava os banheiros dos Bennet, passava aspirador nos tapetes e trocava os lençóis. Um dia, quando Liz tinha dez anos de idade, Mervetta lhe contara que os Bennet eram os únicos brancos que ela conhecia que comiam mingau de milho.

A expressão de Mary mostrou ao mesmo tempo incômodo e diversão, como se Liz tivesse feito uma brincadeira agressiva em que Mary não queria que ela achasse graça. Ela explicou:

— A Mervetta morreu.

— Ah, meu Deus — falou Liz. — Ninguém me avisou.

— Talvez seja porque antes disso a mamãe a mandou embora. Ela pegou a Mervetta sentada na cama da Lydia vendo TV.

Liz franziu o cenho.

— Então, quem limpa a casa?

Mary deu de ombros.

— Ninguém.

As duas estavam de pé na cozinha; Liz tinha acabado de voltar de um almoço com Charlotte Lucas.

— Alguém da família foi ao enterro da Mervetta? — perguntou Liz.

Mary tornou a dar de ombros.

— Eu não fui.

Capítulo 11

— Sua mãe acabou de me contar uma notícia trágica sobre o primo Willie — comentou o senhor Bennet quando a família se reuniu para o jantar. — Ele vem nos visitar.

— Por favor, Fred — a senhora Bennet disse, e Jane emendou:

— Papai, que jeito horrível de dar uma notícia.

O senhor Bennet sorriu como se tivesse sido duplamente elogiado.

— Como todas vocês já sabem, a minha irmã chega na semana que vem, para conferir se eu ainda estou vivo e, mesmo que eu não esteja, ela vem buscar a prataria da sua mãe. Por motivos que me escapam completamente, o enteado resolveu acompanhá-la.

Liz engoliu uma colher do gaspacho que Jane preparara e disse:

— Eu sei que vocês vão achar difícil de acreditar no que eu vou dizer, mas o primo Willie virou uma espécie de figurão.

— E se eu tiver insônia — respondeu o senhor Bennet —, nada me agradaria mais do que ouvi-lo explicar como ele conseguiu tal proeza.

— Quem sabe ele não explica por que a internet é tão lenta aqui em casa — disse Kitty.

— Ou ensina a mamãe a usar o celular — Lydia sugeriu.

— As *startups* dele hoje valem milhões de dólares — contou Liz, e o senhor Bennet emendou:

— E mesmo assim ele não sabe nem vestir as próprias calças.

— Isso foi em 1986 — Jane disse.

O que de fato era verdade – no verão antes de Liz começar a sexta série, os Bennet foram à Califórnia visitar a irmã do senhor Bennet, Margo, e conhecer o homem com quem ela havia acabado de ficar noiva, um viúvo que tinha um filho de três anos. Alguém (o senhor e a senhora Bennet negavam veementemente qualquer responsabilidade por isso) havia decidido que seria uma boa ideia fazer a viagem de carro. Assim, a família Bennet partiu de Cincinnati em sua minivan, dirigindo cerca de oitocentos quilômetros por dia durante cinco dias seguidos; na época, Jane tinha doze anos; Liz, onze; Mary, três; Kitty estava na barriga da mãe; e Lydia ainda não havia sido concebida. Na lembrança de Liz, a viagem era um borrão de serras se tornando planícies, planícies se tornando ranchos imensos, e ranchos imensos se tornando um deserto de vegetação rasteira. Em Utah, devido à tensão familiar crescente, fizeram um desvio para visitar a região dos rochedos vermelhos; o banco de trás da minivan se tornara um caos de cabelos puxados, puns de meninas e gritos da bebê que distraíam Liz do poderoso desejo de chegar ao fim de um apimentado romance em que um solitário e macambúzio *cheyenne* enfiava os dedos na cavidade mais íntima de uma jovem herdeira inglesa enquanto montavam o mesmo cavalo. O profundo arrebatamento de Liz pela história de Colt e Jocelyn a levou a ignorar o enjoo que acabou se impondo quando ela exclamou:

— Estou passando mal! — E vomitou um sanduíche de ovo do McDonalds, batata *rösti* e *ketchup* em cima de Mary oitenta quilômetros a noroeste de Sacramento. Liz por vezes se perguntara se a relação entre elas jamais voltaria a ser a mesma, e, como não voltou, ela também não podia culpar a irmã.

Quando os Bennet adentraram a rampa da casa que pertencia ao noivo da tia Margo em Sausalito, a minivan estava repleta de embalagens de comida, meias e revistas de jogos de palavras espalhadas, não só cheirando a vômito, mas também fazendo um barulho como se algo estivesse raspando embaixo, à direita, na parte de trás, impossível de identificar; a natureza da antipatia entre as irmãs era tão íntima que era quase afetuosa. Elas saíram logo do carro e subiram o caminho de pedras de um bangalô bem-cuidado, mas, antes de conseguirem tocar a campainha, a porta da frente se abriu e um garotinho ruivo apareceu diante delas totalmente nu.

— Papai! — o menino berrou. — Elas chegaram! — Suas pernas eram branquíssimas, seu pênis, minúsculo e, especialmente para Mary, desconcertante.

— Não olhem, meninas! — a senhora Bennet gritou, provocando em Liz e Jane um ataque de riso. Aquele era o primo Willie e também, obviamente, o pinto do primo Willie.

Ao longo dos anos, os Bennet e os Collins se viam esporadicamente, e, a certa altura, ficou claro que o primo Willie era uma espécie de *savant* tecnológico. Aprendera código sozinho aos treze anos, começara a aconselhar os comerciantes locais a aumentar sua presença na rede aos quinze e abandonara a UCLA no segundo ano, depois de vender uma empresa que desenvolveu uma forma de transmissão de dados entre servidores e aplicativos – ou seja, uma empresa que nenhum dos Bennet entendeu o que era – por algo em torno de vinte milhões de dólares. Agora com trinta anos, Willie estava investindo em sua terceira ou quarta empresa de desenvolvimento de software. E, no entanto, todos os Bennet, com exceção de Liz e sua mãe, se recusavam a vê-lo como outra coisa além de um menino nu de três anos de idade. A senhora Bennet ficava claramente intrigada com a fortuna do sobrinho e um dia fez a Liz uma série de perguntas incisivas sobre a forma do pagamento da primeira empresa vendida, perguntas para as quais Liz não sabia a resposta. E Liz, alguns anos antes, havia encontrado por acaso Willie em uma convenção de tecnologia em Las Vegas, na qual estava como jornalista, e tivera um almoço surpreendentemente agradável com ele – embora a conversa tivesse sido basicamente um monólogo da parte dele, havia sido um monólogo interessante, e ele fora a primeira pessoa a lhe falar em Twitter.

Na mesa do jantar, a senhora Bennet disse:

— Jane, imagino que você estará ocupada com Chip Bingley, mas Liz certamente pode ficar conversando com Willie enquanto ele estiver aqui.

— Por que a Jane estaria ocupada com o Chip Bingley? — perguntou Kitty.

Com satisfação, a senhora Bennet disse:

— Eles vão jantar amanhã no Orchids.

Insegura, Jane protestou:

— Mamãe, a senhora não andou lendo as minhas mensagens, não é?

— Ela nem saberia como fazer isso! — disse Lydia alegremente.

A senhora Bennet não pareceu se abalar.

— A Helen Lucas comentou.

Jane franziu o cenho, o que no caso dela refletia um incômodo genuíno.

— E como a senhora Lucas ficou sabendo?

Liz pigarreou.

— Acho que eu comentei com a Charlotte. Mas só de passagem.

— Pode ser que o Chip e eu nunca mais saiamos juntos de novo depois deste sábado. — O rosto de Jane estava vermelho. — Então, por favor, vocês podem não exagerar as coisas? Mamãe, eu vou ter bastante tempo para ficar com o primo Willie.

— Ficou óbvio que o Chip achou você absolutamente encantadora, Jane — disse a senhora Bennet. — E era para achar mesmo. Depois você pergunta por que ele não foi trabalhar em uma clínica particular. Trabalhando em pronto-socorro, ele deve ver muita gente feia.

Liz, que se sentia um tanto responsável por ter aborrecido a irmã, disse:

— Eu estava pensando se o Willie não gostaria de visitar o Freedom Center.

— Só para que todos saibam, eu preciso terminar um trabalho na semana que vem — falou Mary. — Não terei muito tempo para o Willie nem para a tia Margo.

— Mas que pena! — disse Lydia. — Não sei se eles vão conseguir se recuperar.

— Bem, eu estou com saudade dos dois — afirmou Jane.

Da cabeceira da mesa, o senhor Bennet disse:

— Então, acho que é só você.

Capítulo 12

Depois do jantar, Liz seguiu o cheiro de esmalte até sua fonte, que se revelou, como de costume, ser Kitty. Ela estava sentada na bancada da pia do banheiro que dividia com Lydia, com a porta aberta, pintando um padrão um tanto chamativo nas unhas do pé: esmalte creme com pontinhos dourados cintilantes.

Liz ligou o ventilador de teto.

— Sabe isso do papai dormir no escritório? — questionou. — Será que é por causa daquela história do judaísmo?

Sem erguer os olhos, Kitty disse:

— Talvez.

— Você acha que é por isso?

Enfim, Kitty olhou nos olhos de Liz.

— Pergunte para eles.

Liz não tinha nenhuma intenção de perguntar nada. Os dois grandes interesses sobrepostos do senhor Bennet eram genealogia e história – quando conseguia dirigir sozinho, ele ficava tardes inteiras na Mercantile Library do centro –, e, em algum momento na década anterior, ele havia anunciado com entusiasmo a descoberta de que a avó materna da senhora Bennet era judia – na verdade, antes de se casar, Ida Conner era

Ida Rosenbluth. Embora não fosse abertamente antissemita, a senhora Bennet costumava fazer declarações sobre praticamente todas as minorias religiosas e étnicas que muitas vezes incomodavam quem a ouvia.

— Os judeus adoram essas frutas secas — ela dissera mais de uma vez a Liz, e, quando Liz estava na quinta série, a senhora Bennet se recusou a comprar um vestido de festa que tinha um corpete preto de lantejoulas e uma saia de veludo preto, alegando que ela "parecia uma judia" com aquilo.

Não foi nenhuma surpresa que a senhora Bennet tenha reagido mal ao pronunciamento do senhor Bennet sobre seu passado religioso. Para piorar tudo, Lydia e Kitty passariam a se referir à mãe, na frente dela e pelas costas, como "A Judia"; inclusive, Lydia um dia levou a senhora Bennet às lágrimas ao sugerir que ela fizesse um *bat mitzvah* tardio. Esse tipo de provocação passou com o tempo, provavelmente substituído pelas perguntas incessantes de Lydia sobre a orientação sexual de Mary. Mas, pelo visto, pensou Liz, as consequências daquela descoberta genealógica ainda se faziam presentes.

No banheiro, Liz disse a Kitty:

— Você não acha que a mamãe e o papai um dia vão acabar se divorciando, acha? — A questão mais pertinente, que Liz não formulou, seria: "Você não acha que eles deveriam se divorciar?".

Kitty emitiu um som de escárnio.

— Eles são preguiçosos demais para isso.

Capítulo 13

Na noite de sábado, pouco antes de Chip Bingley passar para buscá-la, Jane parou diante do espelho do armário de Liz, aplicando *blush*. Ao notar o reflexo de Liz, Jane disse:

— Será que eu deveria ter assistido à temporada de *Bom partido* com ele? Será que existe algo que todo mundo sabe sobre ele que eu não sei?

Liz sentou-se à escrivaninha, onde pretendia passar as horas seguintes trabalhando – os pais haviam saído para jantar no Country Club com os vizinhos, Lydia e Kitty também iam ficar fora, Mary estava trancada no quarto –, ainda que, de maneira bastante acidental e horrível, já tivesse entrado em uma página da internet que mostrava lêmures canibais. Considerando-se que estava pesquisando para uma matéria da *Rímel* sobre pedidos de aumento salarial, era difícil dizer exatamente como aquilo tinha acontecido.

Liz afastou a cadeira e pôs os pés sobre a escrivaninha de um modo que a mãe lhe proibira de fazer ao longo de três décadas.

— Você contou para ele na casa dos Lucas que você nunca assistiu ao programa? — perguntou.

Jane assentiu.

— Então, talvez isso faça parte do seu charme — considerou Liz. — Ele acabou se revelando um cara legal, eu juro. Ele ficou com algumas candidatas na frente das câmeras, mas não foi cafajeste.

— Ele me disse que os pacientes dele às vezes lhe pedem autógrafo. — Jane pareceu ficar mais perturbada, em vez de aliviada. — Você consegue imaginar uma coisa dessas?

— Só tem uma coisa que me deixa insegura nele — disse Liz. — E não é nada grave, mas, seja como for, é o seguinte: dizem que ele não quis participar do programa e que a irmã o convenceu. Eu acho que isso é mentira. As pessoas só participam de um reality show quando *elas mesmas* querem participar. Li em algum lugar que todo mundo que participa desses programas na verdade sonha em ir para Hollywood.

Jane guardou a caixinha do *blush* e se virou para Liz.

— Você acha mesmo?

Liz deu de ombros.

— Ele não seria o primeiro a fazer isso.

— Mas você não estava até agora me estimulando a sair com ele hoje?

— Pode ser que ele tenha visto o programa como uma boa oportunidade e pensado: *Por que não?* Não me pareceu ser um egomaníaco quando falei com ele. Simplesmente não acreditei muito nos antecedentes dessa história.

— Agora estou quase com medo de contar uma coisa — disse Jane —, mas você sabe que a irmã dele, a Caroline, veio de Los Angeles para passar algumas semanas, não?

— Eu a vi na casa dos Lucas, mas praticamente não conversamos.

— Ela é a agente dele — falou Jane.

Liz fez uma careta.

— E o que isso quer dizer?

— Acho que desde que acabou o programa, ele vem sendo procurado para fazer propaganda de alguns produtos e aparições em eventos de caridade. Ela agenda tudo para ele.

Liz precisou se esforçar para não transparecer seu desgosto. Caroline Bingley se revelara, no Dia da Independência, tão desinteressante quanto Fitzwilliam Darcy. Quando Caroline, o irmão e Darcy estavam indo embora juntos, Caroline disse a Liz que sempre se esquecia se estava em Cleveland, Cincinnati ou Columbus, depois lamentou a ausência de um restaurante japonês ou de um estúdio de ioga decente. Liz chegou a considerar recomendar-lhe o Modo Yoga, que era o que Jane vinha frequentando, mas resolveu omitir a gentileza.

Liz havia, àquela altura da festa, espalhado o comentário de Darcy para outros convidados, animada como estava por um fervor vertiginoso e indignado. Charlotte Lucas dera risada, a senhora Bennet se sentira profundamente ofendida e Jane especulara que talvez Darcy soubesse que ela estava ouvindo atrás da porta e fizera uma brincadeira, o que Liz achou que era dar crédito demais a ele.

Em seu quarto, Liz disse a Jane:

— Talvez paguem para você e Chip aparecerem juntos em alguma boate. Isso seria engraçado.

— Lizzy, não estou mais entendendo o que você quer que eu faça.

Liz sorriu.

— Eu contenho multidões. — Ela acrescentou: — Desculpa. Só se divirta e esqueça tudo o que eu falei.

Capítulo 14

Liz ainda estava diante da escrivaninha, mas agora efetivamente trabalhando – lia um discurso de formatura feito por Kathy de Bourgh, uma famosa feminista que ela esperava entrevistar para seu artigo sobre pedidos de aumento – quando Lydia entrou no quarto e perguntou:

— Você viu o meu celular?

Liz balançou a cabeça.

— Merda — xingou Lydia. — Preciso enviar uma mensagem para o Ham para ver que horas é nosso encontro, mas só tenho o número dele no meu celular.

— Quem é Ham?

— Ham Ryan.

— E eu deveria saber quem é esse? — perguntou Liz.

— É o dono do centro que a gente frequenta.

Centro, para irritação de Liz, era o termo usado para as academias de crossfit. Ela disse:

— Vocês estão namorando?

A expressão de Lydia foi de desdém. Sarcasticamente, respondeu:

— Se estamos namorando firme? Será que ele vai me dar a jaqueta da fraternidade dele?

— Desculpe se eu ousei puxar algum assunto depois de você entrar no meu quarto.

— Tem uma aranha na sua parede.

A princípio, Liz se perguntou se aquilo seria algum tipo de insulto em código usado pelos jovens *millennials*, mas quando se virou, viu uma aranha de verdade, marrom e do tamanho de uma moeda de vinte e cinco centavos. Ela se levantou para buscar uma sandália, e, quando estapeou a parede com a sola, um trecho da pintura se descascou.

— Que nojo — disse Lydia. — Me avise se você encontrar meu telefone. — Ela ainda não havia saído do quarto quando Liz abriu outra janela em seu computador e digitou *Ham Ryan Crossfit Cincinnati*.

Ele era bonito, é claro: cabelos castanhos claros espetados e reluzentes de gel, além de olhos azuis e cavanhaque bem aparado. Seu nome verdadeiro era Hamilton, aparentemente, e ele era de Seattle.

Liz pouco se importava com crossfit ou com os namoros de Lydia (ela os trocava depressa demais para justificar a atenção investida), e estava achando o discurso de Kathy de Bourgh realmente interessante; no entanto, de alguma forma, passou os quarenta minutos seguintes vasculhando todos os recantos e frestas da página do "centro" de Ham Ryan, e acabou até se sentindo tentada a experimentar uma receita paleolítica de torta de caranguejo, mesmo que as irmãs não gostassem.

Capítulo 15

Era quase meia-noite, Liz estava prestes a desligar o computador, quando ouviu alguém subindo a escada para o último andar. Para sua surpresa, era Mary, e não Jane. No rosto de Mary, havia um sorriso incontido.

— Veja isso. — Ela passou o telefone para Liz.

A pequena tela mostrava uma matéria de uma página de celebridades que Liz achou que interessaria mais a Kitty e Lydia do que a Mary, com uma manchete que dizia: "Garanhão reprovado: solteiro do *Bom partido* quase não se forma em Medicina em Harvard". Embaixo havia uma foto de Chip Bingley de smoking, bebendo champanhe com uma das finalistas da temporada. Liz leu rapidamente o texto, que tinha só um parágrafo ("Ex-colegas de faculdade dizem que Bingley se interessava mais pelas trilhas de bicicleta do que pelos livros..."), antes de devolver o telefone.

— E? — disse ela. — Ele obviamente acabou passando.

— Se você cortasse o dedo, iria querer que fosse ele a dar os pontos?

— O fato de ele não ter sido o primeiro da classe não significa que ele é incompetente.

Mary ergueu as sobrancelhas indecisamente.

— Eu sabia que havia algo estranho em um aluno de Harvard indo trabalhar em um pronto-socorro em Cincinnati. Provavelmente, foi o único emprego que ele conseguiu arranjar.

Aquilo parecia um juízo um tanto presunçoso vindo de alguém que nunca tinha arrumado um emprego.

— Não mostre isso para mais ninguém — pediu Liz. — Mesmo que seja verdade, é irrelevante.

Capítulo 16

Às cinco e meia da manhã, Liz acordou com o barulho de Jane sentando na cama ao lado da sua.

— Ora, ora — murmurou Liz. — Imagino que tenha sido um sucesso.

— Ah, Lizzy — falou Jane. — O Chip é incrível.

Capítulo 17

Depois do jantar no Orchids, Jane e Chip foram ao Bakersfield beber alguma coisa. (Liz só ficaria sabendo disso na tarde seguinte, porque Jane não só continuou dormindo em vez de saírem para correr pela manhã, como também perdeu a missa das onze na Igreja Presbiteriana de Knox, que Mary e a senhora Bennet frequentavam todo domingo e que Liz e Jane iam, quando estavam na cidade, e da qual todo o resto da família fugia exceto no Natal.) Depois de beberem ("Você bebeu de verdade ou ficou preparando um útero hospitaleiro outra vez?", Liz perguntou, e Jane disse que bebeu uma taça de vinho durante o jantar e outra no bar), Jane e Chip voltaram para o apartamento dele em Oakley, onde tiveram oportunidade de descobrir que eram um casal realmente compatível em todos os sentidos.

— Você me acha vulgar? — perguntou Jane.

— Você tem trinta e nove anos — afirmou Liz. — Tem mais é que fazer o que quiser. Foi estranho ficar com ele com a irmã no apartamento?

Jane balançou a cabeça.

— O quarto dela fica no outro lado do apartamento. — Jane ainda estava deitada na cama enquanto revelava esses fatos, e Liz estava sentada na outra cama. — Nada foi estranho com o Chip, e nenhum de nós estava bêbado — acrescentou. — Eu realmente gosto dele. Só que... eu me senti de um jeito que fazia tempo que não me sentia. E não teve muito a ver com o fato de ele ser tão bonito. Ele é bonito, mas o importante é que eu me senti muito à vontade com ele. Ele é muito simpático e nada autocentrado. Não acho mesmo que ele queira ser ator. Ele me disse que os produtores do programa entraram em contato recentemente para fazerem um programa especial com ex-participantes, e ele se recusou.

— Então, retiro o que eu disse.

— Ele também ficou arrasado com o que você ouviu da conversa dele com o Darcy na casa dos Lucas. Pediu para lhe dizer que lamenta muito e que não concorda, de jeito nenhum, com a opinião do Darcy sobre Cincinnati.

Liz sorriu.

— Pelo menos em relação às mulheres daqui, eu diria que é óbvio.

— Mas é sério. — A expressão de Jane era grave. — O Chip disse que o Darcy às vezes é meio brusco, mas que no fundo ele é uma boa pessoa, além de um cirurgião de renome internacional.

— Com um ego internacional, aparentemente. Só para avisá-la, a mamãe está lá embaixo praticamente salivando. Ela já sabe que você voltou tarde.

— Você não contou a ela a que horas, não é?

— Não, mas não posso garantir que ela não estivesse espiando pela janela quando o Chip trouxe você para casa.

— Que engraçado — disse Jane. — Pois imagine o drama que seria na época da escola se eu voltasse às cinco da manhã. Eu só precisei esperar vinte anos, e agora a mamãe deve estar contentíssima.

Capítulo 18

— Quero fazer uma pergunta que você não precisa repetir para nenhuma das suas irmãs — disse o senhor Bennet. Ele e Liz estavam no consultório do ortopedista, aguardando a remoção do gesso do braço dele, tarefa que Jane dissera a Liz que não conseguiria suportar.

— Tenho medo de vomitar na hora — Jane dissera, e Liz retrucara:

— Por causa da serra?

Jane balançara a cabeça e explicara:

— Por causa do cheiro.

— Essa história da Mary ser homossexual — continuou o senhor Bennet. — Você acha que é verdade?

Surpresa, Liz questionou:

— Por quê?

— A sua mãe não iria gostar, é claro. Mas como era o velho ditado de que as pessoas fazem o que querem entre quatro paredes, desde que não seja na rua nem assuste os cavalos?

— Puxa, papai — disse Liz. — O senhor se tornou um democrata?

O pai estremeceu.

— Dificilmente. Mas aonde a Mary vai nas noites de terça afinal?

— O senhor poderia perguntar a ela. Aonde ela vai, quero dizer, não se ela é gay. Bem, o senhor pode perguntar a ela isso também, embora eu não recomende. — Liz concluíra alguns anos antes que Mary não era interessante o suficiente para ser lésbica. Todos os gays que Liz conhecia em Nova York, homens e mulheres, eram um pouco diferentes da média das pessoas – um pouco mais solícitos ou estilosos ou engraçados –, embora, refletiu, talvez fosse a cidade de Nova York e não o fato de serem gays a explicação para aquele algo mais.

— Se a Mary tivesse uma namorada e ficasse com vergonha de levar para jantar em casa, seria uma pena — disse o senhor Bennet. — A companheira dela merece sofrer tanto quanto nós. — Ele estava olhando nos olhos de Liz, que tentou não se desviar. Será que ele estava falando sobre Mary, ou na verdade se referia a ela e Jasper?

— Ela deve ter seus motivos. O senhor mesmo disse que a mamãe ficaria horrorizada.

— A sua mãe fica horrorizada várias vezes ao dia.

— Pelo menos agora a mamãe tem o Chip Bingley em quem depositar suas esperanças. O senhor sabia que ele e a Jane saíram pela segunda vez ontem à noite? Foram ao cinema.

Antes que o senhor Bennet pudesse responder, a porta se abriu, e apareceu um enfermeiro de uniforme verde-água, trazendo a serra de plástico com sua lâmina redonda; a geringonça inteira não era maior que uma escova de dentes elétrica.

— Fred! — chamou o enfermeiro, embora nunca tivessem se visto. — Como estamos hoje?

Lendo o crachá do enfermeiro, o senhor Bennet respondeu com entusiasmo fingido:

— Bernard! Estamos celebrando a morte das boas maneiras e a ascensão do discurso familiar. Como vai?

Capítulo 19

— Você se lembra do Allen Bausch? — perguntou a senhora Bennet quando Liz se sentou à mesa da cozinha para almoçar.

Liz olhou para a mãe com curiosidade.

— Aquele que levou a Mary ao baile de formatura?

— Procure-o no computador e envie uma mensagem da parte da Mary. As pessoas fazem muito isso hoje em dia. Pessoas que se encontram no computador, quando perdem o contato, e depois se casam.

— Provavelmente ele já se casou.

— Não casou. A tia dele está na Liga das Mulheres.

— Seja como for, por que eu o procuraria? Não deveria ser a Mary?

— Às vezes, ela é muito teimosa.

— A senhora sabe se a Mary e o Allen chegaram a namorar? Talvez eles tenham ido ao baile como amigos.

— Ele é advogado em Atlanta, e é muito ativo na igreja lá — disse a senhora Bennet. — Se isso não é a descrição de um homem que está procurando esposa, eu não sei mais o que seria.

Capítulo 20

Charlotte Lucas telefonou para Liz no meio da semana.

— Estou organizando uma noite de jogos aqui na sexta — anunciou. — Você pode vir e chamar as suas irmãs?

— Você lembra que a Lydia rouba, não?

— Será que é possível roubar em mímica?

— Ah, pode deixar que ela dá um jeito — disse Liz. — Eu acho que a Jane vai sair de novo com o Chip na sexta. Pela terceira vez, acredite se quiser. Mas eu estou dentro com certeza, e vou tentar arrastar a Mary ou a Kitty.

— A Jane tem que trazer o Chip. Ou será que eu convido?

Liz hesitou. Por um lado, a oportunidade de observar a irmã e Chip juntos era tentadora. Por outro, se Chip também fosse – e Liz, nerd que era, adorava desavergonhadamente passar a noite jogando –, talvez ele levasse a irmã, ou pior, Fitzwilliam Darcy. Mas quem era ela para excluir os outros?

— Claro — respondeu a Charlotte. — Chame o Chip.

Capítulo 21

Liz ficara tão deprimida e incomodada com a notícia sobre Mervetta que, ao procurar faxineiras, preferiu agências que enviassem equipes rotativas em vez de um único indivíduo, com quem a senhora Bennet pudesse se desentender.

Com os orçamentos na mão, tanto de limpeza quanto de jardinagem, Liz bateu na porta do escritório do pai.

— Não tem ninguém — disse ele, e ela abriu a porta.

A escrivaninha do senhor Bennet, atrás da qual ele estava, era voltada para o interior do cômodo, de modo que Liz via as costas e não a frente do computador. Com exceção da máquina, o escritório era exatamente igual a quando os pais dele lhe venderam a casa em 1982 pela soma simbólica de um dólar, no mesmo ano em que venderam a casa de verão em Petoskey, Michigan, para a irmã dele, Margo, pelo mesmo preço. Na verdade, era bem possível que o escritório do senhor Bennet, com sua cama estreita, cortinas de veludo marrom, escrivaninha com tampo de couro (o couro era vermelho escuro e tinha bordas com folha de ouro) e abajur de porcelana com cúpula de franjas não tivesse sido alterado desde que os avós de Liz se mudaram para aquela mansão estilo Tudor em 1927.

Quando menina, Liz achava que o pai era um importante homem de negócios, um investidor – ele era levado todas as manhãs para um escritório de duas salas em Hyde Park Square, onde tinha uma secretária chamada senhora Lupshaw –, e só com o passar do tempo se deu conta de que os investimentos que ele supervisionava eram exclusivamente os bens de sua própria família e que essa supervisão era o único trabalho que ele tinha. Essa conscientização foi tão gradual que só no terceiro ano da faculdade, quando uma amiga de Liz disse sobre um cara mais velho com quem a amiga estava saindo:

— Ele finge que trabalha, mas acho que é só mais um desses homens que cuidam do dinheiro do resto da família.

Liz sentiu uma indesejada identificação. Uma década antes, quando o pai "se aposentou", Liz bem que desejou não ter pensado cruelmente: *Mas se aposentou de fazer o quê?*

Liz entrou no escritório.

— Encontrei quem venha limpar a casa e cuidar do jardim — disse ela. Olhou para o bloco de repórter. — Acho que vou pedir para virem de quinze em quinze dias e, claro, vocês não vão precisar tanto do jardineiro depois do verão. Quando a senhora Bildeier trouxe o pão de banana que fez, ela me disse o nome da agência de limpeza que ela usa, e falou que eles são ótimos.

Os olhos do pai estavam concentrados na tela do computador enquanto ele explicava:

— A sua mãe limpa a casa, e eu cuido do jardim.

— Talvez em teoria. Mas você ainda não está plenamente recuperado, e a mamãe está concentrada lá no almoço dela na Liga das Mulheres.

Depois de retirado o gesso no dia anterior, o braço direito do senhor Bennet ficara pálido, enrugado, descascado, e mesmo depois do banho, não inteiramente isento do cheiro de podre que Jane previra; quando Liz perguntou ao doutor Facciano quanto tempo levaria para o pai voltar a dirigir, o médico dissera entre quatro e seis semanas.

— Bem, a casa da Nancy Bildeier não serve de propaganda para nada — disse o senhor Bennet. — Se ela tem algum móvel que não esteja cheio de pelo de cachorro, eu nunca reparei.

Liz não esperava encontrar essa resistência. Indecisa, ela questionou:

— E se eu pagar? — Naquele momento, ela tinha treze mil dólares na poupança, quantia que lhe dava alguma segurança em comparação aos pés-de-meia inexistentes das irmãs, mas que também parecia inexplicavelmente baixa, já que sua renda anual média era de cento e cinco mil dólares, ela não tinha dependentes, e, além do fato de morar em Nova York, ela não era de esbanjar.

— Não seria um bom uso para o seu dinheiro — contrariou o senhor Bennet. — Nem para o meu. A resposta é não.

— Mas o senhor não acha que a casa está um pouco abandonada? E o jardim também?

O senhor Bennet soou impassível ao declarar:

— Tudo tende à entropia, minha querida. É a segunda lei da termodinâmica.

Capítulo 22

Para surpresa de Liz, tanto Lydia quanto Kitty exultaram de prazer ao saber do jantar na casa de Charlotte e do convite para a mímica.

— Espero que vocês saibam que eu vou arrasar com vocês — Lydia disse, e Mary emendou:

— Roubando, você quer dizer?

— E se nós duas estivermos no mesmo time? — perguntou Liz. — Esse seu arraso se limita aos seus oponentes ou é indiscriminado?

— Você nunca perde a oportunidade de usar uma palavra difícil? — respondeu Lydia. — Ou você acha que os circunlóquios sempre amplificam a sociabilidade?

— Essa até que ficou boa — comentou Liz. — Especialmente para alguém com uma nota tão baixa como a sua na parte verbal das provas de admissão.

— Meninas, sem briga — disse a senhora Bennet. — Não fica bem.

— Se fosse para não brigar, acho que elas nem se falariam mais — disse o senhor Bennet.

— Chip e eu marcamos de sair na sexta — contou Jane. — Mas se não fosse isso, eu adoraria.

— A Charlotte ia chamar o Chip também — disse Liz, e a senhora Bennet retrucou:

— Aposto que o Chip vai preferir ficar sozinho com a Jane. Namorados recentes precisam de espaço.

Lydia se virou para a irmã mais velha, com voz alegre.

— Jane, você acha que vai perder a virgindade com o Chip?

O senhor Bennet ficou de pé, largando o guardanapo na mesa.

— Por mais que esta conversa esteja interessante, surgiu um assunto urgente. Preciso de um hambúrguer.

Simultaneamente, Liz alertou:

— Papai, o senhor não pode dirigir.

— Papai, o senhor não pode comer carne vermelha — lembrou Jane.

O senhor Bennet fez um gesto para o prato, sobre o qual havia porções modestas da lentilha preparada por Jane e da salada preparada por Liz.

— Isso aí é inaceitável. Eu não sou um esquilo. Lizzy, vamos ao Zip's.

— Papai, o doutor Morelock é um dos mais recomendados médicos de dieta vegetariana — disse Jane. — Não foi ideia nossa.

— O ferro do hambúrguer vai ajudar o papai — opinou Kitty. — É só não comer o pão.

— Isso seria como assistir a um *striptease* com um dos olhos fechados — disse o senhor Bennet.

— Que horror — falou Mary.

O senhor Bennet apontou para a porta dos fundos.

— Vamos, Lizzy.

Liz olhou de relance para Jane, que suspirou enfaticamente. Liz entendeu aquilo como uma permissão tácita, e também se pôs de pé. A verdade, infelizmente, era que as lentilhas estavam de fato quase insossas.

— Alguém mais vai querer alguma coisa? — perguntou ela.

Todos quiseram, exceto Jane – pediram hambúrgueres, cheeseburguers e batatas fritas –, embora, no último minuto, pouco antes de o senhor Bennet e Liz saírem pela porta dos fundos, ela os tenha chamado.

— Está bem. Vou querer anéis de cebola.

Capítulo 23

— Você ainda está pensando em ficar em Cinci até setembro? — perguntou Jasper a Liz pelo telefone. — Porque não sei se consigo esperar tanto tempo até você voltar.

— Estava pensando que podíamos nos encontrar em algum lugar para passar um fim de semana juntos em agosto — sugeriu Liz. — Quem sabe em Cape Cod?

— Deixe eu perguntar uma coisa — Jasper disse. — Eu sei que o almoço da sua mãe é o grande acontecimento da vida dela. Mas quando ela diz que passa os dias planejando incessantemente, o que ela faz de fato? O evento não é dentro de um hotel, que prepara toda a comida e cuida da decoração?

Embora Liz tivesse pensado a mesma coisa, não tinha certeza de se Jasper conhecia a senhora Bennet bem o suficiente – eles só haviam se encontrado uma vez, anos antes – para ter o direito de perguntar aquilo.

— Ela e outras mulheres estão tentando arranjar doações para o leilão — explicou Liz. — E fazendo os trâmites para que tudo o que for arrecadado com o leilão vá para um abrigo de adolescentes sem teto. Não é só um capricho de senhoras grã-finas.

— Certo, eu é que estou me achando agora uma pessoa ruim. Mas a sua mãe não sabe que eu preciso da minha Nin?

Liz sorriu.

— Você sabe que eu vim para cá por causa do meu pai, não da minha mãe. Além disso, você me fez esperar catorze anos. Certamente consegue esperar mais dois meses.

— Que tipo de idiota faria Liz Bennet esperar catorze anos? — disse Jasper. — Se eu encontrar esse cara, vou quebrar a cara dele.

Capítulo 24

Quando Caroline Bingley e Fitzwilliam Darcy entraram pela porta do apartamento de Charlotte no centro, a visão de Darcy perturbou Liz mais do que ela gostaria de admitir.

— Sinto muito — murmurou Jane para Liz – Chip e Jane tinham no fim decidido começar a noite na Charlotte – quando os recém-chegados apareceram na cozinha para buscar bebidas. — Você está bem?

Liz deu de ombros.

— Claro que estou.

Mas o comentário de Darcy no churrasco dos Lucas sobre a suposta solteirice de Liz – "Imagino que seria pouco gentil da minha parte dizer que não me surpreende" – ecoara irritantemente na cabeça de Liz durante a semana inteira. Teria sido uma tentativa espontânea de dizer algo espirituoso? Ou em seu breve encontro, será que ele teria reparado em algum aspecto estranho em sua apresentação – um mau hálito asqueroso, digamos – que ninguém, nem mesmo Jane, jamais tivera coragem de mencionar? Em Nova York, Liz raramente ficava pensando nos contornos de sua vida romântica, mas em Cincinnati, a irregularidade de seu caso com Jasper ganhava um foco mais nítido. A depender de quanto tempo a avó de Susan demorasse para morrer, talvez se passassem ainda vários anos até que Jasper e Susan pudessem se divorciar oficialmente e – Liz imaginava – ela e Jasper pudessem morar juntos. Enfim, em alguma cerimônia discreta, eles se casariam. Parecia plausível que ela seria a última das irmãs a se casar, mas Liz não tinha a mesma opinião da mãe, que via o casamento como uma espécie de corrida. Afinal, ela já tinha um companheiro em quem confiava para conversar sobre as coisas e um corpo na cama em quem confiava para se encaixar, e não eram afinal esses os verdadeiros privilégios do casamento?

E no entanto, Liz não era imune a uma série de dúvidas em relação a Jasper. Durante o casamento de um colega, ao preencher um formulário que pedia que declarasse seu estado civil ou que identificasse algum contato para emergências (ela sempre escrevia o nome de Jane), ou quando confrontada com evidências de escolhas que fizera sem necessariamente reconhecê-las como escolhas no momento – essas circunstâncias faziam com que ela se detivesse por um momento. Nas últimas semanas, sempre que encontrava por acaso com ex-colegas de escola ou velhos amigos da família, eram muitas as provas de que as escolhas das outras pessoas haviam sido diferentes. Alguns dias antes, ela fora beber com Charlotte no Don Pablo's, outrora o restaurante favorito das duas, e ao bebericar sua margarita de romã, ela se deu conta de que na mesa ao lado, levantando-se para sair, estava a colega delas de Seven Hills, Vanessa Krager, além de um careca que parecia ser o marido de Vanessa e quatro crianças entre cinco e doze anos de idade que pareciam filhos dos dois. Como aquilo era matematicamente possível? E será que não havia ali, na ávida reprodução de Vanessa, algo de estranho, uma espécie de declaração de narcisismo ou agressividade? Em geral, era menos chocante para Liz o fato de que, vinte anos depois de sair da escola, ela ainda fosse essencialmente a mesma pessoa, apenas mais madura, livre de marido e filhos, do que o fato de que quase todos os outros houvessem se transformado, se mudado e se multiplicado tanto. Após os cumprimentos, apresentações e atualizações, moderadamente calorosos (Vanessa trabalhava meio período como secretária de um quiroprata, a família estava indo ao recital de piano do filho de dez anos), Vanessa disse:

— Liz, eu li a entrevista que você fez com a Jillian Northcutt. Você acha que o Hudson Blaise a traiu mesmo?

Cinco anos antes, depois do fim de um então famoso casamento de astros de Hollywood, Liz fora a primeira jornalista a entrevistar a atriz Jillian Northcutt após a separação. Era um tanto constrangedor que esse tivesse se tornado o artigo mais conhecido dela – a entrevista inteira, feita em um quarto de hotel, durara dezoito minutos e ocorrera na presença não só da agente e assistente pessoal de Jillian Northcutt, mas também de uma manicure calada e uma pedicure igualmente silenciosa. Embora o encontro tenha rendido dividendos na forma de conversas posteriores em festas, e até levado Liz a diversos programas de entrevistas na televisão, ela na verdade sentiu pena de Jillian Northcutt pelo grau de sensualidade que despertava.

Para Vanessa, Liz respondeu:

— Acho que as únicas pessoas que realmente sabem o que deu errado são eles dois.

Insistentemente, Vanessa disse:

— Mas ele e a Roxanne DeLorenzo ficaram juntos um mês depois!

A essa altura, o marido de Vanessa interveio:

— Van, precisamos ir.

— Que bom te ver, Vanessa — afirmou Charlotte, e então a família foi embora em meio a uma comoção que incluiu arroz derramado da embalagem térmica de isopor para viagem, lágrimas, e violência entre irmãos.

Depois que foram embora, Charlotte e Liz se entreolharam e, exatamente ao mesmo tempo, Liz disse:

— Esse, não fosse a graça de Deus, seria o meu destino.

E Charlotte:

— Será que eu deveria congelar meus óvulos?

— Peguei no verde primeiro! — falou Liz.

Quando Charlotte deu risada – Liz não tinha certeza de se ela acharia graça naquilo –, Liz se lembrou novamente do quanto gostava da amiga.

Porém, se a aversão de Liz a ter filhos era clara, quanto à sua situação amorosa, ela já não tinha tanta certeza. Às vezes, se perguntava por que ninguém além de Jasper jamais conquistara de verdade seu coração ou, talvez mais precisamente, por que afinal ela jamais conquistara ninguém? Pois até mesmo a meia dúzia de homens com quem ela saía casualmente terminavam com ela com a mesma frequência que ela com eles, ou pareciam menos arrasados quando ela queria terminar.

Eram esses os inquietantes pensamentos que rodopiavam na cabeça de Liz enquanto os diversos convidados no apartamento de Charlotte procuravam bebidas e se cumprimentavam. Além das irmãs Bennet e o grupo dos Bingley, Charlotte convidara um amigo da Procter & Gamble chamado Nathan, que trouxera o namorado, Stephen. A princípio, Liz dera um jeito de conversar exclusivamente com Nathan e Stephen, que tinha acabado de conhecer naquela hora, mas após vinte minutos de conversa sem olhar na direção de Darcy, ela se viu lado a lado com Caroline Bingley.

Caroline estava olhando para Liz com algo que esta considerou um escrutínio excessivo; sendo Caroline irmã do novo namorado de Jane, Liz conteve seu impulso de encarar de volta rudemente. Sorrindo, ela disse:

— Liz Bennet. Irmã da Jane. Nós nos conhecemos no Quatro de Julho.

O belo rosto de Caroline (olhos azuis, sardas claras, um nariz delicado e um pouco arrebitado) se alterou ligeiramente. Ela respondeu:

— É mesmo?

Ah, meu Deus, pensou Liz. *Não me admira que você e Darcy sejam amigos.*

— Brevemente — esclareceu Liz. — Quando você me disse que tinha dificuldade em se lembrar se estava em Cincinnati, Cleveland ou Columbus. E, por falar nisso, você está em Cincinnati.

— Sim, eu percebi — falou Caroline, em um tom hostil.

Seguiu-se uma pausa, e então Liz disse:

— Ouvi dizer que você é agente do Chip. Você tem outros clientes ou só trabalha para ele?

— Sou muito seletiva quanto às pessoas com quem trabalho — esclareceu Caroline. — Há uma atriz incrível de dezenove anos, muito talentosa, que participou de alguns filmes independentes, e agora uma grande emissora está interessada em fazer uma série para ela. Trabalho com esse tipo de pessoa e não, digamos, com qualquer um que faça malabares com filhotes na televisão.

— Entendi, astros de reality shows, mas só os melhores — comentou Liz. Caroline franziu os olhos, calada, e Liz acrescentou: — Como ela se chama?

Caroline pareceu confusa.

— A atriz de dezenove anos — disse Liz. — Qual é o nome dela? Às vezes eu escrevo sobre celebridades, talvez eu a conheça.

— Ah. Ella Brandy.

— E o que ela já fez?

Caroline balançou a cabeça, e Liz não entendeu se o gesto era condescendente ou evasivo.

— O filme que teve mais repercussão passou em festivais, mas ainda não entrou em circuito. — Caroline não perguntou nada sobre o contexto em que Liz escrevia sobre celebridades. Em vez disso, reclamou: — Pois é, quando digo às pessoas em Cincinnati que sou agente, elas acham que eu trabalho para o governo.

— Ah, duvido muito — disse Liz. — Embora eu sempre me pergunte o que afinal faz um agente. Eu entendo o produtor e o assessor de imprensa, mas o agente, não sei... Uma espécie de conselheiro? Um amigo superestimado? — Caroline franziu os olhos desconfiada, e ocorreu a Liz que talvez tivesse ultrapassado os limites da polidez fingida. Ela acrescentou: — Eu estive em Los Angeles na primavera passada para... — Mas, nesse momento, Charlotte bateu um garfo na taça de vinho e a sala ficou em silêncio.

— Surgiu uma proposta de formação dos times da nossa mímica: as irmãs Bennet contra o resto — falou Charlotte.

Todos riram, e Mary protestou:

— Não me parece justo.

— Mas imagino que seja injusto a seu favor — disse Darcy. Ele estava parado a uns três metros de Liz, onde conversava com Chip e Jane. — Pois as famílias costumam ter seus próprios códigos.

Ele não deixava de ter razão, mas a questão era o tom pedante. Em voz alta, Liz disse:

— Sou a favor, as Bennet contra o resto.

Charlotte sorriu.

— Então, vamos começar.

Capítulo 25

Depois que Charlotte distribuiu folhas de papel e canetas, os times recém-formados se retiraram em cantos afastados da sala para combinar em voz sussurrada os personagens ou títulos escolhidos para o jogo.

— *Bom partido* — sugeriu Kitty, e Liz negou com a cabeça.

— Muito fácil. Tom Cruise?

Dessa vez foi Lydia que olhou feio para Liz.

— O Tom Cruise está velho e assustador.

— Frida Kahlo? — disse Mary.

— É aquela lésbica? — perguntou Lydia.

— Talvez seja melhor escolhermos um filme — disse Jane.

— *Dirty Dancing* — falou Kitty, e Liz disse:

— Perfeito.

Seria realmente uma satisfação, ela pensou, se Darcy fosse a pessoa obrigada a fazer essa. Depois de arrancar o pedaço de papel em que escreveu *Dirty Dancing*, elas passaram a escolher mais alguns personagens ou títulos menos controversos.

O outro time não foi tão eficiente, pois, como Darcy havia comentado, eles não se conheciam tão bem. Além do próprio Darcy, o time era formado por Caroline, Chip, Charlotte, Nathan e Stephen.

Quando os times se reuniram em volta da mesa da sala, Chip jogou a moeda e decidiu-se que a equipe Bennet começaria. Mary escolheu um pedaço de papel da pilha sobre a mesa, leu e franziu o cenho.

— Mal sei o que é isso.

— Sem falar — disse Caroline.

— Comece, Mary. O cronômetro está contando o tempo — instruiu Liz.

Mary ergueu a palma da mão e com o outro punho imitou o movimento de uma manivela de uma velha câmera de cinema mudo.

— É um filme! — Kitty e Lydia gritaram juntas.

Mary mostrou três dedos.

— Três palavras — disse Jane. — Você está ótima.

Mary fez uma pausa e pensou.

— Pelo amor de Deus, Mary — falou Lydia. — Controle-se.

Mary tornou a mostrar os três dedos, e Liz adivinhou:

— A terceira palavra.

Mary agitou as mãos na altura da cintura como se espantasse um enxame de insetos.

— Uma saia de capim? — arriscou Liz. — Elvis Presley? *Feitiço havaiano*?

Mary negou com a cabeça e repetiu o gesto.

— Fazer xixi! — berrou Kitty. — Fazer xixi em tudo! Cocô na calça!

— Explodindo de diarreia! — exclamou Lydia. — Sal de frutas! Menstruar!

Enquanto Mary negava com a cabeça seriamente e as duas irmãs mais novas gargalhavam, Liz subitamente entendeu a natureza do incômodo que se agitava dentro de si desde que Caroline Bingley e Fitzwilliam Darcy chegaram no apartamento de Charlotte: aquilo que era para ser uma noite de brincadeiras inconsequentes agora se expunha ao olhar julgador de desconhecidos. Assim, o jogo ficou parecendo um teste em que as impressões negativas que Darcy e Caroline tinham de Cincinnati seriam confirmadas ou contrariadas. Mas por que aquele duo mereceria, pela simples razão de sua própria altivez, que todos os presentes se esforçassem para conquistar sua opinião favorável? Ou, não, nem todos os presentes – certamente não Lydia e Kitty –; e se a indiferença das irmãs mais novas diante de desconhecidos humilhava Liz, foi sua própria humilhação que a deixou furiosa. Caroline e Darcy que pensassem mal de Cincinnati e seus moradores! Por que ela se importaria com isso? Porém, inexplicavelmente, ela se importava.

Mary agitou a mão para trás e para a frente, como se tentasse apagar o gesto anterior, então, ergueu um dedo.

— Primeira palavra — disse Jane.

Mary ergueu dois dedos.

— Duas sílabas — falou Liz.

Mary novamente ergueu um dedo.

— Primeira sílaba — disse Liz.

Mary pôs a mão em concha sobre o ouvido.

— O som é parecido com... — disseram Jane e Liz ao mesmo tempo.

Mary apoiou as mãos no joelho.

— Coelho! — chutou Jane e ao mesmo, Liz falou:

— Joalheiro!

Mary negava com a cabeça. Bateu na perna, dessa vez mais acima, e Kitty disse.

— Quadril. Lombo. Peito.

— Peitos e bunda! — berrou Lydia.

Ainda bem que, a essa altura, o tempo acabou, e em tom de quem achava que o erro foi das irmãs e não seu, Mary disse:

— *Lendas da paixão*.

— Que porra é essa? — quis saber Lydia.

— É um filme — explicou Liz. — Na verdade, é um livro também, mas o filme é com o Brad Pitt.

— E por que você não mostrou isso? — disse Kitty a Mary. — Você podia ter fingido que estava lutando, como se estivesse no *Clube da luta*.

— Não, seria muito difícil — disse Jane. — Mesmo que tivéssemos mais tempo, não creio que eu conseguiria adivinhar.

— Ainda não entendi por que você ficou fingindo que estava com diarreia — questionou Lydia, e Mary disse com impaciência:

— Eu tentei fazer coxa grande, um *coxão*... enfim.

Liz evitou olhar para Darcy ou Caroline quando Nathan da Procter & Gamble se levantou e pegou um pedaço de papel na pilha destinada ao seu time. Quando abriu, fez o mesmo gesto de manivela de câmera que Mary fizera.

— Filme — disse Charlotte.

Nathan ergueu um dedo.

— Uma palavra — sugeriu Chip.

Nathan fechou os olhos, cerrou os punhos agitados na altura dos ouvidos, abriu a boca e fingiu gritar.

Sem ênfase, Darcy declarou:

— *Psicose*.

— Ora, ora — disse Nathan. — Nada mal.

Chip gargalhou.

— Tem certeza de que você nunca jogou isso, Darcy?

— Sério? — falou Caroline satisfeita. — Ele acertou?

— Acertou — confirmou Nathan. — Celebremos. Afinal, qual é o nome do nosso time?

— Conquistadores — sugeriu Charlotte. — Que vexame, irmãs Bennet!

Liz não se incomodava com o espírito competitivo de Charlotte – ela sabia do afeto que havia por trás daquilo –, mas Caroline Bingley cruzou o olhar com Liz, e a expressão de Caroline não continha aquele mesmo afeto.

— Parece que os códigos da família não adiantaram muito — disse Caroline.

O jogo continuou como começou, com Lydia e Kitty berrando suposições tão absurdas quanto inexatas; quando o filme escolhido foi *A noviça rebelde*, elas gritaram: "Hemorroida!" e "Boquete!"; quando o personagem era Dwight Eisenhower: "Vibrador!" e "*Ménage*!". A vulgaridade das irmãs mais novas não era surpresa para Liz; na verdade, ela mesma, mais do que Jane e Mary, gostava de palavrões. No entanto, a diferença entre Liz e suas irmãs mais novas era a ausência de deferência ao contexto. Diante de quase desconhecidos, Liz jamais seria tão crua e destemidamente direta. Mas Kitty e Lydia eram sempre elas mesmas, de um modo que Liz achava ao mesmo tempo espantoso e admirável. Elas falavam sobre pelos púbicos na mesa de jantar, enviavam mensagens de texto na igreja, aludiam às próprias ressacas com a impassibilidade com que Liz se referiria a uma topada com o dedão. Talvez, Liz pensava, a indiferença delas diante de julgamentos ou consequências refletisse a grande leniência que o senhor e a senhora Bennet lhes haviam demonstrado. Os pais, quando Liz e Jane eram pequenas, ainda se preocupavam com horários de dormir e de voltar para casa, com notas na escola e tarefas e bilhetinhos de agradecimento. Ao passo que recentemente, certa tarde, quando Liz perguntou se Lydia teria algum tipo de papel de carta que pudesse usar para escrever a um anunciante que a levara para almoçar em Nova York na semana em que o senhor Bennet adoecera, Lydia disse que não tinha papel de carta.

— Então como você faz para agradecer alguém? — perguntou Liz, e Lydia respondeu:

— Agradecer pelo quê?

Mas o aspecto mais impressionante da indiferença de Lydia e Kitty para Liz era sua despreocupação de que algo pudesse prejudicá-las. Eram meninas tão bonitas, de longos cabelos loiros, como os de Jane – Liz e Mary eram morenas –, e corpos, graças a sua dedicação ao crossfit, perfeitamente tonificados. Além disso, elas ainda eram *jovens*, a pele lisa e os olhos brilhantes, mesmo que chegassem tarde quantas noites fossem. Será que não se importavam de gritar sobre badalhocas nem se preocupavam de que isso pudesse de alguma forma diminuir sua beleza florescente, formando uma imagem incompatível, desabonadora, na cabeça dos ouvintes? Aparentemente, não.

No entanto, mesmo que Liz sentisse o peso do constrangimento, também sentia o oposto do constrangimento, uma espécie libertadora de resignação. Suas irmãs eram pessoas que não perdiam uma oportunidade de falar de sexo, fezes e combinações do tipo; se a família dela deixava Darcy e Caroline horrorizados, que fosse. Era mais por Jane que ela lamentava, se aquela noite viesse a comprometer a impressão que Chip tinha dela.

Na terceira rodada do jogo, na vez de Jane, a indecência teve a sua apoteose. A música, como se descobriu, era "Jingle Bells" – mas, com grande entusiasmo, Lydia não parava de repetir: "Coprofilia! Coprofilia!". Liz ignorou-a e, juntas, ela e Mary acabaram acertando, mas, quando o tempo acabou, Stephen disse:

— Eu estava quase com medo de perguntar.

Lydia e Kitty caíram na gargalhada. Liz se levantou.

— Alguém quer beber mais alguma coisa?

Stephen pediu a Lydia:

— Fale no meu ouvido.

— Ah, por favor — disse Charlotte. — Nada de segredos. Simplesmente fale.

Liz olhou de relance para Lydia e Kitty ao passar por elas no caminho da cozinha. Lá, após abrir outra garrafa de vinho e encher sua taça, ela verificou seu celular. Nenhuma mensagem interessante, nenhum e-mail. A *Sporty* saía na segunda-feira, então ela sabia que Jasper ficaria trabalhando a maior parte do fim de semana.

— Acho que a Caroline está bebendo *cabernet* — disse uma voz masculina. — É isso mesmo?

Quando Liz ergueu os olhos, Darcy havia entrado na cozinha e estava junto à bancada segurando duas garrafas abertas.

— Não faço a menor ideia. — Liz observou enquanto ele servia, depois falou: — Na verdade, ela deve estar bebendo da outra, porque esta eu acabei de abrir. Aqui. — Liz se aproximou, pegou a taça que Darcy segurava e, em um longo gole, bebeu todo o conteúdo. Quando o líquido avermelhado terminou, ela devolveu a taça à bancada. — Problema resolvido.

— Essa taça era minha — disse Darcy.

— Oops. Você tem medo dos meus germes B- de Cincinnati?

Darcy tornou a encher a mesma taça, olhou para ela, bebeu um gole e disse, sem sorrir:

— Confio no meu sistema imunológico. — Ao servir da outra garrafa a taça de Caroline, ele disse: — Você deve se lembrar de que foi você mesma, e não eu, quem se deu B-.

— Eu estava tentando me colocar no seu lugar, ver o mundo da sua perspectiva.

— Entendi. — Tudo nele, cada inflexão da voz, cada expressão, transbordava esnobismo.

— Seja como for, minhas irmãs não representam todas as pessoas de Cincinnati. Lydia e Kitty, por acaso, têm péssimos modos.

— Eu percebi que elas têm péssimos modos — afirmou Darcy, e Liz imediatamente se arrependeu de sua quase desculpa.

— Pois bem, e de onde você é que é tão superior a esta cidade?

— Eu cresci perto de San Francisco. Mas, outra vez, você está colocando palavras na minha boca. Eu nunca falei *superior*.

— Algo do gênero — disse Liz. — E, sabe, só para registrar, não importa o que você pensa sobre as pessoas daqui, a sua opinião diz mais sobre você do que sobre a cidade. Porque não sei o que você acha que os outros lugares têm que não tenhamos também por aqui. Drinques de quinze dólares feitos com ingredientes locais? Nós temos. Bandas *indie*? Temos. Terapeutas de reiki? Também. Talvez você só precise procurar melhor, pois temos tudo isso por aqui, e também muitas outras coisas, como belas casas antigas perfeitamente acessíveis e um parque incrível na beira do rio e times esportivos de expressão nacional e bons transportes públicos e uma mistura de raças e de etnias. É possível ter uma qualidade de vida muito boa em Cincinnati.

Foi sem dúvida o elogio mais apaixonado de sua cidade natal que Liz jamais fizera – na verdade, ela não tinha certeza se acreditava em tudo aquilo –, mas Darcy simplesmente retrucou:

— Que bom que você é uma entusiasta do lugar onde vive.

— Ah, mas eu não moro aqui — corrigiu Liz. — Eu moro em Nova York.

Nesse momento, Darcy fez algo que ela ainda não tinha visto ele fazer: ele sorriu.

— Não que eu *não pudesse* morar aqui — ela adicionou rapidamente, embora tampouco tivesse certeza disso. — É mais porque não faria sentido para o meu trabalho. Eu escrevo para a revista *Rímel*, mas voltei porque meu pai operou o coração.

— Safena?

Liz assentiu.

— Ele está bem. — Por instinto, ela bateu três vezes na madeira do armário.

— Ele operou no Christ? — Liz assentiu outra vez, e Darcy completou: — O departamento cardiotorácico deles é bom.

— Vocês estão fermentando as uvas aí? — alguém perguntou, e Liz e Darcy se viraram e viram Caroline. — É sério, vocês estão aqui há vinte minutos — disse ela, e por trás de seu tom divertido, Liz notou um indiscutível territorialismo. Que coincidência, pensou Liz, que as obrigações de agente de Caroline a tivessem trazido a Cincinnati.

— Liz estava agora me contando que ela escreve para uma revista — disse Darcy. — *Rímel*, não é?

— Ah, que divertido — comentou Caroline. — Você escreve aqueles artigos do tipo "Vinte dicas para arrasar na cama"?

— A *Rímel* não publica esse tipo de coisa — disse Liz.

— Estou cansada de mímica — reclamou Caroline a Darcy. — Quer ir embora?

Em voz mais alta, Liz disse:

— Já sei em que revista você deve estar pensando, não é a *Rímel*. Nós escrevemos sobre sexo, é claro, mas não de um modo vulgar.

Caroline se virou para Liz.

— Vocês o quê?

— A *Rímel* aborda assuntos sérios — declarou Liz. — Fui à Arábia Saudita no ano passado fazer uma matéria sobre relações de gênero no Oriente Médio.

Havia algo desafiador, ou estranhamente acusatório, no tom de voz de Caroline ao dizer:

— Você teve que cobrir a cabeça?

— Usei uma *abaya* e um lenço quando saía em público.

Caroline esboçou um sorriso.

— Temos aqui uma pessoa viajada. — Seu foco se desviou para Darcy ao dizer: — A Charlotte está pensando em pedir algo para jantar, mas eu preferiria ir embora.

— Podemos ir — concordou Darcy.

A mímica ainda não havia terminado, Liz tinha certeza, embora ela não estivesse mais disposta a insistir para continuarem.

Darcy se virou para ela.

— Vou sugerir que a Câmara do Comércio de Cincinnati contrate você, mas acho que ficaria um pouco longe para vir todo dia.

Ele e Caroline estavam saindo da cozinha quando Liz disse:

— Você fez uma piada? Eu não havia notado que você tinha senso de humor.

Capítulo 26

Nem o senhor, nem a senhora Bennet iam regularmente ao último andar, e foi por isso que Liz ficou um tanto surpresa, enquanto trabalhava em sua escrivaninha, ao ver sua mãe parada na porta de seu quarto. A senhora Bennet trazia uma pequena caixa de papelão, com a tampa aberta. Seu tom era abusado ao dizer:

— Achei que era para mim.

Diversas vezes ao dia, a campainha da mansão estilo Tudor tocava, e era geralmente um amigo da família trazendo uma caçarola ou um assado para consolar o senhor Bennet em sua recuperação, ou uma entrega do FedEx ou UPS. Cerca de três quartos dessas encomendas eram para a senhora Bennet – elas se acumulavam, muitas vezes fechadas, no saguão da entrada e na sala de jantar – e o restante eram produtos diversos e materiais de imprensa enviados para Liz na *Rímel* por anunciantes e reenviadas pela revista: suplemento dietético proteico e amostras de meias-calças de celebridades, futuras biografias bombásticas, novos tipos de brilho labial.

— Obrigada. — Liz se levantou e pegou a caixa.

Com certa ostentação, a senhora Bennet disse:

— Não faço ideia de quem enviou.

Enquanto a mãe se virava e ia embora, Liz viu que a caixa tinha o logotipo e o endereço da *Sporty*, com o nome e o sobrenome de Jasper manuscritos acima em letra perfeitamente legível. Vasculhando o interior, Liz afastou os isopores e encontrou um papel de carta da *Sporty* onde Jasper rabiscara "PENSANDO EM VOCÊ!". Embaixo da folha, havia um *babydoll* vermelho combinando com a calcinha. As peças, que teriam sido vulgares mesmo que fossem bem-feitas, eram claramente baratas, o que não as isentava de certa atração ridícula e desconcertante no caso da humilhante possibilidade de terem sido examinadas pela mãe dela. Ou, pensou Liz, a humilhante certeza. Mas se a senhora Bennet não perguntasse sobre o presente, Liz não daria nenhuma explicação.

Ela telefonou para o celular de Jasper, e quando ele atendeu, ela falou:

— A minha mãe abriu a sua caixa. Ela mandou dar os parabéns pela discrição e pelo bom gosto.

Jasper deu risada.

— Será que ela sabe que abrir correspondência alheia é crime federal? Ei, estão dizendo que Noah Trager vai ser demitido ainda esta semana. Você não acha que eu daria um bom editor-chefe da *Dude*?

— Na verdade, acho.

— Edward van Pallandt é um dos anfitriões do jantar beneficente de hoje, para um dissidente de Burma. Os convites já foram todos vendidos, mas aposto que eu consigo entrar. Você acha precipitado se eu falar com o van Pallandt sobre o meu interesse na *Dude*?

Noah Trager era o atual editor-chefe da *Dude*, uma revista masculina; Edward van Pallandt era o diretor criativo, um *bon-vivant* que, em um dos melhores momentos de todos os tempos da vida de Liz, elogiara seus sapatos quando estavam no mesmo elevador. (Era uma bota bege de camurça trançada na frente e, glória maior, Liz pagara trinta dólares por ela na TJ Maxx em Cincinnati.) Quanto ao dissidente de Burma, Liz não sabia quem era.

— Como você tem certeza de que o Noah será despedido? Quem disse? — perguntou ela.

— Ouvi algumas pessoas comentando.

— Acho que tudo bem ir até o jantar e falar com o Edward van Pallandt, para lembrá-lo de quem você é, mas eu não falaria nada sobre a *Dude* especificamente. Pode parecer aproveitador da sua parte. O seu currículo está atualizado, aliás?

— Vou enviar para você arrumar. Sabe o que você também podia me enviar? Uma foto sua com o *babydoll*.

— Com ou sem a minha mãe ao fundo?

Jasper gargalhou.

— Ela sabe que você é adulta, Nin.

— Eu não teria tanta certeza. — Liz cruzou os pés sobre a escrivaninha e recostou na cadeira, apoiada só nas pernas de trás. — Quem é esse dissidente de Burma? —perguntou. — Algum artista?

— Hummm. Talvez seja bom eu saber antes de chegar lá hoje à noite.

Capítulo 27

A tia Margo e o primo Willie chegaram na mansão estilo Tudor a tempo dos coquetéis na terça-feira; além deles, ineditamente, Chip Bingley se juntaria aos Bennet para o jantar.

— Acho bom que a tia Margo e o primo Willie estejam aqui, porque eles distraem a mamãe — disse Liz a Jane na cozinha enquanto servia amêndoas em uma tigela. — Talvez assim ela não fique muito em cima do Chip.

— Mas será que o fato de eles já terem se conhecido no churrasco dos Lucas não alivia a pressão? — considerou Jane. — Era o que eu vinha dizendo a mim mesma.

— Ah, a questão não é se eles vão aprová-lo. Mas, se ele não ficou apavorado com a Lydia e a Kitty brincando de mímica, então aposto que você pode ficar tranquila. — Liz dobrou o pacote de amêndoas e fechou com um pregador. — Por falar nisso, acho que o Willie contratou um estilista. Ele está com a aparência bem melhor.

Jane sorriu.

— Você não acredita que ele possa ter se informado sozinho?

— Não quero parecer cruel, mas não. Essa calça dele é uma tendência muito recente.

E, no entanto – ainda mais cruelmente –, desde que deram um abraço desajeitado no terminal do aeroporto, onde ela fora buscar as visitas, Liz também teve certeza de que, não obstante o guarda-roupa, a estranheza essencial de Willie permanecia intacta. Em sua cabeça, Liz o considerava ora a pessoa esquisita mais confiante que jamais conhecera, ora a mais esquisita das pessoas confiantes. De estatura mediana, corpulento, cabelos ruivos armados, ele continuava demonstrando o mesmo pendor para falar longamente sobre seus objetivos profissionais, cuja contrapartida era a incapacidade de seus ouvintes de acompanhar seu raciocínio.

Quando Liz e Jane entraram na sala onde as irmãs, os pais, a tia e o primo estavam, Willie parecia estar em meio a um monólogo.

— Temos trinta milhões de visitas por mês — ele estava dizendo, e quando Liz cruzava o olhar do pai, sentado a poucos centímetros de Willie, o senhor Bennet entrecerrava suas pálpebras. Liz olhou para outro lado.

— Se formos comparar com a concorrência, ninguém chega nem perto disso — Willie disse. — O pornô dá dez milhões, talvez doze. Depois que os tarados ficarem viciados, vamos deixar todos os outros no chinelo.

— Imagino que vocês não tenham queijo e torrada — disse a tia Margo.

Simultaneamente, a senhora Bennet ordenou:

— Mary, traga o cheddar de Vermont.

E Lydia disse:

— As caseomorfinas do queijo são tão viciantes quanto ópio.

Em tom atrevido, a senhora Bennet disse:

— Hoje em dia todo mundo tem opiniões fortes sobre o que se come.

— Lizzy — falou Willie —, eu vi no aeroporto que ainda vendem aquela sua revista impressa em árvores mortas.

— É como algumas pessoas preferem ler ainda — respondeu Liz. — Pelo visto, não é o seu caso.

— Willie, se houver alguma coisa em especial que você queira fazer em Cincinnati, a Liz está com a agenda livre. A Jane agora está ocupada com o namorado novo, que virá jantar hoje conosco, aliás — falou a senhora Bennet, e se virou para a cunhada. — O nome dele é Chip Bingley, e ele se mudou para cá para trabalhar no Christ Hospital. Ele fez Medicina em Harvard.

— A senhora disse Bingley? — Willie fez uma careta. — Esse nome me parece conhecido.

Com prazer, a senhora Bennet esclareceu:

— O tataravô dele fundou as Indústrias Bingley, muito conhecidas por fabricarem pias e artigos sanitários por anos e anos.

— E quando a mamãe diz sanitários, ela quer dizer banheiros — explicou Lydia. — Estamos cruzando os dedos para que Jane se torne a rainha da privada.

Discretamente, Jane disse:

— Chip e eu só saímos algumas vezes.

— Ele tem sérias intenções — disse a senhora Bennet. — Aliás, será que a família dele ainda é dona das Indústrias Bingley ou vendeu?

— Nunca falamos sobre isso — falou Jane.

— Se ao menos existisse uma rede mundial de computadores onde se pudesse encontrar esse tipo de informação... — ironizou Willie, e gargalhou ao sacar o celular.

— Você vê *Bom partido*? Porque o Chip participou desse programa há alguns anos — disse Liz.

— Ora, isso foi só uma pequena frivolidade — falou a senhora Bennet. — Só para aliviar a pressão depois da residência médica.

Mas Willie olhou de volta após consultar o telefone com expressão de reconhecimento.

— Foi ele que chorou no final! Eu sabia que conhecia esse nome.

— Eu não sabia que você via *Bom partido* — disse tia Margo a Willie, e Liz completou:

— Não assistimos todos? Com exceção da Jane, digo.

— Ele estava sob muita pressão. — Jane pigarreou, depois falou em voz mais alta. — Essa história do choro... Um produtor lhe disse que uma das mulheres cometeria suicídio se ele não a escolhesse, e ele se sentiu muito mal. Ele não chora mais do que a média dos homens.

Não foi tanto o conteúdo do comentário de Jane, mas o tom compreensivo e protetor que chamou a atenção de Liz. Talvez, por mais improvável que parecesse, Chip Bingley realmente fosse o final feliz de Jane. Que maravilha seria, e como Jane merecia que fosse!

O primo Willie rolou a tela do celular.

— Em 1986, a família Bingley vendeu as Indústrias Bingley à multinacional L. M. Clarkson. Não diz por quanto, mas, Jane, pode ter certeza de que o seu namorado tem um belo colchão caso seja processado por imperícia. — Willie ergueu os olhos. — Lizzy, eu adoraria passear pela cidade. Margo e eu descobrimos no avião que eu não venho para cá desde os catorze anos de idade. Todos esses anos, o papai e eu planejávamos voltar quando alguma de vocês se casasse — falou afetuosamente, sem aparentemente se dar conta da delicadeza do assunto, e depois agregou: — Segundo o Twitter, o zoológico e o museu da Underground Railroad são os lugares imperdíveis de Cincinnati.

— Ou, se você quiser uma recomendação, pode perguntar a alguém que vive aqui há sessenta e quatro anos — disse o senhor Bennet.

— Papai, o senhor nunca foi ao Freedom Center — falou Kitty.

— Não, mas eu cheguei a namorar a Harriet Tubman.

— Papai, amanhã levo o senhor à fisioterapia às nove, certo? Depois tenho que fazer uma entrevista por telefone às onze. Mas, Willie, eu poderia passear com você depois disso. Ou, não sei, Mary, você gostaria de levá-lo? — disse Liz.

— Tenho muito trabalho. — Enquanto Mary negava com a cabeça sem sequer fingir algum remorso, Liz se lembrou de sua teoria de que, pelo fato de Mary não ser muito bonita, ela recebia o crédito de ser inteligente ou virtuosa de um modo que, até onde Liz conseguia perceber, não era. Na verdade, Liz gostava de Mary menos do que de Lydia, e certamente menos do que de Kitty, ainda que amasse todas elas, é claro, por obrigação e por costume. Mas quem supusesse que os interesses aparentemente acadêmicos de Mary correspondiam a uma mente aberta aos outros ou que sua aparência comum era acompanhada de uma grande compaixão estaria enganado; Mary era a prova, Liz concluíra, de que era possível ser desengonçada e desagradável.

— Amanhã tenho uma infinidade de reuniões do meu almoço da Liga das Mulheres — a senhora Bennet estava dizendo à tia Margo e ao primo Willie. — As meninas depois podem lhes contar como eu tenho dado duro. Mas podemos jantar todos no Country Club. — Ela se inclinou para a frente, como se fosse divulgar uma informação confidencial, e sussurrou: — Margo, tenho certeza de que você se lembra de como era deliciosa a salada Caesar de lá.

— Aquilo na parede é uma mancha de infiltração? — Tia Margo se levantou e atravessou a sala. — Meu Deus, Fred, você tem sorte de que a casa ainda não desmoronou em cima de vocês.

— Eu ainda espero que ela desmorone — respondeu o senhor Bennet.

— Isso aconteceu depois da tempestade da semana passada — disse a senhora Bennet e, embora Liz não considerasse a mãe uma grande adepta dos rigores da verdade, aquela mentira, dita na frente de não menos que seis pessoas que poderiam contradizê-la, foi particularmente arriscada. — Mas agora que você me lembrou, Margo — completou a senhora Bennet alegremente —, sem dúvida vou chamar o pedreiro.

Capítulo 28

Comeram na sala de jantar em vez de na cozinha. Antes da chegada de Willie e tia Margo, Lydia e Kitty tinham sido encarregadas de levar as caixas que estavam no hall de entrada e na mesa da sala de jantar para o antigo quarto de Jane (sem contar o crossfit, foi a primeira vez desde que voltou para casa que Liz viu as irmãs mais novas fazendo qualquer esforço físico), e, junto à sua porcelana mais elegante, a senhora Bennet dispôs os cartões de identificação dos lugares marcados, provavelmente para que Chip Bingley se sentasse ao seu lado. Ele chegara trazendo uma garrafa de vinho e um buquê de flores e, embora já houvesse um vaso de gerânios roxos no centro da mesa, a senhora Bennet mandou que Liz os retirasse e pusesse no lugar o buquê de Chip, como se ele pudesse interpretar a existência de outro buquê como uma ofensa pessoal.

Depois de muita discussão entre Jane e a senhora Bennet, o cardápio consistiu de salmão ensopado frio, batatas assadas, salada verde e torta de mirtilos. Devido à suprema importância da noite, a senhora Bennet deixara de lado suas responsabilidades na Liga das Mulheres, e mãe e filha passaram o dia inteiro arrumando a casa e preparando a comida.

Havia transcorrido um minuto desde que estavam todos ali sentados quando Kitty perguntou:

— Chip, eles pagaram para você participar do *Bom partido*?

— Eu ia perguntar a mesma coisa — disse o primo Willie, e a senhora Bennet interpelou:

— Por Deus, o Chip não quer mais falar nisso. Diga-me, Chip, os seus pais moram em Filadélfia?

Chip, que acabara de dar uma garfada, mastigou, depois limpou a boca com um guardanapo de linho branco.

— Eles moram em Main Line. Portanto, nos arredores da cidade, embora eu tenha tentado convencê-los a comprar um apartamento no centro. Center City passou por um renascimento nos últimos anos. — Olhou brevemente para Kitty, que estava sentada à sua frente. — Eu não me importo de falar sobre o programa. — Ele se virou de novo para a senhora Bennet. — Se a senhora não se importar, quero dizer. Não quero contrariar o seu senso de adequação.

Teria alguém dito palavras tão doces à senhora Bennet? E um pretendente rico de sua filha mais velha, muito menos! Praticamente ronronando, a senhora Bennet pôs a mão no antebraço de Chip e disse:

— Continue.

Olhando para todos na mesa, Chip contou:

— Tenho certeza de que essa conversa não será divulgada. Mas, sim, o astro de cada temporada é pago. Creio que a quantia varia conforme as negociações do advogado ou agente; no meu caso, foi um advogado especialista em televisão, porque eu não tinha agente, mas, sim, é uma quantia respeitável.

— Seis dígitos? — quis saber Lydia, e a senhora Bennet disse:

— Céus, Lydia, isso são modos?

Chip sorriu divertido.

— Deixemos assim, uma quantia respeitável.

— Quer dizer que você recebeu e as mulheres não? — questionou Mary.

— Receio que seja assim mesmo — disse Chip —, embora não seja por sexismo. O mesmo vale para quando a estrela escolhida é mulher e os pretendentes são homens. Seja como for, acho que todo mundo recebe ao menos uma diária.

— E quanto tempo duraram as filmagens? — perguntou Liz. Ela estava no lugar mais distante de Chip na mesa, entre o primo Willie e o pai.

— Menos do que você imagina — disse Chip. — Oito semanas.

— E é tudo roteirizado, não é? — falou Mary. — Todo mundo sabe que é.

— Sim e não — respondeu Chip. — Claro, os produtores levam você a determinadas situações. Ou algo ocorre espontaneamente, mas as câmeras não mostram, ou às vezes alguém espirra nos bastidores, então eles fazem mais três tomadas. E, obviamente, a maior parte do que é filmado não vai ao ar. Eles usam algumas centenas de horas para fazer cada episódio de oitenta minutos. Mas eu ainda acho que a personalidade essencial das pessoas acaba se revelando. Muitas daquelas mulheres ficavam indignadas. — Ele olhou para todos à mesa. — Minha história já lhe deu sono, senhor Bennet?

— Não mais do que os nossos jantares costumam me dar. Continue.

Chip sorriu.

— Outro motivo de as coisas ficarem mais dramáticas era o consumo de álcool, e não só à noite. Eles começavam a servir álcool já no almoço e, se houvesse algum motivo que justificasse beber mais cedo, como um *bloody mary* durante o *brunch*, eles ofereciam.

— Agora está me parecendo mais civilizado — disse o senhor Bennet.

— Pena que o senhor já é casado, não é mesmo, papai? — falou Kitty.

— Você é filmado e microfonado do momento em que acorda de manhã até a hora de dormir à noite. — Chip ainda segurava o garfo sobre o prato, sem comer. — Levam o seu celular e proíbem computador, música, até mesmo livros e revistas, em parte para evitar questões de direito autoral, mas também porque nada disso funciona em televisão. Quem quer assistir a alguém lendo? Ou se você estiver ouvindo música, é difícil para os editores cortar a cena. Mas isso significa que você fica entediado, sem privacidade e separado do seu sistema normal de atividades e apoios. É uma tempestade perfeita para a pessoa reagir. Acho que nessas horas eu diria que as pessoas *são* elas mesmas, mas também não são, se é que isso faz algum sentido.

— Eles gravam quando você está cagando? — perguntou Lydia.

— Lydia — disse Jane.

Chip parecia impassível.

— É o único lugar em que eles dão privacidade.

— Como é o Rick Price pessoalmente? — A pergunta veio, inesperadamente, da tia Margo. Nos últimos onze anos, que na matemática da TV era algo equivalente a dezoito temporadas, Rick Price tinha sido o apresentador: um sujeito de aparência afável, de Phoenix, Arizona, que começara a carreira apresentando a previsão do tempo.

— Ele me pareceu ser um bom sujeito. É sempre o mesmo na frente ou atrás das câmeras. Deve ser um trabalho estranho, porque em um dia normal creio que ele passava quatro ou cinco horas no estúdio, mas alguns dos desafios e das atividades literalmente duravam a noite inteira. Por exemplo, ele foi conosco a Barcelona. Uma coisa que eu sempre precisava lembrar é que apesar de ele ser simpático, parte do trabalho dele era provocar situações. Ele e as produtoras eram como as fofoqueiras da cidade. Eles diziam: tal e tal menina disseram para aquela e aquela outra que você disse não sei o quê.

— Foi a sua irmã quem o convenceu a participar do programa, não foi? — falou a senhora Bennet. — Não foi ideia sua.

De seus lugares distantes da mesa, Liz e Jane trocaram olhares.

— Eu não conhecia o programa, quando a Caroline sugeriu que eu me candidatasse. Ela fez um vídeo comigo, só conversando por alguns minutos. Mas eu preenchi a inscrição. Achei que era bobagem, mas fiz isso para divertir minha irmã.

— Eu sabia! — declarou a senhora Bennet.

— Hoje eu posso admitir — completou Chip — que antes de você ser escolhido, eles fazem você passar por uma checagem do seu passado muito rigorosa. Há toda uma bateria de exames psicológicos e físicos que devem ser tão completos quanto os que devem fazer com um candidato a vice-presidente. Os produtores não brincam em serviço. De modo que seria ingenuidade fingir que eu simplesmente acordei um dia e me vi na televisão. Eu poderia ter decidido parar no meio do caminho.

Com voz calorosa, o primo Willie perguntou:

— Eles descobriram algum podre seu?

Chip negou com a cabeça.

— Para o bem e para o mal, sou um sujeito bastante sem graça. Mas o fato é que procuraram meus colegas de faculdade, ex-chefes, meus pais – que, a bem da verdade, não gostaram muito desse meu plano. Imagino o que o senhor e a senhora Bennet teriam achado se uma de suas filhas adoráveis dissesse que participaria de um reality show.

— Participar do *Bom partido* parece irritante — comentou Liz. — Como jornalista, eu já vi como fabricam as salsichas no mundo do entretenimento, e realmente não é nada glamouroso.

— Eu já entrevistei *muita* gente famosa — falou Lydia no que aparentemente era uma imitação de Liz.

Kitty, aproveitando a deixa, acrescentou:

— Vocês sabiam que eu já apareci na televisão três vezes?

Para Chip, Liz explicou:

— Eu entrevistei a Jillian Northcutt depois que ela e o Hudson Blaise se separaram. Sinceramente espero que esse não seja o ápice da minha carreira, mas eu participei de alguns programas de entrevistas para falar sobre ela, e a minha impressão sobre os produtores com quem lidei foi de pessoas inteligentes, amigáveis e completamente impiedosas em se tratando de fazer você dizer o que eles querem que você diga diante das câmeras.

— Quanto a isso, concordamos — confirmou Chip.

Liz esperava não soar agressiva quando disse:

— Então por que você participou?

A expressão de Chip foi estranha, ou talvez tenha parecido estranha porque Liz não o conhecia bem; ela não teve certeza se ele ficou constrangido ou orgulhoso, mas quando ele abriu a boca, ficou claro que estava sendo totalmente sincero. Ele olhou para Jane antes de dizer:

— Eu participei para tentar encontrar o amor.

Capítulo 29

Depois do jantar, Jane voltou com Chip ao apartamento dele, e ele a levou de volta à mansão estilo Tudor pouco antes das seis da manhã seguinte, quando devia entrar no hospital. Embora Liz tenha percebido que Jane estava tentando fazer o mínimo de barulho ao entrar no banheiro, ficou contente pela oportunidade de conversar com a irmã. Elas resolveram sair cedo para correr – a temperatura chegaria aos trinta e cinco graus ao meio-dia – e desceram e atravessaram a casa silenciosa e às escuras, onde o resto da família dormia.

Na rampa da entrada, se alongaram.

— Você não acha que a mamãe está querendo me empurrar para o primo Willie, não é? — Liz perguntou enquanto estendia a perna esquerda, com o calcanhar apoiado no asfalto. — Mesmo desesperada como ela é comigo, espero que ela reconheça o limite do incesto.

— Bem, como ele não é primo de sangue, não seria tecnicamente incesto.

— Não. Mas ainda assim seria tecnicamente grotesco. — Liz apontou para a rua. — Vamos?

Enquanto corriam para a rua, Jane disse:

— Se você não quiser que as pessoas a tratem como se fosse solteira, seja a mamãe ou qualquer outra pessoa, é só você dizer que não está solteira.

O assunto não era novidade; Jane achava que pelo menos os pais deveriam saber sobre Jasper, especialmente porque era possível que a senhora Bennet simpatizasse com a circunstância delicada envolvendo a tal avó rica da ex-mulher.

— Você está se referindo ao fato de ter sido tão transparente com todo mundo sobre a sua inseminação artificial? — Quando Liz olhou para a irmã, a expressão de Jane era sombria. — Você sabe que eu estou brincando, certo? Achei que tudo correu bem no jantar de ontem com o Chip.

Ambas ficaram caladas enquanto três SUVs de tons variados de prata passaram, depois Jane disse:

— Talvez o Chip seja o cara certo na hora errada. Você conseguiria morar em Cincinnati? Digo, para sempre?

Liz se espantou.

— Espere aí, você está pensando em terminar com ele ou ficar aqui para sempre e ser esposa dele?

— Existem outros motivos para se viver em Cincinnati além do Chip.

— Diga um. E não vale dizer que Cincinnati é mais barato, porque qualquer lugar é mais barato que Nova York.

Jane sorriu.

— Mas você ficou furiosa porque o Darcy não gosta daqui. — Elas estavam chegando ao Country Club, e Jane continuou: — Em Nova York, tudo é uma batalha. E mesmo que antes eu achasse que não conseguiria morar em Cincinnati porque não teria uma identidade própria, só podia ser a filha do Fred e da Sally ou "uma das irmãs Bennet", talvez eu estivesse enganada. Conversando com as enfermeiras do papai no hospital, ou naquela noite que fui à palestra no templo hindu eu vi que existem várias Cincinnatis diferentes. Parece bobagem dito assim, porque é óbvio demais, mas a maior parte da cidade não tem nada a ver com Seven Hills ou Hyde Park ou... — Jane fez um gesto indicando à direita — ... o Country Club.

— Pois bem, onde você moraria? Over-the-Rhine?

A expressão de Jane se tornou inocente.

— Ah, sem dúvida quero morar em Hyde Park. Não aqui perto da mamãe e do papai, mas talvez em um bangalô perto da Erie Avenue.

Será que Jane vinha pesquisando imóveis na internet? Seria uma traição se Liz checasse o histórico de pesquisas do próprio laptop, que Jane de vez em quando usava?

— Se eu voltasse para cá, tenho certeza de que encontraria um lugar incrível para morar. Não precisaria nunca mais fazer reservas para aulas de *spin* ou esperar na fila para entrar numa quitanda. — disse Liz. — Mas aí um dia eu me daria conta e diria: "Mas que cagada que eu fiz!".

— Você ainda está falando como o Darcy — disse Jane. — Por falar em Darcy, o Chip vai fazer um jantar, e quer que você vá. Mas eu já vou avisando, o Darcy também vai e, portanto, é claro, a Caroline também.

— Eu adoraria. Estou tentando mesmo superar meu horror com o gosto do Chip para amigos e irmãs diante da sabedoria dele ao se apaixonar por você.

— A Caroline, na verdade, é simpática quando estamos juntas no apartamento.

— Sei, aposto que sim.

— A única noite livre do Darcy esta semana é domingo. Posso avisar o Chip que você vai?

— Não só vou — confirmou Liz — como farei o papel de uma mulher simpática e de boas maneiras.

Capítulo 30

— Vem cá — sussurrou Kitty. Parada diante da porta aberta do quarto de hóspedes, ela chamava com o dedo.

— O que foi? — Liz disse em volume normal de voz.

— Fala baixo! — cochichou Kitty.

Conforme se aproximou da irmã, Liz ouviu um ronco ritmado, como o de um ventilador ligado. Ao chegar à porta do quarto de hóspedes, foi saudada com a visão do primo Willie esparramado de costas em uma cama de solteiro, com as cobertas no chão e vestindo apenas uma minúscula cueca branca e justa e mais nada. Ele estava com a boca aberta, e roncava extremamente alto. Ao lado de Liz, Kitty gargalhava em silêncio convulsivamente.

Foi então que Lydia apareceu atrás delas no corredor, aparentemente depois de buscar seu celular. Ela posicionou o telefone no ar, e a câmera percorreu o corpo de Willie, ou ao menos era o que estava fazendo até Liz arrancar o celular da mão dela e guardá-lo embaixo do braço.

— Não — disse Liz, de novo em volume normal.

— Devolve, Liz — sussurrou Lydia, aproximando-se dela.

— Só se você o deixar em paz. — Àquela altura da idade adulta, Liz preferia evitar combates físicos com as irmãs, mas, quanto mais tempo passava em Cincinnati, menos remota essa possibilidade lhe parecia.

— Devolve, Liz — pediu Lydia.

— Ele nem percebeu — disse Kitty.

— Justamente — falou Liz. — Se eu pegar alguma de vocês filmando ele outra vez, vou jogar os celulares das duas na privada.

— Vá se foder — xingou Lydia, mas quando esticou a mão para tentar outra vez pegar seu celular, Liz deixou que ela o levasse. Lydia e Kitty saíram pisando firme, e Liz olhou de relance para dentro do quarto de hóspedes. Imaginara que a comoção acabaria acordando Willie, mas ele continuou a roncar imperturbavelmente. Delicadamente, Liz fechou a porta.

Capítulo 31

Seu artigo sobre pedidos de aumento precisava ser entregue até o final da semana, e Liz ainda não conseguira entrevistar Kathy de Bourgh, a famosa feminista. À assessora de imprensa de Kathy de Bourgh, Liz enviara e-mails que foram, em diversos momentos distintos, ora leves e casuais, ora sérios e obsequiosos, ora desesperados. Ela estava relendo *Revoluções e revoltas*, o livro clássico em que Kathy de Bourgh relata sua trajetória no movimento das mulheres desde o início dos anos 1960: as passeatas e ocupações e prisões, seu depoimento no Comitê de Justiça do Senado em favor da Emenda dos Direitos Iguais, que ocorrera (esse detalhe obcecara Liz ao ler pela primeira vez o livro quando era caloura) no mesmo dia em que cancelou seu casamento com o lindíssimo promotor geral de Nova York. No entanto, por mais que Liz estivesse gostando de *Revoluções e revoltas* pela segunda vez, ela sabia que o editor não ia querer que ela usasse citações de um livro de dez anos atrás em vez de comentários quentes feitos durante uma entrevista.

Sabemos da agenda lotada da senhorita de Bourgh, Liz escreveu em seu último e-mail à assessora de imprensa, mas, se eu pudesse falar ao telefone com ela nem que seja por cinco minutos, sei que nossas leitoras adorariam ouvir sua perspectiva. E, mais um lembrete, nós, da *Rímel*, temos orgulho de considerar a senhorita de Bourgh membro da "família". Antes de se tornar uma ativista profissional, Kathy de Bourgh também havia sido repórter e trabalhara dois anos na *Rímel*; tinha sido a chefe de Liz a publicar em 1961 o lendário artigo sobre a semana que Kathy de Bourgh passara disfarçada de dançarina em uma boate da Times Square.

Liz havia acabado de clicar em *Enviar* quando a mãe entrou no quarto. A senhora Bennet olhou ao redor, como se procurasse espiões, antes de sussurrar:

— Você sabe se a Lydia está saindo com um halterofilista?

Incerta, Liz disse:

— A senhora se refere a um tal de Ham?

A senhora Bennet parecia preocupada.

— Academias podem ser lugares muito sujos. Há muitos germes nos equipamentos.

— A Kitty e a Lydia me parecem bem saudáveis.

A senhora Bennet se aproximou mais.

— Você me mostra esse halterofilista no computador?

Liz olhou para o relógio.

— Vou sair daqui a um minuto para levar o Willie para passear.

— É rapidinho — insistiu a senhora Bennet. — Não vai demorar.

Liz suspirou e abriu a mesma página com a foto de Ham que encontrara antes. A mãe se inclinou para a tela.

— Ah, ele é muito lindo. — A senhora Bennet parecia surpresa e satisfeita. — E, veja só, ele fez faculdade.

Então essa era a origem da preocupação.

— Como a senhora ficou sabendo dele? — perguntou Liz.

— Ouvi alguém falando. Oh, céus. — A senhora Bennet estava outra vez lendo a tela do computador. — Esse CPOR quer dizer que a família dele não conseguiu pagar a faculdade?

— Seja como for, crossfit é algo muito popular agora — explicou Liz. — Aposto que ele tem estabilidade financeira hoje em dia.

— Espero que ele não tome esteroides. Esteroides fazem os testículos encolherem, você sabe.

Tentando ignorar o desagradável som de sua mãe usando a palavra testículos, Liz disse:

— Não creio que no crossfit as pessoas usem esteroides.

— E o seu amigo Jasper? — a senhora Bennet disse. — Ele afinal é casado ou não?

Liz ficou tensa. Teria sido atraída para uma armadilha com essa conversa de academia e os testículos de Ham? Olhando para a frente, não para a mãe, Liz respondeu:

— Ele é casado.

— Eu estava tentando me lembrar — falou a senhora Bennet, e Liz pensou: *Ah, sim, sei.*

Ela pôs o computador no repouso e o fechou.

— A senhora quer ir passear com o Willie e comigo?

— Ah, eu ficaria sobrando — disse a senhora Bennet, confiante. — Tenho certeza de que vocês têm muito o que conversar.

Capítulo 32

Foi o primo Willie quem deixou Liz esperando; aparentemente ainda no fuso horário do Pacífico, ele dormira demais e, ao meio-dia, hora combinada para saírem, ainda estava tomando banho.

Embora estivesse calor, Liz saiu de casa, sentou-se na escada da entrada da mansão estilo Tudor e sacou seu celular. A consulta ao telefone só piorou seu humor, pois ela viu um e-mail da assessora de imprensa de Kathy de Bourgh dizendo que ela estaria disponível nos próximos dez minutos. Não seria impossível aproveitar aquele tempo, embora Liz preferisse que fosse – desejou não ter visto a mensagem da assessora até que fosse tarde demais. Pois embora ela pudesse subir correndo, ligar o gravador digital, e fazer perguntas sérias na esperança de que Kathy de Bourgh não a ouvisse ofegar, naquele momento Liz não estava com vontade. Não se sentia como uma jornalista profissional adulta; sentada ao sol de camiseta, shorts sem muito estilo, e sandálias de borracha, esperando seu primo bobo, ela se sentia uma adolescente suada e ranzinza. *Sinto muito, estou entrando em uma reunião*, ela digitou em seu celular para a assessora. *Sinto MUITÍSSIMO e agradeço realmente à senhorita De Bourgh por ter arranjado tempo para nossa conversa. Existe a possibilidade de remarcarmos para o final da tarde de hoje?*

Impaciente como estava, Liz se deu conta de que o primo Willie não tinha culpa e, assim que ele sentou no banco do passageiro do Cadillac de seu pai, ela fez um esforço para soar animada.

— Pensei em começarmos indo até a beira do rio — sugeriu. — É gostoso caminhar pela Bicentennial Commons, mesmo com esse calorão. Depois podemos ir ao Freedom Center, e aí almoçarmos mais tarde no Skyline Chili.

— Perfeito — disse Willie. — É sempre bom ficar com você, Lizzy.

— Agora me conte outra vez no que você está trabalhando atualmente — pediu Liz e, depois disso, não precisou dizer mais nada, pois Willie passou a fazer um monólogo que durou até chegarem a seu destino: ele falou sobre balanceamento de carga, estratégia de escala, uso de CPU, certificados SSL, e janelas de manutenção e a falta delas. Enfim, quando entravam no estacionamento da Pete Rose Way, Liz o interrompeu e disse:

— Agora me fale sobre as mulheres mais interessantes do Vale do Silício sobre as quais nunca ouvi falar.

Willie pareceu confuso.

— Como assim, interessantes?

— As mulheres que fazem e acontecem. As mais promissoras. Quem será um sucesso nos próximos dois anos?

— Se você está pensando em escrever um artigo sobre ação afirmativa com empresárias, é mais fácil encontrar um campo cheio de trevos de quatro folhas.

Um tanto impressionada, Liz disse:

— Bem, mas quem será a próxima Nancy Nelson? — Nelson era CEO de uma das maiores empresas de *software* do mundo.

— Justamente o que eu queria dizer — disse Willie. — Ela foi contratada para isso dois anos depois da oferta pública inicial. Ela é uma burocrata, não uma visionária.

— Eu sei que ela não escreve código, mas ela tem um histórico profissional impressionante. — Então, para mudar de assunto, Liz perguntou: — Você contratou um estilista?

Ela perguntara por um interesse factual, mas Willie pareceu satisfeito.

— Uma mulher na Nordstrom chamada Yvette tem me ajudado. É muito importante para mim que você tenha notado, Lizzy, trabalhando onde você trabalha.

— Bem, eu não sou do departamento de moda. Mas tudo bem.

Após um breve silêncio, Willie falou:

— Você não tem namorado, tem? Suponho que eu teria ficado sabendo se você tivesse.

Liz hesitou antes de dizer:

— Não exatamente.

— Você quer ter filhos? — Era uma pergunta estranha para se fazer tão diretamente, mas não ofensiva – certamente menos ofensiva que o comentário dele sobre mulheres empresárias. A família em geral aludia a essas questões, em vez de discuti-las abertamente. De alguma maneira, o fato de todas as cinco irmãs serem solteiras fazia delas uma espécie de fenômeno incrível ou espantoso, dependendo da perspectiva, embora em ambos os casos dificilmente houvesse o reconhecimento da individualidade de cada uma delas.

No entanto, mesmo assim, Liz sabia que era melhor não dar uma resposta franca. Ela disse:

— Não tenho certeza. E você?

— Claro que quero. E, Liz, você seria uma ótima mãe. Para alguém como você, com essa qualidade de genes, não ter filhos seria um verdadeiro desperdício. — Claramente, ele acreditava estar lhe fazendo um elogio.

— E você está saindo com alguém? — perguntou ela.

— Para ser franco, muitas mulheres que encontro são interesseiras. Recentemente, eu achei que estava saindo para jantar com uma garota, e acabei descobrindo que era uma garota de programa. — Willie não revelara a informação em tom humorado, então Liz tentou conter o riso.

— E como você descobriu?

— Ela acabou mencionando o cachê.

Liz pôs o dorso da mão contra a boca, o que não disfarçou apropriadamente um bocejo.

— Perdão — desculpou-se. — Não quis... você deve ter ficado horrorizado. Mas como foi que... ela disse: "Tudo bem, agora você precisa me pagar"?

— Tínhamos saído para jantar, e achei que estava indo tudo bem. Perguntei se ela gostaria de beber mais um vinho na minha casa, e ela disse: "Tudo bem, mas vai custar mil dólares".

— Jesus, como eu ganho mal!

Liz havia estacionado, e eles saíram do carro e seguiram a trilha em direção ao rio.

— Não houve penetração — esclareceu Willie. — Só um boquetinho. Espero que você não pense mal de mim, Lizzy.

Eles caminhavam lado a lado, o que Liz esperava significar que Willie não havia notado a repulsa em seu semblante. Não lhe havia ocorrido que ele aceitara a oferta da prostituta. Mas Liz não poderia negar que ela mesma ajudara a conduzir a conversa àquele ponto. Ela disse:

— Tenho certeza de que há muitas mulheres que adorariam sair com você sem cobrar.

— Liz. — Ele tocou o cotovelo da prima. — Isso de pagar por sexo... Eu nunca tinha feito isso antes. Mas é que eu não tenho muita experiência. Não é que eu ainda seja virgem, mas fui até os vinte e três.

— Você não tem que se explicar para mim, mesmo.

— Por favor, não mencione isso para a Margo.

— Claro que não. — garantiu Liz. — Que tal nunca mais falarmos disso?

Capítulo 33

O Skyline Chili de Oakley não era o mais próximo do Freedom Center, mas era o favorito de Liz, local que os Bennet frequentavam quando ela era menina, muito antes de ela se dar conta de que a famosa combinação de espaguete, carne moída temperada com canela e cacau, queijo *cheddar* picado e torradas quebradas com sabor de ostra era na verdade *fast food*. Já eram quase duas horas da tarde e o restaurante estava praticamente vazio quando Liz e Willie chegaram. Logo que entrou, Liz o avistou: sentado ao balcão, aparentemente sozinho, estava Fitzwilliam Darcy. Usava uma camisa polo azul-marinho e parecia estar comendo um triplo especial, assim chamado por conter macarrão, chili e queijo – um quádruplo especial incluiria ainda feijão ou cebola crua por cima, e um quíntuplo traria ambos.

Ela fingiu não o ter visto. Willie pediu dois cachorros-quentes com queijo e Liz, um quádruplo com feijão. Quando Willie começou uma longa análise das *bitcoins*, Liz ficou contente ao se lembrar de que um dos atrativos do Skyline era a eficiência do serviço; em menos de cinco minutos, a garçonete trouxe seus pratos ovais repletos de comida.

— Como se sabe, o cliente não fica onde precisa ficar para a interface de usuário funcionar frente a frente — dizia Willie enquanto Liz esmigalhava mais torradas com sabor de ostra e as espalhava sobre seu chili. — Mas não fica muito longe. Por que você está fazendo isso?

— É o que se faz aqui. É uma tradição do Skyline.

— É obrigatório?

— Sim, e a polícia do chili prende quem não faz assim. — Willie pareceu confuso, e Liz explicou: — É brincadeira, Willie. Faça como quiser.

Ele pegou uma única torrada entre o indicador e o polegar.

— Faz assim. — Liz pegou um punhado, esmagou dentro da mão, e espalhou a poeira de torradas no chili dele. — Não pense demais.

— Eu não sabia que você dava aulas particulares — zombou uma voz, e Liz soube sem olhar, embora tivesse olhado, que era Darcy.

Apontando para o outro lado da mesa, Liz disse:

— Meu primo Willie está de passagem pela cidade.

— Fitzwilliam Darcy — apresentou-se Darcy, e estendeu a mão.

Willie se levantou e, enquanto se cumprimentavam, disse:

— Will Collins.

Com algum sarcasmo, Liz perguntou a Darcy:

— Você vem sempre aqui?

— Tento vir não mais do que uma vez por semana. — Ele bateu na região do abdômen, que era liso. — Tudo com moderação.

— Eu jamais adivinharia que você era um fã do Skyline — disse Liz. — Nós sempre trazemos as visitas para experimentarem, mas geralmente as pessoas que não cresceram em Cincinnati não gostam.

A expressão de Darcy foi arrogante.

— Creio que já concluímos que existem muitas coisas que você não sabe a meu respeito. — Assentindo para Willie, Darcy desejou: — Bom apetite. — No momento seguinte, ele tinha ido embora.

Capítulo 34

Quase todas as noites após o jantar, a senhora Bennet e uma combinação variável de suas filhas se reuniam na sala atrás da escada para assistir à televisão. Nesta noite em particular, a matriarca da família estava acompanhada de Liz, Mary e também da tia Margo; Jane fora ao apartamento de Chip, e Kitty e Lydia haviam ido a uma festa de aniversário de alguém da academia. (O bolo – Liz não se conteve e perguntou – seria feito de farinha de amêndoas e cobertura de leite de coco.)

Assim como algumas pessoas gostam de fazer tricô na frente da televisão, a senhora Bennet gostava de folhear catálogos de utensílios domésticos. Na verdade, o som das páginas viradas, aquele rápido movimento quando o olho não via nada que a interessasse, e as pausas quando algo lhe chamava a atenção, a lambida ocasional e profissional do indicador, eram alguns dos sons essenciais da infância de Liz. Era também esse hábito que, aparentemente, permitia que a senhora Bennet sustentasse a crença de que na verdade ela não "ficava assistindo" a uma ampla gama de programas embora ficasse naquela sala durante episódios inteiros e, às vezes, temporadas completas.

Estavam no meio de um reality de culinária quando Willie pôs a cabeça para dentro da sala. Ele disse:

— Liz, estava aqui pensando se você não gostaria de dar uma volta.

— Eu?

— Está uma noite bonita.

Liz estava esparramada no chão, encostada em uma otomana, e olhou por sobre o ombro para a mãe e depois para a tia Margo. Era muito irritante, Liz pensou, que em vez de cumprir sua obrigação com Willie, levá-lo para passear fizera dela uma espécie de melhor amiga dele.

— A Liz e a Jane correm toda manhã — contou a senhora Bennet. — Você devia ir com elas amanhã, Willie.

— Correr em três é meio estranho — disse Liz, e imediatamente se sentiu cruel. — Mas podemos caminhar rapidamente. Você não quer vir junto, Mary?

Sem nenhuma culpa, Mary negou com a cabeça.

Liz receava que Willie quisesse voltar ao assunto da prostituta – talvez desejasse mais garantias de que ela não contaria a ninguém –, mas, quando chegaram lá fora, ele parecia não ter nenhuma intenção em mente.

— Espero que você não esteja ficando entediado — disse ela quando viraram à esquerda na Grandin Road. — Receio que Cincinnati seja melhor para morar do que para visitar.

— É o que estou achando também — falou Willie, e como ele estava apenas concordando com ela, Liz tentou não se sentir ofendida outra vez.

— Amanhã, eu preciso fazer uma coisa de trabalho, e pensei se não haveria um café que você recomenda. A banda larga dos seus pais é uma piada.

— Há um lugar chamado Awakenings em Hyde Park Square. — O calor do dia se dissipara, e estava de fato agradável ao ar livre; em torno deles, invisivelmente, cigarras cantavam. Ela continuou: — No verão em que me formei na faculdade, voltei para cá por alguns meses antes de me mudar para o apartamento da Jane em Nova York. Mary e eu ficamos jogando Vinte Perguntas enquanto esperávamos a comida para viagem de um restaurante chinês. Isso foi antes de existirem celulares. Seja como for, eu estava tentando adivinhar, e era alguém de Cincinnati. Cheguei à vigésima pergunta e ainda não sabia quem era. E olha que eu sou boa em Vinte Perguntas. — Liz achou certa graça em seu próprio impulso de se gabar por algo sem importância, mas Willie, não. — A Mary então disse que a pessoa era eu — continuou Liz. — Eu era a pessoa em quem ela estava pensando, mas eu não me adivinhei. Na hora, fiquei furiosa: "Como assim? Eu não moro em Cincinnati! Eu moro em Nova York". E ela disse: "Eu podia jurar que você era daqui". — Liz e Willie estavam passando por um *château* em miniatura; mesmo naquela versão modificada, tinha uns seiscentos, setecentos metros quadrados. — Acho que sou uma oportunista de Cincinnati. Em Nova York, faço o papel de alguém saudável do Meio-Oeste, mas quando volto para cá, eu me considero uma estrangeira descolada.

Mesmo antes de Willie responder, Liz sentiu a solidão de haver confessado algo verdadeiro a uma pessoa que não se importaria com aquilo. Ainda assim, quando ele falou, o que disse foi ainda mais frustrante do que ela esperava.

— Aquele chili que comemos... Eu achei bom, mas estou arrotando até agora.

— Acontece com todo mundo — confirmou Liz. — Dizem que é o retrochili.

Capítulo 35

Nem Liz, nem Jane levavam celular quando iam correr de manhã, de modo que Liz só recebeu as mensagens de Jasper depois de tomar café da manhã e subir para tomar banho. Tive uma grande ideia, me liga, dizia a primeira, seguida pela segunda: Você não quer saber por que eu sou um gênio? Ela entrou no banheiro, sentou-se na borda da banheira, ainda de top e shorts suados.

Jasper atendeu ao segundo toque.

— Cincinnati é uma espécie de capital mundial do squash, não é? — disse ele antes mesmo de cumprimentar. — Aquele esporte, sabe?

— Sim, eu sei.

— E Cincinnati manda um número absurdo de rapazes para jogar squash nas faculdades da Ivy League todos os anos. Mas por que Cincinnati?

— Boa pergunta.

— Você não acha que isso é uma pauta?

Em dois segundos, Liz pensou: *Mas eu preciso escrever a próxima "Mulheres que ousam" assim que terminar a matéria dos pedidos de aumento*, depois pensou: *Mas bem que seria divertido e casual enviar um artigo de Cincinnati*, e então: *E como eu raramente escrevo sobre esportes, poderia ser um desafio interessante*. Quando jovem, ela não jogara squash, mas conhecia várias pessoas da Seven Hills que jogavam.

— Mas principalmente, será a desculpa perfeita para eu ir até aí e trepar com você em um hotel que eles me pagariam. Todo mundo sai ganhando, certo? — disse Jasper.

— Ah — falou Liz. — Entendi. — Sentia-se um tanto constrangida por ter imaginado que ele pudesse ter pensado nela para escrever em vez de em si mesmo.

— Além disso, eu posso passar para um dos famosos jantares da família Bennet — disse Jasper. — E conhecer a casa onde você nasceu.

Anos antes, Jasper conhecera o senhor e a senhora Bennet, e Kitty e Lydia ainda adolescentes, quando foram a Nova York para ver a árvore de Natal do Rockefeller Center ser acesa. Para espanto de Liz, Kitty, aos catorze anos, pareceu mais interessada em apurar com as irmãs mais velhas como conseguir uma receita para pílula anticoncepcional do que em assistir às Rockettes; Lydia, que ainda era comparativamente mais inocente, concentrou-se em adquirir calcinhas da Bloomingdale's que tinham BLOOMIE'S escrito atrás. Como costumava ser com Jasper ao longo dos anos, a experiência de apresentá-lo aos pais e às irmãs durante um brunch parecera a Liz uma farsa instigante, porém insatisfatória: "Esse é o cara que é quase meu namorado." Não foi o que ela disse, é claro, e, diante das perguntas incisivas da mãe, ela insistiu que Jasper era simplesmente um amigo.

Ao telefone, ela disse:

— Bem, você poderia vir jantar aqui em casa se não tivesse me enviado aquela calcinha vulgar.

— Nin, você precisa superar isso. Você já ouviu falar de um garoto chamado Cheng Zhou?

— Não.

— Ele é um prodígio do squash. Filho de imigrantes chineses, onze anos de idade, e tem vencido todos os campeonatos.

— Interessante; sempre associei squash com brancos ricos.

— Viu só? — disse Jasper. — Já sei mais sobre a sua cidade do que você.

Capítulo 36

Liz entrou no escritório do pai.

— O senhor acha que a mamãe está viciada em compras?

— Sem dúvida. — Detrás da escrivaninha, o tom do pai era sereno.

— Não estou brincando.

— Nem eu.

— O senhor acha deveríamos fazer alguma coisa a respeito?

— Fazer o quê?

— Não sei. Talvez levá-la a um psiquiatra.

— E você acha que a sua mãe vai concordar com uma coisa dessas?

Liz suspirou e cruzou os braços. Será que anos antes de Jane adotar a ioga, o pai silenciosamente alcançara um estado zen que o protegia das perturbações da vida cotidiana? Ou será que simplesmente não se dava o trabalho de fazer nada, de tão entediado com o fracasso dos membros de sua família?

A voz da tia Margo se fez ouvir vindo lá de baixo.

— Fred, o que houve com o espelho da mamãe que ficava na sala de jantar?

— Vá embora e feche a porta — sussurrou o senhor Bennet. — Depressa. Diga a ela que você não sabe onde estou.

Capítulo 37

No último minuto, Jane pedira a Chip para incluir o primo Willie entre os convidados de seu jantar. Willie e a tia Margo iriam voltar para a

Califórnia na manhã seguinte, e Liz desconfiou que Jane tivesse se sentido culpada por mal ter passado algum tempo com ele.

Chip morava no oitavo andar de um prédio recém-construído em Oakley, não muito longe do Skyline Chili. A decoração, Liz pensou ao entrar, lembrava tanto um luxuoso hotel de aeroporto – carpete com padrões geométricos, gravuras inofensivas nas paredes, sofisticados sofás e poltronas de aparência não muito confortável – que ela se perguntou se ele não teria alugado mobiliado.

— Entrem, entrem — convidou Chip, cumprimentando Liz com um beijo no rosto, gesto em que havia um inequívoco cunhadismo. Então, apertou efusivamente a mão de Willie. — Que bom que você veio — disse a Willie, e Liz gostou de Chip nesse momento mais do que nunca antes.

— Vocês querem beber o quê? — perguntou Chip. — A Caroline fez sua clássica sangria, e não se deixem enganar, porque é doce, mas venenosa.

— Algumas pessoas acham isso também da própria Caroline — murmurou Liz para Jane. Ao notar a expressão da irmã, Liz acrescentou: — Desculpa.

Na sala de jantar, havia uma mesa de vidro com nove lugares – duas pessoas ocupavam a cabeceira, provavelmente pelo acréscimo de Willie – e atrás de um bar sobre um aparador, Caroline servia drinques a Charlotte Lucas, assim como a Keith, o outro médico que Liz conhecera no churrasco dos Lucas, e a uma mulher atraente, também negra, que Liz imaginou ser a noiva de Keith de San Diego. A suspeita se confirmou com a apresentação, momento em que, através de uma porta de vidro de correr que dava para uma pequena varanda de concreto, Liz fez contato visual, inesperado e inevitável, com Fitzwilliam Darcy.

As costas de Darcy estavam viradas para a rua lá embaixo, seus cotovelos, apoiados no parapeito da sacada, e havia um copo de sangria em sua mão direita. Parecia, pensou Liz, um modelo de um folheto de loja de departamentos: lindo, sim, mas soturno de um modo um tanto absurdo e descabido. Nenhum dos dois sorriu, tampouco desviou o olhar imediatamente. Ela se deu conta de que ele estava sozinho na varanda. Que sujeito estranho ele era!

Alguma coisa, embora ela não soubesse se era um impulso de compaixão para resgatar uma pessoa sozinha em uma festa ou uma necessidade de origem mais antagônica, empurrou-a na direção dele; ela abriu a porta de correr e saiu. A única mobília da varanda eram duas cadeiras de ferro fundido pretas.

— Aproveitando o frescor da noite de verão? — perguntou ela. Embora já passasse das sete horas, ainda estava abafado e úmido. Darcy piscou para ela, e ela acrescentou: — Acredite ou não, eu sempre gostei do verão do Meio-Oeste. Gosto até do som das cigarras.

Darcy bebericou sua sangria.

— Claro que gosta.

— Vou lhe dar uma informação quente sobre Cincinnati — disse Liz. — Nós produzimos um número desproporcionalmente grande de campeões de squash. Você sabia disso?

— Sim — confirmou Darcy. — Eu sabia.

— É mesmo? — Ela olhou para ele inquisitivamente.

— Eu jogava squash no internato.

Incapaz de conter um sorriso, Liz disse:

— Claro que jogava. Que internato você fez?

— Chama-se Exeter.

Um tanto interessada, Liz continuou:

— Sei, já ouvi falar. E depois onde você fez faculdade?

Após uma pausa, ele respondeu:

— Eu fiz faculdade na Bay Area.

— Berkeley? Stanford.

— Stanford.

— Nunca entendi por que as pessoas fazem isso — comentou Liz. — Tipo, "fiz faculdade em New Haven" ou "fiz faculdade em Boston". Você acha que se revelar a sua formação de elite, eu vou ficar tão intimidada que posso desmaiar?

Darcy deu de ombros.

— Parece menos pretensioso.

— É *mais* pretensioso! Sabe de uma coisa? Eu posso lidar com o seu diploma de Stanford. Eu fiz Barnard. E sabe do que mais? Eu moro em Nova York há vinte anos, e a Jane também.

— Eu sei, você disse isso na casa da Charlotte — falou Darcy calmamente. — Na mesma conversa em que falamos sobre a *Rímel* ter enviado você à Arábia Saudita, onde você usou uma *abaya* e um lenço na cabeça.

Essa lembrança dele foi um tanto inquietante.

— Ah — disse Liz. — Acho que já falamos sobre isso.

— Talvez você não tenha percebido que eu estava prestando atenção.

— Sabe.... Em que ano você se formou? Aposto que temos a mesma idade.

— Eu terminei a faculdade em 1997.

— Então, deve ter sido da mesma turma de um amigo meu. Você conheceu o Jasper Wick?

— Sim. — Darcy não pareceu impressionado com a coincidência.

— Você não acha curioso?

— Não especialmente.

— É mesmo? Aqui estamos nós em Cincinatti, em pleno século vinte e um, e você fez faculdade na Califórnia em meados dos anos 1990 praticamente com o meu melhor amigo?

— A estratificação socioeconômica é assim mesmo. Tenho certeza de que você e eu conhecemos outras pessoas em comum, embora pessoalmente eu ache isso um tanto entediante.

— Bem — disse Liz —, desculpe se eu o entedio.

Darcy não corrigiu que ela não o entediava; ele não disse mais nada.

— O Jasper está vindo a Cincinnati para escrever um artigo sobre jogadores de squash — contou Liz. — Talvez vocês dois possam se encontrar.

— Duvido que minha agenda esteja livre.

— Você não gosta dele ou algo assim?

— Nós nunca fomos amigos. — O desinteresse de Darcy em dar explicações e sua aparente convicção de que não precisava jamais se desculpar eram absolutamente irritantes. E seu desdém pelas convenções era um incômodo ainda maior do que se ele ignorasse a etiqueta, o que ele obviamente não ignorava.

— Vocês foram apaixonados pela mesma garota? — perguntou Liz.

— A Caroline comentou que você adora fazer perguntas.

— Há quem diga que fazer perguntas é amigável e educado. Além do mais, eu sou jornalista.

— Talvez você seja jornalista porque isso permite uma justificativa profissional para a sua tagarelice. — Darcy bebeu outro gole de sangria, e, brevemente, antes que ele passasse a língua, um fio de líquido roxo permaneceu em seus lábios. Então, ele disse: — Com licença. — Ele inclinou a cabeça e voltou para a sala, deixando Liz sozinha na varanda.

Capítulo 38

O jantar seriam pizzas individuais que os próprios convidados preparariam de acordo com o próprio gosto, com um sortimento de recheios cuidadosamente selecionados: tomates secos, manjericão fresco, salame artesanal. Enquanto Liz avaliava o cardápio casualmente festivo, logo ficou claro que Chip ainda não havia, na hora em que os convidados chegaram, sequer preparado a massa, aparentemente ignorando que seria necessário deixá-la descansando por uma hora depois de misturar os ingredientes. Além disso, o forno só tinha espaço para quatro pizzas por vez. Assim, eram dez horas da noite quando eles se sentaram para comer, e metade das pizzas estava fria.

Liz acabou se sentando entre Willie e Jane; de alguma forma, diante de Jane, sentou-se Darcy, em vez de Chip. Em sua conversa anterior com Darcy, não ficara claro se ela tinha cometido alguma gafe, mas também não estava claro que não tivesse. Assim, ela decidiu se abster de puxar qualquer assunto com ele.

— Você está muito bonita hoje — Willie elogiou Liz a certa altura, e ela estava bêbada o suficiente – a sangria era mesmo forte – para achar o comentário elogioso em vez de esquisito.

— Obrigada, primo Willie. Você também está lindo.

Ao final do prato principal, Jane, Liz e Charlotte limparam os pratos, e enquanto Charlotte e Liz estavam paradas junto da pia da cozinha, Charlotte disse:

— Você e o Darcy estavam flertando na varanda?

— Ai, Deus, não — respondeu Liz. — Muito pelo contrário. Tenho quase certeza de que ele está saindo com a Caroline.

— Será? — disse Charlotte. — Eu não sabia disso.

À mesa, Caroline estava sentada do outro lado olhando para Darcy e passara a maior parte do tempo inclinada sobre ele como uma erva daninha. Quando a sobremesa chegou, *brownies* e sorvete Graeter's, Jane murmurou para Liz:

— O Chip comprou uma *mountain bike* para mim. — Ela não parecia animada.

Liz olhou para Jane.

— Foi simpático da parte dele. — Quando estavam jantando na mansão estilo Tudor, Chip havia mencionado que já explorara diversas trilhas da região.

Jane negou com a cabeça.

— Acho que foi cara.

— Bem, tenho certeza de que ele não teria comprado se não pudesse pagar. Desculpa, Jane, mas ele está totalmente na sua.

— Talvez seja esse o problema — disse Jane. — Talvez a expectativa dele seja alta demais.

Liz deu risada.

— Você acha que porque ele te deu uma bicicleta cara, você é obrigada a dar para ele? Porque se não me engano, você já vem fazendo isso há algumas semanas.

— É que parece muito cedo para um presente extravagante.

— Você não pode simplesmente relaxar e curtir ser cortejada? — sugeriu Liz. — Não é nenhum anel de diamante.

— Bem, isso eu definitivamente não teria aceitado — disse Jane. Após uma pausa – do outro lado da mesa, Keith, sua noiva e Chip discutiam um apêndice "maravilhoso" que Keith encontrara no dia anterior –, Jane acrescentou: — Você acha então que devo ficar com a bicicleta?

— Sim — confirmou Liz. — Vá passear com ele. Divirta-se.

Willie, que voltava do banheiro, juntou-se a elas e apontou para o sorvete sobre a mesa.

— O famoso sorvete com pedaços de framboesa negra, imagino?

Liz serviu-o.

— Em Cincinnati, como os cincinnatianos — declarou ela.

Apesar de seu plano de não puxar assunto com Darcy outra vez – certamente não naquela noite, e talvez nunca mais –, Chip e todos os oito convidados acabaram indo para a varanda, e Liz se viu parada a centímetros da pessoa que tentava evitar. Para o bem e para o mal, ela era o tipo de pessoa que preenchia silêncios e sorria para desconhecidos. Assim, perguntou a Darcy:

— Que tal a sua pizza?

— Aquele canto de cigarra de que você tanto gosta — disse Darcy. — São os machos contraindo os músculos do abdômen.

O som era audível naquele momento, por trás das conversas simultâneas na varanda. Ela quis saber:

— Você aprendeu isso na faculdade de Medicina?

Ele exibiu um de seus raros sorrisos.

— Acabei de ver na Wikipedia. É um chamado de acasalamento.

— Que romântico — disse Liz.

— Para todos os efeitos, saiba que não desejo mal a Jasper Wick — explicou Darcy. — Todo mundo deveria ter o direito de seguir em frente e superar o passado.

Liz olhou atentamente para ele.

— E o que isso significa?

— Suponho que você saiba que ele foi expulso de Stanford.

Como assim?, pensou Liz. Ela não disse nada, e Darcy, que pareceu genuinamente surpreso, acrescentou:

— Você não sabia?

— A bem da verdade, nunca falamos sobre isso.

Nas sombras daquela noite de verão, eles se observaram mutuamente.

— Você não disse que ele era o seu melhor amigo? — questionou Darcy.

— Por que ele foi expulso?

— Eu não deveria contar, se ele não contou — disse Darcy. — Mas não é nenhum segredo. Foi uma comoção em todo o *campus*.

— Foi por drogas? — perguntou Liz. — Ou por colar?

A expressão de Darcy foi revelando sua impaciência; se houvera brevemente uma trégua tácita entre eles, nesse momento ela deixou de existir.

— Essas perguntas você deveria fazer ao Jasper — disse ele.

Capítulo 39

— Lizzy, vim me despedir — disse o primo Willie. — Foi muito bom revê-la.

Liz estava sentada à sua escrivaninha, escrevendo um e-mail para a assessora de imprensa de Kathy de Bourgh, que vinha ignorando as abordagens desde que Liz deixara de aproveitar a janela de dez minutos de Kathy de Bourgh para telefonar dias antes.

— Foi bom revê-lo também — falou Liz. Milagrosamente, Mary concordara em levar a tia Margo e Willie ao aeroporto, e sua iminente partida tornara Liz generosa com o primo.

Willie parou a menos de um metro da cadeira de Liz; sua expressão era séria, e ele parecia agitado.

— Aconteceu alguma coisa? — perguntou ela.

Em vez de falar, ele rapidamente se inclinou e apertou seus lábios contra os dela. A surpresa do beijo foi exacerbada quando ficou evidente que ele não pretendia que fosse breve; ele passou a abrir a boca, e com a intrusão da língua, Liz afastou a cabeça horrorizada.

— Ah, Willie... — Ela estava chocada, mas não totalmente; estava horrorizada, mas também achara divertido; sentiu-se cruel e distante, como se estivesse descrevendo comicamente um momento para Jane ou Jasper em vez de efetivamente o vivenciando. Ainda assim, ela precisou se concentrar para se desvencilhar com dignidade ou graça.

— Sei que eu não sou nenhum príncipe encantado — disse Willie. — Mas nós nos damos bem. Já conhecemos bastante um do outro. E você tem quase quarenta anos.

— A *Jane* tem quase quarenta. Eu tenho trinta e oito. Mas, Willie, meu Deus, nós somos primos.

— Não de sangue. Nossos filhos não nasceriam defeituosos, por exemplo. — Esses filhos hipotéticos que ela não desejava ter com homem nenhum, muito menos com Willie – ela se ressentiu quando ele os mencionou. — Veja bem — disse Willie. — Você e eu somos pessoas práticas. Nunca entendi o porquê de rosas e bombons, imagino que você também não. Mas eu seria fiel. Respeitaria o seu trabalho, e sei que você respeitaria o meu – não quero uma mulher que me cobre porque eu fico trabalhando até mais tarde. Eu acho que nós deveríamos tentar ter uma relação.

— Só por curiosidade — começou Liz —, você veio a Cincinnati com intenção de se declarar para mim?

— Você e eu sempre fomos compatíveis. Margo e a sua mãe acham que nós faríamos um grande casal. — Willie pôs a mão no ombro dela; imediatamente, ela o afastou, levantou-se, e cruzou os braços.

— Nós não somos um casal — disse ela. — E, se você está achando que eu quero que sejamos, está enganado. — Amenizando o tom, acrescentou: — Quando você conhecer alguém incrível dentro de um ou dois anos, vai agradecer por não ter ficado comigo.

— Como você pode ter certeza disso se você mesma não conheceu ninguém?

Ignorando o veneno da pergunta, Liz disse:

— Existem muitas coisas sobre mim que você não sabe.

Willie suspirou; parecia mais irritado do que magoado.

— Isso de sermos primos incomoda demais? Quando éramos crianças, quase não convivemos.

— Sim, me incomoda.

— Estou disposto a lhe dar alguns dias para pensar a respeito — falou Willie. — Vou lhe telefonar ainda esta semana, depois que eu voltar à Califórnia.

— Não, Willie. E já vou avisando que vai ser uma perda de tempo tentar a mesma coisa com as minhas irmãs.

Willie pôs as mãos na cintura.

— Você sabe quanto eu ganho?

— É melhor você ir embora. — Ela não lhe daria nem um abraço de despedida, sua obstinação se tornara ofensiva.

Ele olhou para ela com curiosidade. Talvez, pensou Liz, pela primeira vez ele estivesse se dando conta de que ela tinha uma identidade, uma capacidade de ação, diferente das que ele havia inventado para ela. Enfim, ele disse:

— Engraçado, você acha que tem muita diferença entre trinta e oito e quarenta.

Capítulo 40

Jane, que era a primeira pessoa com quem Liz queria discutir o que acabara de acontecer, estava na aula de ioga. Jasper era a segunda pessoa, só que Liz continuava incomodada com a informação obtida na noite anterior sobre sua suposta expulsão de Stanford. E assim, havendo se entrincheirado no banheiro do último andar porque o primo Willie ainda estava, ao menos por mais alguns minutos, dentro dos limites da mansão estilo Tudor, foi a Charlotte Lucas que Liz escreveu, sentada no chão de lajotas, uma mensagem de texto: O primo Willie acabou de me beijar, nojo!!!!

Menos de um minuto depois, a mensagem de Charlotte apitou: Espera, como assim, BEIJOU, beijou??

Sim, ele é bem esquisito? Ou será q sou eu?

É MUITO esquisito. Willie é fofo como nerd, mas primos?!?! Outra mensagem de Charlotte chegou segundos depois: Entrando em reunião, beber hoje à noite?

Vamos!!, Liz escreveu de volta. Zula? Outro bar? Vc decide onde e q horas.

Então, ela telefonou para Jasper.

— Fico no Cincinnatian ou no 21c? — perguntou ele. — A Fiona está marcando minha passagem para Cincinnati agora.

— Sabe o meu primo Willie, prodígio do Vale do Silício, que veio nos visitar? — disse Liz. — Ele acabou de dar em cima de mim!

Jasper deu risada.

— Com incesto é mais gostoso, hein? Você pode fazer como os faraós.

— Não estou brincando. Ele enfiou a língua na minha boca.

— E você gostou?

Liz não tinha intenção de deixar escapar o que disse em seguida; simplesmente, a coisa saiu:

— Você não foi expulso de Stanford, foi?

Houve um longo silêncio, um silêncio imediatamente amargo, e, enfim, Jasper disse:

— Caralho! De onde você tirou *isso*?

— Desculpa. — Até então, Liz não havia acreditado de fato, imaginando que Darcy tivesse confundido Jasper com outra pessoa. — Eu não devia ter... mas um sujeito chamado Fitzwilliam Darcy, acho que vocês se...

Antes que ela terminasse a frase, Jasper falou:

— O *Darcy* mora em Cincinnati? Que diabos ele está fazendo aí?

— Temos um grande centro de acidente vascular onde ele é neurocirurgião.

Jasper deu uma gargalhada amarga.

— Claro que ele é. O sujeito tem complexo de Deus desde os vinte anos de idade. Que babaca. — Raramente Jasper soava tão diretamente ofendido; embora reclamasse das coisas com frequência, suas queixas costumavam conter uma certa leveza, era até um charme. — Acho que eu nunca lhe disse que boa parte do que aconteceu em Stanford foi culpa do Darcy.

Isso era verdade apenas em parte, porque ela e Jasper nunca tinham falado sobre Stanford, ponto final. Liz tinha certeza disso. Na verdade, ela sempre tivera a impressão de que a faculdade e o tempo que passara por lá fossem uma espécie de estrela-guia emocional para ele. Além de seu anel dourado de Stanford, ele usava, às vezes, nos fins de semana de outono, uma camiseta vermelha muito velha de Stanford e tinha na sala de sua casa uma fotografia emoldurada dele com seus colegas de fraternidade – uma fileira de rapazes bonitos e atléticos de gravata e paletós azuis –, embora tivesse ocorrido a Liz pela primeira vez que ela nunca havia efetivamente conhecido mais ninguém daquela foto. Nova York estava repleta de colegas de Barnard, mas nunca lhe parecera estranho que os colegas de faculdade dele vivessem todos na Costa Oeste.

— Vou lhe contar a saga inteira quando chegar a Cincinnati — Jasper estava dizendo. — O meu humor já ficou uma merda só de pensar nisso.

— É melhor você ficar no 21c — recomendou Liz. — Nunca me hospedei lá, mas dizem que é muito fino.

— Espero que você não tenha ficado amiga do Darcy — disse Jasper. — Eu não deixaria esse cara nem lamber o meu sapato.

Foi um alívio concordar, e não discordar de Jasper.

— Não se preocupe — falou Liz. — Eu sinto o mesmo por ele.

Capítulo 41

O único consolo ao rumo desagradável da conversa de Liz com Jasper foi o fato de tê-la distraído de seu episódio com Willie. Depois de desligar, no entanto, esse episódio combinou-se à confirmação da expulsão de Jasper de Stanford, criando dentro dela um nível ainda mais alto de inquietação. Sem pedir permissão a ninguém e sem nenhum destino particular em mente, ela saiu de casa no carro da mãe. Alguns minutos depois, ela estava estacionando no Rookwood Pavilion com intenção de ir à manicure e à pedicure, e saiu do salão depois de mais de uma hora com dez centímetros a menos de cabelo, e o restante repicado em camadas de um modo que ela tinha quase certeza de que não impressionaria suas colegas da *Rímel*.

Lydia e Kitty sentaram-se à mesa da cozinha usando suas roupas de ginástica e comendo castanhas de caju e carne desidratada orgânica. Quando Liz entrou na casa pela porta dos fundos, Lydia disse:

— Você entrou no Programa de Proteção a Testemunhas para fugir da volúpia do primo Willie?

— Gostei do cabelo — falou Kitty. — Alguns anos atrás, você não ficaria bem com esse corte, mas os seus ossos do rosto estão aparecendo mais conforme você vai envelhecendo.

Liz olhou para Lydia.

— Quem contou sobre o Willie?

— A mamãe está pirando — disse Lydia. — Só para você saber.

Enquanto Lydia falava, a voz da senhora Bennet se tornou audível do outro lado da porta de vaivém entre a cozinha e a sala de jantar.

— É a voz da Lizzy? A Lizzy já voltou? — A porta se abriu, e a senhora Bennet apareceu, afobada e esbaforida. — Lizzy, o que diabos você tem na cabeça? Ora, provavelmente você o magoou de um jeito terrível.

— Mamãe, por favor, não me diga que a senhora achava que eu deveria ficar com o primo Willie.

— Ele é tão inteligente, tão bem-sucedido, e você já não é mais nenhuma menina para ser tão exigente.

— Ele é meu...

— Ele não é seu primo, Elizabeth. Nem venha me dizer que vocês são parentes, porque vocês não são.

— Em Ohio, é ilegal se casar com o primo — informou Liz. Enquanto fazia o pé, ela checara essa informação no celular, na tentativa de reforçar com fatos seu horror; não mencionou que era legal na Califórnia. — Então, digamos que nos apaixonássemos loucamente, algo que nunca vai acontecer. Se quiséssemos oficializar a coisa, precisaríamos contratar um advogado.

— Seria demais se você fosse presa por se casar com o Willie — disse Lydia. — Eu morreria de rir.

— Tem mais alguém interessado em você? — perguntou a senhora Bennet. — Porque se houver, eu gostaria de saber quem é.

Capítulo 42

— Certo, não me mate — disse Charlotte a Liz no Zula —, mas eu fiquei pensando no caso, e consegui imaginar o Willie como um bom namorado.

— Você já conversou com ele alguma vez?

— Falei com ele um pouco no jantar do Chip. Ele foi simpático.

— Deixando de lado o fato de sermos primos, o que de jeito nenhum eu conseguiria deixar de lado, ele é, além do mais, incrivelmente pomposo. E embora seja inteligente, não é muito interessante, porque não se interessa pelas outras pessoas. Em retrospecto, vejo agora que as únicas perguntas que ele me fez foi quando estava me avaliando como possível namorada.

Charlotte olhou atentamente para Liz.

— Você tem certeza de que não existe nenhuma TS entre você e o Darcy?

— Tenho total certeza. — TS, abreviatura que as duas amigas usavam desde o tempo de escola, significava tensão sexual. Liz se inclinou para a frente. — Embora eu tenha ficado sabendo que Jasper e Darcy fizeram faculdade juntos e não gostam um do outro. — Ela pensou em mencionar a expulsão de Jasper de Stanford, mas sem saber das circunstâncias, hesitou. Em vez disso, contou: — O Jasper está vindo a Cincinnati para escrever um artigo sobre squash. Você quer conhecê-lo quando ele chegar?

— Claro. Espere, você disse que ele vem para escrever um artigo? — Charlotte revirou os olhos. — Ora, faça-me o favor...

Liz gargalhou.

— E porque eu sou irresistível e ele não consegue ficar longe de mim — disse ela. — Isso também.

— Ele realmente vai escrever um artigo ou é só uma desculpa que ele dá para as pessoas?

Liz bebeu um gole de vinho.

— As duas coisas.

Capítulo 43

De volta à mansão estilo Tudor às dez da noite, Liz viu estacionado na rampa de entrada um SUV azul-marinho que ela não conhecia. Sabendo, portanto, que não era a única acordada, deixou a luz da cozinha acesa. Passou pela sala de jantar escura e chegou ao corredor da entrada, quando ouviu da sala de televisão vozes sussurradas e indisfarçavelmente provocantes que pararam pouco antes de Lydia aparecer na porta.

— Você está sofrendo de estresse pós-traumático depois do beijo do Willie? — perguntou Lydia.

— Provavelmente — respondeu Liz.

— Entre. — O tom de Lydia foi estranhamente afetuoso. — Quero te apresentar o Ham.

Ele era, como Liz havia percebido pela página dele, atlético e lindo de uma maneira convencional, embora, ao se levantar quando ela entrou na sala, ela tenha notado que era significativamente mais baixo do que ela imaginava. Ham estendeu o braço.

— Hamilton Ryan. Ou Ham, se você preferir, como o presunto.

— Liz Bennet.

— Uma das irmãs de Nova York, se não estou enganado — disse ele.

— Nada mal — elogiou Liz. — Nós somos tantas que não é fácil guardar todos os detalhes. — Ela fez um gesto em direção à televisão, congelada nos créditos de abertura de uma conhecida série sobre agentes do FBI, e perguntou: — Que temporada é essa?

— Primeira temporada, primeiro episódio — disse Ham.

— Bem, então vocês têm muito o que assistir — falou Liz. — Ou pelo menos até a terceira temporada, quando tudo se desvenda. Ham, você tem uma academia?

— Tenho.

— A Liz acha que o crossfit é uma espécie de "seita" — Lydia fez aspas no ar.

Bem-humorado, Ham confirmou:

— É verdade.

— Eu nunca disse isso — protestou Liz. — Só não é para mim.

— Porque ela fez uma vez há uns seis anos, para um artigo que ela estava escrevendo.

— Eu fiz mais de uma vez — corrigiu Liz.

— É mesmo? — disse Ham. — Você trabalha para uma revista. Parece divertido.

— Dependendo do dia — disse Liz.

— Liz, o Ham é velho como você — falou Lydia. — Ele nasceu nos anos 1970.

Liz e Ham trocaram olhares e deram risada.

— Bem que eu achei você um tanto geriátrico — brincou Liz. — De que ano você é?

— De 1979.

— Ora, mas é um garoto. Eu nasci em 1975. Você não é de Seattle? — Ham concordou com a cabeça, e Liz se deu conta de ter mencionado uma informação que encontrara sozinha na internet e não obtida com Lydia. — E como você acabou vindo para Cincinnati? — perguntou Liz.

— A versão resumida é: eu vim atrás de uma ex.

— Já chega de entrevista — disse Lydia a Liz. — Agora pode ir. — Ela e Ham estavam sentados no sofá a essa altura, com os corpos aninhados.

— Puxa, Lydia — falou Ham. — Você não mede palavras, hein? — Mas pôs o braço em volta dela enquanto falava, e Liz teve o espantoso pressentimento de que talvez Lydia tivesse encontrado um sujeito simpático, normal e sensato. O que ela teria em comum com alguém assim era aparentemente insondável.

— A Lydia é conhecida na família pela sutileza — disse Liz, e em resposta Lydia ergueu o dedo médio. — Prazer em conhecê-lo, Ham.

Capítulo 44

Novamente, era a vez de Liz levar o pai de carro à fisioterapia, e, assim que deixaram a rampa da mansão estilo Tudor, o senhor Bennet disse:

— O motivo de a sua mãe querer que você dê uma chance ao primo Willie é que ela acha que o dinheiro dele pode nos salvar. Não dê ouvidos a ela.

— Salvar como?

— Acabou que o meu período no hospital foi assustadoramente caro.

— Quanto?

— Não é responsabilidade sua, mas como você perguntou, vejamos. A cirurgia foi cento e vinte e dois mil, sem contar o anestesista. Foram três mil por dia para me hospedar nesse hotel cinco estrelas que é o Christ Hospital. E depois tem uma coisinha chamada honorários médicos, que foram outros sete mil. Quer que eu continue?

— Mas a maior parte disso não é coberta pelo convênio médico?

— A sua mãe e eu não temos convênio médico. Nenhum de nós nunca teve nenhuma doença séria antes.

— Meu Deus, vocês não têm convênio médico? — Liz ficou verdadeiramente perplexa, chegou a pensar em estacionar o carro, mas para quê? Nada mudaria, e eles se atrasariam para a fisioterapia.

— Quero deixar clara uma coisa — disse o senhor Bennet. — Mesmo que o Willie se ofereça para pagar todas as nossas contas neste exato momento, isso não seria motivo suficiente para você ter que suportar a companhia dele. — Apesar do pânico crescente de Liz, o senhor Bennet soou praticamente indiferente.

— A Lydia, a Kitty e a Mary também não devem ter convênio, certo? — quis saber Liz. — Sempre achei que elas estavam no de vocês. — Embora, pensando bem, ela se deu conta de que Mary e Kitty provavelmente deviam ser velhas demais para isso. Ao passar da Dana Avenue para a Interestadual Setenta e Um, Liz disse: — Talvez o senhor devesse hipotecar a casa.

— Minha querida, a casa já foi hipotecada.

— Achei que o vovô e a vovó tinham vendido para o senhor por um dólar.

— Isso foi há trinta anos, e hoje somos sete na família. Eu papariquei demais as suas irmãs e a sua mãe.

— Quando foi que o senhor hipotecou a casa?

— Oito anos? Dez? — O senhor Bennet invocou esses números com a neutralidade de quem tenta se lembrar quanto tempo fazia desde sua última visita à Europa.

— O senhor e a mamãe têm um conselheiro de investimentos?

— *Eu* sou o nosso conselheiro de investimentos.

— E o que o senhor Meyer faz?

— Cuida dos nossos impostos, e não muito bem, aliás, mas nós já convivemos com a incompetência dele há tanto tempo que pareceria desleal trocar de contador.

— Bem, pelo menos vocês pagam impostos?

— Até o nariz.

— Quanto o senhor paga de hipoteca todo mês, e quanto tem na sua poupança?

— Você não precisa se preocupar com isso, Lizzy.

— Mas a mamãe acha que eu deveria salvar a família me prostituindo para o Willie? Só para ver se eu entendi, se eu telefonar agora para ele e dizer que mudei de ideia, o que vai acontecer? Eu diria algo como: "Ah, e por falar nisso, você poderia transferir cem mil dólares, ou quatrocentos mil dólares, ou seja quanto for, para a conta dos meus pais?".

— Não acredito que a sua mãe tenha pensado em todos os detalhes claramente. É mais a proximidade do dinheiro do Willie que exerce uma influência sobre ela.

— A mamãe e a tia Margo planejaram isso juntas?

— A Margo não sabe da nossa situação financeira, nem as suas irmãs, e você não deve mencionar nada disso a elas. Não estou com cabeça para isso. Mas, sim, a Margo gosta da ideia de você e Willie juntos. Meus protestos não tiveram nenhum efeito.

— Então, o que o senhor vai fazer com essas contas?

— Quando você estiver velha como eu, saberá que as situações têm um jeito de se resolverem sozinhas.

— Espere um pouco, quando entra em vigor o seu seguro de saúde público?

— No meu aniversário de sessenta e cinco anos — disse o senhor Bennet. — É uma pena que eu não tenha marcado para ter o infarto no miocárdio daqui a seis meses, não?

Liz suspirou.

— Odeio sugerir uma coisa dessas, mas o senhor poderia ter feito uma segunda hipoteca.

— Nós já fizemos. — Mais uma vez, o pai lhe deu a informação com naturalidade; quando ela se virou para ele, pareceu-lhe menos inocente do que ela teria esperado.

— Jesus, papai — disse ela.

— Eu me ofereceria para um matador de aluguel, mas nossas apólices de seguro de vida também expiraram, de modo que eu não valho muita coisa morto, nem vivo.

— Deve haver alguém no hospital com quem possamos conversar. É impossível que o senhor seja a primeira pessoa que eles atenderam sem convênio médico. — O pai não disse nada, e Liz acrescentou: — Porque, corrija-me se eu estiver errada, vocês estão basicamente prestes a perder a casa, não?

— Não vamos nos antecipar aos problemas.

— Estou quase pensando que eu deveria mesmo ficar com o Willie.

Com determinação, o senhor Bennet disse:

— Nem que nós viremos mendigos de rua.

Capítulo 45

Segundo Jane, Caroline Bingley finalmente havia encontrado um restaurante de sushi em Cincinnati que estivesse à sua altura e convidado Jane para se encontrar com ela lá para almoçar. Só nós duas, sem as suas irmãs, Caroline especificara na mensagem a Jane naquela manhã. Liz viu a mensagem enquanto Jane estava no banho, e tentou não sentir a fisgada duplamente ofensiva de ser excluída, e por uma pessoa de quem não gostava.

— Talvez ela esteja tentando avaliá-la enquanto cunhada — disse Liz ao passar a chave do carro do pai para Jane. Se fosse o caso, Liz pensou com genuíno otimismo, talvez Chip fosse a pessoa certa para salvar a família Bennet da ruína financeira. Embora Liz ainda estivesse abalada pela conversa com o pai, e realmente não conseguisse ver como poderia honrar a vontade dele de manter segredo até mesmo de Jane, aquele não parecia o momento adequado para repetir tudo aquilo para a irmã.

— Tenho certeza de que a Caroline só quer sair um pouco de casa — replicou Jane. Os olhos das irmãs se encontraram, e Jane sussurrou: — Lizzy, ontem à noite ele disse que me ama.

— Ah, meu Deus. Eu sabia! Você também disse?

Jane ficou envergonhada, mas muito satisfeita. Ela assentiu. Ainda sussurrando, disse:

— Que loucura, não é? Só nos conhecemos há algumas semanas.

Por trás da satisfação que sentiu por Jane, Liz sentiu também uma pontada de inveja; ela e Jasper não diziam isso um para o outro, depois de dezesseis anos de história. Uma vez, mais de uma década antes, durante uma conversa que se seguiu a um intervalo de alguns meses sem se falarem, Jasper dissera:

— Eu amo você na minha vida.

E ela respondera:

— Eu amo você na minha.

Havia sido um momento triunfante e horrível, jamais repetido.

Tentando soar aliviada, Liz disse a Jane:

— Quando você sabe, você sabe.

Capítulo 46

Talia Goldfarb, editora-executiva da *Rímel*, enviou um e-mail a Liz que dizia: "Mulheres que ousam"? Um link levava a um artigo de Liz mencionando a primeira mulher astronauta chinesa – aparentemente conhecida como *taikonauta* – e abaixo do link, Talia escrevera: E como foi entrevista c/ K. de Bourgh?

Depois de enviar outro e-mail para a assessora de imprensa de Kathy de Bourgh, Liz pesquisou os custos de diversos procedimentos médicos e calculou que a conta hospitalar do pai seria algo em torno de duzentos e quarenta mil dólares. Os próximos passos, ela pensou, seria encontrar o termo da hipoteca; descobrir quanto os pais tinham na poupança; e marcar uma reunião com alguém do departamento financeiro do Christ Hospital. Ela estava descendo a escada, vindo de seu quarto, para ver se seria um bom momento para entrar no escritório do pai, quando o celular tocou. Ela tornou a subir correndo para buscar o telefone na escrivaninha, viu que era Jane e atendeu dizendo:

— Como foi o almoço?

— Ah, Lizzy — a voz de Jane estava trêmula. — Eu desmaiei no restaurante, e eles me levaram ao pronto-socorro.

— Espere aí, você está bem? O que aconteceu?

Houve um longo silêncio. Então, com a voz tão baixa que Liz quase não conseguiu ouvir, Jane disse:

— Estou grávida.

Capítulo 47

A primeira vez que Liz se deu conta da bondade excepcional de sua irmã mais velha foi em 1982, quando Jane estava na segunda série e Liz, na primeira. A Festa de Maio, que era uma celebração anual da escola fundamental de Seven Hills, seria sexta-feira à tarde, no início do mês, e Liz estava em êxtase de expectativa de pensar na quadrilha, nos balões e na pescaria.

Jane pegou catapora uma semana antes da festa. Devido ao tempo necessário até que os sintomas aparecessem, era impossível que ela tivesse transmitido o vírus para Liz, mas o fato é que alguém transmitiu e, no dia da Festa de Maio em si, Liz ficou febril e começou a se coçar inteira. A maior parte das feridas de Jane já haviam cicatrizado e, como ela já havia voltado a frequentar as aulas, não havia nenhum motivo médico para ela perder o evento. O fato de ela não ter ido foi inteiramente voluntário, um ato de solidariedade que mesmo na época Liz contemplou maravilhada. Se a situação fosse ao contrário, Liz sem dúvida teria ido à festa. Mas Jane insistiu calmamente, dizendo, para perplexidade da mãe:

— Se a Lizzy for ficar em casa, eu também vou ficar — e acrescentou: — Ano que vem, nós vamos juntas.

Naquela noite, Jane e Liz comeram canecas de sorvete de hortelã sentadas lado a lado na cama de Liz, que usava luvas brancas para não se coçar; depois Jane leu para ela *A rã e o sapo*, e elas foram dormir às oito da noite. Apesar do frenesi de excitação que a Festa de Maio continuaria a provocar em Liz por muitos anos ainda, quando se lembrava disso já adulta, o que ela mais lembrava, mais do que qualquer castelo inflável ou prenda, era a bondade da irmã.

Capítulo 48

Por muito reveladora que fosse, a notícia de Jane não foi compartilhada de um modo que convidasse a mais questionamentos. Ela simplesmente disse a Liz que ficou desmaiada por um minuto ou dois e, embora estivesse segura de que estava bem, os médicos queriam fazer mais exames antes de liberá-la. Estava no Christ Hospital, ela disse, e vira Chip rapidamente, antes de ele atender outro paciente, mas não era ele quem a estava atendendo. Caroline ainda estava com ela. E Liz não devia contar para mais ninguém da família.

— Estou indo para aí o mais depressa possível — disse Liz.

Só depois de desligar, Liz se deu conta de que estava sozinha na casa e sem carro: Jane fora com o Cadillac do pai encontrar Caroline, os pais tinham ido almoçar no Country Club, e as irmãs estavam Deus sabe onde. Liz pensou em escrever para Mary, Kitty ou Lydia, mas depois desistiu, ciente de que eram pouco confiáveis e indiscretas. Em seguida, ela considerou a hipótese de ir de ônibus, mas não conhecia os trajetos, e enfim pensou em chamar um táxi, algo que jamais fizera em Cincinnati e que, portanto, não sabia se era capaz de fazer com eficiência. Então, resolutamente, ela trocou de roupa, vestiu shorts de corrida, um top esportivo e uma regata. Amarrou o cadarço de seus tênis turquesa e laranja, pôs os óculos escuros e um boné de beisebol que achou no quarto de Kitty, encheu uma garrafa de água na pia da cozinha e saiu correndo. Era pouco mais de uma da tarde e lá fora estava fazendo trinta e seis graus; o Christ Hospital ficava a pouco mais de sete quilômetros, segundo o mapa de seu celular, de modo que ela calculou que levaria trinta e cinco minutos para chegar lá.

Diferentemente de quando corria com Jane, Liz levou consigo o celular; enfiou-o entre a calcinha e o quadril, mas antes mesmo de chegar na rua, o telefone caiu na rampa de entrada. Então ela o carregou na mão, e partiu para oeste pela Grandin Road, o mesmo caminho que fazia toda manhã com Jane; passou até pelo Country Club, onde supostamente os pais estariam na metade da salada Caesar pseudossaudável. Quanto seria, perguntou-se Liz pela primeira vez, a anuidade do Country Club?

Na Madison Road, em vez de virar à direita, ela virou à esquerda em direção à O'Byronville, passando pelos antiquários e butiques. O ar estava denso e o sol, agressivo, possivelmente malévolo.

Então, Jane estava grávida. Jane estava *grávida*. A questão mais imediata, é claro, era se a situação devia ser atribuída ao doador anônimo de esperma ou a Chip. Se fosse do doador, Liz pensou, Jane teria concebido oito semanas antes, mas se fosse assim ela não teria percebido? Liz se lembrou da hesitação de Jane com Chip, apesar da óbvia atração que sentia por ele – será que ela sabia? E os comentários sobre se mudar para Cincinnati – também poderiam ser indícios de sua condição, embora fosse igualmente provável que ela preferiria ficar na cidade para criar um filho com Chip ou, se fosse mãe solteira, para evitar os gastos e a correria de Nova York. De todo modo, entre Chip e um doador anônimo, Liz não saberia dizer o que era preferível. Surgiriam complicações nos dois casos.

Ao passar pela igreja gótica de São Francisco de Sales, onde Liz virou para o sul na Woodburn Avenue, ela estava transpirando mais do que jamais transpirara em toda a sua vida. Não lhe passou despercebida a ironia de desmaiar a caminho de encontrar Jane, que havia desmaiado; e, no entanto, apesar do calor e da fadiga de seus músculos depois de já ter corrido pela manhã, a adrenalina a manteve atenta. Um bebê – depois de todo esse tempo, Jane teria um bebê!

A East McMillan, que era a via mais larga e movimentada onde Liz correra até ali – havia poucos pedestres e muitos carros –, cintilava ao sol. O boné de beisebol de Kitty era azul royal, com o logotipo da Universidade de Kentucky, embora ninguém na família tivesse estudado lá, e Liz se perguntou se o boné não estaria esquentando ainda mais sua cabeça. Ao tirá-lo, não pareceu se sentir melhor e, na passarela da Reading Road, ela o vestiu novamente. Considerou reduzir o ritmo para uma caminhada, mas a Auburn Avenue não estava longe e, assim que chegasse ali, estaria praticamente lá.

Quando o enorme edifício de tijolos do Christ Hospital apareceu em seu campo visual, Liz achou que o tempo tinha parado de passar e que ela estivera correndo por vários anos durante um único batimento de seu coração. Por trás dos óculos escuros, as gotas de suor escorriam em seus olhos, dificultando-lhe a visão. Conferiu o mapa no celular, seguiu pela Auburn Avenue até a Mason Street, virou em direção à Eleanor Place e chegou à entrada do pronto-socorro. Do lado de fora da porta automática, embaixo da entrada coberta, ela parou e se inclinou, apoiando as mãos nos joelhos, para tomar fôlego.

— Liz? — disse uma voz masculina, e Liz se endireitou. O suor escorria por lugares incomuns, pelas têmporas e pela nuca e pelas axilas, mas também de uma série de partes do corpo geralmente menos associadas à termorregulação, inclusive pelos joelhos. Ela tirou os óculos escuros para enxugar os olhos com as costas das mãos, e um fio de suor voou pelo ar e pousou no antebraço do jaleco branco de Fitzwilliam Darcy; ela viu acontecer, e tinha certeza de que ele também. Em um tom de voz que soou entre perplexo e crítico, ele perguntou: — O que você está fazendo aqui?

Só nesse momento sua decisão de ir correndo ao hospital lhe pareceu estranha, além de meramente desconfortável. Pareceu-lhe difícil evitar a verdade, embora certamente não fosse necessário revelar a verdade inteira. Ainda ofegante, ela explicou:

— A Jane desmaiou e veio parar no pronto-socorro. Mas acho que ela já está bem. O que você está fazendo aqui?

— Vim ver um paciente. A Jane teve alguma síncope?

— Se isso é o mesmo que desmaio, então acho que sim.

— Está muito quente hoje. Não é o que a maioria considera um clima ideal para correr.

— Só os cachorros loucos e os ingleses, como dizem — falou Liz. — Mas não havia nenhum carro lá em casa. Eu entro por ali? — Ela fez um gesto indicando a porta automática.

— Vou com você — afirmou Darcy e, quando entraram, ele acrescentou: — A Jane tem trinta e nove?

— Sim. — Apesar de haver outros assuntos que a preocupavam no momento, Liz não pôde deixar de notar que a idade da irmã devia ter sido tema das conversas entre Chip e Darcy.

— Se ela tem uma boa saúde em geral, desconfio que seja uma síncope de exaustão pelo calor — disse Darcy. Eles pararam na recepção, e Darcy se apresentou: — Sou o doutor Fitzwilliam Darcy, e preciso encontrar uma paciente chamada Jane Bennet.

A recepcionista digitou rapidamente em seu teclado antes de anunciar:

— Quarto cento e oito. — Nem Liz, nem Darcy falaram nada enquanto caminhavam. Diante da porta dupla, Darcy aproximou de um sensor o crachá que trazia junto ao pescoço, e as portas se abriram para eles. Estavam em um salão largo e haviam acabado de virar no primeiro corredor quando viram Caroline Bingley, com uma expressão tão peculiar em seu semblante – parecia uma combinação de alegria e fúria, mas como isso seria possível? – que Liz teve um pensamento histérico de que Jane talvez pudesse ter morrido.

— Ela está bem? — perguntou Liz, assustada.

Os olhos de Caroline se franziram. Furiosa, ela disse:

— Meus parabéns, titia Liz.

Capítulo 49

Quando Liz afastou a cortina na entrada do pequeno quarto de Jane, ela viu a irmã em uma cama cujo colchão parecia semirreclinado. Jane estava com a camisola do hospital (Liz não esperava a mudança de roupa, algo que de certa forma tornava oficial o *status* de paciente de Jane) e com um tubo inserido em uma veia na parte interna de seu braço pingando um líquido transparente. Calmamente, quase em silêncio, Jane estava chorando. Os olhares das irmãs se cruzaram, e Jane levou o lenço ao nariz.

— Ai, Lizzy — lamentou ela. — O que foi que eu fiz?

Liz sentou-se na cama ao lado de Jane e abraçou-a.

— Estou fedendo — disse Liz. — Só para avisar.

Brevemente, Jane pareceu esquecer sua aflição.

— Você começou a fazer crossfit também?

— Eu vim correndo — explicou Liz. — Não tinha nenhum carro em casa. Você está bem?

O lábio inferior de Jane estremeceu.

— Sem querer pressionar, mas é do Chip ou de um doador anônimo?

Alguns segundos se passaram, então Jane balançou a cabeça, incapaz de falar. Após outro intervalo de silêncio seguido de um enorme espirro, disse:

— Tudo foi tão caótico com a cirurgia do papai. Eu queria ter feito um teste, para ver se a última tentativa da clínica tinha funcionado. Depois eu conheci o Chip, e estávamos indo tão bem juntos que de repente me pareceu que talvez fosse melhor se eu não engravidasse.

— Então não é do Chip? — perguntou Liz.

— Eles vão fazer um ultrassom para ver de quantas semanas eu estou. Tudo é possível, mas estávamos usando camisinha.

— Ele já sabe que você está grávida?

Jane suspirou.

— No restaurante, o enfermeiro perguntou se eu poderia estar, e eu disse que talvez, mas não mencionei a inseminação. Claro, a Caroline ouviu, e contou ao Chip antes que eu pudesse fazer isso. Acho que ela telefonou para ele do carro enquanto eu estava na ambulância. Aí ele veio e me encontrou, e foi muito gentil e preocupado. Nem eu sabia se estava grávida àquela altura, porque nem tinham feito exame de sangue ainda. Mas achei melhor explicar para ele sobre a inseminação, e ele ficou um pouco chocado, e depois foi chamado para atender alguém esfaqueado antes de terminarmos a conversa. Isso foi há uma hora.

— Puxa — disse Liz.

Jane limpou o nariz com as costas da mão, e Liz se levantou e pegou um lenço de papel da caixa sobre a bancada.

— Pelo menos eu não fui esfaqueada — falou Jane. — Podia ser pior.

— De fato — concordou Liz. — Mas ainda assim você tem direito de se irritar.

— Foi tão estranho no restaurante, Lizzy. Eu pensei – nunca penso isso –, eu pensei: *Talvez seja melhor teriyaki, em vez de sushi.* O peixe cru me pareceu nojento. Mas a Caroline sugeriu dividirmos alguns, e eu concordei. Quando a comida chegou, olhei para aquilo e só senti o cheiro – tive certeza de que iria vomitar. Em vez disso, quando dei por mim, estava deitada no chão, com um monte de garçons olhando para mim.

Ao buscar o lenço, Liz se sentara no pé da cama de Jane.

— Então... — Liz hesitou. — Você *quer* estar grávida?

— Eu queria. — A voz de Jane estremeceu. — Antes de conhecer o Chip, eu queria muito.

Capítulo 50

Desde a última menstruação de Jane, o técnico que terminou o ultrassom estimou a gravidez de nove a dez semanas; como Jane sabia a hora da última inseminação que fizera antes de sair de Nova York, ela confirmou a estimativa.

— Quer dizer que teremos um bebê em fevereiro — calculou Liz. — Um bebê de neve.

Ela não mencionou o nome de Chip, e Jane também não. Estranhamente, ele não voltou a aparecer mais no quarto de Jane no hospital enquanto Liz esteve lá, nem Caroline, nem Darcy. Liz não se lembrava de ter se despedido deles depois de encontrar Caroline no corredor.

Duas horas se passaram desde a chegada de Liz no hospital, o médico do pronto-socorro que atendera Jane parou para uma última consulta, perguntou se Jane tinha um ginecologista e a aconselhou a tomar vitaminas pré-natais. Jane informou ao médico que ela já estava tomando havia mais de dez meses. Depois de receber alta, ocorreu a ela e a Liz simultaneamente de que estavam sem carro.

— Vamos começar pela Mary — disse Liz. — É mais provável que ela consiga manter segredo do que Lydia ou Kitty.

— Não vamos ligar para nenhuma delas. — A voz de Jane não estava para argumentos. — Não estou pronta para contar.

Após alguns segundos de hesitação, Liz perguntou:

— Será que o Chip não nos daria uma carona?

— Ele só sai às sete — disse Jane. — E depois ele tem que preencher relatórios. — Ela estava tirando a camisola do hospital para vestir suas roupas, quando acrescentou: — Vamos de táxi até o restaurante japonês e pegamos o carro do papai. E não diga uma palavra a ninguém. Sério, Lizzy. Nem para o papai, nessas conversas francas que vocês têm um com o outro. Você promete?

— Você tem convênio médico? — perguntou Liz.

Jane assentiu:

— Claro. Promete?

Por um lado, Liz ficou imensamente aliviada; por outro, havia ainda uma falência secreta e uma gravidez secreta para levar em consideração. Como exatamente sua família chegara àquelas circunstâncias?

— Minha boca é um túmulo.

Capítulo 51

— Os pais do Chip têm uma casa de veraneio no Maine — estava dizendo a senhora Bennet enquanto Liz cortava a couve-flor na tábua sobre a bancada da pia da cozinha. — Em Boothbay Harbor, que dizem que é lindo. A irmã e o cunhado da Suzy Hickman têm casa lá, e Suzy disse que a vista é divina.

— Se a senhora quiser ajudar, pode ir lavando o coentro — disse Liz, e a senhora Bennet nem se moveu de onde estava.

— Obviamente, o casamento tem que ser onde a mulher cresceu — continuou ela —, mas se o Maine for importante para o Chip, tenho certeza de que alguma de vocês pelo menos ainda vai se casar na Igreja de Knox.

— Existe algo específico que faz a senhora acreditar que o Chip e a Jane estejam planejando se casar? — perguntou Liz. — Porque não é essa a minha impressão.

A senhora Bennet pareceu ofendida.

— Bem, eles estão apaixonadíssimos!

— Eu acho que eles se gostam — disse Liz —, mas ainda é muito cedo.

— Eu prefiro quando é um homem quem faz a cerimônia — considerou a senhora Bennet. — É mais natural. No casamento da Allie Carnes foi uma mulher, e ela tinha uma voz aguda estranhíssima.

Liz terminara de picar a segunda couve-flor; ergueu a tábua e derramou o conteúdo na panela.

— Vi que algumas caixas no antigo quarto da Jane ainda estão fechadas — questionou ela. — O que tem dentro?

— São presentes de Natal que eu estou guardando.

Era tentador, embora certamente desaconselhável, perguntar quem seria o futuro destinatário daquelas toalhas de banho azuis royal por acaso bordadas com as iniciais da senhora Bennet.

— Comecei a pensar no que vai acontecer quando a senhora e o papai venderem esta casa — disse Liz. — Estava pensando se a senhora e eu já não começávamos a nos livrar de algumas coisas.

— Nem sonhando que eu vou vender a casa. — A senhora Bennet gargalhou. — Só vamos sair daqui com as canelas esticadas.

Liz abriu a geladeira, tirou o saco de coentro e se virou para a torneira. Evitando contato visual, ela disse:

— A senhora sabe que fazer compras pode ser um vício como o álcool, não sabe? Não sei se a senhora já pensou em procurar alguém para conversar a respeito.

— Que coisa mais absurda de se dizer! Se eu gosto de aproveitar uma barganha? Certamente que sim.

— E se eu levar algumas dessas coisas para revender em um brechó? — sugeriu Liz. — Só os pratos que nunca são usados, ou quem sabe alguns daqueles móveis no porão que eram da vovó. A senhora nem precisa se envolver.

— Os móveis da vovó valem uma fortuna. Você sabe o que você devia estar fazendo, em vez de se intrometer?

— Vou chutar: saindo com meu primo?

— Quero ver você arranjar alguém melhor que o Willie.

Desde a adolescência de Liz, quando via comerciais de televisão que celebravam ostensivamente o amor incondicional das mães pelos filhos, ou ao encontrar nas lojas produtos que se valiam desse vínculo único com poemas ou declarações efusivas – porta-retratos, ímãs de geladeira, luvas para forno –, ela se sentia como uma estudante em um intercâmbio observando os costumes de um país estrangeiro. Mas se Liz não era próxima da mãe, tampouco se consumia pelo ressentimento materno que observava em algumas amigas. Sua mãe fora adequada – muitas vezes irritante, mas longe de abusiva.

Liz fechou a torneira e sacudiu a água do coentro. Com o mínimo de emoção possível, declarou:

— Só queria lembrar uma coisa: nem todo mundo se casa, e falar nisso o tempo inteiro não aumenta as chances de nenhuma de nós. Eu definitivamente não me interesso pelo Willie.

O tom da senhora Bennet foi atencioso em vez de intencionalmente cruel.

— Você não faz ideia da sorte que tem por alguém como ele se interessar por você.

Capítulo 52

Jane costumava ir para o apartamento de Chip depois do jantar, mas naquela noite ela ficou com Liz, Kitty e a mãe vendo televisão em casa. Quando Jane entrou na sala, a senhora Bennet tirou os olhos do catálogo que estava folheando e disse:

— O Chip está de plantão hoje à noite, querida?

Jane assentiu, e mesmo que Liz não soubesse que o turno de Chip terminava às sete, até ela seria capaz de dizer que a irmã estava mentindo.

Vários minutos depois, quando Kitty e a senhora Bennet discutiam se a garganta da prostituta na série teria sido cortada pelo ex-marido ou pelo amante, Liz murmurou para Jane:

— Ele deu alguma notícia?

Soturnamente, e também em voz baixa, Jane disse:

— Ele acabou de ligar.

— E?

— Vamos jantar depois de amanhã.

O plano não parecia promissor a Liz – a formalidade, a demora. Ela perguntou:

— Você contou a ele de quantas semanas você está grávida?

Jane assentiu.

Então, ele sabia que o bebê não era dele, pensou Liz. E ele não tinha intenção de falar sobre isso com Jane durante quarenta e oito horas.

Jane ficou na sala de televisão menos de vinte minutos e subiu para o quarto antes do fim do programa; aparentemente, não estava interessada em saber que o crime, como a senhora Bennet suspeitara, havia sido cometido pelo ex-marido da prostituta.

Capítulo 53

De manhã, o despertador do celular de Liz tocou, e Jane declarou com o que Liz desconfiou ser um cansaço fingido:

— Vou pular a nossa corrida hoje. — Embora soubesse que a irmã devia estar sentindo enjoo matinal, Liz não fazia ideia de até qual estágio da gravidez exercícios rigorosos eram recomendados.

Depois de usar o banheiro e trocar de roupa, Liz parou na porta de seu quarto de infância e olhou para a irmã. A cortina ainda estava fechada, mas o sol já surgira, e o quarto estava mais iluminado que às escuras. Liz pensou em perguntar se Jane precisava de alguma coisa, mas a respiração de Jane estava pesada e constante como se realmente tivesse voltado a dormir.

Capítulo 54

Liz encontrou o senhor Bennet em seu escritório. Com a tela do computador invisível, como de costume, do ponto de vista dela, ocorreu a Liz que sempre dera ao pai o benefício da dúvida, supondo que, quando ele estava no escritório, ficava mergulhado em assuntos tediosos, mas necessários, com uma dedicação solícita, e de alguma forma masculina, ao bem-estar da família.

Ela fechou a porta atrás de si e afirmou:

— O senhor precisa vender a casa. Vi na internet que os Ellebrechts venderam a deles por um milhão e oitocentos em março. O senhor sabe se eles reformaram a cozinha?

O senhor Bennet olhou para ela com espanto.

— Você andou ocupada, pelo visto.

— Digamos que o senhor consiga um milhão e duzentos pela casa, que é obviamente uma estimativa grosseira. Conseguiria pagar as contas do hospital, comprar um apartamento na faixa dos duzentos mil dólares – imagino que consiga encontrar um de dois ou três quartos em Hyde Park – e ainda ficar com uma renda para viver se conseguir não gastar além da conta. Ah, e não importa o que o senhor pense do Obama e do plano de saúde público dele, o senhor e a mamãe precisam se inscrever para ter um, a partir de primeiro de outubro.

— A sua mãe não concordaria com a venda da casa.

— Não creio que vocês tenham muita escolha. Os carros são seus ou são do banco?

— E o que vai acontecer com as suas irmãs encostadas?

— O senhor vive dizendo que elas precisam ir embora do ninho, e está certo. Não há motivo para elas não arranjarem emprego. Quanto é a anuidade do Country Club?

— A sua mãe preferiria tomar estricnina a não pertencer mais ao Cincinnati Country Club. — A expressão do senhor Bennet se tornou sombria. — Será que devemos oferecer um pouco a ela?

— Existe alguma outra despesa grande que eu esteja esquecendo? — perguntou Liz. — As joias da mamãe devem valer alguma coisa, certo? E temos ainda aquele retrato na sala da frente de não sei quem.

Aparentemente impressionado, o senhor Bennet disse:

— Minha querida, você realmente tem sangue frio.

— Aposto que vocês se sentiriam aliviados morando em um lugar menor, com menos coisas. O senhor prefere falar com algum corretor conhecido ou alguém fora do seu círculo social?

— Se a sua mãe e eu formos morar em um lugar menor, correremos o risco de precisarmos nos ver de vez em quando.

— As contas do hospital — continuou Liz. — O senhor fez alguma coisa a respeito delas? O senhor telefonou para alguém?

Por alguns segundos, eles se entreolharam em silêncio.

— Me dê aqui as contas. Vou marcar uma reunião e vou lá com o senhor — disse Liz. — A situação não vai melhorar se continuarmos a ignorá-la.

Capítulo 55

A conversa de Jane com Chip não fora nada bem. Embora ele não a tivesse acusado explicitamente de desonestidade, havia questionado a afirmação dela de que estava grávida devido à inseminação artificial, e não devido a nenhum outro encontro do tipo mais tradicional em Nova York, o que seria mais ou menos a mesma coisa. Não que ele tivesse, Jane disse a Liz, começado a agir com uma crueldade disfarçada – parecia continuar o mesmo, só que não estava mais apaixonado.

— Eu não sou idiota — teria dito. — Não que eu achasse que você era virgem antes de nos conhecermos.

Quando Jane insistiu que não havia a menor chance de sua gravidez resultar de outra coisa além do procedimento da inseminação, ele teria afirmado:

— Então, eu não entendo por que você nunca me disse que estava tentando ter um bebê sozinha. Como você pôde esconder um segredo tão grande de mim? — E essa pergunta, Jane teve de concordar, fazia todo sentido.

A conversa ocorrera em um restaurante no centro, aonde Jane fora dirigindo sozinha, o que, ela diria a Liz, fora um prenúncio de como as coisas seriam: em vez de ir buscá-la, Chip marcara de se encontrar publicamente para terminar com ela.

— E ele terminou com você?

— Não com essas palavras — disse Jane. — Mas ele falou que não era uma boa noite para eu ir para o apartamento dele, porque ele e a Caroline precisavam conversar sobre negócios. E quando nos despedimos, ele me deu um beijo na testa. — Liz notou que a irmã estava fazendo força para não chorar. — Ele disse que essa notícia era muita coisa para digerir, e que provavelmente precisaria de alguns dias. Mas, Lizzy, eu tenho certeza de que acabou, e não posso culpá-lo.

Enquanto Jane falava, eram pouco mais de nove da noite, e as duas irmãs estavam de pé no porão da mansão estilo Tudor. Em vez de assistir à televisão, Liz resolvera investigar aquele caos subterrâneo aonde ela não costumava descer exceto para lavar roupa ou buscar comida do congelador reserva. O aposento onde ficavam essas máquinas era razoavelmente claro, mas três outros aposentos eram estoques praticamente impenetráveis de todo tipo de detrito familiar. Foi no maior desses cômodos abarrotados que Jane a encontrou.

— Eu devia ter contado a ele desde o início — disse Jane. — Mas acho que eu estava esperando não dar certo ou contando que ele se apaixonaria tão completamente que não se importaria por eu estar grávida.

— Ele é um bom sujeito — ponderou Liz. — Aposto que ele vai acabar percebendo que não é um problema intransponível.

— Talvez. — Jane apontou para um chapéu de bruxa envolto por uma faixa laranja de veludo empoeirada. — Isso não era da minha fantasia do dia das bruxas da quarta série?

— E veja só isto. — Liz ergueu o chapéu e revelou uma mesa alta e estreita de mármore com pernas recurvas terminando em cascos de veado que um dia ocupara a sala de estar da avó materna. — Você lembra como a Mary morria de medo dessa mesa?

— O que você veio fazer aqui embaixo? — perguntou Jane.

— Ah, você sabe. Resolvi descer a ladeira da memória.

Capítulo 56

Liz ficou no porão até depois da meia-noite, mas quando a fadiga a dominou, ela ficou entristecida ao olhar à sua volta e se dar conta de que seus esforços, na melhor das hipóteses, deixaram o lugar com aparência ainda pior. Ela tentara separar os objetos em categorias gerais – louça, equipamento esportivo, decorações de datas especiais – e tivera um sucesso parcial, ao passo que eliminara todo o já escasso espaço livre no chão. Além disso, encontrara pelo menos uma dúzia de aranhas, nem todas mortas. Daria um jeito na bagunça depois, pensou, e apagou as três lâmpadas e subiu para a cozinha. Ela não se deu conta, antes de ser tarde demais, de que Lydia e Ham Ryan estavam se beijando avidamente junto ao fogão. Eles a viram ao mesmo tempo que ela os viu, e logo se afastaram, com Lydia dizendo em tom acusatório:

— Mas que diabos você está fazendo?

— Desculpa — disse Liz. — Eu estava no porão.

— Oi, Liz — cumprimentou Ham.

Lydia se enfureceu.

— Fazendo o quê?

Ah, os vinte e três anos, pensou Liz, *ficar se pegando daquele jeito que deixava os lábios inchados e a pele vermelha*. Não que Lydia fosse de modo algum inocente, mas ainda assim – algo no modo como ela estava beijando o namorado na cozinha da casa dos pais enquanto todo mundo estava dormindo deixou Liz com saudades.

— Eu estava tentando separar um tanto de lixo para jogar fora, e agora vou subir para dormir — respondeu Liz. — Oi, Ham.

— Li alguns artigos seus na internet — disse Ham. — Aquele sobre a Arábia Saudita é fascinante.

— Você não precisa tentar agradar a Liz — falou Lydia.

Ham deu risada.

— Você acha que porque você não se importa com o que acontece no Oriente Médio, ninguém mais deveria se importar? — Olhando para Liz, ele disse: — Quanto tempo você ficou lá?

— Dez dias — contou Liz. — E obrigada.

— Nem adianta dar em cima dela — disse Lydia. — Ela tem um namorado casado que ela acha que ninguém sabe.

Ham sorriu para Liz – o bom humor dele quase fez com que a declaração bombástica de Lydia não parecesse grande coisa – e então se inclinou e beijou o nariz de Lydia. Ele disse:

— Correndo o risco de encorajá-la ainda mais, o seu ciúme chega a ser fofo.

Capítulo 57

Pesquisando em páginas de imobiliárias, Liz descobriu que um antigo colega de escola em Seven Hills chamado Shane Williams era, ao que tudo indicava, bem-sucedido em vender casas de e para cincinnatianos, entre os quais diversos atletas profissionais – jogadores dos Bengals e dos Reds davam testemunhos escritos da aptidão de Shane. Embora Hyde Park não fosse o principal bairro de atuação de Shane, ele vendera também um punhado de propriedades a poucos quilômetros da mansão em estilo Tudor. Liz se lembrava com carinho de Shane; ele sempre fora afetuoso e franco, não só na época da escola, mas também nas três ou quatro vezes que se cruzaram com vinte e poucos anos, quando os colegas se encontravam nos bares na noite da véspera de Ação de Graças.

No entanto, apesar das credenciais profissionais e do charme pessoal de Shane, Liz não tinha certeza de que devia entrar em contato com ele. O motivo dessa incerteza era o fato de Shane ser negro e sua mãe ser racista. Assim como seu antissemitismo, o racismo da senhora Bennet era de uma espécie informal, carregado de indiretas. Ela jamais seria ignorante a ponto de anunciar que as pessoas negras eram menos inteligentes ou honestas que as brancas, mas sem o menor pudor dizia a Liz para não comprar nada na Kroger de Walnut Hills porque lá era "sujo" e uma vez quando Liz sugeriu darem a Mervetta uma blusa de *cashmere*, a senhora Bennet dissera:

— Pelo amor de Deus, Lizzy, a Mervetta não saberia dar valor a esse tecido.

Liz tinha certeza de que jamais um adulto negro visitara a casa de seus pais por nenhum motivo social. Ao longo dos anos, homens negros consertaram a máquina lava-louças e as bombas de ar-condicionado sobrecarregadas dos Bennet, retiraram seu lixo e trocaram o calçamento de sua entrada; e, por mais de uma década, Mervetta chegava à mansão estilo Tudor às oito da manhã, às sextas-feiras alternadas, para passar aspirador em seus carpetes e esfregar suas privadas. Mas as únicas negras que haviam sido convidadas apenas para se divertir na casa dos Bennet eram meninas, colegas de Seven Hills, em aniversários e festas do pijama. E, se Liz entrasse ou não em contato com Shane, nada mudaria o fato de que ele também seria um empregado.

No entanto, sem dúvida, contratar o tipo de corretora branca, mulher, de meia-idade, que os pais podiam encontrar no Country Club era uma má ideia, e provavelmente espalharia a história da situação financeira em que os Bennet se encontravam. Existiam, é claro, inúmeras corretoras brancas de meia-idade que certamente Liz conseguiria encontrar que não eram do Country Club e que os pais não conheciam. Mas ela gostava da ideia de trabalhar com alguém conhecido.

Seria ilusão esperar que o potencial incômodo da mãe com a raça de Shane pudesse eclipsar o incômodo ainda maior da necessidade de mudar de casa? *Seja a mudança que você deseja ver no mundo*, Liz pensou, e escreveu para o ex-colega de escola.

Capítulo 58

Durante várias outras manhãs, Jane não saiu para correr com Liz, e no quarto dia, quando Liz vinha subindo a escada depois do café, Jane ainda estava deitada na cama. Liz passou pelo quarto para tomar um banho e, depois que saiu, vestiu-se em silêncio. Quando Jane falou, no entanto, soou como se já estivesse acordada havia algum tempo.

— Você vai me odiar se eu voltar antes para Nova York?

Liz se virou.

— Claro que não. Você provavelmente vai precisar marcar uma consulta com o seu ginecologista, não?

— Eles não costumam fazer muitos exames antes do fim do terceiro trimestre, embora talvez façam devido à minha idade.

— Você não está pensando em... — Liz fez uma pausa e reformulou a questão. — Você está pensando em abortar?

— Eu continuo esperando uma mensagem do Chip — disse Jane. — Fico achando que ele vai me chamar para morar com ele.

— Acho que ele vai entrar em contato — concordou Liz, embora, conforme foram se passando os dias, seu otimismo quanto ao que mais ele teria a dizer tivesse diminuído.

— Eu realmente queria muito ter um bebê — disse Jane. — Era a coisa que eu mais queria no mundo. E agora... — Ela não terminou a frase.

— É que você conhece o Chip, mas ainda não conhece seu bebê. Tenho certeza de que vamos achar o seu filho uma delícia, mas é duro para uma ideia abstrata competir com alguém com quem você já convive.

— Pegando uma pulseira de contas de cima da cômoda, Liz acrescentou: — Queria mostrar depois uma organização que encontrei chamada Sozinhas Mas Juntas. É de mulheres que escolheram ter filhos sozinhas.

Jane sorriu tristonha.

— Eu já sou filiada há dois anos. Você não contou nada à mamãe, né?

— Jesus, não. — Que Jane não conseguiria esconder seu segredo indefinidamente era um fato que Liz supôs não ser necessário revelar. E a intenção de Jane de ir embora de Cincinnati era totalmente compreensível para Liz, mesmo que a perspectiva de ser deixada ali sozinha sem Jane fosse desoladora. Quando Liz passou a pulseira para o pulso esquerdo, pensou naquele ano em que Jane não fora à Festa de Maio porque ela, Liz, pegara catapora. Então, disse do fundo do coração: — Não importa o que você faça, você terá o meu apoio.

Capítulo 59

Mais uma vez, o cheiro de esmalte levou Liz até Kitty; desta vez, Kitty estava criando nas unhas um intrincado padrão tigrado com faixas negras sobre um fundo laranja avermelhado.

— Parece que Lydia e Ham estão namorando sério — disse Liz. — Estão mesmo?

Colocando o pincel de volta no frasco de esmalte preto, Kitty respondeu:

— Pergunte a ela.

— Você pode sugerir que ela o convide para jantar conosco? Acho que a Jane e o Chip talvez tenham terminado, e conhecer o Ham talvez alivie o golpe para a mamãe.

Ainda concentrada nas próprias unhas, Kitty disse:

— Se você quer fazer a mamãe feliz, case com o Willie.

— O Ham parece ser um cara legal, mas se eu falar para a Lydia convidá-lo, ela vai se recusar só para me irritar.

Kitty ergueu os olhos.

— Você conheceu o Ham?

— Conversei com ele algumas vezes. Por quê?

— Talvez você se surpreenda se souber algumas coisas sobre ele. — A expressão no semblante de Kitty era presunçosa e reservada. Liz não estava interessada.

No entanto, perguntou:

— Que coisas?

Kitty deu de ombros.

— Algumas coisas.

— Por acaso ele é um babaca?

— Não. — Realmente, Kitty parecia irritantemente satisfeita consigo mesma. Em parte para mudar de assunto e em parte porque era verdade, Liz apontou para as unhas de Kitty e disse: — Você já pensou em transformar isso em uma profissão? Você é muito boa nisso.

A expressão de Kitty se azedou.

— Não seja tão condescendente.

— Kitty, eu trabalho em uma indústria em que os melhores maquiadores e estilistas são tratados como astros do rock. Não que isso seja uma regra, mas aposto que uma pessoa normal chega a ganhar um salário decente. *Qualquer salário*, pensou Liz, *era melhor do que nenhum salário*.

Kitty observava Liz com desconfiança.

— Por que o Chip e a Jane se separaram?

— Acho que eles não queriam a mesma coisa da vida.

— Ele que quis se separar?

— Eles ainda não se separaram oficialmente, mas acho que foi mútuo. — Rapidamente, Liz se sentiu tentada a perguntar se o que Lydia dissera várias noites antes na cozinha era verdade – que todo mundo na família sabia sobre o Jasper. Ele devia chegar a Cincinnati dali a uma semana, e, conforme a data se aproximava, Liz foi se tornando cada vez mais consciente da estranheza de esconder sua visita da família. Mas, sem dúvida, a estranheza da entrada dele na mansão estilo Tudor, que ela não tinha planos de que fosse acontecer, seria ainda maior. Pelo menos, ele conheceria Charlotte; na segunda das duas noites de Jasper na cidade, Liz fizera reservas para o jantar no Boca, para o qual Jane também seria convidada, caso ainda estivesse por lá.

Em todo caso, perguntar a Kitty sobre Jasper eliminaria todas as dúvidas e, fosse pela diferença de idade, pela geografia ou pelo temperamento, o fato é que Liz nunca conversava abertamente com as irmãs mais novas. Em certo sentido, elas se conheciam bem, sabiam dos hábitos e preferências umas das outras, mas era possível que se passassem anos sem que nenhuma conversa substancial ocorresse entre elas.

— O Chip uma vez teve um paciente que enfiou uma laranja no cu — contou Kitty. — Você sabia?

— Mal posso imaginar que tipo de pergunta você fez para arrancar essa informação dele.

Kitty sorriu.

— Imagino que o Chip tenha ficado orgulhoso de ter tirado.

Capítulo 60

Quando Liz e o senhor Bennet estavam saindo do centro de reabilitação, depois da consulta com o fisioterapeuta, o celular dela vibrou com uma mensagem confusa e sem pontuação de Jane: Chip foi embora.

Telefonar para Jane na frente do pai seria impossível; então, quando seguiam rumo ao sul na Setenta e Um, o senhor Bennet disse:

— Pare na peixaria, por favor. Quero comprar ostras.

Liz sabia que ele queria ostras defumadas e tentou se lembrar se era saudável comer ostras defumadas.

— Um ex-colega meu da Seven Hills virou corretor de imóveis, e ele poderia vir e discretamente avaliar a casa. O que o senhor acha? — perguntou ela.

— E se eu disser não? Nesse caso, a que horas esse colega chega?

Se a situação não estivesse tão difícil, Liz talvez se sentisse constrangida.

— Amanhã na hora da reunião da mamãe na Liga das Mulheres.

— Foi o que eu imaginei.

No estacionamento da peixaria, Liz quis saber:

— E o senhor está bem para entrar lá sozinho?

— Pelo amor de Deus — disse o senhor Bennet. — Não sou um menino de calças curtas.

— Eu não sei se o senhor vai precisar de ajuda para carregar as compras.

Enquanto Liz observava o pai entrando pelos fundos da peixaria, ela telefonou para Jane e falou:

— Embora para onde?

— Para Los Angeles. — Jane soou mais confusa que aborrecida. — Lembra quando eu disse que o *Bom partido* ia fazer um especial de reencontro dos ex-participantes? Ele resolveu participar no fim das contas.

— E o hospital autorizou que ele tirasse uma licença? — perguntou Liz.

— Não sei. Ele só mandou uma mensagem de texto.

Uma constatação desagradável se espalhou dentro de Liz de que os piores temores de Jane a respeito de Chip eram inteiramente justificáveis.

— Que loucura — disse Liz. — Desculpe, mas que tipo de pessoa abandona o emprego, um cargo de médico em um pronto-socorro, depois de menos de três meses? Você pode me encaminhar a mensagem dele?

— Espere.

Segundos depois, a nuvem cinza apareceu na tela do celular de Liz: Oi queria avisar que estou indo para LA hoje para gravar o especial de ex-participantes do bom partido favoritos dos fãs. Acho que ser médico talvez não seja pra mim. Ótimo te conhecer, vc é uma pessoa mto especial.

Aproximando o telefone do ouvido, Liz disse:

— Isso é algum tipo de piada?

— Ele devia estar com pressa — justificou Jane.

— Não me importa se o cabelo dele estivesse pegando fogo. Isso é absurdo.

— Eu quero sentir pena dele. — A voz de Jane saiu firme. — Não gosto de sentir raiva.

— Jane, até uma ioguine pode ficar com raiva quando o namorado revela ignorar mesmo os preceitos da comunicação básica. — Liz avistou o pai saindo da peixaria com uma sacola de plástico.

— Eu sei que eu posso — disse Jane. — Eu simplesmente não quero.

— Bem, você está definitivamente melhor sem ele. — Rapidamente a opinião de Liz, antes favorável, mudou; os detalhes nada lisonjeiros, até então ignorados, poderiam ser usados como evidências que sustentassem uma opinião contrária: Chip fora até simpático, sim, mas claramente narcisista e imaturo e em nenhum momento realmente sério com a Medicina ou com sua irmã. — Estou chegando em casa com o papai em cinco minutos — avisou Liz. — Quer ir à Graeter's para afogarmos nossas mágoas em sorvete com raspas de café?

Quando o senhor Bennet abriu a porta do passageiro, Jane dizia:

— Espero que você saiba como o seu apoio é importante para mim, Lizzy. Mas agora acho que realmente chegou a hora de eu ir embora de Cincinnati.

Capítulo 61

Liz havia marcado a visita de Shane Williams à mansão estilo Tudor para uma da tarde. Nesse ínterim, seu pai havia concordado, apesar de sem nenhum bom humor, em pedir a Mary para levá-lo à Mercantile Library e, sob o disfarce da solicitude entre irmãs, Liz marcara uma massagem pré-natal para Jane. Embora Lydia e Kitty não tivessem sido avisadas, era muito improvável que as duas estivessem em casa no meio do dia.

Shane continuava praticamente o mesmo de que Liz se lembrava: atlético, arrumado, alegre e loquaz. Quando ela abriu a porta da frente da mansão estilo Tudor e ele se inclinou para abraçá-la, ela reparou no dedo anular dele, sem aliança. Considerando a profissão de Shane, havia uma boa chance de ele ser gay. Sim, ele fora ao baile de formatura com sua amiga Rachel em 1993, mas, na época, nem na progressista Seven Hills os alunos saíam exatamente do armário.

— Se alguém aparecer, podemos dizer que estamos simplesmente relembrando os velhos tempos — disse Liz. — Sei que eu já expliquei por telefone, mas o meu pai não contou à minha mãe que vamos precisar nos mudar. — Tanta sinceridade sobre a dificuldade financeira da família, Liz sabia, desagradaria especialmente à mãe, mas Liz não se via tendo o luxo do sigilo.

— É uma casa linda — comentou Shane.

Enquanto Liz o levava para a sala, ela perguntou:

— Como você passou esses últimos vinte anos?

Shane deu risada.

— Não posso reclamar. — Ele apontou para a grande mancha de umidade na parede. — O que houve?

— Parece péssimo, né? Ainda preciso chamar um pedreiro e descobrir qual é o problema.

— Enquanto você está aqui, você podia pensar em pintar essa sala. Se clareasse um pouco o tom, as coisas ficariam realmente mais iluminadas por aqui. Talvez um cinza pálido ou cru.

Enquanto ele falava, Liz reparou – como esse fato podia ter lhe passado desapercebido? – que as paredes eram de um tom mostarda nada aconchegante.

— Se você substituir a pintura que está em cima da lareira por um espelho, isso também melhoraria do ponto de vista da luz — falava Shane.

Liz sacou o celular do bolso e digitou as sugestões dele, conforme passavam da sala até o corredor que levava à sala de televisão, e depois à sala de jantar. Na cozinha, Liz disse:

— Infelizmente, como o objetivo é vender depressa, não sei se eles vão querer reformar agora.

— Bem, pelo menos o espaço é bem aberto — disse Shane. — Muitos compradores gostam disso hoje em dia.

No andar de cima, as sugestões dele foram semelhantes: pintar paredes, remover caixas, consertar tudo que não estivesse funcionando (como a portinha do banheiro minúsculo do quarto de Mary, que fazia pelo menos uma década que só fechava pela metade). No quarto de Kitty, Liz disse:

— Caso não seja óbvio, minhas três irmãs mais novas ainda moram aqui. Não sei ao certo se é essa coisa da geração bumerangue ou simples imaturidade delas, mas o fato é que basicamente...

Antes que ela pudesse completar o pensamento, uma forma se ergueu do redemoinho de lençóis e travesseiros da cama de casal e assumiu o aspecto de Kitty em pessoa. De olhos franzidos e cabelos desgrenhados, mas ainda exibindo sua beleza natural indisfarçável, Kitty piscou para Liz e seu convidado.

— O que você quer aqui no meu quarto? — Ela apontou para Shane. — Quem é você?

Constrangida, Liz apresentou:

— Esse é o meu amigo Shane. Eu não sabia que você estava em casa.

— Shane Williams — disse Shane afetuosamente, e acenou. — É um prazer conhecê-la.

Kitty se levantou, aparentemente sem se dar conta de que estava usando uma camiseta regata, uma calcinha de listras cor-de-rosa, e mais nada. Ela olhou furiosa para Liz.

— Eu não sou imatura.

— Eu não estava falando de você — explicou Liz. — Sabe de uma coisa? Vou lhe dar um pouco de privacidade.

Rapidamente, Liz levou Shane ao último andar e depois ao porão.

— Prepare-se para o pior — avisou ela enquanto desciam ao nível mais baixo da mansão estilo Tudor.

— Você ficaria surpresa com as coisas que eu já vi.

De volta à sala da frente, Liz pediu:

— Seja totalmente franco. Quanto você acha que os meus pais conseguem pedir pela casa?

— Hyde Park é sempre procurado, e essa é uma das principais ruas do bairro. Mas eu não vou mentir: seus pais vão conseguir muito mais se fizerem esses pequenos reparos.

— Mas mesmo assim vale pelo menos um milhão, certo? — perguntou Liz. — Mesmo na condição em que está.

— Digamos que se você desentulhar bastante a casa — disse Shane. — Porque senão será dar um tiro no pé. Mas assim, sem fazer nada, é, eu diria que pedir um milhão seria razoável. Ou talvez colocarmos um preço de um milhão e cem na esperança de fechar por um milhão justo.

— Você está tentando vender a casa? — falou Kitty, e Liz olhou para a irmã na escada; embora tivessem se passado quinze minutos desde seu último encontro, Kitty ainda estava só de regata e calcinha. — A mamãe e o papai já sabem?

Liz trocou olhares com Shane.

— Eles estão ficando velhos, Kitty. Não podem ficar aqui para sempre.

— Nós não faremos nada sem o consentimento dos seus pais — garantiu Shane. — Tome. — Ele subiu alguns degraus e estendeu a Kitty um cartão. — Qualquer questão que eu puder resolver, qualquer coisa que você queira conversar, pode me ligar vinte e quatro horas por dia, sete dias por semana.

Kitty olhou para o cartão, depois olhou entre Shane e Liz.

— Shane e eu estudamos juntos em Seven Hills — contou Liz. — Não é alguém que eu conheci hoje.

— Tenho que mostrar uma casa agora em Sycamore — disse Shane —, mas, Kitty, é sério, não fique com vergonha. — Será que ele, Liz se perguntou, estava dando em cima da irmã dela? Para Liz, ele falou: — Você e eu podemos voltar a nos falar mais tarde hoje ou amanhã.

— Por favor, não conte nada a ninguém ainda — pediu Liz a Kitty depois que Shane saiu. — Eu estou fazendo apenas uma sondagem.

— Mas nós estamos muito bem morando aqui. — A expressão de Kitty era petulante. — Não é justo vocês nos chutarem para fora e depois voltarem para Nova York.

Capítulo 62

Preciso falar com vc, dizia a mensagem de texto de Charlotte. Tem um minuto?

— O que houve? — perguntou Liz depois de telefonar à amiga.

— Espero que você não ache esquisito — disse Charlotte, e Liz detectou na voz de Charlotte tanto prazer quanto nervosismo. — Eu mesma fiquei muito surpresa. Mas aí vai: depois que bebemos na semana passada, enviei um e-mail a Willie. Do tipo: "Ei, fiquei sabendo que a sua visita a Cincinnati não terminou muito bem, espero que você esteja bem". Ele respondeu na hora, perguntando se podia me ligar, e eu disse: "Claro". Acabamos conversando até quatro da manhã. E na noite seguinte, a mesma coisa. Para simplificar, ele me convidou para ir visitá-lo este fim de semana.

— Nós duas estamos falando do mesmo primo Willie, certo? Aquele?

— Sim — confirmou Charlotte. — Aquele.

— Você não precisa ter pena dele — disse Liz. — O Willie já está crescidinho.

Charlotte esfriou a voz.

— Eu não estou com pena dele.

Como se não percebesse a frieza, como se a conversa já não tivesse ficado profundamente esquisita, Liz questionou:

— Como você conseguiu o e-mail dele?

— Trocamos cartões no jantar do Chip.

Isso, em si, à luz do desfecho que viria a seguir, pareceu subitamente suspeito. Havia algo desagradável para Liz naquela inesperada associação entre Charlotte e Willie, e uma consciência desagradável adicional de seu próprio desagrado. Se Charlotte estava feliz, e de fato parecia estar, Liz não devia se sentir feliz por ela?

— Obviamente, você pode fazer o que quiser — declarou Liz. — Mas você não acha que ele é um nerd babaca?

Friamente, Charlotte respondeu:

— Não, não acho.

— Não estou dizendo babaca no sentido de idiota. Ele é muito inteligente. É que, não sei, ele é muito esquisito. Você não acha? — Ela estava piorando as coisas, não melhorando, e podia se ouvir fazendo aquilo, mas Charlotte e Willie? Sério?

— Preciso me preparar para uma reunião — disse Charlotte. — Eu gostaria que você não comentasse sobre isso com a sua família.

Por que Liz era depositária das confidências de todo mundo? Ela quis dizer algo elogioso sobre Willie, mas foi difícil decidir o quê. Quando desligaram, Liz franziu os olhos, cerrou o punho, e mordeu as juntas no dorso da mão.

Capítulo 63

No último andar, Jane estava de pé na posição de guerreira, a perna esquerda estendida para trás e os braços esticados. Quando Liz entrou no quarto, Jane graciosamente deixou cair os braços ao lado do corpo e disse:

— A Amanda e a Prisha querem me contratar como instrutora particular de ioga, e disseram que eu posso ir morar com elas por quanto tempo eu quiser, mesmo depois que o bebê nascer.

Embora Liz se sentisse um tanto desolada, o plano fazia sentido: Amanda era uma amiga de Jane da faculdade, formada em Barnard, que fizera fortuna em um *hedge fund* antes de trocar a vida corporativa em Manhattan pela criação de abelhas recreativa e a atividade lucrativa de consultora, de meio período e a distância, em Hudson Valley. A esposa de Amanda, Prisha, era professora de inglês no ensino médio, e elas moravam com seu filho de oito anos, Gideon, em um bucólico sítio de cinco acres a duas horas da cidade.

— Você está pensando em contar à mamãe e ao papai que está grávida antes de ir embora? — perguntou Liz.

Jane negou com a cabeça.

— Ainda quero pensar mais algum tempo.

Liz suspirou.

— Bem, tem uma coisa que eu preciso lhe contar. Descobri que a mamãe e o papai estão profundamente endividados. — Jane pareceu espantada, e Liz disse: — Pois é. Mas é isso mesmo, e a única chance deles é vender a casa. Você não precisa se preocupar, mas, se estava pensando em pedir dinheiro a eles, peça para mim. Só se concentre em cuidar bem de si mesma. O motivo de eu estar lhe contando isso é que pode ser a última vez que você fica nesta casa.

— Eu me sinto péssima. Eu não fazia ideia.

— Porque não era para você saber. Nenhuma de nós. Você já comprou sua passagem para Nova York?

— Para daqui a uma semana. Isso quer dizer que não vou encontrar o Jasper?

— Sinto muito, você não está com essa sorte. Ele chega na quarta. — Liz se apoiou na escrivaninha e cruzou os braços. — E mais esta: você não vai acreditar, mas a Charlotte e o primo Willie andam se telefonando, e agora acho que estão apaixonados e ela está indo visitá-lo.

Liz esperava que Jane reagisse ou com asco ou com espanto, mas sua irmã parecia serena.

— Eu consigo imaginar os dois como um casal — disse Jane.

Capítulo 64

Depois de estacionarem na garagem P3 do Christ Hospital, Liz e o pai subiram pela passarela de vidro até o Nível A, onde o senhor Bennet perguntou à recepcionista onde ficava o setor administrativo.

— O departamento de contas fica para lá — apontou Liz.

— Vamos encontrar o Dick Lucas.

— Mas nós temos uma hora marcada com um conselheiro financeiro chamado Chad Thompson.

A expressão do senhor Bennet era pensativa.

— Homens chamados Chad me deixam incomodado.

— O doutor Lucas está nos esperando hoje? — O pai de Charlotte, segundo Liz soubera, tinha uma espécie de cargo executivo no hospital, embora Liz não tivesse certeza do que era. Ela se perguntou se ele teria ficado sabendo da viagem de Charlotte a Palo Alto para ver o primo Willie.

— Eu lhe garanto que o Dick não vai se recusar a nos receber — afirmou o senhor Bennet.

Isso se revelou verdade. No setor administrativo, o senhor Bennet anunciou seu nome à recepcionista, e em menos de um minuto, o doutor Lucas apareceu na sala de espera com um terno cinza, uma gravata amarela estampada com beija-flores azuis, e um jaleco branco.

— Fred e Liz! — disse, com uma voz que sugeria que não poderia imaginar uma surpresa mais agradável. — A que devo a honra?

— Se pudermos trocar uma palavra em particular. — O senhor Bennet fez um gesto com a cabeça para a recepcionista.

Na sala do doutor Lucas, Liz e o pai se sentaram diante da imensa escrivaninha de cerejeira onde havia uma placa dourada que dizia RICHARD G. LUCAS, VICE-PRESIDENTE E DIRETOR CLÍNICO.

— A Sally e eu acabamos entrando em uma espécie de enrascada — disse o senhor Bennet. — Aparentemente, minha estada aqui no início do verão não saiu de graça.

— Quem dera tivesse saído — falou o doutor Lucas afetuosamente.

— Estamos passando por um problema de liquidez, e a Liz aqui está convencida de que, se nós não pagarmos logo, um sujeito mascarado vai acabar nos encontrando na rua e quebrando nossos meniscos.

O doutor Lucas gargalhou.

— Isso não podemos aceitar, certo?

Liz pigarreou e declarou:

— O meu pai não tem convênio médico.

O doutor Lucas franziu o cenho, mas, ainda um tanto afável, disse:

— Ora, ora, Fred. Eu também não sou um grande fã do nosso presidente, mas quando abrirem as inscrições, eu recomendaria que vocês se inscrevessem.

— Eu fiquei sabendo que às vezes os hospitais têm certa flexibilidade em termos de planos de pagamento. — Liz viera ansiosa para usar seu conhecimento apressado e retirado da internet para barganhar com Chad Thompson, um desconhecido, e descobriu que estava mais, e não menos, incomodada de fazê-lo com um homem que, quando menina, preparara panquecas que ela e Charlotte comiam ainda de pijamas quando ela dormia lá. Ainda assim, Liz tentou soar madura e profissional ao acrescentar: — Sei também que os custos costumam variar de hospital para hospital, e também que muitas contas hospitalares contêm erros. Fiquei pensando se...

— Devagar aí, Liz — o senhor Bennet a interrompeu.

— Não, ela está coberta de razão — disse o doutor Lucas. — Enganos acontecem, e não há nada de errado em passar um pente fino nesses números. Eis o que eu sugiro. Temos uma equipe formidável lá no nosso departamento de contas, e há um sujeito chamado Chad Thompson. Vou ligar agora para ele, dizer que meus grandes amigos estão indo conversar, e tenho certeza de que podemos chegar a um plano de pagamento que funcione para a família Bennet e para o hospital. Que tal assim?

Embora se sentisse um tanto vingada ao ouvir o nome de Chad Thompson, a vagueza do plano do doutor Lucas estava longe de transmitir confiança a Liz. Ela deixou escapar:

— Meus pais estão vendendo a casa, de modo que isso vai ajudar a terem um fluxo de caixa.

O senhor Bennet se inclinou para a frente:

— *Entre nous* — disse ao doutor Lucas.

— Absolutamente, Fred, absolutamente. A vida é complicada, mesmo. Estou aliviado por você estar sentado agora na minha frente todo robusto e saudável. — Ele olhou de relance para Liz. — O seu pai nos deu um susto e tanto, não foi?

— E obrigado por tudo o que vocês fizeram – tudo o que todos vocês fizeram – para cuidar dele — agradeceu Liz. — Espero que não tenha parecido ingratidão da minha parte.

— Ela demonstra essa gratidão acusando as pessoas que salvaram a minha vida de irregularidades — disse o senhor Bennet ao doutor Lucas. — Como você deve imaginar, a mãe e eu estamos muito orgulhosos.

Capítulo 65

Liz teria estimado haver cerca de vinte caixas no antigo quarto de Jane; ao contá-las, descobriu que eram sessenta e uma. Conferiu as datas dos recibos das encomendas das caixas que já havia aberto, e a almofada de abacaxi era de 2008.

Na internet, encontrou uma vendedora do eBay, uma mulher que vivia a menos de vinte quilômetros em Terrace Park e que revenderia esses itens e devolveria a Liz 70% do valor das vendas. Kathy de Bourgh acreditava que era melhor pedir perdão que permissão – em *Revoluções e revoltas*, ela descreveu como aprendera essa lição durante a Greve das Mulheres pela Igualdade de 1970 –, e foi com espírito debourghiano que, depois de fazer uma lista do conteúdo de todas as caixas, Liz carregou o Cadillac do pai e fez duas viagens até a casa da vendedora. Por acaso, não encontrou ninguém enquanto levava as caixas do último andar até o carro. Uma das virtudes da mansão estilo Tudor era a privacidade oferecida por suas grandes dimensões, e embora Liz desconfiasse que esse fato refletira pouco em sua vida, ela às vezes gostava mais dos membros de sua família quando podia sentir sua presença por perto sem efetivamente precisar interagir com eles.

Ao final da segunda viagem até Terrace Park, Liz telefonou para um empreiteiro, cuja recepcionista marcou uma avaliação da mancha de infiltração para dali a dois dias. Depois de desligar, Liz teve uma sensação de realização que percebeu ser um tanto incompatível com o modesto avanço do dia. Os encontros com o doutor Lucas e Chad Thompson, o transporte das caixas até a revendedora, o agendamento do pedreiro foram passos na direção certa, mas vê-los como uma verdadeira solução dos problemas só podia ser loucura da parte dela.

Capítulo 66

— Fui chamada para trabalhar como instrutora particular de ioga por algumas amigas no interior de Nova York — contou Jane durante o jantar. — Tem sido maravilhoso ficar em casa, mas vou me mudar para lá na semana que vem.

— Muito bem — disse o senhor Bennet, ao mesmo tempo em que a senhora Bennet, muito aflita, perguntou:

— Mas e o meu almoço da liga? E pelo amor de Deus, Jane, e o Chip? Ele vai ficar arrasado.

— Na verdade — explicou Jane —, o Chip está em Los Angeles agora, gravando um especial de reencontro do *Bom partido*.

Seguiu-se um silêncio, então vários membros da família falaram ao mesmo tempo.

— Quando foi que isso aconteceu? — disse a senhora Bennet.

— Ele está na banheira com outras garotas? — disse Kitty.

— Por que ele resolveu fazer isso de novo? — disse Mary.

— Hummm — ponderou Lydia. — Talvez para poder ficar na banheira com outras garotas?

— Quanto tempo ele vai ficar fora? — perguntou a senhora Bennet a Jane. — Você vai precisar estar aqui quando ele voltar.

Jane e Liz se entreolharam, e Liz sentiu-se tentada a anunciar que Jane e Chip haviam terminado. De que adiantava adiar a notícia?

— Não sei se o Chip vai voltar — disse Jane.

— Mas o hospital deve estar contando com ele — replicou a senhora Bennet.

— É óbvio que ele sempre se sentiu dividido entre Hollywood e a Medicina — opinou Liz.

A senhora Bennet olhou desconfiada para Jane.

— Essas amigas com quem você vai morar são *aquelas moças*?

"Aquelas moças" era como a senhora Bennet se referia à Amanda e à Prisha desde que Jane contara à mãe sobre o casamento delas anos antes. Tendo conhecido Amanda na época em que Jane estava na faculdade, a senhora Bennet havia dito: "Sempre achei que ela tinha uma postura masculina".

— Sim — confirmou Jane. — E eu estou muito ansiosa para trabalhar com elas.

— Se o Chip quiser que você se mude para a Califórnia, seria loucura você se recusar — disse a senhora Bennet. — Um homem com o berço e a formação dele não pode ficar esperando enquanto você empurra as coisas com a barriga.

— Mary, talvez você é que devesse ir morar com aquelas moças — palpitou Lydia. — Acho que vocês têm algo em comum.

— Lydia, quando a mamãe e o papai vão conhecer finalmente o Ham? — perguntou Liz.

— Quando eu decidir — disse Lydia.

— Quem diabos é Ham? — quis saber o senhor Bennet.

— Ele se formou na Universidade de Washington em Seattle — disse a senhora Bennet.

Lydia olhou furiosa para ela:

— A senhora andou pesquisando sobre ele?

A senhora Bennet pareceu ofendida.

— A Lizzy me contou. — Ela se virou para Jane. — Eu vi uns jogos de mesa lindos no catálogo da Gump's. É melhor você começar a pensar no que você vai querer para estar com tudo pronto quando chegar a hora.

Capítulo 67

O prazo de entrega do artigo de Liz sobre pedidos de aumento chegara e passara, e Liz ainda não tivera um retorno da assessora de imprensa de

Kathy de Bourgh. Sentindo-se antidebourghianamente derrotada, Liz enviou o artigo por e-mail a sua editora, Talia.

Sinto muito por não ter conseguido fazer a entrevista, Liz digitou. A boa notícia é que consegui boas aspas de uma alta executiva da IBM. Quem sabe eu retome o contato com De Bourgh em breve?

Capítulo 68

Na noite anterior à chegada de Jasper a Cincinnati, enquanto via televisão com Jane, Kitty e a senhora Bennet, Liz disse durante um comercial:

— Kitty, você faria o meu pé?

Kitty olhou para ela confusa.

— Por quê?

— Porque você é boa nisso e eu preciso. — Liz esticou as pernas e mexeu os dedos do pé.

— Está bem, mas eu não vou mexer nos seus calos — disse Kitty.

— Combinado.

— Você tem calos porque corre demais — afirmou a senhora Bennet sem tirar os olhos de seu catálogo. — Essa correria toda também não faz bem aos seus ovários.

No banheiro de Kitty, para onde ela e Liz se retiraram, Kitty assumiu uma postura totalmente profissional ao aplicar as camadas de esmalte, concentrada e séria de um modo como Liz nunca tinha visto. Talvez o mais impressionante de tudo fosse que Kitty tinha separadores de dedo de espuma cor-de-rosa claro, que inseriu, instruindo Liz a usá-los por quarenta e cinco minutos enquanto esperava o esmalte secar.

— Nunca na vida precisei esperar tanto tempo — disse Liz.

— Eu passei quatro camadas. Confie em mim — respondeu Kitty.

Com os separadores entre os dedos dos pés, Liz foi andando nos calcanhares até o quarto de Mary e bateu na porta. Depois de um minuto, Mary abriu apenas alguns centímetros, como se estivesse preocupada com intrusos.

— Como vai? — disse Liz.

— O que você quer? — Mary perguntou.

— Só passei para dar um alô. — Era um pouco mais de onze da noite, e, enquanto fazia o pé, Liz ouvira Mary subindo a escada, aparentemente voltando de algum lugar. — A noite foi boa?

— Você está estranha — falou Mary.

Tentando manter um tom casual, Liz disse:

— Afinal, aonde você vai toda terça? — De fato, todo aquele segredo em torno da vida noturna de Mary não fazia nenhum sentido.

— Não vou a lugar nenhum — respondeu Mary.

Afetuosamente, Liz replicou:

— Bem, obviamente, você vai a *algum lugar*.

— Eu não sou lésbica, se é isso que você quer saber.

O interrogatório estava indo pior do que Liz imaginara.

— Não era isso — disse ela, o que talvez não fosse exatamente verdade. — Na verdade, eu estava pensando se você nunca teve curiosidade de saber que fim levou o Allen Bausch.

Mary franziu o cenho.

— O que me levou ao baile de formatura? Aquele cara era um tremendo fiasco.

Mudando de tática, Liz questionou:

— De todos os diplomas que você tem, qual seria o mais interessante para seguir carreira?

— Só vou me formar em dezembro.

— É um mestrado em psicologia? — disse Liz, e Mary assentiu. — Você gostaria de ser terapeuta? — perguntou Liz. A ideia não lhe pareceu boa e na pior das hipóteses seria prejudicial aos pacientes. Para seu alívio, Mary negou com a cabeça.

— Estou estudando psicologia aplicada, não clínica.

— E o que as pessoas formadas em psicologia aplicada fazem, mesmo?

Mary deu de ombros.

— Treinamento de pessoal. Testes de produtos.

— Você devia trabalhar na Procter & Gamble! — exclamou Liz. Vendo que seu interesse parecia afastar Mary, Liz acrescentou mais calmamente: — Tenho certeza de que a Charlotte adoraria conversar com você. — Supostamente, Liz pensou, depois de sua estranha conversa com Charlotte, um pedido de Mary poderia ser bem-vindo. Liz então se perguntou como teria sido a visita de Charlotte ao primo Willie.

— Você está me perguntando essas coisas para um artigo seu? — disse Mary.

— Eu não posso simplesmente me interessar pela sua vida?

— Sei, até parece. — Mary olhou para baixo, para os dedos de Liz, com cinco cores pastéis diferentes em cada pé. — Isso ficou ridículo.

Capítulo 69

O aeroporto de Cincinnati, embora fosse de fato um aeroporto, não ficava realmente em Cincinnati. Na verdade, ficava do outro lado do rio, em Hebron, Kentucky, e foi lá que Liz buscou Jasper pouco antes do meio-dia. Ele escrevera uma mensagem assim que o avião pousara, enquanto ela estava saindo da estrada e, quando ele apareceu no terminal, Liz o aguardava na calçada. Ela saiu do carro e acenou, e quando Jasper sorriu, pareceu-lhe excepcionalmente lindo.

Seus cabelos loiros cacheados estavam mais ralos do que antes, mas ainda eram abundantes o suficiente para se agitarem com o vento, e seus olhos castanhos continuavam alegres. Ele beijou-a na boca – uma demonstração de afeto mais ousada do que em Nova York e que mesmo em Cincinnati não parecia isenta de riscos – e Liz cumprimentou:

— Bem-vindo a Nati.

— Você não tinha dito que o aeroporto era numa cidade-fantasma. Acho que acabei de ver um rolo de mato seco sendo levado pelo vento.

— Costumava ser uma escala da Delta, mas isso faz tempo. — Jasper pôs sua bagagem no porta-malas, e Liz o fechou. Dentro do Cadillac, ela perguntou: — Vamos comer primeiro ou vamos direto para o hotel? — Caso sua intenção não tivesse sido clara, ela mexeu exageradamente as sobrancelhas.

— Na verdade, preciso que você me leve à Avis. Você sabe onde é?

Liz olhou para ele confusa.

— Por que eu vim buscá-lo, então, se você ia alugar um carro?

— Eu não sabia se era um desses aeroportos em que o aluguel de carro fica a um milhão de quilômetros do terminal. Além do mais... — Ele sorriu para ela. — Eu queria ver você.

— Jasper, eu podia estar trabalhando.

— Eu pensei que a gente podia dar uma rapidinha na hora do almoço. Não fique brava, Nin. Eu não aluguei o carro antes porque não sabia a distância do hotel até o centro esportivo.

Suspirando, ela deu a partida e seguiu as placas até a Avis, que ficava a menos de um quilômetro do terminal. Quando Jasper saiu do carro, ele disse:

— Vou lhe mandar o número do quarto por mensagem assim que eu chegar no hotel.

Ela balançou a cabeça.

— Vamos almoçar logo. Encontre-me no Skyline Chili na Madison Road, em Oakley.

Jasper deu risada.

— Agora você vai me fazer suar para conseguir ficar com você, certo? Está bem, vou entrar na brincadeira.

Capítulo 70

— Grandes novidades — anunciou Jasper enquanto a garçonete do Skyline trazia um prato de torradas de ostra. — Fui beber com o Brett Yankowitz ontem. — Ele era, como Liz sabia, um poderoso agente literário, embora ela não o conhecesse. — Ele gostou da minha ideia de escrever um livro sobre aquela família de pescadores de Idaho — continuou Jasper. — Se ele conseguir vender para uma editora, vou tirar uma licença na primavera.

— A *Sporty* vai deixar? — Contrariando os rumores que Jasper havia mencionado anteriormente a Liz, não havia sido feito nenhum aviso referente à demissão do editor-chefe da *Dude*.

— Se eles quiserem me manter, vão me manter. Quanto tempo você acha que eu levaria para escrever um livro? Uns três, quatro meses?

— Você não precisa escrever as primeiras cinquenta páginas primeiro para o Yankowitz tentar vender?

— Supostamente, sim.

— Então, é só você começar a contar quantas palavras escreve em média por dia. Aposto que você.... — Nesse momento, Liz olhou de relance para alguém que passava pela mesa onde estava com Jasper e ficou surpresa ao cruzar o olhar de Fitzwilliam Darcy. Ele veio se aproximando pelos fundos do restaurante e estava a menos de um metro de distância; fingir que ela não o havia visto seria absurdo.

— Você realmente vem sempre aqui — disse ela, e Darcy respondeu:

— Sou um homem de palavra.

— Espere um pouco — falou Liz. — Vocês se conhecem.

Se ela já não soubesse da mútua antipatia entre Jasper e Darcy, a teria imediatamente intuído. Jasper não se levantou para cumprimentar seu antigo colega de faculdade. Na verdade, friamente, Jasper disse:

— Fitzwilliam Darcy, quanto tempo.

Igualmente frio, Darcy devolveu:

— Muito tempo.

Liz se perguntou se ele ia comer sozinho outra vez.

— Eu nunca imaginei que você fosse acabar em Cincinnati — comentou Jasper. Para Liz, ele acrescentou: — Sem querer ofender.

— Eu sou médico no centro de atendimento a derrames — disse Darcy.

— Eu vim de Nova York para escrever sobre squash para a revista *Sporty*, onde sou editor. Também estou prestes a assinar um contrato de um livro sobre uma família de pescadores.

— Parabéns — falou Darcy, e certamente essa palavra nunca foi pronunciada com menos entusiasmo. Darcy olhou para ela e Jasper. — Não quero interrompê-los. — Ele meneou a cabeça. — Liz.

Quando ele se afastou, Liz disse:

— Você se lembra do Chip, o cara do *Bom partido* com quem a Jane estava saindo? O Darcy é o melhor amigo dele. Ah, meu Deus, eu já contei que a Jane está grávida?

— Você está brincando! De um doador anônimo ou à moda antiga?

— Do doador, o que parece ter feito o Chip fugir correndo. Ele não sabia que ela estava tentando engravidar sozinha, de modo que deve ter sido um choque, mas mesmo assim. Ele pegou um avião para Los Angeles para participar de um reencontro dos participantes do *Bom partido*. Não toque nesse assunto quando formos jantar com a Jane.

Jasper olhou intensamente para Liz.

— Você não está transando com o Darcy, está?

— Você só pode estar brincando, certo?

— Eu podia jurar que ele estava emanando uma vibração territorial.

Liz fez uma expressão de asco.

— Você está imaginando coisas. Seja como for, tenho quase certeza de que ele está saindo com a irmã do Chip.

— *Bom partido* é aquele em que o cara beija o rosto da menina quando quer dispensá-la?

— Não precisa fingir que não sabe que programa é esse, Jasper. Nós assistimos à primeira temporada inteira juntos.

Jasper sorriu então, e, apesar de certas contraindicações, Liz sempre achara seu sorriso de menino irresistível.

— Assistimos mesmo, né? — disse ele. — Está bem, você me pegou. Mas eu nunca mais assisti a outro episódio desde então.

Liz sorriu de volta para ele.

— Até parece.

Capítulo 71

Liz ainda não havia saído do estacionamento do Skyline quando seu celular vibrou com uma ligação de Shane Williams.

— Um colega meu tem um cliente que ficou muito interessado na casa dos seus pais — disse ele. — Em quanto tempo você consegue arrumar tudo para mostrar?

— Precisa estar tudo arrumado? — perguntou Liz. — Eu ainda estava mexendo no porão, mas, você sabe, falta muito o que fazer.

— Que tal se você usasse esse fim de semana para fazer as coisas mais urgentes e marcássemos a visita para segunda-feira?

Com isso, ela teria cinco dias, dois dos quais com Jasper na cidade, para não só fazer a casa ficar perfeita, mas também comunicar a notícia da venda iminente da casa às irmãs e à mãe. Liz franziu os olhos antes de concordar:

— Parece factível.

— Às vezes, o mais simples é alugar um depósito, encher de coisas, e depois separar e decidir o que fazer com tudo — sugeriu Shane. — Eu também daria prioridade ao conserto da infiltração da sala.

— Pode deixar. Mas qual seria o preço da casa, uma vez que ela ainda não está oficialmente à venda?

— Isso é o que chamamos de pré-avaliação, que em alguns casos pode orientar as ofertas. Você continua pedindo o mesmo preço, mas a casa não precisa entrar na lista do registro de imóveis à venda. Minha intuição diz que será um milhão e cem, se você e seus pais concordarem.

— Parece ótimo. — Onde em Cincinnati, Liz se perguntava, havia depósitos para alugar, e quanto custariam? Ela tinha uma vaga lembrança de ter passado por um com o pai a caminho da fisioterapia, mas talvez fosse imaginação sua. Para Shane, ela disse: — O comprador interessado na casa tem filhos?

— Vou perguntar. — A voz de Shane estava animada. — Mas imagino que sim, porque é uma casa perfeita para uma família.

Capítulo 72

Charlotte Lucas escreveu uma mensagem à tarde, perguntando se Liz estaria livre para beber alguma coisa à noite. Como Liz já tinha planos de encontrar Jasper no bar do hotel 21c às nove, depois que ele terminasse de fazer algumas entrevistas, sugeriu que Charlotte a encontrasse no mesmo bar às sete. Antes desse encontro, Liz entrou na internet para alugar um depósito de três metros por quatro e meio na East Kemper Road, e também contratou um caminhão de mudança para o fim de semana.

Só quando Liz e Charlotte estavam sentadas à mesa, com suas taças de vinho, e Charlotte declarou o oposto do que Liz esperava, que Liz se deu conta de que estava confiante demais de que a viagem à Califórnia seria um fracasso.

— Willie e eu vamos morar juntos — contou Charlotte. — Eu queria que você soubesse por mim.

— Você está indo morar com o primo Willie? — Liz não conseguiu disfarçar sua perplexidade.

— Ele não é meu primo. — Charlotte soou como uma mulher de negócios; se sua expressão não era de êxtase, também não era nada melancólica.

— Mas vocês mal se conhecem...

Charlotte deu de ombros.

— Morar juntos vai resolver isso rapidinho.

— Eu já lhe falei como eu acho demais que você tenha conseguido se manter sozinha em Cincinnati por conta própria? Você é uma pessoa inteligente, atraente, com um cargo de poder e nem precisou sair da cidade para ganhar a vida.

— Não sei se entendi o que você quer dizer.

Liz baixou o tom de voz.

— Você já foi para a cama com ele?

— Se você realmente quer saber, tente não fazer cara de asco. E, sim, eu sei da história da prostituta que fez um boquete nele, se é isso que você está pensando em me contar em seguida.

Não ocorrera a Liz divulgar tal informação; ela forçou os lábios para esconder as rugas de desgosto.

— Então você vai morar na Califórnia? Não consigo imaginar como ele poderia viver em Cincinnati, com o tipo de...

— Eu vou morar lá — Charlotte a interrompeu. — O Vale do Silício tem grandes oportunidades para alguém com o meu currículo. E, apesar dessa minha suposta vida boa aqui, estou pronta para uma nova aventura. Escute, Liz, eu não estou pedindo a sua permissão. Só estou fazendo a cortesia de lhe contar. — Charlotte chamou um garçom que estava passando. Embora não fosse o mesmo que lhes trouxera o vinho, ela pediu: — Por favor, a conta.

Capítulo 73

Ainda não eram sete e meia quando Charlotte foi embora do bar – as duas haviam passado menos de quinze minutos juntas –, então, Liz enviou uma mensagem de texto a Jasper para saber se ele voltaria antes das nove de suas entrevistas. Como Jasper não respondeu, ela escreveu novamente dizendo que já estava no hotel e precisava que ele avisasse a recepção e autorizasse que lhe dessem a chave do quarto. Mais vinte minutos tinham se passado sem resposta quando Liz terminou a segunda taça de vinho e, irritada, foi caminhando até a Rua Sete, onde havia estacionado o carro do pai.

De volta à Grandin Road, ao entrar com o carro na rampa da mansão estilo Tudor, ela viu pelas grandes janelas da cozinha que as irmãs e os pais estavam jantando uma salada de camarões que a própria Liz preparara. Em vez de se juntar a eles, e sem se importar com o vinho que bebera, Liz entrou em casa pela porta da frente, subiu correndo até o quarto, vestiu suas roupas de corrida e tornou a sair correndo pela mesma porta.

Ela acelerou e só reduziu o ritmo um pouco ao chegar à Madison Road. Então Jane estava grávida e Chip já não se interessava por ela; Charlotte Lucas e o primo Willie estavam juntos; o senhor e a senhora Bennet estavam falidos, assim como, por extensão, todas as quatro irmãs de Liz. Ela precisava fugir, pensou. Precisava voltar para Nova York. Passou pela sua cabeça marcar passagem no mesmo voo de Jasper, mas, com a partida de Jane, Liz não tinha muita confiança na habilidade dos membros de sua família de se virarem sozinhos.

Estava passando pela farmácia e depois pelo hospital veterinário, absorta em seus próprios pensamentos, quando alguém disse:

— Duas vezes no mesmo dia. Você está em toda parte. — Liz piscou, e a menos de um metro, vindo em sua direção, viu um homem alto, moreno, que também corria; ele usava shorts azuis-marinhos, uma camiseta cinza e fones de ouvido que retirou ao dizer: — Eu me pergunto se sou eu quem a está seguindo ou se é você quem está me seguindo.

De tão preocupada que estava, mesmo tendo reconhecido Darcy, Liz demorou a formular uma resposta coerente. Enfim, em tom beligerante, disse:

— Eu não estou seguindo você. Eu geralmente corro pela manhã. — A essa altura, ambos ficaram trotando sem sair do lugar, e Liz se ouviu anunciar: — E, de todo modo, Charlotte Lucas vai se mudar para Palo Alto para morar com o meu primo Willie.

Mesmo em sua agitação, ocorreu a Liz que Darcy poderia considerar essa informação uma espécie de burburinho provinciano que ele censuraria; no entanto, a animosidade entre eles era também estranhamente libertadora; as ofensas mútuas jamais configuravam uma ameaça hipotética, sendo, em vez disso, o fundamento da relação. E, em todo caso, a expressão dele enquanto ela falava era mais pensativa do que julgadora. Ele disse:

— Eu não sabia que eles estavam juntos.

— Eles não estavam. Pelo menos, não até recentemente. Quero dizer, literalmente, há menos de três semanas, Willie tentou *me* beijar. Depois que ele foi embora da cidade, ele e Charlotte conversaram algumas vezes por telefone, ela foi passar o fim de semana em Palo Alto, e agora supostamente eles estão apaixonados. O que parece loucura, não?

Após alguns segundos de consideração, Darcy falou:

— Eu vou voltar e correr com você. Moro perto de Rookwood Commons, então não é fora do meu trajeto.

— Eu nunca fiquei com o Willie — esclareceu Liz. — Ele é meu primo torto, mas mesmo assim, foi muito esquisito quando ele me beijou. E não estou com ciúme da Charlotte. Só estou preocupada com a infelicidade dela como namorada dele.

Darcy disse em tom sereno:

— De todo modo, ciúme seria compreensível – não de Willie em si, mas por Charlotte encontrar alguém com quem ela queira ficar.

— Será que ela está desesperada para ter filhos? Porque eles acabaram de se conhecer.

— Eles se conheceram nessa vinda dele a Cincinnati? — Darcy olhou de relance para ela, e Liz assentiu.

— Depois ela foi lá visitá-lo, e isso resume toda a interação entre eles. Sempre achei a Charlotte uma pessoa pé no chão, mas isso foi uma maluquice.

— Pelo visto, você não acredita em amor à primeira vista.

— Mas alguém acredita depois dos treze anos? Você acredita?

— Eu, não — disse Darcy. — Mas não descarto a possibilidade de outros experimentarem o que eu mesmo nunca experimentei.

— Ah, por favor. Não banque o mente aberta comigo. Se eles têm tanta certeza de que o destino deles é ficar juntos, por que não namoram a distância por alguns meses? Ou, caramba, Charlotte pode se mudar para lá, mas morar sozinha por algum tempo. — Ela se virou para Darcy. — Por falar nisso, lembra que você já achava a minha família uma porcaria? Pois então: você nem imagina o quanto. Aparentemente, meu pai torrou todo o dinheiro que herdou, agora ele tem dívidas enormes com o hospital, e ninguém além de mim e Jane tem convênio médico nem emprego. Minha mãe estava com esperança de que eu namorasse o Willie e ele pagasse as nossas dívidas. Ah, e eu acho que ela é uma consumista compulsiva.

— Sinto muito. — Darcy parecia soturno.

— O Chip realmente se safou por pouco, não? — Eles haviam chegado no cruzamento da Madison Road com a Observatory Avenue, e sem combinar, viraram à direita na Observatory. Liz nem tentou esconder seu ressentimento ao acrescentar: — Ele está gostando de Los Angeles?

— Não tenho falado com ele desde que foi embora. Tenho impressão de que o programa não deixa as pessoas se comunicarem com o mundo externo. — Darcy soou como se estivesse falando de um assunto banal como o tempo.

— O pessoal do hospital não ficou furioso com o Chip? Como não ficar?

— Duvido que eles estejam felizes.

— Você largaria o seu emprego desse jeito?

— Não sei se a Medicina é a profissão certa para o Chip. Às vezes, pessoas boas fazem Medicina pelos motivos errados.

Liz grunhiu.

— E o Chip é um sujeito tão bom. Deve ser bom passar por cima dos outros e depois se safar pelo fato de ser tão sensível e confuso.

Darcy parecia impassível.

— Falando em paladinos da moral, como está o Jasper?

— Não creio que ele tenha gostado do Skyline tanto quanto você.

— Imagino que ele tenha esclarecido a história das transgressões dele na época da faculdade, não?

Liz não queria admitir que ela e Jasper ainda não haviam conversado sobre o que ocorrera em Stanford. Em vez disso, disse:

— Você parece realmente ter uma fixação em algo que aconteceu há tanto tempo.

— Como contadora de histórias profissional, você deve admitir que é uma história realmente impressionante.

Impressionante? Liz pensou incomodada. Eles estavam quase na Edwards Road, e ela falou:

— Você disse que morava perto de Rookwood Pavilion, certo? Eu vou seguir por aqui. — Apontou para a direita e, ao fazê-lo, sentiu pela primeira vez uma consciência peculiar do fato de que havia acabado de fazer confissões a Darcy (a Darcy!) e de que ele a ouvira, a maior parte do tempo, respeitosamente. Essa consciência não era inteiramente agradável, e talvez fosse parte do motivo de ela ter dito o que disse logo antes de ir embora correndo. Ela gritou: — Tenha uma boa noite nesta merda de cidade!

Capítulo 74

Na mansão estilo Tudor, Ham e Lydia estavam na rampa de entrada, a caminho da SUV azul-marinho de Ham.

— Desde quando você corre duas vezes por dia? — perguntou Lydia. — Está com anorexia?

— Por acaso eu pareço anoréxica? — Com as duas mãos, Liz beliscou a barriga da irmã; embora não houvesse gordura excessiva, tampouco era inexistente.

— Eu gosto de correr no fim do dia — disse Ham. — Pensar na vida enquanto o sol se põe.

— Falando assim você parece um velho — comentou Lydia.

Bem-humorado, Ham respondeu:

— Comparado a você, eu sou um velho.

Lydia deu uma risadinha aguda.

— Bem, sendo assim, a Liz então é uma velha. Não que eu queira continuar esse assunto.

— Você foi criado em Seattle, não é? — disse Liz a Ham. — Em que escola você estudou?

— É sério que você perguntou isso? — disse Lydia.

Assim como em outras cidades do Meio-Oeste, a pergunta era considerada ao mesmo tempo um clichê local e um método pelo qual os moradores deduziam não tão sutilmente a classe social uns dos outros.

— Se ele não é daqui, obviamente não foi nesse sentido que eu quis dizer — esclareceu Liz. — Eu só estava pensando, porque a minha chefe na *Rímel* é de Seattle.

Rapidamente, tão rapidamente que Liz quase não percebeu, Ham e Lydia se entreolharam.

— Eu cresci nos subúrbios sem glamour — Ham disse.

Lydia o agarrou pelo braço e declarou:

— Precisamos ir.

— Parece que agora não é o momento, mas algum dia, em breve, eu explico a minha adolescência complicada e atormentada, quando eu não estiver sendo fisicamente arrastado para longe pela sua irmã — disse Ham a Liz.

— Você jantou com os meus pais? — perguntou Liz.

Ham negou com a cabeça.

— Mas acabei de conhecê-los, e Jane e Mary. Foram todos muito simpáticos.

— Da próxima vez, você vem mais cedo e janta conosco.

— Liz, sinto muito por partir o seu coração, mas a tia Margo acabou de ligar e disse à mamãe que a Charlotte Lucas está indo para a Califórnia morar com o primo Willie — falou Lydia.

Liz não esperava que a notícia fosse continuar em segredo por muito tempo, mas ainda assim – imediatamente após sair do 21c, Charlotte devia ter dado a Willie sinal verde para espalhar a novidade.

Ham apertou o botão da chave, e a SUV emitiu um bipe. Ele abriu a porta do passageiro – *Ah, o cavalheirismo,* Liz pensou – e quando Lydia entrou, disse a Liz:

— Se o Willie gosta mesmo de gordinhas, você na verdade não deve ser tão anoréxica afinal.

Capítulo 75

O objetivo de Liz era entrar pelos fundos e subir para tomar banho, mas foi interceptada no corredor pela mãe, cuja expressão refletia uma espécie de satisfação ultrajada.

— Aposto que agora você está pensando duas vezes sobre Willie — disse a senhora Bennet.

— Na verdade, não — respondeu Liz.

— A Charlotte nunca mais vai precisar trabalhar na vida.

— A Charlotte gosta do emprego dela.

A senhora Bennet franziu os lábios.

— Bem, pelo jeito ela não precisou pensar muito, porque acabou de entrar no aviso prévio na Procter & Gamble.

Capítulo 76

— Você tem que me contar o que aconteceu em Stanford — disse Liz a Jasper. — Entendo que você não goste de falar no assunto, mas o fato de eu não saber está me enlouquecendo.

Ela estava de volta ao bar do 21c, e eles estavam esperando uma salada para ela e batatas fritas para dividirem. Embora Liz ainda não tivesse comido – Jasper acabara indo para a casa de um técnico de squash para jantar –, já eram nove e meia da noite.

— Vou te contar — concordou Jasper. — Mas o seu amigo Darcy não vai sair muito bem na foto.

— Tanto melhor.

Jasper respirou fundo.

— Estávamos na primavera do último ano. O que seria o ápice da faculdade, uma época de relaxar com os amigos antes de enfrentar a vida real. Eu estava fazendo um curso de escrita criativa com uma mulher que tinha sido bolsista na graduação. Quer dizer, ela não era uma professora de verdade e, além do mais, nem era autora de ficção. Era uma poeta negra chamada Tricia Randolph e, por falar nela, acho que nunca publicou nada antes ou depois disso, de modo que só Deus sabe como ela estava dando aula em Stanford. No trabalho final, eu entreguei um conto sobre uns caras em uma festa de fraternidade. Era uma sátira, e a minha intenção era realmente fazer os caras parecerem uns babacas, mas a Tricia Randolph me chamou na sala dela e falou: "Jasper, o que você acha que as suas colegas mulheres vão achar da objetificação que você fez das mulheres?".

Sentindo uma coceira de inquietação, Liz questionou:

— E por que ela perguntou isso?

— O personagem principal e seus amigos estavam conversando sobre quais garotas eles tinham pegado, mas, como eu disse, era uma sátira. E sim, é assim que os caras falam na faculdade. Não atire no mensageiro. — O rosto de Jasper se contorceu de amargura. — Tricia Randolph disse que se eu não reescrevesse tudo, o conto não seria trabalhado em aula. Eu disse que tudo bem, que não fosse trabalhado em aula. Mas o fato é que o conto já estava circulando, todo mundo na sala já tinha uma cópia, e fizeram outras cópias para os amigos. A história virou um fenômeno da mídia alternativa. — Liz notou que Jasper havia se transportado para aquela época – ele estava longe dela, longe de Cincinnati e de sua própria maturidade.

— Quando o conto virou um sucesso alternativo, a Tricia Randolph se sentiu humilhada — continuou. — Ela então resolveu se vingar. Em pouco tempo, eu estava sentado diante do comitê de assuntos judiciais, e quem era um dos três únicos alunos no comitê senão o bom e velho Fitzwilliam Darcy? Ele tinha sido convidado pela administração para ser representante discente. Eu realmente acho que ele é um desses sujeitos que, a vida inteira, são considerados inteligentes e corretos só pelo fato de serem altos. Seja como for, estávamos em 1997, Stanford e todos os outros *campi* estavam submetidos a essa bobagem do politicamente correto, e Tricia Randolph resolveu de repente se sentir ofendida pelo meu conto, não só como mulher, mas como mulher *negra* e, de uma hora para outra, eu me vi no meio de uma controvérsia racial. E eu juro para você que o conto não tinha nada a ver com a cor da pele. Mas o Darcy, que poderia ter sido a voz da razão – ele era o único membro do comitê que eu conhecia, inclusive entre os professores –, decidiu me jogar na fogueira. Quando me dei conta, fui expulso. — A expressão de Jasper era ao mesmo tempo tão amargurada e tão cheia de expectativa que passou pela cabeça de Liz que ele estivesse esperando que ela fosse tentar contestá-lo, embora sua presença física dificilmente demonstrasse essa intenção.

— Mas quais foram as acusações contra você?

— Uma vaguíssima violação da política da escola. Obviamente, eles ficaram com medo que a Tricia Randolph fosse abrir um processo contra a faculdade.

— Pelo visto, ela devia simplesmente, no máximo, dar uma nota F para o seu trabalho.

— Depois que ela sugeriu que eu reescrevesse o trabalho e eu disse não, eu me ferrei. Era um caso de dupla pena.

Liz tinha quase certeza de que juridicamente não se tratava de dupla pena, mas não parecia o momento apropriado para comentar. Ela disse:

— Você foi à formatura?

Ele negou com a cabeça.

— Eu me formei, mas com a condição de que deixasse o *campus* imediatamente.

Como Liz nunca ficara sabendo desse episódio? Ela o conhecera alguns meses depois. Novamente, pensou no fato de nunca ter sido apresentada a nenhum de seus colegas de Stanford.

Depois que a comida chegou, eles falaram pouco, o que era incomum entre os dois; ela estava cansada, e desconfiava que ele também estivesse. Entrevistar pessoas, prestar muita atenção ao que diziam, sempre a deixava exausta. Enquanto subiam de elevador, ela perguntou:

— Amanhã você vai encontrar esse técnico de novo no café da manhã?

— Vou, às nove e meia, em um restaurante de panquecas perto da casa dele.

No quarto do hotel, ela foi ao banheiro primeiro, e, ao escovar os dentes, desejou, pelo bem do sexo, que tivesse comido menos batatas fritas. Mas, quando ela saiu do banheiro, ela o encontrou dormindo profundamente, ainda de roupa. A televisão estava ligada, assim como várias luzes. Ela não o acordou. Em vez disso, depois de apagar as luzes e desligar a televisão, ela entrou embaixo das cobertas, escutando a respiração regular dele. Ele não propusera que ela lesse seu conto de faculdade e, se tivesse proposto, ela não gostaria de ler. Na verdade, ao se virar de lado e fechar os olhos, ela desejou fortemente que não existisse mais nenhuma cópia.

Capítulo 77

— Você! — gritou a senhora Bennet ao sair afobada pela porta da frente da mansão estilo Tudor em direção ao Cadillac que Liz estava dirigindo. — É muita petulância sua, mocinha! Dizer às suas irmãs que o seu pai e eu estamos vendendo essa casa só porque você decidiu que chegou a hora.

Eram pouco mais de oito da manhã. Depois de acertar o alarme do celular para as seis, sonada, Liz desligara o toque e não despertara por mais uma hora e quarenta e cinco minutos, momento em que a luz do sol começou a invadir o quarto de hotel de Jasper. Enquanto dirigia pela Columbia Parkway, ela ensaiou possíveis desculpas para seu paradeiro; à sua direita, o lânguido rio Ohio parecia zombar da agitação de Liz.

No instante em que entrou na rampa de casa, os temores de Liz se confirmaram. Ela viu a mãe, de penhoar de cetim creme e chinelos; atrás da mãe, estava Jane (Liz notou, pela primeira vez, um tanto curvilínea); atrás de Jane, estava Mary; e atrás de Mary, estavam Kitty e Lydia.

Liz pisou no freio e desligou o motor; certamente o melhor modo de piorar uma situação já ruim seria atropelar a mãe. Quando Liz abriu a porta do carro, sua mãe berrou:

— Essa decisão *não* é sua! Você está me entendendo, Elizabeth? Se e quando chegar a hora, seremos eu e o seu pai que decidiremos vender a casa.

Para Kitty, Liz disse:

— Por que você contou?

— Eu não contei nada — retrucou Kitty.

— Não foi a Kitty — disse Jane. — Eu pensei que a mamãe sabia.

— Você não pode chegar de repente e nos dizer o que fazer! — O rosto da senhora Bennet havia ficado muito vermelho.

— Onde *eu* vou morar? — perguntou Mary.

— Você vai morar aqui! — disse a senhora Bennet. — Você vai morar exatamente onde sempre morou.

— Entre na internet e procure um apartamento, Mary — falou Liz. — Estamos no século vinte e um. É o que as pessoas fazem.

— Eu sei que você e a Jane acham que foram incrivelmente úteis com as suas verduras orgânicas e as suas opiniões sobre como podemos melhorar — disse a senhora Bennet. — Mas quem vocês acham que ficou fazendo o jantar nos últimos vinte anos enquanto vocês se divertiam em Nova York? Vocês acham que eu deixava o seu pai e as suas irmãs passando fome?

— Nós estávamos tentando tornar a vida da senhora mais fácil — falou Liz.

— Nós não tínhamos intenção de passar por cima de sua autoridade, mamãe. — disse Jane. — Queríamos deixá-la com tempo livre para se concentrar no seu almoço da Liga das Mulheres.

— Todo mundo prefere a comida da mamãe à de vocês — disse Kitty às irmãs mais velhas.

— Você sabe o que tornaria a minha vida mais fácil? — A senhora Bennet, que era cerca de dez centímetros mais baixa que Liz, se aproximou, aos berros. — Se você parasse de se meter em assuntos que não lhe dizem respeito.

Foi nesse ponto que o senhor Bennet, cuja saída de casa passara despercebida, pigarreou.

— A Lizzy não está errada a respeito da casa, Sally — declarou ele. — Nós vamos precisar vender. Meninas, esvaziem os quartos de vocês e comecem a procurar outro lugar para morar.

A senhora Bennet ficou pasma.

— Você não pode estar falando sério.

— Nós não temos escolha — disse o senhor Bennet. — *Tempora mutantur*, minhas queridas.

A senhora Bennet parecia estar com falta de ar.

— Eu imaginava que uma das meninas acabaria ficando na casa com a própria família.

— Eu — disse Lydia. — Eu vou ficar.

O senhor Bennet pareceu derrotado quando falou:

— Então eu sugiro que você encontre um duende que lhe dê seu pote de ouro.

Delicadamente, Jane perguntou às irmãs:

— Vocês já pensaram em arranjar um emprego temporário?

— Até parece que você se importa — disse Lydia a Jane. — Você está prestes a ir embora. — Ela olhou para Liz. — E você também nem mora aqui. Vocês duas estão de passagem.

O tom de voz da senhora Bennet pareceu pela primeira vez otimista quando disse:

— Jane, quem sabe você e o Chip possam comprar a casa.

Uma expressão incomodada percorreu o semblante de Jane, que então aprumou os ombros.

— O Chip e eu nos separamos — contou ela.

— Sério? — disse Mary. — Quer dizer que você não está mais saindo com o cara que está filmando um programa com garotas neste exato momento na Califórnia? Estou chocada.

— Ah, Jane. — A senhora Bennet soou desolada. — Assim você nunca vai ter filhos.

Capítulo 78

No porão, tendo em mente o conselho de Shane para desistir de uma verdadeira organização em favor da eficiência, Liz enfiou todas as luzes de Natal em um armário e um conjunto de *badminton* em uma mala velha com o zíper quebrado. Ela jurou enquanto trabalhava que reciclaria imediatamente as revistas que deixara acumular em seu apartamento logo que voltasse a Nova York, assim como prometeu a si mesma fazer uma limpa no armário e doar para a caridade tudo o que não usara no ano passado.

Ela estava no porão havia quase duas horas e encontrara o que suspeitou ser uma família estendida de aranhas – jovens agitadas, pais exauridos, avós falecidos – quando ouviu alguém descendo a escada. Lydia apareceu, com uma garrafa de água de coco que Liz imaginou, até o momento em que irmã deu um longo gole, que fosse para ela.

— Não acredito que você convenceu o papai a fazer isso — disse Lydia. — Você está realmente muito egoísta.

— Não é uma decisão minha, Lydia. Você faz ideia de quanto custa manter uma casa desse tamanho?

— Mas existe aquela coisa de hipotecar.

Em vez de esclarecer a irmã, Liz perguntou:

— Quanto você acha que eles pagam de imposto pela casa?

Lydia deu de ombros.

— Mais de vinte mil dólares por ano. Digamos que o aquecedor quebre, quanto você acha que sairia para comprar um novo?

Lydia fechou os olhos e fingiu roncar.

— Eu sei que você não acredita, mas arranjar um emprego e um lugar só seu vai ser a melhor coisa que já aconteceu na sua vida — disse Liz. — Você vai se sentir muito adulta e independente.

— Você falando parece um comercial de absorvente. Seja como for, eu vou morar com o Ham.

— E nem vai ajudar no aluguel?

— Ele tem casa própria.

— Você realmente vai querer que ele a sustente?

— Ah, me poupe da sua propaganda feminista, Liz. Sabe de uma coisa, eu devia chamar o Ham para ajudar aqui embaixo. Ele é a pessoa mais organizada que eu conheço. Só usa um tipo de cabide, e todos têm que ficar iguaizinhos.

— Ótimo — falou Liz. — Pode chamá-lo.

Lydia deu outro gole na água de coco.

— Kitty e Mary estão pensando em morar juntas. Não seria hilário?

— Não é uma má ideia.

— Eu jamais moraria com a Mary. Ela é muito irritante.

— Você já mora com a Mary.

Lydia deu risada. Uma aura de despedida indicava que ela estava prestes a subir de volta – como seria, imaginou Liz, observar outra pessoa em meio a uma tarefa pesada que não era mais obrigação dela do que sua, e não sentir o mínimo impulso de ajudar? – e Liz perguntou:

— Você tem pelo menos um currículo?

Lydia sorriu.

— Algumas de nós conseguimos viver da própria beleza.

Capítulo 79

Que horas vc termina hj?, Liz escreveu a Jasper ainda no porão. Tirando toneladas de tralha da casa dos meus pais, levando para um depósito, não vejo a hora de te ver!

No centro esportivo até umas 7, Jasper escreveu de volta. Ainda de pé jantar c/ Jane e a sua amiga?

Liz se deu conta de que não havia cancelado formalmente com Charlotte, embora não parecesse mais necessário.

Só nós & Jane agora, ela escreveu. Vamos nos encontrar no 21c 7:45.

Menos de meia hora depois, quando ela ouviu seu nome sendo chamado da cozinha, por alguns segundos Liz achou que Jasper podia ter ignorado a proibição de visitar a mansão estilo Tudor e tivesse vindo resgatá-la, e se sentiu emocionada.

— Aqui embaixo! — gritou de volta, embora, nesse momento, ela já soubesse que não era ele.

— Disseram que você estava precisando de uma ajuda — disse Ham ao entrar no aposento.

— Sério? — disse ela. — Puxa. Obrigada.

Ele deu de ombros.

— Estava tranquilo no trabalho hoje. Qual é a estratégia aqui?

Embora Mary tivesse ido com Liz buscar o caminhão de mudança, Liz até então vinha se sentindo como a galinha vermelha da fábula, plantando e colhendo sozinha enquanto os outros bichos à sua volta se divertiam. Agora, enfim, ela tinha um aliado, e, se não estivesse tão suada, teria dado um abraço nele.

— O depósito fica a uns dez minutos daqui — explicou ela. — Se você realmente está disposto, já poderíamos fazer a primeira viagem agora.

Foi o que eles fizeram; subindo a íngreme escada do porão, passando pela cozinha e chegando à rampa, levaram malas e mesas de canto e caixas cheias de décadas de papéis velhos até o caminhão.

— Você não prefere simplesmente jogar isso fora? — perguntou Ham sobre um monte de cestas de ovos de Páscoa desbotadas, ainda com grama artificial dentro, quando fizeram a primeira descarga e estavam carregando o caminhão pela segunda vez.

— Sei que parece loucura, mas se a minha mãe perguntar se eu joguei alguma coisa fora, quero poder dizer que não — disse Liz. — Quer dizer, eu já joguei um monte de coisa fora desde que cheguei em casa, mas não hoje.

— Você tem certeza de que não se formou em direito? — brincou Ham. Eles subiram na caçamba para acondicionar as últimas coisas e, ao descer do caminhão, ele disse: — Pergunta aleatória: você acha que os seus pais são republicanos?

— O meu pai, sim, talvez com uma veia libertária. Minha mãe tem opiniões de republicana, mas não creio que ela vote. Por quê?

— Foi a impressão que eu tive conversando com a Lydia, mas eu estava só especulando. Você acha que os seus pais têm amigos gays?

— Como a Lydia deve ter mencionado, especula-se que talvez eles tenham uma filha gay.

— A Lydia compartilhou essa teoria. — Eles haviam chegado de volta ao porão.

— E a sua família é conservadora? — perguntou Liz.

— Muito. A minha mãe se mudou para a Flórida depois que o meu pai morreu, para uma comunidade de aposentados que eu tenho certeza de que deve ser um campo de treinamento do Tea Party. Infelizmente, nós não somos muito próximos.

— E você não é conservador?

— Eu diria que sou de centro.

— Eu acho crossfit conservador. Estou errada?

— Não, é verdade, embora o meu centro tenha uma vibração diferente da maioria.

— E você fez serviço militar?

— Fiz, no exército. Passei algum tempo na Coreia e tive uma passagem pelo Afeganistão.

— Puxa — disse Mary. — Agora dá para enxergar o chão aqui embaixo. — Liz não se dera conta de que a irmã estava por perto e esperava que Mary não tivesse ouvido o último comentário a seu respeito.

— Você quer nos ajudar? — Liz apontou para um pufe de cotelê marrom com uma costura desfeita, através da qual escapavam minúsculos pedacinhos de isopor.

— Sinto muito — falou Ham —, mas isso com certeza é lixo. É sério, Liz.

— Claro que é lixo — Mary. — A Liz disse que não era?

— Eu não quero que a mamãe fique brava comigo por jogar nada fora.

— Então deixa que eu jogo — propôs Mary. — Onde vocês estão jogando as coisas?

— Hoje é o seu dia de sorte — disse Liz. — Você vai ter o privilégio de inaugurar a pilha de lixo.

Capítulo 80

No Boca, Jasper pediu uma garrafa de vinho de setenta e cinco dólares – especialmente agora que Jane não estava bebendo, Liz esperava que ele fosse fazer a *Sporty* pagar a conta – e depois que o *sommelier* a trouxe, Jasper disse:

— Se vocês duas estavam bancando as copeiras nessa temporada, quem vai fazer o jantar esta noite?

Liz, que não se lembrava de ter usado a palavra "copeira" com Jasper, respondeu:

— Na verdade, a Jane fez para eles frango e sopa fria.

Jasper sorriu.

— Deus os livre de terem de se virar sozinhos, certo? Ei, Jane, a Lizzy comentou que você está grávida. *Mazel tov*.

Soturnamente, Jane agradeceu:

— Obrigada.

— Como você está se sentindo?

— Tudo bem — disse Jane.

— Que bom. Devo dizer que a Susan vomitou as tripas todos os dias desde que engravidou até a hora do parto.

Liz sentiu o olhar de Jane para ela, e foi com um ar de jovialidade compensatória que ergueu sua taça.

— *Bon appétit*. Por favor, Jasper, conte-nos mais sobre isso.

O que Jasper realmente queria contar, claramente, era sobre suas entrevistas com os jogadores e o técnico de squash, e ele começou a fazê-lo enquanto iam chegando as entradas (ostras para ele, salada de beterraba para Jane e Liz), os pratos principais (macarrão para Jane, escalopes para Liz, filé para Jasper), e as sobremesas (*crème brûlée* para Jasper e Jane, nada para Liz). Mais uma vez, seu falatório incessante incomodou Liz menos do que o fato de Jane presenciá-lo; Liz desconfiava que aquela noite reforçaria em Jane a impressão de que Jasper era muito autocentrado. Ele estava descrevendo o pai um tanto exagerado do jovem Cheng Zhou, de onze anos, quando Liz disse:

— Eu contei que a Jane vai ser instrutora particular de ioga de uma família em Rhinebeck?

— É mesmo? — Jasper engoliu uma colherada de *crème brûlée*. — Quem são essas pessoas?

— Eu fiz faculdade com uma delas — explicou Jane.

— Mas é um emprego de verdade ou estão fazendo isso por pena de você?

— Meu Deus, Jasper — disse Liz, e Jasper respondeu em tom jovial:

— Bem, ela está grávida e solteira.

— Sim, por vontade própria — afirmou Liz. — E ela poderia voltar para o emprego dela em Nova York se quisesse. Isso é só uma mudança de cenário.

— Eu pensei que vocês duas tinham um acordo de não se separarem nunca — disse Jasper.

Liz olhou furiosa para ele.

— As coisas mudaram, e sabe do que mais? Eu já estou crescidinha. Posso muito bem segurar as pontas em Cincinnati sem a Jane.

Calmamente, Jane falou:

— Espero que as minhas amigas não tenham me contratado por pena, mas talvez eu nunca vá saber. — Virando-se para Liz, completou: — E, é claro, eu fico muito grata pela Lizzy ficar aqui até o dia do almoço da mamãe.

— Falando nisso — disse Jasper —, imagino que Sally Bennet e as meninas ainda costumam levar aquela vida ociosa de reuniões produtivas entre martínis — Enquanto ele fazia o gesto de bebericar, Liz sentiu que Jane também estava irritada.

— Jasper — disse Jane. — Conte-nos mais sobre os jogadores de squash.

Capítulo 81

Jasper pediu outra garrafa de vinho pelo serviço de quarto, e depois que a garrafa chegou, com duas taças e um prato de frutas e queijo, propôs um brinde.

— A Cincinnati. Que está longe de ser aquela chatice que você me levou a acreditar que era.

Estavam lado a lado na cama, vestidos, sobre as cobertas, com o prato entre eles. Liz tocou sua taça na dele e disse:

— Ah, não fique se achando. — Mas ela já estava com um humor melhor, aliviada não apenas pelo jantar ter terminado, mas também por Jasper ter pago sozinho.

— O que você estava levando para o depósito hoje à tarde? — perguntou Jasper.

— Fiquei limpando o porão para a casa não parecer abandonada quando o corretor for mostrar.

— Vocês estão vendendo a casa? — Jasper pegou uma fatia de Gouda. — Quando meus pais precisaram reduzir seus gastos, a única coisa em que eu pensava era se aquilo seria o primeiro passo antes de eu me ver dando mingau na boca deles e trocando suas fraldas.

Liz olhou espantada para Jasper. Eles já não haviam falado sobre os problemas financeiros da família dela? E então lhe ocorreu que a conversa que tivera sobre a venda da mansão estilo Tudor não havia sido com Jasper, mas com Darcy.

— Meus pais não estão vendendo por opção — disse ela. — Eles estão muito endividados.

— Que chato. — Jasper pôs um morango na boca e falou enquanto mastigava: — Porque eu adoraria se você fosse uma herdeira.

— Não é para isso que a Susan serve?

— Bom argumento. Ei, recebi um e-mail do Brett Yankowitz dizendo que se eu escrever a proposta do livro dos pescadores, ele ficaria mais do que feliz de tentar vender. O que seria incrível, mas, depois de hoje, talvez eu devesse escrever um livro sobre prodígios do squash. Por mais atrasado que seja o aeroporto de Cincinnati, ainda é mil vezes mais fácil de chegar do que a Idaho.

— Pesca é mais romântico que squash — comentou Liz. — Você não preferiria escrever sentado à beira de um belo riacho que embaixo daquelas luzes fluorescentes?

— De fato.

— Por falar em romance... — De modo teatral, porque ela era incapaz de não zombar de si mesma ao iniciar o sexo, Liz piscou para Jasper.

— Vem cá — disse ele, e estendeu os dois braços para ajudar a tirar o prato da cama.

O beijo foi divertido; ele estava de bom humor também. Tudo isso tornou surpreendente o fato de que, quando ficaram efetivamente nus, dificuldades técnicas se apresentassem. Embora não inteiramente flácida, tampouco a parte relevante da anatomia de Jasper se mostrou rígida o bastante para passar ao estágio seguinte da atividade, e quanto mais diretamente Liz tentava melhorar a situação, menos promissor parecia o resultado. Estavam de frente um para o outro, e enfim, Jasper afastou a mão de Liz.

— Não sei o que está acontecendo — disse ele com frustração.

— Não é nada grave — garantiu Liz, enquanto tentava tirar da cabeça a ideia de que toda a história do artigo sobre squash havia sido um pretexto para ele tomar um avião até Cincinnati para que pudessem fazer sexo. — Podemos tentar mais tarde.

— Você não quer que eu a faça gozar, não é? — Jasper disse, o que parecia uma pergunta muito menos galante do que "Você quer que eu a faça gozar?".

Após alguns segundos, ela disse:

— Daqui a pouco a gente tenta de novo. — Ela se virou e pegou o controle remoto no criado-mudo.

Acabaram em um programa de entrevistas, e quanto mais assistiam, mais incrédula Liz se sentia. Depois de não se verem por dois meses, como aquilo podia estar acontecendo? Como mera questão psicológica – ele não deveria estar se esforçando para não terminar rápido demais em vez de para conseguir começar?

— Você e a Susan andaram transando? — perguntou ela. Ela não havia planejado isso; mas, no instante em que a questão lhe ocorreu, ela a proferiu.

— Você está brincando? A Susan me odeia.

— Ela ainda está com aquele namorado?

— Por que todas essas perguntas? Sim, ela e o Bob ainda estão juntos.

— Fiquei confusa com o que aconteceu — explicou Liz.

Após uma pausa, Jasper disse:

— Sinto muito por não conseguir satisfazer o seu apetite sexual insaciável.

— Não se trata de eu ser ou não sexualmente insaciável. — Liz se sentou na cama, cruzando os braços sobre os seios nus. — Você está transando com alguém?

— A outra perguntando se existem outras? Por favor, me diga que você percebe a ironia.

— Você está?

— Liz, que porra é essa?

— Isso não é resposta.

Jasper estava olhando para o teto, não para ela, e seu tom de voz voltou a ser sincero e conciliador quando disse:

— Você é muito importante para mim. As conversas que nós temos, o modo como conversamos... Não existe ninguém com quem eu tenha isso.

Ela havia sido uma estúpida, uma idiota completa e imperdoável; como ela pode ter sido tão tola?

— Com quem mais você tem ido para a cama? — disse ela.

A expressão no rosto dele era de uma estranha compaixão ao perguntar:

— Você quer mesmo saber?

— Quero.

— Com a Fiona.

— A assistente editorial?

Ele assentiu. Liz não sabia quantos anos Fiona tinha, mas definitivamente menos de vinte e cinco; além de ser ruiva e linda. Todo esse tempo, Liz sempre soubera que sua relação com Jasper *parecia muito* um clichê de mau gosto para ser um clichê de mau gosto; mas não percebera que era realmente um clichê de mau gosto.

— Mais alguém? — perguntou Liz. Quando ela e Jasper se entreolharam, ele não se mexeu mais; não assentiu nem negou com a cabeça, nem disse mais nada. Então ele a puxou para junto de si e ela o deixou fazê-lo; deitou-se com o rosto colado à pele quente do ombro dele.

— Você é como uma conselheira da vida para mim — disse ele em voz baixa, e ela sabia que para ele aquilo era o maior elogio.

Tantos anos – toda a sua vida adulta até ali! – desperdiçados com aquele homem. E ela era tão culpada quanto ele. Seria difícil ou fácil se livrar dele?

Ela ainda achava que poderiam fazer sexo, mais tarde naquela mesma noite ou na manhã seguinte, antes que ele pegasse o avião para Nova York. Mas não fizeram, e ele precisou voltar cedo ao aeroporto para devolver o carro alugado.

Capítulo 82

KDB fará discurso em Houston na quinta 29 de ago p/ a Sociedade Nacional de Mulheres de Finanças, dizia um e-mail inesperado para Liz da assessora de imprensa de Kathy de Bourgh. 20 min disponíveis depois para entrevista, contando que você mencionará no artigo o discurso/instituição.

Teoricamente, a *Rímel* não gostava desse tipo de condição para cobertura, mas, na prática, acontecia constantemente. Além disso, vinte minutos com Kathy de Bourgh, por mais modesto que parecesse a um leigo não jornalista, era tempo suficiente para resultar em um perfil completo em vez de algumas aspas enfiadas em um artigo sobre outro assunto. Assim, sem confirmar com sua chefe na *Rímel* nem sequer pesquisar mais sobre o evento, Liz escreveu em resposta: Sem dúvida estarei lá.

Capítulo 83

— Sei que isso não é do seu feitio, então agradeço — disse Jane. Ela e Liz estavam no quintal, embaixo do bordo infestado de fungos.

— Olha, não quero parecer desrespeitosa, mas precisamos ir para o aeroporto em menos de dez minutos — falou Liz.

Jane havia convidado Liz para se juntar a ela em uma cerimônia de despedida à mansão estilo Tudor, o que Liz supersticiosamente achou, mas não disse a Jane, que aumentaria a probabilidade de que os possíveis compradores não gostassem da casa.

Jane fechou os olhos, respirou fundo, expirou, e entoou:

— *Om*. — Liz não fechou os olhos e se perguntou se os pais e as irmãs estariam assistindo pela janela. — Obrigada por abrigar nossa família por todos esses anos — disse Jane. — Por nos manter aquecidos no inverno e frescos no verão. — Ambas as alegações, pensou Liz, eram um tanto generosas, diante do frio que entrava na casa em novembro e do funcionamento errático do ar-condicionado no último andar. — E obrigada por ser um lugar onde celebramos festas, brincamos de jogos e comemos refeições deliciosas. Até mesmo as dificuldades aqui tornaram nossa vida mais rica e aprofundaram nossa capacidade de sentir. Nossa família teve muita sorte de viver em um lugar tão bonito.

Quando ela disse jogos, Liz se lembrou de uma partida específica de buraco que ela jogara com Mary nos anos 1980, quando Liz veio com uma mão excelente e bateu antes que a irmã conseguisse baixar algum jogo; ao contrário das suas expectativas, ela sentira uma tristeza genuína. Mas não seria honesto atribuir essa tristeza inteiramente à iminente venda da casa. Também estava associada à sua frustração com Jasper, uma decepção que abrupta e retroativamente coloria o passado: depois de todos aqueles anos crescendo ali, ela inconscientemente se encaminhara para aquele homem egoísta e desonesto.

— *Om* — disse Jane mais uma vez, e abriu os olhos. — Você gostaria de acrescentar mais alguma coisa?

Liz negou com a cabeça.

— Estou bem assim. Vou levar a sua mala para o carro enquanto você se despede de todo mundo.

Capítulo 84

O senhor Bennet se despediu de Jane dentro de casa, mas todas as mulheres da família seguiram até a rampa da entrada, onde a senhora Bennet continuou oferecendo os mais variados conselhos, como se Jane estivesse indo embora para o primeiro ano da faculdade.

— Compre uma cafeteira das que faz um café só para não depender *daquelas moças* de manhã — alardeou ela pela janela do carro. — Custa só trinta dólares.

— Mamãe, eu não bebo café — disse Jane, e do lado do motorista, Liz avisou:

— Precisamos ir para ela não perder o avião.

— Amo todas vocês — disse Jane. -- Qualquer coisa, é só me telefonar.

— Um bom presente de hóspede é tábua de queijo — aconselhou a senhora Bennet. — Mas se você der uma de bambu, avise para elas não colocarem na máquina.

— A Jane não vai ser hóspede — corrigiu Lydia. — Ela vai trabalhar para elas.

— Até mais — Liz gritou, mas nem havia começado a acelerar, quando, de modo perfeitamente audível, a senhora Bennet disse a Kitty:

— Quem dera o Chip não tivesse voltado para a Califórnia.

Enquanto elas se afastavam da casa, Liz perguntou a Jane:

— Você já decidiu o que vai fazer com o seu apartamento depois de primeiro de setembro?

— Acho que se eu não for voltar, vou acabar encerrando o contrato, mas a ideia de ter que fazer a mudança... Bem, eu não deveria reclamar depois que você e o Ham limparam o porão inteiro ontem. Você foi uma heroína, Lizzy.

— Você não diria isso se visse como ficou o depósito. O Ham fez o que pôde, mas ficou parecendo o lixão da cidade.

— Tenho essa fantasia de me livrar de quase tudo que eu tenho e substituir por móveis de bebê minimalistas. Só uma cadeirinha para o carro, alguns macacõezinhos, e algumas fraldas de pano.

— Existe isso de móveis de bebê minimalistas? — perguntou Liz ao virar à esquerda na Torrence Parkway. — Mudando um pouco de assunto, acho que talvez eu tenha terminado com o Jasper.

— O que houve?

— Além do fato de eu finalmente enxergar o que estava bem na minha frente depois de todo esse tempo? — Liz tentou sorrir, e, sem aviso, vieram-lhe lágrimas.

— Ah, Lizzy. Eu sinto muito.

— Ele foi horrível durante o jantar — disse Liz. — Você não achou?

Solidária, delicadamente, Jane respondeu:

— Ele só estava sendo ele mesmo.

Capítulo 85

O Grasmoor, que ficava na Madison Road – Liz costumava passar em frente quando saía para correr –, consistia em dois belos edifícios de tijolos de três andares, creme, com toldos verdes nas janelas. O apartamento que Liz e os pais foram ver, à venda por duzentos e trinta e nova mil dólares, tinha três dormitórios, dois banheiros grandes e um pequeno, duas varandas e uma vista da fonte que ficava no pátio interno. Durante toda a visita, conduzida por Shane, a senhora Bennet ficou chorando, fato que pareceu causar mais desolação em Shane do que em Liz ou no pai.

— É sério — falou Liz após a visita —, conseguir esse tanto de espaço por esse valor é incrível.

— Minha querida — disse o senhor Bennet —, essa sua afetação da Costa Leste está correndo o risco iminente de se tornar tediosa.

— Só para efeito de comparação, eu gostaria de lhes mostrar também um outro imóvel nessa mesma rua — ofereceu Shane, e a senhora Bennet emendou:

— Estou sem energia.

— Mamãe, só mais um pouquinho — pediu Liz.

— Você não faz ideia de como está sendo para mim — disse a senhora Bennet.

— Perder uma casa pode ser como perder um membro da família — falou Shane. — Estou certo, senhora Bennet?

Ela olhou vagamente para ele – Liz preferira não mencionar a etnia de Shane antes do encontro com a mãe, dizendo apenas que ele havia sido seu colega em Seven Hills –, então, como se Shane não tivesse dito nada, a senhora Bennet se virou para Liz.

— Eu sei que agora você não entende — disse a senhora Bennet. — Mas algum dia você vai saber como é ser tratada com tanta crueldade pelas próprias filhas.

Capítulo 86

No início da noite, Liz saiu para correr. O dia fora abafado, mas parecia impossível que fosse chover, e embora ela certamente não tivesse calculado a hora de sua corrida na esperança de encontrar Fitzwilliam Darcy no caminho – o encontro anterior fora um pouco mais cedo –, estranhamente ela não ficou surpresa, quando chegou à Easthill Avenue, ao avistar um homem alto de shorts azuis-marinhos e camiseta vermelha.

— Achei que você tinha dito que costumava correr de manhã — disse ele à guisa de saudação, e já, sem discutir, mudou de direção e manteve o ritmo ao lado dela.

— Eu costumo mesmo — respondeu Liz. — Ou costumava, com a Jane, mas agora que... Na verdade, levei-a ao aeroporto hoje. Ela vai morar com umas amigas em Hudson Valley.

— É um modo muito civilizado de passar o mês de agosto.

— É mesmo? Você acha um bom cenário para curar um coração partido?

Após uma pausa, Darcy disse:

— Tenho impressão de que você passou a ver o Chip como uma espécie de canalha por ter ido embora, mas é evidente que ele e a sua irmã estão em momentos muito diferentes da vida.

— E você tem autoridade para julgar?

— Não se pode dizer que usar um doador de esperma seja o típico comportamento de uma mulher interessada em começar uma relação.

— Imagino que você saiba que ela engravidou antes de conhecer o Chip. A vida nem sempre acontece na ordem ideal, mas a prova de que ela queria ter uma relação com ele é o fato de que ela estava tendo uma relação com ele.

— Ela parecia ter sérias dúvidas quanto a isso.

— Você mal conhece a minha irmã! — Darcy não refutou essa afirmação, e Liz acrescentou: — E a Caroline Bingley ainda está por aqui ou também voltou para Los Angeles?

— Ela voltou para Los Angeles.

— E você ficou arrasado?

Darcy estava olhando para a frente ao dizer:

— Por que eu ficaria?

— Você não estava saindo com a Caroline?

— O que levou você a achar isso?

— Além da minha própria capacidade de observação?

— A sua confiança nessa capacidade está equivocada. Caroline e eu saímos brevemente, quando Chip e eu estávamos na faculdade de Medicina, mas já faz muitos anos.

— Não que eu me importe, mas obviamente ela ainda sente alguma coisa por você.

— Não sei se o sujeito com quem ela está saindo em Los Angeles sabe disso.

— Foi o que ela disse para lhe deixar com ciúmes? E parece que você ficou.

Darcy pareceu achar graça.

— E você ainda *me* acusa de achar que entendo mais do que eu realmente entendo.

Quando viraram na Observatory Avenue, Liz sondou:

— Então quem é o seu par romântico? Deve haver alguém.

— Talvez você não saiba, mas os cirurgiões trabalham demais.

— E também adoram se gabar disso, até onde sei. Certo, eis o meu palpite: uma investidora esguia e aristocrática, misto de ativista social e bailarina que mora em... Eu diria Boston. Ou talvez Londres. Mas não em Cincinnati, é claro, porque todos sabemos da qualidade inferior das mulheres daqui.

— O que eu disse na casa dos Lucas, e eu espero que você saiba que tem ouvidos excepcionalmente atentos para as conversas alheias, é que eu não quero que as esposas dos meus supervisores fiquem me arranjando encontros às escuras. Dificilmente isso é o mesmo que declarar uma moratória sobre todas as mulheres de Cincinnati. — Ao passarem pela Menlo Avenue, Darcy acrescentou: — Raramente saio com mulheres esguias, por falar nisso. Ou com bailarinas, embora a categoria das esguias aparentemente englobe a categoria das bailarinas. Quanto a aristocratas, investidoras e ativistas sociais, não tenho nada contra.

— Quando você e a Caroline saíam, por que vocês se separaram?

— Por que qualquer casal se separa? Não éramos compatíveis.

— Você já foi casado?

— Não. E você?

— Não, mas a questão é a seguinte — disse Liz. — Você é, com o perdão da expressão, um bom partido. Não precisa fingir nenhuma modéstia, porque eu tenho certeza de que sabe disso. Pessoalmente, eu jamais sairia com você, mas você é alto, estudou em escolas da elite e é médico. Para o público geral, que não faz ideia do elitista condescendente que você é, você é irresistível. Poderia estar casado se quisesse, ou, pelo menos, ter uma namorada. E não venha com essa desculpa de falta de tempo, porque as pessoas arrumam tempo quando querem arrumar tempo.

— Você está sozinha atualmente?

Foi uma pergunta estranha; poucos dias antes, ela teria dito não.

— Estou — respondeu ela —, mas é algo recente. Seja como for, todos sabem que é completamente diferente no caso da mulher. Se você ficar parado na esquina e anunciar que está procurando uma esposa, vai arranjar alguém em quinze minutos. Eu ainda preciso convencer as pessoas a relevar o fato de que minha data de validade está para expirar rapidamente. — Porém, Liz não se sentia, naquele momento, como uma lata de sopa empoeirada na prateleira do mercado; se sentia praticamente triunfante. Era forte e saudável e não estava grávida; estava suando alegremente de top e shorts, veloz em seus tênis turquesa e laranja; as nuvens cinzentas haviam desaparecido sem chover, e, ao seu lado, estava um homem que, por mais arrogante que fosse, não a entediava nem um pouco. — Quando chegarmos à Edwards, quer apostar uma corrida na subida?

— Sabe esses cachorrinhos que ficam latindo para os pastores alemães? — disse ele. — Pois você me lembrou deles.

— Está com medo de perder?

— Pelo visto, o fato de ter crescido com a lei dos direitos iguais deu a você um bocado de autoestima.

— Então estamos combinados. Valendo. — Embora estivessem a menos de cinquenta metros da Edwards Road, ela saiu correndo a toda velocidade; acelerava pela calçada, passando por casas e árvores, e os carros na Observatory Road iam se convertendo em borrões em sua visão periférica. Não haviam se passado muitos segundos quando ele a alcançou, mas estavam ambos correndo demais para falar; ela se sentiu ao mesmo tempo selvagem e ofegante e como se estivesse prestes a gargalhar. Durante mais alguns segundos, ficaram cabeça a cabeça, até que ele avançou. Ela estava se esforçando ao máximo, e, ao virar na Edwards, ele estava menos de meio metro à sua frente, depois um metro, e logo se distanciou meio quarteirão. Ainda assim, ela continuou em frente; se ia perder para Darcy, não seria por um centímetro além do necessário.

Ele estava esperando por ela no alto da colina, e ela ficou contente ao notar que ele ainda estava ofegante; ela reduziu o ritmo, arquejando um pouco, incapaz de falar. Pôs as duas mãos no topo da cabeça, depois as apoiou na cintura, e se curvou. Um minuto depois, ela o ouviu dizer:

— Isso foi digno de respeito.

Ela ergueu o tronco e balançou a cabeça.

— Não seja paternalista. — Suas pernas ardiam, seu coração batia forte; ela estava exausta, talvez com náuseas, mas também vertiginosamente eufórica. Ao se entreolharem, havia entre eles uma tal profusão de vitalidade que era difícil saber o que fazer com aquilo; continuaram se entreolhando, desviaram o olhar e tornaram a se olhar. Enfim – certamente ele estava pensando em algo semelhante e ela apenas foi quem deu voz a esse sentimento –, ela disse: — Você quer ir para a sua casa e fazer sexo raivoso?

Darcy franziu os olhos.

— Existe isso?

A ousadia dentro de Liz não era infinita, e poderia se dissipar rapidamente. Mas enquanto estava lá, ela disse com altivez:

— Claro que existe.

— É como amizade colorida?

— Não estamos em uma aula de sociologia. Um simples sim ou não basta. — Ela acrescentou: — É parecido, mas sem amizade.

— E você quer dizer agora, certo? — Ele não parecia afobado nem mesmo surpreso.

— Sim — confirmou Liz. — Quero dizer agora.

Era a última chance de aceitar a oferta, embora ela não tivesse intenção de avisá-lo. Mas talvez ele tenha sentido a porta se fechando, porque disse:

— Certo. Claro.

Capítulo 87

Cincinnati foi a cidade onde Liz e o sexo se conheceram – em um clichê um tanto festivo, ela perdera a virgindade com seu acompanhante do baile de formatura, chamado Phillip Haley, e depois disso recebera visitas de dois namorados da faculdade, durante as quais ocorreram amassos sub-reptícios dentro da mansão Tudor –, mas tudo isso acontecera havia um bom tempo. E a visita de Jasper havia sido, era óbvio, inesperadamente infrutífera.

Enquanto seguia Darcy pela entrada principal de um insípido edifício de tijolos de três andares e até o segundo andar, ela experimentou uma sensação de transgressão que lhe lembrou de seus encontros de juventude. Diante da porta do apartamento, Darcy usou o bico do tênis de corrida para tirar o outro pelo calcanhar, depois repetiu o gesto, ao contrário, com os dedos do pé, para tirar as meias, e Liz fez o mesmo. Dentro do apartamento, não havia nada nas paredes e nenhum tapete no assoalho de madeira. A sala tinha apenas um sofá comprido, uma televisão de tela plana e uma mesa baixa com um laptop. Ele a conduziu até a cozinha, que era pequena e sem janelas, mas parecia recém-reformada; entre a bancada e o armário, as paredes eram revestidas com um padrão de azulejos pretos, brancos e verdes. Ele encheu dois copos com água da torneira e ofereceu um para ela. Beberam em silêncio, então ele disse:

— Imagino que ou nós dois tomamos um banho ou nenhum de nós.

Sentindo certo apreço pela solicitude dele em assumir o papel de anfitrião, ela negou com a cabeça.

— Preciso estar de volta à casa dos meus pais antes do jantar. Mas vou fazer xixi. Você tem camisinha?

Ele assentiu.

No banheiro moderno e limpo, depois de urinar, Liz lavou as mãos e jogou água no rosto, embora mais para se refrescar do que por questão de higiene. No quarto, que continha uma cama de casal coberta com um edredom cinza, um criado-mudo e uma luminária, Darcy estava sentado no chão, ainda de camiseta e shorts, com uma perna esticada e o torso estendido sobre a perna. Liz foi até ele e estendeu a mão, e ele a tomou na sua e se levantou. A incerteza então se apresentou, e, sem dúvida, se ela tivesse dezoito anos, ou provavelmente mesmo se tivesse vinte e oito, ela teria olhado para ele para expulsar essa confusão; mas ela tinha trinta e oito, havia orquestrado o encontro, então, disse:

— Acho que o mais eficiente é cada um tirar a própria roupa. Você se incomoda com o nosso suor nos seus lençóis?

Ele pareceu achar graça da pergunta.

— Eles são laváveis.

Assim, de pé a menos de um metro um do outro, eles se despiram. Ela evitou ficar olhando para ele, exceto por alguns olhares de relance. Ele tinha mais pelos do que ela imaginava, mas não no mau sentido, e embora ela imaginasse que ele estava em forma, na verdade, ele era praticamente escultural; se ela soubesse antes que ele era tão perfeitamente musculoso, talvez tivesse ficado intimidada demais para tomar aquela iniciativa.

Então o corpo dele se encostou ao dela e eles se beijaram – nunca tendo feito sexo raivoso antes, ela ficou contente ao saber que beijos faziam parte da coisa –, e os beijos em pé e nus duraram algum tempo, acompanhados de mãos carinhosas, e, a certa altura, o ar-condicionado começou a fazer um chiado insistente, e após outro intervalo, uma cacofonia de buzinas se tornou audível através das janelas fechadas do apartamento, lá fora no entardecer ensolarado povoado de pessoas que não estavam, a maioria delas, nuas e se beijando em pé. Então, ou ele a conduziu para a cama, ou ela o puxou para lá, e logo depois ele tirou a camisinha da gaveta do criado-mudo. Afinal, a experiência foi altamente satisfatória, certamente para ela e, a julgar pelos indícios exteriores, parecia razoável concluir que para ele também; sem dúvida, foi bem mais prazeroso do que a noite do baile com Phillip Haley ou que a maioria das outras experiências que ela tivera nos vinte anos seguintes. Na verdade, um dos sinais do prazer que ela sentira naquela relação foi o fato de que ela só teve uma vaga consciência da identidade da pessoa com quem a estava compartilhando. A princípio, o absurdo daquela intimidade com Darcy – Fitzwilliam Darcy – a distraíra e depois outra vez, ao final, quando ela emergiu da névoa delirante em que ambos mergulharam. Só quando ela voltou a si lhe ocorreu se perguntar se o que estavam fazendo contava como abraço; certamente, mesmo que o sexo raivoso permitisse beijar, abraçar sem dúvida era uma violação. Ela se virou e sentou na cama, tentando achar suas roupas no chão.

Ela podia sentir que ele estava olhando, mas esperou para olhar para ele quando estivesse vestida com sua camiseta e seus shorts suados e fedorentos. Finalmente fazendo contato visual, ela anunciou:

— Eu posso sair sozinha.

No fim, eles não chegaram a entrar embaixo dos lençóis, em vez disso, conduziram toda a transação por cima do edredom. Nesse momento, as duas mãos dele estavam atrás da cabeça, e seu corpo longo, peludo e musculoso estava exposto. Havia no rosto dele uma expressão difícil de interpretar, e ela se sentiu decidida a não enrubescer.

— A gente se vê por aí — disse ela.

Será que ele estava impressionado? Perturbado? Perplexo? Era impossível saber.

— Com certeza — respondeu ele.

Capítulo 88

Liz estava preenchendo um cheque de sua própria conta bancária para o pedreiro quando recebeu uma mensagem de texto de Jasper. O pedreiro havia raspado a pintura inflada e descascada da parede manchada de infiltração da sala, depois cobrira a parede inteira com massa fina e uma demão da tinta cor de mostarda que Liz havia, para sua surpresa e alegria, encontrado em suas escavações no porão. A origem da mancha de infiltração – o pedreiro informara com tamanha reticência que ocorrera a Liz que tivesse receio de ofendê-la ao chamar atenção para a estupidez dela – eram as calhas do telhado que estavam transbordando de folhas, e que faziam a água infiltrar durante as tempestades.

— Manter as calhas limpas é o melhor que você faz — ele disse delicadamente.

O conteúdo total da mensagem de Jasper era Demais! e trazia o link de um artigo sobre um sujeito em Nebraska que havia tentado, sem sucesso, roubar uma serpente de uma loja de animais. Jasper estava só sentindo a temperatura dela, Liz sabia. Ele queria saber como estavam as coisas entre eles. Ela nem respondeu.

Capítulo 89

Os clientes do colega de Shane estavam marcados para visitar a mansão estilo Tudor entre duas e três da tarde de segunda-feira, o que significava que os moradores deviam estar fora. Depois de combinar com Mary de levar o pai à Mercantile Library ("Eu já levei o papai na semana passada", Mary disse, e Liz respondeu: "Justamente. É o seu papel"), Liz pedira a Lydia, Kitty e à senhora Bennet que a acompanhassem ao shopping Kenwood para escolher uma roupa para a entrevista com Kathy de Bourgh. Isso pareceu uma desculpa tão obviamente transparente que ela ficou surpresa com a prontidão com que todas concordaram.

Ela estava dentro do provador, experimentando um vestido envelope azul, quando, às duas e vinte e cinco, muito antes do que ela esperava, recebeu uma ligação de Shane.

— Eles adoraram a casa — disse ele. — Farão uma oferta hoje à noite, que obviamente dependerá da vistoria.

Olhando para si mesma no espelho – seu cabelo escuro, o vestido caro que não era seu, suas pernas nuas e seus pés descalços –, Liz chegou a sorrir.

— Obrigada, Shane. Essa é uma notícia muito boa.

Capítulo 90

Não se tratava de Liz ter mudado de opinião sobre a natureza essencialmente desagradável de Darcy; na verdade, ela havia concluído que uma ou duas visitas à cama dele não diminuiriam nem exacerbariam sua antipatia, especialmente se ela não falasse sobre aquilo com ninguém, nem mesmo Jane.

Vinte e quatro horas depois de seu primeiro encontro íntimo, ela saiu para correr totalmente preparada para vê-lo; tão preparada, aliás, que ela ficou surpresa ao não avistar sua figura imponente na Easthill Avenue, depois na Observatory Avenue, nem na Menlo Avenue, ou na Stettinius Avenue e, ao chegar à Edwards, precisou admitir para si mesma que a chance de cruzar o caminho dele seria escassa. Na verdade, ela não fazia ideia nem de sua rotina de trabalho, nem de exercícios.

A questão, portanto, passou a ser até que ponto agir intencionalmente – se devia logo abrir mão de qualquer falsa coincidência, descobrir o e-mail ou telefone dele e usar o mesmo grau de especificidade que usaria para marcar uma consulta no dentista. A antipatia que ela e Darcy sentiam um pelo outro significava que o sacrifício do orgulho que tal plano implicaria seria ao mesmo tempo mais e menos relevante do que se compartilhassem carinho e respeito mútuos.

Ela voltou à mansão estilo Tudor sem vê-lo e sem chegar a qualquer conclusão sobre a conduta a ser seguida; e assim, em mais de um sentido, sentiu-se profundamente frustrada.

Capítulo 91

Os nomes dos potenciais compradores eram Jacqueline e Adam Whitman, e eles ofereceram aos Bennet novecentos e quinze mil dólares pela mansão estilo Tudor, o que ofendeu a senhora Bennet de modo tão agudo que ela se recolheu a seu quarto imediatamente após ouvir o valor. Shane enviara uma cópia digitalizada da oferta para Liz quando o jantar estava terminando, e a quantia deixara a senhora Bennet incapacitada até para assistir à televisão; ela precisou lidar com sua aflição deitada de bruços.

— Vocês vão acabar chegando a um meio-termo — explicou Liz diante da porta do quarto da mãe. — Esse ainda não é o valor final.

— Deixe-me em paz — respondeu a mãe. — Você já causou estrago suficiente.

Capítulo 92

Na consulta do senhor Bennet com seu ortopedista, o doutor Facciano perguntou:

— Parece que você recuperou todos os movimentos. Está sentindo alguma dor?

— Só do tipo emocional, causada pelas minhas filhas — disse o senhor Bennet.

— Isso quer dizer que ele pode voltar a dirigir? — perguntou Liz.

— Não vejo por que não poderia — confirmou o doutor Facciano.

— Puxa — disse Liz. — Você não está animado, papai?

— Estou — falou o senhor Bennet. — Porque agora a sua última desculpa para não voltar a Nova York acabou.

— Vou ficar até o almoço da mamãe — disse Liz, e o pai revirou os olhos.

Ele disse:

— Bem, quanto a isso, a culpa é toda sua.

Capítulo 93

Durante sua corrida vespertina, que substituíra sua corrida matinal, pouco antes de Liz sair da Grandin Road e entrar na Madison Road – ou seja, não antes de começar a especular se iria encontrar Darcy, mas antes de efetivamente esperar encontrá-lo –, lá estava ele: alto, ereto e muito pouco suado, provavelmente absorto em pensamentos arrogantes, mas com uma aparência tão injustamente linda que todos os órgãos internos dela se agitaram um pouco. Aquela pessoa real, seu corpo físico concreto diante dela, em oposição à tentadora embora irritante ideia que ela fazia dele, era um tanto surpreendente. Com o tom mais indiferente que conseguiu arranjar, ela disse:

— Como vão os cérebros das pessoas hoje?

— Se eu chego a vê-los, nada bem. — Ele trotava no mesmo lugar, esperando Liz alcançá-lo e, quando ela chegou perto, ele começou a correr ao lado dela.

— Você sabe isso que as pessoas dizem: "Calma, não é nenhum tumor no cérebro"? Você e os seus colegas dizem: "Esse está meio difícil, mas, olha, é só um tumor no cérebro"? — A expressão no rosto dele a levou a acrescentar: — É a milésima vez que você ouve essa pergunta?

— Não é a primeira vez. — Ao seguirem rumo ao norte pela Madison Road, ele acrescentou: — Eu estava para lhe dizer que a minha irmã é sua fã. Parece que ela assina a *Rímel* há anos, e quando eu disse que havia conhecido uma pessoa que trabalhava na revista, ela sabia quem você era no instante em que eu disse o seu nome.

— Ela deve ter muito bom gosto.

— A Georgie é muito inteligente. Ela está fazendo doutorado em história.

— Você vai arriscar me dizer onde ela estuda, ou isso me faria desmaiar?

— Sabia que você ia dizer algo assim. Ela está em Stanford.

Liz pôs as costas da mão na testa.

— Meus sais! — Ela olhou de relance para ele, que aparentemente achou aquilo só um pouco divertido, se tanto, e disse: — É sério, agradeça a ela por mim. Nós da *Rímel* adoramos nossas leitoras inteligentes. A sua irmã pensa em virar professora?

— Se conseguir dar aulas por lá mesmo, sim. Ela é uma pessoa muito caseira.

— Ela é mais nova que você?

— Bastante. Tem só vinte e seis.

— E ela continua literalmente na casa dos seus pais? Lembre-se de que nisso eu não posso emitir julgamentos, diante da situação das minhas próprias irmãs.

— Os meus pais já morreram. A Georgie mora...

— Sinto muito — interrompeu Liz.

Um tanto rigidamente, Darcy disse:

— Tudo bem. — Ao atravessarem a Bedford Avenue, ele acrescentou: — O meu pai era mais velho que a minha mãe e morreu quando eu estava no ensino médio e a Georgie tinha três anos. Nossa mãe morreu há cinco anos. A Georgie fez a graduação em Stanford também, estava morando no *campus* na época, e continua morando lá. Mas ela nunca quis abrir mão da casa dos nossos pais. Não creio que ela visite a casa quando eu não estou na cidade, mas ela é muito apegada ao lugar.

— *Você* quer vender a propriedade?

— São doze acres, e está lá dando sopa. Alguém deveria aproveitá-la.

— Você cresceu na Bay Area de San Francisco, certo? — Liz tentou soar casual. Ele realmente tinha dito *doze* acres?

Em tom prático, Darcy declarou:

— Em Atherton — e Liz então entendeu o que anteriormente ela não havia se dado ao trabalho de considerar. Não era espantoso que Darcy viesse de uma família afluente – tanto sua formação quanto sua atitude davam pistas disso –, mas não lhe ocorrera que essa afluência fosse tão extrema. Ela mal conseguiria imaginar, hoje em dia, quanto valeria uma propriedade daquelas em um lugar daqueles: trinta milhões de dólares? Quarenta? Deixando a personalidade de lado, ele era um partido absurdamente bom.

— Alguém ainda mora lá?

Ele assentiu.

— Há um casal que mora na propriedade, em um chalé separado: o nosso caseiro, Roger, e a esposa. A Georgie e eu costumamos visitar algumas vezes por ano. É realmente uma casa para receber convidados, de modo que, quando não vai mais ninguém, é um tanto melancólico. Prefiro dormir em um futon no apartamento da Georgie.

Como Liz ainda não pesquisara o nome de Darcy na internet até aquele momento? E não era de espantar que Caroline Bingley estivesse interessada nele. Não que sua fortuna o tornasse mais interessante para Liz – se fosse apenas pelo dinheiro, ela poderia ter correspondido ao interesse do primo. Ela pensou na simplicidade do apartamento de Darcy, em seu apreço por refeições de sete dólares no Skyline, e então pensou em como contou a ele sobre as dificuldades financeiras de seus pais. Se ela soubesse mais sobre ele antes, talvez não tivesse contado; mas como agora ele sabia, disse:

— Os meus pais receberam uma oferta pela casa deles ontem, dos primeiros interessados em visitá-la.

— Parabéns.

— Bem, foi uma oferta baixa. Mas a questão é que, se eles tivessem a opção de continuar na casa para sempre, eles o fariam, assim como minhas irmãs.

— E você, não?

— Não, mas, como o meu pai diz, eu tenho sangue frio.

— Estranhamente, parece que você está se gabando disso.

— Você vai trabalhar hoje à noite? — perguntou Liz.

— Eu entro às oito.

— Então devo voltar para o seu apartamento agora ou o quê?

Diante disso, Darcy efetivamente deu uma risada, algo que Liz ouvira tão poucas vezes que lhe pareceu algo dissonante.

— Sem dúvida, agora.

Capítulo 94

Na rampa da mansão estilo Tudor, a traseira da SUV de Ham estava aberta, o interior repleto de caixas, cobertas por diversos vestidos estendidos, ainda nos cabides. Não havia ninguém lá fora, mas enquanto Liz se alongava na grama depois de voltar do apartamento de Darcy, Lydia saiu carregando uma pilha de anuários de Seven Hills e uma prateleira para brincos, seguida por Ham, que trazia um cesto de roupas cheio de peças dobradas.

— Você está de mudança? — perguntou Liz a Lydia.

— A sua capacidade de captar pistas sutis é impressionante — disse Lydia. — Você já pensou em ser detetive?

— Essa implicância que vocês têm — falou Ham —, posso estar enganado, porque nunca tive uma irmã, mas deve ser uma forma de amor. — Sem esperar que Lydia ou Liz respondessem, ele acrescentou: — Liz, assim que levarmos as coisas da Lydia, queremos que você vá jantar conosco em casa.

— Ótimo — disse Liz. — E boa sorte com a sua companheira de quarto.

Ham sorriu.

— Acho que eu dou conta.

Capítulo 95

Uma reunião da Liga das Mulheres tirou a senhora Bennet da cama após um período de trinta e seis horas e, no tempo que ficou acordada e ativa, relutantemente ela concordou em visitar um condomínio com um prédio de vinte andares que ela começou a desdenhar assim que desceu do carro.

— Eu jamais moraria tão perto da estrada — disse ela ao senhor Bennet, a Liz e a Shane. — Não sei como as pessoas conseguem pregar o olho com os carros zunindo por perto o dia inteiro.

— A boa notícia — começou Shane — é que cada imóvel que visitamos, mesmo que a senhora não goste, vai nos ajudar a chegar mais perto daquilo que a senhora quer.

Assim, eles visitaram o apartamento, e enquanto estavam no quarto principal com a mãe, Liz disse:

— Com o dinheiro da venda da casa, parece ser um bom momento para vocês fazerem um orçamento mensal dos gastos. Assim, a senhora pode decidir: "Certo, vou reservar X dólares por mês para comprar coisas de catálogos, e se eu ultrapassar esse valor antes do fim do mês, não vou comprar mais nada".

A senhora Bennet se virou para a filha com um olhar fulminante:

— Eu sei perfeitamente o que é um orçamento, Elizabeth. — Enquanto se observava no espelho, a senhora Bennet acrescentou: — Espero que a Lydia não esteja cometendo um erro ao ir morar com o Ham. Você sabe o que dizem dos homens: "Por que comprar a vaca, se já tem o leite de graça?".

— Só que ele vai sustentá-la. Ela nem tentou arrumar um emprego.

Esse comentário de Liz aparentemente agradou à senhora Bennet.

— A Lydia é uma menina muito bonita — afirmou, com aprovação.

Capítulo 96

Fitzwilliam Darcy Atherton Califórnia, Liz digitou no Google, e depois de repassar os resultados, tentou, na sequência: *Fitzwilliam Darcy Harvard Medicina*, *Fitzwilliam Darcy Universidade de Cincinnati Centro Derrame* e, só por desencargo de consciência: *Fitzwilliam Darcy namorada*. Concluiu que ele não usava Facebook nem Twitter, e, embora não fosse totalmente isento de uma presença virtual, era basicamente factual: seu bacharelado em Stanford era em Ciências Bioquímicas e, também em Harvard, ele fizera um doutorado em Neurociências. (Como ele arranjou tempo para fazer doutorado?) Ganhara uma série de prêmios com nomes obscuros (no Quadragésimo Quarto Encontro Anual do Colégio Americano de Cirurgiões, o Prêmio Rothman T. Barnett de Residente do Ano) e fora autor e coautor de diversos artigos com títulos ainda mais obscuros publicados em revistas médicas ("Modulação de estímulos cerebrais na interação entre redes de gânglios corticais ventrais e dorsais frontoparietais e basais durante situações de expectativa e reorientação"). Na foto da página do hospital, ele estava de gravata e jaleco branco.

Ainda mais excitante: a propriedade da família em Atherton se chamava Pemberley – ficava no número mil oitocentos e treze da Pemberley Lane, embora Liz achasse que o nome da propriedade fosse mais antigo que o nome da rua –, e o valor estimado variava de cinquenta e cinco milhões, sessenta e cinco milhões a setenta milhões de dólares.

A pesquisa por *Fitzwilliam Darcy namorada* não resultou em nada.

Capítulo 97

A adaptação à vida em Rhinebeck, Jane contou a Liz por telefone, fora quase sem sobressaltos: apesar do que Lydia dissera, Amanda e Prisha a estavam tratando como uma amiga em vez de funcionária; o filho delas, Gideon, era uma graça; e Jane descobrira uma padaria vegana deliciosa, aonde, sem se preocupar com o peso, ela ia caminhando toda tarde para comprar bolinhos e fatias de torta. Sentia uma tristeza constante por causa de Chip, ela admitira, mas tal melancolia existiria aonde quer que fosse, e havia, pelo menos, diminuído com a mudança de cenário.

— Enquanto isso você conseguiu vender a casa em um piscar de olhos — comentou. — Você é demais.

— Foi o Shane quem vendeu, e ainda não é oficial até a assinatura — disse Liz.

— Seja como for. É uma casa fantástica. Você tem falado com o Jasper?

— Ele me escreveu algumas vezes, mas eu não respondi.

— Melhor assim, Lizzy.

Embora tenha passado pela cabeça de Liz mencionar seu caso com Darcy, o humor de Jane estava alegre demais, e sua confiança na força de caráter de Liz fora afirmada recentemente demais para que essa revelação parecesse apropriada.

— Mande um beijo para a Amanda e a Prisha.

Capítulo 98

Kitty estava fazendo flexões no chão de seu quarto quando Liz parou diante de sua porta.

— Você e a Mary deveriam procurar apartamento — disse Liz . — A vistoria da casa é amanhã.

Enquanto Kitty continuava com seus exercícios em silêncio – ela estava em excelente forma física –, um porta-retratos sobre a lareira do quarto chamou a atenção de Liz. Ela atravessou o quarto para examiná-lo e percebeu que a foto, que tinha uns sete centímetros e meio, era de Mervetta e Kitty. A mulher mais velha, que estava sentada, usava um vestido amarelo e um chapéu de palha combinando, e Kitty estava agachada ao lado dela, com um vestido sem mangas, ambas sorrindo.

— De quando é essa foto sua com a Mervetta? — perguntou Liz.

Ainda no chão, Kitty respondeu:

— Do aniversário de setenta anos dela.

— Onde foi?

— Na casa do filho dela. Em Bond Hill.

— Alguém mais da família foi?

— O papai.

Que estranho, pensou Liz, ter uma boa surpresa envolvendo membros de sua família.

— Você e o papai foram ao enterro da Mervetta? — quis saber Liz.

Kitty ainda não tinha olhado para a irmã.

— É claro que sim.

Capítulo 99

— O mínimo que a Helen Lucas deveria fazer — disse a senhora Bennet enquanto Liz descia a escada com suas roupas de corrida — seria me agradecer por apresentar o meu sobrinho à filha dela. Vou lhe dizer uma coisa, não é nada fácil encontrar um homem disposto a ficar com uma moça corpulenta desse jeito.

Seria possível que na cabeça da senhora Bennet duas narrativas mutuamente excludentes coexistissem: a crença de que Liz cometera um erro terrível ao desdenhar Willie e a de que ela, a senhora Bennet, merecia algum crédito pela união entre Willie e Charlotte? Aparentemente, sim.

Liz chegou à porta da frente e anunciou:

— Vou sair para correr.

— Você já escreveu para o Allen Bausch? Aposto que ele adoraria reencontrar a Mary.

— Não creio que a Mary queira nada com ele.

— Vale a pena tentar. Nunca se sabe.

— Não — disse Liz. — Não é verdade. Às vezes se sabe, sim.

Capítulo 100

— Naquela noite em que nos conhecemos — lembrou Darcy —, na casa dos Lucas, quando eu disse que a cadeira ao meu lado estava ocupada, o doutor Lucas havia me pedido para guardar uma cadeira para ele. Ele não chegou a se sentar nela, mas eu não podia ignorar o pedido do dono da casa, que, por acaso, também é um dos diretores do hospital onde eu trabalho. Eu não estava sendo rude sem motivo.

— Espero que você tenha carregado essa culpa durante todo o verão. — Liz estava nua, embora apenas recentemente, assim como Darcy; ele estava deitado na cama, com a cabeça elevada por dois travesseiros, e ela estava sentada sobre ele, com as pernas afastadas, na altura de sua cintura. Mais uma vez, eles haviam se encontrado por uma semicoincidência, mais do que por um plano específico; ainda não haviam trocado telefones ou e-mails. — Quando eu ouvi atrás da porta que você estava falando mal de mim, da minha família e de Cincinnati também foi porque você não queria ofender o doutor Lucas? Tenho certeza de que devia ser uma demonstração de boa educação, porque não é possível que você estivesse agindo como um babaca.

— *Touché* — concedeu Darcy. Ele estava com as duas mãos nos quadris dela, e havia algo de absurdo e certo suspense – um suspense prazerosamente absurdo – em ter aquela conversa sem roupas, antes do evento principal.

— Mais alguma coisa que você queira esclarecer? — disse ela.

Ela estava brincando, mas a expressão dele ficou séria.

— Você quer ter filhos?

— Se você está tentando me convencer a não usarmos camisinha, a resposta é absolutamente não.

Ele negou com a cabeça.

— Não é isso. É uma pergunta sincera.

— Não — respondeu Liz. — Eu não quero ter filhos. — A ambivalência que ela costumava fingir durante aquele tipo de conversa pareceu desnecessária naquele momento; ela não estava, afinal, tentando agradá-lo. — Se você quiser, vou lhe dar algumas opções de resposta e você pode escolher a que achar melhor. A) Ah, Liz, você ainda vai mudar de ideia, você só não conheceu a pessoa certa. — Antes de prosseguir, ela ergueu as sobrancelhas e inclinou a cabeça com falsa franqueza. — B) Mas quem vai cuidar de você quando você ficar velha? — Mudando para um tom irritadiço, ela disse: — C) Sei, aposto que você não quer ter filhos, sua egoísta da Costa Leste. — E afetando preocupação: — D) Puxa, a sua infância deve ter sido horrível. Ou... — Para a última alternativa, ela voltou ao tom paternalista: — E) Você não faz ideia de como ter filhos pode ser uma experiência rica e maravilhosa. Na verdade, você não sabe o que é viver até brigar com uma criança de quatro anos aos berros dentro de uma loja. Agora, não se esqueça, Fitzwilliam Darcy, de que você pode escolher todas as alternativas anteriores.

— É uma lista e tanto — disse ele. — Embora eu a considere mais uma narcisista do Meio-Oeste do que da Costa Leste.

— Acredite se quiser, eu entendo por que as pessoas querem ter filhos. A maior parte da minha vida, eu achava que queria ser mãe, e tenho certeza de que deve ser gratificante, quando as crianças não estão fazendo birra. Mas quanto mais velha eu fui ficando, menos desejo isso para mim mesma. Ver a Jane passar por todo o processo da inseminação artificial foi a gota d'água. Gosto da minha vida agora, existem coisas que eu ainda quero fazer no futuro que não são compatíveis com crianças, e nem é uma decisão tão importante ou angustiada. É um alívio.

— O que você quer fazer que não é compatível com a maternidade?

Liz deu de ombros.

— Viajar. Escrever um livro. Correr uma maratona. Ser uma tia superpresente, sem ter que lidar com coisas como desfralde.

— Eu também não quero ter filhos.

— Sério? — Ela ficou genuinamente surpresa.

Ele sorriu brevemente.

— Quais você diria que são os meus motivos?

— Você pode dizer melhor do que eu.

— Quando eu entrei na neurocirurgia, sabia que ou eu seria o tipo de pessoa que deixa a esposa fazer noventa e cinco por cento do trabalho de cuidar dos filhos, ou não teria filhos, ponto final. Quem disser que um neurocirurgião faz a sua parte com a própria família estará mentindo. Os horários tornam isso impossível e, para mim, ficou impossível mesmo antes de começar a trabalhar em pesquisa. E, sim, eu já ouvi esse argumento antes, de que não ter filhos é um egoísmo, mas isso é ridículo. Se você realmente quer fazer algo generoso, adote um menino negro de sete anos de um orfanato. Imagino que você vá rir de mim por dizer isso, mas eu acredito que o tipo de habilidades que eu adquiri significa que eu posso contribuir mais para a sociedade como cientista e médico. Qualquer homem com uma contagem de esperma razoável pode se tornar pai, ao passo que só apenas algumas pessoas são capazes de fazer uma craniotomia descompressiva.

— Por que eu riria de você por isso? — Liz sorriu. — Eu já sabia que você era um egomaníaco. — A verdade, contudo, era que ele não lhe parecia egomaníaco, mas uma pessoa de princípios, sensível, e ela sentiu um vago constrangimento por trabalhar para uma revista que recomendava cremes antirrugas para mulheres de vinte e poucos anos enquanto ele ajudava pessoas que haviam sofrido trauma cerebral. Mas seguramente aquele não era o momento para se tornar servil.

Além do fato de estarem despidos, eles não haviam começado nenhuma outra atividade preliminar adicional. No entanto, alguns minutos antes, ela se perguntara se ele tivera uma ereção, e agora tinha certeza de que sim. Ela moveu os quadris para a frente uma vez.

— Acho que está na hora de começar a festa — disse ela, se inclinou para ele e beijou os seus lábios.

Capítulo 101

Shane avisara Liz de que a vistoria da mansão estilo Tudor poderia levar até seis horas, e foi só depois de muita deliberação e com muito receio que, no dia marcado para ocorrer, ela propusera à família uma viagem a Berea, Kentucky. Cidade de catorze mil habitantes a menos de duas horas de Cincinnati, Berea era conhecida pela vibrante comunidade artística que criava e vendia pinturas, esculturas, joias, cerâmicas e tecidos. Por muitos motivos, a visita parecia provavelmente uma ideia terrível – Liz receava que as louças fossem caseiras demais para o gosto da mãe e que ela impulsivamente comprasse, digamos, uma enorme e caríssima banheira para passarinhos –, mas enquanto durasse a vistoria, a ideia era tirar a senhora Bennet de Cincinnati e impossibilitar que ela voltasse para casa quando bem entendesse.

Quando Liz viera com a ideia de irem a Berea, o senhor Bennet dissera:

— Mal consigo imaginar um convite menos tentador.

— Certo — falou Liz. — Mas o seu prazer na verdade é irrelevante.

O senhor Bennet gargalhou.

— Avise-me quando estivermos saindo.

A senhora Bennet foi apenas um pouco mais cooperativa.

— A Deb Larsen encomendou de uma senhora em Berea uma tapeçaria que ficou igualzinha à casa deles em Michigan — disse. — A semelhança é formidável. — Mas então uma expressão de censura percorreu seu semblante. — Não pense que eu não sei exatamente o que você está fazendo, Lizzy.

Antes de saírem, Liz enfatizou a Kitty e Mary a importância de estarem longe de casa até que ela avisasse que a vistoria havia terminado.

— Se vocês duas ainda estão planejando alugar um apartamento juntas, hoje seria um bom momento de procurar — sugeriu Liz.

— Talvez, mas eu vou fazer uma aula de remo que o Ham dará às onze — respondeu Kitty.

A turma que iria com Liz foi no carro da senhora Bennet: Liz dirigindo, o pai no banco do passageiro e a mãe no banco de trás. Foi um alívio para Liz assumir o papel de motorista, tanto porque os pais eram péssimos motoristas como porque Liz sempre se sentia profundamente incomodada ao ficar com eles em desvantagem numérica. A atenção deles fora dividida por tantos anos que, nas raras ocasiões em que não era, algo parecia errado; havia oportunidades demais para perguntas e conversas ininterruptas. No intuito de evitar as duas coisas, Liz alugara na biblioteca de Hyde Park um audiolivro que ela esperava que pudesse ocupar as poucas coincidências dos interesses mútuos dos pais – uma biografia em treze CDs de um barão gatuno, publicada quatro anos antes e elogiada por muitos críticos.

Os Bennet haviam ouvido aproximadamente seis minutos do primeiro disco quando a senhora Bennet começou a fazer comentários sobre assuntos que iam da temperatura do ar-condicionado (estava realmente gelado no banco de trás) até a indignidade atual da venda da casa (e, além do mais, que garantias eles teriam de que Shane era confiável? Sim, ele podia ter estudado em Seven Hills, mas havia algo nele de que ela não gostava. Ela não sabia o que era, mas havia alguma coisa) e da chatice daquele audiolivro (pelo amor de Deus, o autor realmente achava que as pessoas iriam conseguir guardar todos aqueles nomes e quem era parente de quem?) até especulações sobre a possibilidade de Ham propor casamento a Lydia até o Natal (a senhora Bennet preferiria que o marido de Lydia tivesse uma fonte de renda mais estável, só Deus sabe se o crossfit não era uma dessas modas passageiras, mas ele parecia ter a cabeça no lugar e, se o negócio dele falisse, ele conseguiria arranjar outro emprego).

Depois de uma hora e quinze minutos, o senhor Bennet murmurou a Liz:

— Vou lhe dizer o que nós vamos fazer. Quando chegarmos a Lexington, você me deixa no Museu da Universidade de Kentucky. Depois vocês passam para me buscar, três horas depois. O que você e a sua mãe decidirem fazer nesse ínterim é problema de vocês.

Assim, Liz e a senhora Bennet acabaram desistindo de ir a Berea e preferiram almoçar calmamente em um restaurante chamado Doodles, onde a senhora Bennet desenvolveu diversos dos assuntos iniciados no carro, e ainda compartilhou, em detalhes, os avanços da lista de artigos que estariam no leilão da Liga das Mulheres. Embora a senhora Bennet expressasse sua decepção por não irem mais a Berea, sua tristeza era mais uma expressão que um sentimento.

O telefone de Liz vibrou quando ela estava parada diante do Doodles, esperando a mãe voltar do banheiro. Me liga, dizia a mensagem de Shane.

Ao telefone, ele não mediu palavras.

— A casa dos seus pais está infestada de aranhas — disse ele. — Precisamos dedetizar o quanto antes.

Liz franziu os olhos.

— Infestada como...? — Sua voz sumiu. — Tipo... é muito grave?

— A dedetizadora vai avaliar, mas não parece nada bom.

— Os compradores ainda estão interessados? — perguntou Liz.

— Não — falou Shane. — Mas esse não é o nosso maior problema agora.

Capítulo 102

Muitas vezes, nos últimos dias antes do envio da *Rímel* para a gráfica, Liz costumava ficar em contato muito frequente com sua editora: uma frase que precisava ser acrescentada para sugerir que a atriz sobre a qual Liz fizera o perfil acabara de entrar em uma clínica de reabilitação, ou que alguém da seleção feminina de futebol estava grávida; a frase adicional significava que um número equivalente de palavras em outra parte do artigo precisaria ser cortado. Fosse pessoalmente na redação da *Rímel* ou por mensagem, de e-mail ou celular, Liz e sua editora se comunicavam constantemente, em linguagem taquigráfica cada vez mais sucinta e pessoal. E embora, com o artigo pronto, Liz se sentisse praticamente enjoada do assunto que fosse – poucas leitoras, ela achava, tinham ideia da quantidade de trabalho envolvido na experiência casual da leitura no metrô ou na banheira –, quando tudo acabava, Liz na verdade sentia falta de sua editora e de suas trocas de mensagens urgentes e secretas.

Mais tarde, quando Liz olhasse retrospectivamente para aquilo que ela considerou na época a Semana da Fumigação, sentiria uma saudade semelhante e talvez mais surpreendente de suas conversas com Ken Weinrich, dono da Weinrich Controle de Pragas & Exterminadora e aquele que a guiou em uma excursão insalubre e espantosa pelo mundo das infestações de aranha. Eles conversaram pela primeira vez quando ela ainda estava parada diante do Doodles em Lexington, Kentucky, e na manhã seguinte ele já estava estacionando seu caminhão na rampa da casa dos Bennet. Um homem branco e forte de meia-idade, Ken Weinrich entrou na casa usando uma camisa cáqui de manga curta, calça jeans, e botas de trabalho e carregava consigo uma lanterna e uma prancheta.

As horas entre o telefonema e a chegada de Weinrich representaram, sem dúvida, a pior noite de sono de Liz em toda a vida, incluindo as noites fora de casa na escola primária, os casos na faculdade e os voos transatlânticos. Por motivos legais relativos à retirada da oferta dos primeiros interessados, Liz não falara diretamente com a pessoa encarregada da vistoria da mansão estilo Tudor. No entanto, essa pessoa contara a Shane, e Shane a Liz, que havia encontrado aranhas em todos os andares, inclusive dentro das lareiras, lustres e chuveiros, mas se concentravam no porão e no sótão. Por esse motivo, Liz dormiu, ou tentou dormir, na cama de Lydia, mas a cada cinco minutos despertava convencida de ter sentido as patas de um aracnídeo percorrem sua pele. O encarregado da vistoria também contara a Shane que as manchas em forma de violino nas costas dos espécimes mortos indicavam se tratar de aranhas reclusas marrons, cujas picadas eram famosas por causar inchaço, náuseas e feridas necrosadas. Quando Ken Weinrich confirmou a espécie, a primeira reação de Liz foi alívio por Jane ter ido embora de casa.

Provavelmente, estimou Ken Weinrich, havia milhares de aranhas escondidas na mansão estilo Tudor, mas, honrando o próprio nome, a maioria permanecia reclusa. Não tão reclusas, pensou Liz ao se lembrar de seus vários encontros com elas durante os últimos três meses. Em retrospecto, foram muitas as evidências de que ela devia ter chamado o exterminador em sua primeira semana na casa.

Se não chovesse, a fumigação ficaria marcada para dali a dois dias e exigiria cobrir a casa inteira com lona; assim que as lonas estivessem posicionadas, lançariam gás sulfuroso no interior e ventiladores especiais fariam o gás circular. Os Bennet precisariam se ausentar da propriedade por três dias. Reiteradamente, Ken Weinrich garantiu a Liz que o gás sulfuroso não deixava resíduos, e que não só os móveis dos Bennet, mas até sua comida, estariam seguros para o uso depois. O custo era de dez mil dólares.

O senhor Bennet pareceu resignado, mas a senhora Bennet reagiu à notícia da infestação com indignação. Como se Liz os tivesse avisado de ter visto um único camundongo, seus pais aparentemente não deram a mínima.

— Eu tenho certeza de que não são *milhares* de aranhas — disse a senhora Bennet. Durante a fumigação, eles ficariam no Country Club.

As irmãs de Liz, em contraste, ficaram horrorizadas, embora no caso de Lydia o horror contivesse uma conotação prazerosa, apenas compensada pela imediata oferta de Ham para que os Bennet ficassem em sua casa em Mount Adams. No entanto, naquele mesmo dia, Mary e Kitty encontraram um apartamento de dois dormitórios – por acaso, a poucos quarteirões do de Darcy – e Liz pagaria o aluguel do primeiro mês e assinaria o contrato. Sem querer correr o risco de levar aranhas para seu novo lar, Mary, Kitty e Liz foram até a Ikea, que ficava vinte minutos ao norte de Cincinnati, onde Liz comprou para cada irmã uma cama e, para as duas, um sofá, uma mesa de cozinha e cadeiras.

Ela não ignorava as vantagens de assinar o contrato para as irmãs: devendo-lhe esse favor, elas não teriam escolha senão obedecer as orientações que ela deixara para depois que ela fosse embora de Cincinnati, entre elas instruções sobre como monitorar a dieta do pai; manter a mansão em condições apropriadas para ser visitada por Shane, por outros corretores e seus clientes; e ficarem disponíveis para quando a mãe as convocasse para diversas tarefas nas quarenta e oito horas anteriores ao almoço da Liga das Mulheres. Ainda que o almoço propriamente fosse dali a cerca de duas semanas, Liz resolvera que não ficaria na cidade até lá. Ela simplesmente não suportava mais Cincinnati. Não queria passar nem mais uma noite na mansão estilo Tudor infestada e, em breve, intoxicada. Não queria dormir duas semanas no sofá de Mary e Kitty. E, embora ficasse agradecida pela oferta, não queria se mudar para a casa de Ham e Lydia e assistir-lhes se beijar e gemer e beber suco de couve. Com urgência abrupta, ela queria ir para casa, sua própria casa, que era no Brooklyn. Queria pedir *saag paneer* e *samosas* pelo telefone em seu restaurante indiano favorito e comer sozinha no sofá da sala, lendo uma revista, com o ar-condicionado ligado, em vez de se defendendo por não ter um marido.

— Você acharia muito horrível se eu voltasse para Nova York depois da entrevista com a Kathy de Bourgh em Houston? — perguntou ela a Jane pelo telefone

— Não estou em posição de dizer para não fazer isso — respondeu Jane.

Deitada no novo sofá de quinhentos dólares de Mary e Kitty, Liz não conseguia se decidir se sua atitude como filha e como irmã era exemplar ou indefensável. Por um lado, nos últimos dias, ela se esforçara a um grau sem precedentes para garantir o bem-estar dos membros da família. Por outro, ela não esperaria nem a fumigação terminar para ir embora. Estaria em Nova York a tempo do feriado de Primeiro de Maio e, a bem dizer, o principal ímpeto para sua atividade incessante era a consciência de sua partida.

Capítulo 103

O modo escolhido por Liz para fazer a mala e a bagagem de mão foi levá-las vazias no porta-malas do Cadillac do pai, da mansão estilo Tudor até o pequeno jardim diante do novo apartamento das irmãs; também no porta-malas, havia sacos de lixo cheios de roupas, artigos de toalete, gravadores digitais e um laptop. Ela se ajoelhou na grama e examinou cada peça de roupa, cada item de seu *nécessaire*, para garantir que não havia nenhuma aranha escondida. Ela se perguntava se algum morador poderia reclamar – provavelmente parecia que ela estava fazendo uma venda de garagem antes de se mudar –, mas ninguém reclamou, e ela não achou aranha nenhuma. Ao terminar, levou as malas cheias ao apartamento das irmãs, aliviada por não ser mãe de ninguém e, portanto, jamais precisar catar piolhos na cabeça de uma criança.

Capítulo 104

Sem ter visto Darcy por quase uma semana, Liz desistiu de fingir que ia correr e simplesmente caminhou do apartamento das irmãs até o dele e bateu na porta. Ele não atendeu, mas, quando ela estava saindo do prédio, irritadiça pela ausência do prazer esperado, ela o encontrou na entrada, chegando com várias sacolas de compras nas mãos.

— Achei que você estivesse trabalhando — disse ela, e ele negou com a cabeça.

— Hoje entro às seis. Aconteceu alguma coisa? — Ela estava pensando em como responder – será que ele estava tentando fazê-la de boba? – quando ele acrescentou, com um certo grau de embaraço: — Ou você veio só para, ah... certo. Entre. Por favor.

— Deixe-me ajudar. — Ela estendeu a mão. — Passe-me algumas sacolas.

Enquanto seguiu atrás dele pela escada, ela sentiu um prazer perverso em lhe contar as últimas novidades sobre sua família, porém, em vez de declarar ironicamente sua falta de surpresa pelo fato de os Bennet estarem enfrentando uma praga de proporções bíblicas, ele disse, com um tom quase solidário:

— Casas velhas costumam ter muitos problemas. É uma pena que os interessados tenham retirado a oferta.

— Bem, a Kitty e a Mary agora são suas vizinhas — disse ela. — Elas se mudaram para a esquina da Millsbrae com a Atlantic, caso você precise de uma xícara de açúcar.

— Fico surpreso pelo proprietário aceitar alugar para duas pessoas sem emprego.

— O contrato está no meu nome.

Eles haviam chegado ao segundo andar, e Darcy disse enquanto abria a porta:

— Você não se preocupa de elas não pagarem e você acabar com o nome sujo na praça?

— Ah, acho que isso vai acabar acontecendo. Mas não tive alternativa.

Já dentro do apartamento, Darcy guardou as coisas de geladeira enquanto ela se sentou em uma banqueta da cozinha; ele ofereceu cerveja e água, ela recusou, e, em dez minutos, o verdadeiro motivo daquela visita não só teve início como, para ambas as partes, foi encerrado com sucesso.

— Essa coisa de sexo raivoso — falou Darcy, então. — Para você, é sempre assim? — O último encontro, assim como os anteriores, havia sido consumado sobre o edredom, e agora eles estavam próximos, mas não encostados um no outro; para garantir que não ficariam abraçados, Liz havia virado para o lado e estava, como ele, deitada de costas.

Liz deu risada.

— Se você precisa perguntar se uma pessoa é promíscua, provavelmente é porque a resposta é sim.

— Não foi o que eu quis dizer, longe disso. Só estava pensando se você acha mais prático. Mas você disse que terminou uma relação recentemente, se eu bem me lembro.

— Não, sexo raivoso não é o meu normal, mas morar em Cincinnati também não. E, para falar a verdade, estou indo embora. Amanhã à tarde vou a Houston entrevistar a Kathy de Bourgh, e de lá pego o avião para Nova York.

— Você vai embora amanhã? — Darcy pareceu surpreso.

— Não fique arrasado — disse Liz. — Você já tentou marcar encontros pela internet? Se você nunca fez isso, deveria experimentar.

— E você?

— Claro que sim, e sem dúvida faria de novo se morasse aqui.

Por alguns segundos, Darcy ficou calado. Enfim, perguntou:

— Essa pessoa de quem você acabou de se separar era o Jasper Wick?

— Seria realmente um escândalo se fosse, não? Já que ele é casado *e* foi expulso de Stanford. — Liz olhou para o relógio. — Uma parte de mim está tentada a se oferecer para criar o seu perfil virtual, mas não sei se seria ético fazer com que outra humana seja obrigada a conhecê-lo assim. Enquanto mulher, não seria muito solidário da minha parte, se é que você me entende.

Ela estava brincando, mas a expressão no rosto dele parecia de genuíno desgosto.

— Não preciso da sua ajuda para criar um perfil desses.

— Claro que não. Fiquei sabendo que você fez doutorado. — Liz passou as pernas para o lado da cama e começou a recolher suas roupas do chão. Ela estava fechando o sutiã quando ouviu Darcy dizer:

— Essa tatuagem nas suas costas sempre me surpreende.

Tinha cinco centímetros por dois e meio, um desenho de uma máquina de escrever na altura da cintura. Sem se virar, ela disse:

— Quer tentar adivinhar quantos anos eu tinha quando a fiz?

— Vinte?

— Pior. Vinte e três. A ironia é que eu achei muito mais interessante do que uma flor ou algum símbolo chinês. Foi uma declaração da minha séria ambição de me tornar escritora. Mas, de algum modo, depois de todos esses anos, nunca encontrei o momento certo para mostrá-la para ninguém que eu tenha entrevistado. — Liz olhou para ele por sobre o ombro. — Talvez você devesse tatuar o juramento de Hipócrates na sua bunda.

— Talvez — repetiu ele, e Liz sentiu uma pontada de remorso. Ela ainda não gostava dele particularmente, mas era difícil não se perguntar se voltariam a se encontrar algum dia. Ele tocou o próprio bíceps. — Ou o logotipo do Skyline Chili aqui.

Ela já havia vestido a camisa e a calcinha e se levantado, virando-se para olhar para ele, enquanto vestia a calça jeans. Supostamente, era a última vez em que se veriam antes de ela ir embora, e esse inesperado turbilhão de emoções estava aumentando em vez de diminuir de intensidade. Além disso, um tanto bizarramente, havia a possibilidade de alguns minutos antes, durante o que parecia ser o ápice de seu prazer, Darcy ter pronunciado as palavras "minha querida". Se isso realmente acontecera, Liz tinha certeza de que havia sido por acidente e, sem dúvida, nenhum dos dois se dera conta na hora. Em todo caso, o que ela devia fazer agora – despedir-se com um abraço como se fosse um colega de trabalho? Não, ela não o abraçaria.

— Você é boa demais para o Jasper, se é que era ele — disse Darcy. Ele parecia ao mesmo tempo um desconhecido e alguém que ela conhecia extremamente bem; havia uma enorme quantidade de coisas a serem ditas ou nada a dizer.

Ela tentou soar bem-humorada.

— Eu não teria tanta certeza disso.

Capítulo 105

— Depois que eu for embora, pode ser que meus pais lhe digam que mudaram de ideia sobre a venda da casa — disse Liz a Shane. Ela o encontrara no Coffee Emporium na Erie Avenue. — Especialmente a minha mãe, mas não acredite nela. Se isso acontecer, me avise imediatamente.

— Eu entendo a delicadeza da situação — declarou Shane. — Mas isso rapidamente pode ir além do escopo legal daquilo que um corretor imobiliário pode fazer.

— Eles querem vender a casa — garantiu Liz. — Ou pelo menos o meu pai admite que eles não têm outra escolha. Se eles disserem outra coisa, ignore. E, assim que você souber de outro corretor com intenção de mostrar a casa, me ligue, aí eu aviso a Mary ou a Kitty, e uma delas dá um jeito de deixar tudo limpo e tirar os meus pais de lá.

Shane franziu o cenho de um modo que Liz levou alguns segundos para identificar como falsamente casual.

— Por falar na Kitty — ele disse —, quantos anos ela tem?

— Vinte e seis. — Liz sentiu uma tentação mercenária e possivelmente desleal de acrescentar: "E se você vender nossa casa, pode ficar com ela". Mas ele ainda não havia perguntado se ela tinha namorado; estava pensando nisso, Liz pôde notar, mas não havia perguntado.

Capítulo 106

— Descobri aonde a Mary vai — afirmou Kitty. — E é hilário. — Liz estava deitada no sofá da Ikea da sala de Kitty e Mary, lendo em seu laptop um longo artigo do novo número da revista em que ela e Jasper outrora haviam trabalhado no setor de checagem.

— Aonde? — perguntou Liz.

Kitty ergueu as chaves do carro.

— Vem comigo.

— É algo bom ou ruim?

— Só venha — disse Kitty. — Vale a pena.

Elas seguiram pela Oakley – era o caminho da escola em Seven Hills, por onde seguiram por inúmeras manhãs da vida de Liz –, mas, em vez de continuar até Oaklawn Drive e virar à esquerda, Kitty virou à direita e entrou no estacionamento do Boliche Madison.

— Ela joga boliche? — falou Liz.

— Ela faz parte de uma liga. — A voz de Kitty saiu carregada de entusiasmo. — E nem é uma liga *hipster*. São pessoas gordas de meia-idade.

— Não é contra a lei.

— Quando você ver, vai achar que deveria ser.

Kitty encontrou uma vaga e desligou o motor, Liz quis saber:

— Ela está lá dentro agora?

— Eu a segui faz algumas semanas. Precisava ter certeza de que não era um culto satânico antes de morarmos juntas.

— Você contou a ela que a seguiu?

Kitty negou com a cabeça.

— Então qual é o seu plano? Entrar lá e gritar "Surpresa!" para ela?

— Da última vez, ela se trocou no carro e saiu com um uniforme vermelho e preto — contou Kitty. — Você não acha estranho que ela faça todo esse segredo por uma coisa tão estúpida?

— É porque ela sabia que você reagiria assim e nos contaria.

Kitty estacionara perto de um poste de luz, e sob aquela luz amarelada, as irmãs se entreolharam. Com petulância, disse:

— Você é muito sem graça.

— Sabe de uma coisa, Kitty? As pessoas podem decidir ser boas. Com sorte, você tem toda uma vida adulta pela frente, e você pode realmente vir a ser mais feliz se for boa em vez de cruel.

— Eu sou uma pessoa boa — Kitty falou. Mas foi com claro ressentimento que, para alívio de Liz, ela deu a partida outra vez.

Capítulo 107

Liz telefonou para Jane do sofá da Ikea, e quando disse à irmã onde ela estava, Jane respondeu:

— Sinto muito por sua última noite em Cincinnati não estar sendo muito memorável.

— Tanto faz — disse Liz. — Assim posso apreciar melhor o luxo do meu quarto de hotel em Houston.

— Estava pensando no que o homem da dedetizadora falou — comentou Jane — e na ideia de a mamãe e o papai comerem as coisas que ficaram na casa durante a fumigação. Isso me deixou preocupada. E se vocês levassem tudo para o apartamento da Kitty e da Mary antes, ou simplesmente jogassem toda a comida fora? Alguns daqueles temperos da mamãe provavelmente estão lá desde os anos 1980.

A irritação que Liz sentiu foi porque ela sabia que Jane estava certa, e porque também sabia que a limpeza de todos os muitos armários da cozinha, além das geladeiras dos dois andares, não seria uma tarefa insignificante. E a equipe de Ken Weinrich deveria chegar na casa às dez horas da manhã seguinte.

Liz olhou de relance para a porta fechada do quarto de Kitty; havia luz vindo da fresta, e ela podia ouvir o som de algum programa de televisão a que a irmã estava assistindo em seu celular. Mary estava fora, supostamente ainda jogando boliche. Liz convocaria as duas, pensou. Para Jane, ela disse:

— Você quer que eu envie uma foto da casa coberta de lona?

— Não! — Jane soou desolada.

— Não vou enviar, já que você não quer. — Liz baixou a voz. — Há uma coisa que eu não contei sobre o Darcy. — Seu desejo de se abrir vinha menos de um despertar moral do que da confusão diante da inquietude que sentira ao deixar o apartamento dele naquela tarde; ela precisava conversar sobre a estranheza do último encontro entre os dois.

— Você sabia — interrompeu Jane antes que Liz revelasse mais, e o tom era sereno em vez de amargo — que se não fosse o Darcy, desconfio que eu e o Chip ainda estaríamos juntos?

— Do que você está falando?

— Na noite em que ele terminou comigo, uma das coisas que ele disse foi que o Darcy não achava que nós formávamos um bom casal. O Chip também disse, como se eu não soubesse, o quanto ele respeitava o Darcy.

Uma perturbação desagradável percorreu o corpo de Liz.

— Mas por que o Darcy não aprovaria você e o Chip?

— Quem sabe? Mas tenho certeza de que eu poderia passar o resto da vida me atormentando e tentando imaginar o motivo. — Jane riu brevemente, o que pareceu a Liz um sinal do progresso da irmã. Na verdade, Jane parecia muito mais calma ao descrever esse fato do que a própria Liz. — Seja como for, a péssima opinião de Darcy sobre a nossa família não era exatamente um segredo — disse Jane. — E o que você ia me contar sobre ele?

Liz pensou amargamente em como concluir – uma conclusão inteiramente autocentrada, deu-se conta – que ir para a cama com Darcy não havia sido um erro. A deslealdade que seria para com Jane! Seguramente divulgar seu caso àquela altura, em especial agora que esse caso havia terminado, não adiantaria nada. Hesitante, Liz disse:

— Naquele dia em que você desmaiou, quando estava no hospital, encontrei o Darcy na entrada do pronto-socorro. Ele me ajudou a achá-la.

Jane ficou calada, aparentemente aguardando mais alguma coisa.

Covardemente, Liz acrescentou:

— Eu não lembrava se havia lhe contado.

— Eu me sinto agora como se pudesse enxergar melhor as coisas da perspectiva do Chip — disse Jane. — E se, em vez de eu contar que estava grávida, fosse ele quem me contasse que outra mulher estava esperando um filho dele? Ou se, bem, assim como a Amanda e a Prisha tiveram o Gideon com o esperma de um amigo delas, um amigo hétero. Se o Chip tivesse doado o esperma dele a um casal de amigas lésbicas, por mais que ele me explicasse com delicadeza, também teria sido estranho.

— Na verdade, não seria. Isso acontece muito hoje em dia.

— Mesmo que você tenha acabado de conhecer a pessoa?

— Você está facilitando as coisas para ele. — Liz, no entanto, não tinha certeza se realmente achava isso ou se estava só querendo desviar a atenção de si mesma e daquilo que estivera prestes a revelar. — A Kitty desvendou o mistério das escapadas noturnas da Mary. A Mary não quer que ninguém saiba, mas parece que ela faz parte de uma liga de boliche.

— Jura? — Jane pareceu animada. — Que fofa.

Capítulo 108

A campainha do apartamento, som que Liz até então não ouvira, despertou-a pouco antes das sete da manhã. Usando os shorts e a camiseta com que havia dormido – a camiseta era uma que ela desenterrara de seu armário na casa dos pais, e tinha escrito FESTA DA COLHEITA 1991 na frente –, ela abriu a porta. Na medida em que o sono lhe permitia ter alguma expectativa, ela imaginou que talvez fosse o síndico do prédio ou o proprietário, mas, para seu espanto, era Fitzwilliam Darcy. Instintivamente, ela cruzou os braços sobre o peito sem sutiã.

— O que você veio fazer aqui? — perguntou ela.

— Você me disse que o prédio das suas irmãs era na esquina da Millsbrae com a Atlantic. — A expressão de Darcy era sombria: sua pele estava estranhamente pálida, e havia olheiras fundas embaixo dos olhos. Ele usava um pijama cirúrgico verde-claro, e Liz suspeitou que ele devia ter vindo de carro diretamente de seu plantão da noite. Eles se olharam – ela devia deixá-lo entrar? – e em algum lugar por perto, um papa-figos cantou.

— Imagino que o seu plano ainda é ir embora hoje à tarde, não? — disse Darcy.

— É, depois dessa épica fumigação. Ou depois que começar. Vai levar três dias.

Houve uma pausa. Então, com voz severa e sem preâmbulos, Darcy declarou:

— Estou apaixonado por você.

— Ha, ha — disse Liz.

— Provavelmente é uma ilusão causada pela liberação de oxitocina durante o sexo — continuou Darcy —, mas eu me *sinto* como se estivesse apaixonado por você. Você não é tão bonita nem tão engraçada quanto pensa que é. Você é um demônio tagarela que tenta fazer a própria bisbilhotice soar como interesse antropológico sobre a condição humana. E a sua família, obviamente, é um horror. No entanto, apesar de todo o bom senso, não consigo parar de pensar em você. Está na hora de pararmos com esse pretexto ridículo de sexo raivoso e admitirmos que estamos juntos. — Darcy recitou rigidamente esse monólogo, quase evitando contato visual, mas quando terminou, olhou com expectativa para Liz.

Se algum dia ela se sentiu tão perplexa, não conseguia se lembrar. E, embora tivesse entendido que seus comentários continham uma essência elogiosa, nunca se sentira mais ofendida. Por vários segundos, ela procurou as palavras e finalmente disse:

— Quer dizer que... Isso não é uma piada? Ou é?

— Eu estou falando sério.

— Darcy, como nós poderíamos ficar juntos? Nós nem gostamos um do outro.

— Isso foi no começo.

— Talvez para você — afirmou Liz. — Quero dizer, sinto muito, mas eu ainda o considero um babaca. Você acha que está me fazendo um grande favor relevando o fato de eu não ser muito atraente e o fato de você odiar a minha família e declarar o seu amor mesmo assim?

A surpresa de Darcy ficou aparente em seus olhos arregalados, surpresa que, Liz pensou, servia como outra evidência da arrogância dele. Controladamente, ele disse:

— Eu achei que você gostava de franqueza. Não era minha intenção ofendê-la.

— Como eu poderia ficar com uma pessoa que fez com que o Chip e a Jane se separassem? Eu sei que você disse a ele para terminar com a Jane. E também sei que você participou da expulsão do Jasper de Stanford. Essa ideia de que o seu julgamento é melhor que o das outras pessoas, de que só você pode decidir o destino dos outros... Minha única questão é se o fato de ser cirurgião lhe deu esse complexo de deus ou se foi o seu complexo de deus que o levou a ser cirurgião.

— Entendo — disse Darcy. — E você acredita que não só eu quero controlar o comportamento das pessoas, mas também tenho esse poder?

— Os fatos falam por si mesmos.

— Eu posso lhe garantir que a ideia de abandonar a Medicina e voltar para o *Bom partido* foi do próprio Chip, e não minha.

— Talvez você não tenha comprado a passagem para Los Angeles para ele, mas tenho certeza de que o influenciou nesse sentido.

— E quando você diz que eu expulsei o Jasper de Stanford — A expressão de Darcy era altiva —, só para eu entender, você quer dizer que ele era inocente e eu plantei as evidências contra ele ou que ele era culpado, mas eu deveria ter decidido unilateralmente deixá-lo se safar?

— Existem crimes piores do que escrever um conto idiota.

Darcy avaliou a expressão dela antes de concordar:

— De fato, existem.

— Mesmo que você não tivesse estragado tudo com o Jasper e com a Jane, eu jamais namoraria você — disse Liz. — E mesmo que você não tivesse insultado a minha aparência, a minha personalidade e a minha família e atribuído o seu interesse em mim aos hormônios sexuais – mesmo que você tivesse expressado a sua atração como um ser humano normal, nem assim eu o namoraria.

Ela estava experimentando uma raiva prazerosa, uma indignação satisfatória como raramente acontecia em seus encontros, e esperava que ele também estivesse se sentindo assim. Mas, em vez de olhar furiosamente de volta para ela, ele parecia magoado, e uma pequena semente de dúvida se formou dentro de Liz.

— Eu peço desculpas por interpretar a situação de modo tão gritantemente equivocado — disse ele. Então, com um gesto muito estranho e antiquado, ele basicamente fez uma mesura com a cabeça. — Perdão. — Ele se virou, e em questão de segundos, sem se despedir, foi embora. Imediatamente, Liz começou a se questionar se não teria imaginado toda aquela conversa bizarra.

Ainda parada na porta, Liz percebeu que estava tremendo; sua raiva rapidamente passou, substituída por uma crescente inquietação. Como era possível que Darcy – *Darcy* – tivesse dito que estava apaixonado por ela? Se em certo nível era gratificante, era ao mesmo tempo impensável. Ela se sentiu completamente confusa, abalada e desnorteada.

De dentro do quarto fechado, Mary gritou:

— Lizzy, alguém tocou a campainha?

Capítulo 109

Durante o resto do dia – enquanto ajudava seus pais a se instalarem no Country Club, enquanto deixava alimentos enlatados trazidos da casa deles em um banco de alimentos, e enquanto discutia os preparativos finais da fumigação com Ken Weinrich (sim, Liz molhara a terra no dia anterior) –, todo esse tempo, Liz pensou incessantemente em Darcy. Ao almoçar tarde na varanda do Country Club com Mary e os pais, Liz mal conseguia prestar atenção ao que as pessoas diziam, mesmo quando o assunto mudava da especulação da senhora Bennet sobre por que as coisas não tinham dado certo entre Jane e Chip, para como seria Kathy de Bourgh pessoalmente. Franzindo o cenho, a senhora Bennet comentou:

— Eu sempre a achei muito exagerada.

Seria o senhor Bennet quem levaria Liz ao aeroporto para pegar o avião para Houston, mas primeiro eles pararam no apartamento das irmãs dela para buscar as malas. Do lado de fora, no chão, apoiado à parede, havia um envelope comercial comum escrito *Liz*.

— De quem é? — perguntou Mary.

Liz dobrou-o ao meio, enfiou-o no bolso da calça e afirmou:

— De ninguém.

Mary fingiu uma tosse.

— Sei, até parece.

O envelope praticamente palpitava enquanto Liz se encaminhava ao aeroporto no banco do passageiro do carro do pai.

— O senhor não vai se esquecer da hora em que vocês podem voltar para casa? — perguntou Liz quando o pai entrou na rodovia Setenta e Um Sul. — Uma da tarde da sexta. E vocês precisam jogar fora todo o gelo que estiver na geladeira. Não vá fazer um gim-tônica.

— É uma coisa impressionante — disse o senhor Bennet. — Como eu consegui, durante décadas, me manter vivo sem as suas instruções diárias?

— Os rapazes da fumigação vão precisar abrir todas as suas gavetas e armários para o ar circular — explicou Liz. — E as portas e janelas também. Mas depois a Mary vai ajudar a fechar tudo. E depois, por favor, o senhor e a mamãe vão mesmo tentar deixar a casa apresentável para os corretores poderem mostrar, certo?

Sem olhar pelo retrovisor, o senhor Bennet mudou de faixa, e um carro logo atrás deles buzinou.

— Sossegue, minha querida — disse ele. — Nós ficaremos bem.

— O senhor se deu conta de que quase sofreu um acidente agora?

O senhor Bennet estendeu o braço e deu um tapinha no joelho de Liz. Com um tom atipicamente sério, ele falou:

— Lizzy, você tem sido uma voz da razão em meio a uma cacofonia de tolices. Foi muita gentileza sua vir nos visitar este verão.

Capítulo 110

Assim que despachou a bagagem, passou pela segurança do aeroporto e encontrou o terminal de onde seu avião partiria, Liz abriu o envelope. A carta se estendia por quatro páginas de bloco pautado, e a letra de Darcy, que ela nunca tinha visto, era de tamanho médio e sem nenhuma beleza particular; redigida com esferográfica preta, parecia escrita por alguém que fazia um esforço de legibilidade:

Querida Liz,

Antes de mais nada, não se preocupe, não tentarei aqui persuadi-la daquilo que sugeri hoje cedo. O quanto antes pudermos esquecer minha ideia equivocada, que você obviamente achou tão repulsiva, melhor para ambos. Dito isso, sinto-me compelido a esclarecer alguns pontos relativos a Jane e a Jasper Wick. Tenho consciência de que aquilo que direi talvez a ofenda ainda mais, e não é essa a minha intenção, mas, se for um efeito colateral da declaração da verdade, correrei esse risco.

Evidentemente, eu sabia que Chip havia se apaixonado pela sua irmã. Na verdade, os sentimentos dele por ela me pareceram os mais profundos que eu já vira nele por qualquer pessoa antes. No entanto, embora Jane seja sempre uma pessoa educada, eu não estava convencido de que a recíproca era verdadeira. Na noite do jantar de Chip, ouvi Jane lhe dizer que ela não sabia se devia aceitar a bicicleta que Chip comprara para ela por ter dúvidas sobre a relação deles. De fato, eu já não achava que a sua família seria a ideal para Chip – sei que você não vai querer ouvir o que eu vou dizer, mas, além da agressividade e da ambição social da sua mãe, acho a indiferença das suas irmãs algo enlouquecedor. E lembre-se de que eu tenho uma irmã quase da mesma idade delas. Nunca imaginei que pudessem existir egoístas mimadas e superficiais assim exceto na televisão em reality shows... O que me traz ao segundo ponto. Independentemente das minhas reservas quanto a Jane (compartilhadas também por Caroline), eu não poderia ter convencido Chip a partir de Cincinnati e voltar para o reencontro do Bom partido. Sinceramente, imagino que ele tenha usado a gravidez de Jane como desculpa para fazer o que ele já queria fazer, que era abandonar a Medicina.

Você conhece a sua irmã melhor do que eu, e estou disposto a admitir que posso estar errado sobre os sentimentos dela por Chip. Mas, se ela está ou esteve apaixonada por ele, eu não vi nenhuma prova disso. No entanto, eu gosto realmente de Jane e, se a fiz sofrer, sinto muito.

Quanto à acusação de que agi mal com Jasper Wick, é mais difícil de refutar porque não sei exatamente o que você acha que eu fiz.

No entanto, vou lhe contar os fatos e, se você quiser confirmá-los, saíram muitos artigos na época no jornal de Stanford.

Conheci Jasper só de nome a maior parte do tempo que passamos no mesmo campus e não tinha nenhuma opinião sobre ele. Quando estávamos no último ano, ele fez um curso de escrita criativa (novamente, isso tudo é de conhecimento público) e entregou um conto escrito do ponto de vista de um membro da Sigma Alpha Epsilon. Sinto informar que devido às acusações que acabaram sendo feitas contra ele, e porque eu fazia parte do comitê de assuntos judiciais, tive a desagradável experiência de ler o conto, e estou seguro de que se tratava da pior versão possível (se existe alguma versão que não seja) dessa literatura de rapazes de fraternidade. Não foram, contudo, os crimes de Jasper contra a língua o motivo de ele ter arranjado problemas. Eu não fazia esse curso (você não haverá de se surpreender ou se impressionar ao saber que o único curso de língua e literatura que eu fiz na faculdade foi o obrigatório), mas aparentemente a discussão sobre o conto foi bastante ácida, e a professora, que era uma mulher chamada Tricia Randolph, concordou com alunos e alunas que acharam o conto ofensivo.

A senhorita Randolph, que tinha vindo para Stanford com uma bolsa de dois anos como escritora, morava em um apartamento térreo no conjunto habitacional dos alunos no campus. Naquela mesma noite, quando chegou em casa, ela notou que a tela da janela havia sido removida e que havia poças de urina sobre todos os papeis da escrivaninha e no teclado de seu laptop. As pessoas viram Jasper parado diante do prédio, obviamente bêbado, e, ao ser interrogado pela polícia do campus, ele confessou ser o culpado. Foi claramente um caso de dano à propriedade intencional, e levantaram a questão de, pelo fato de a senhorita Randolph ser negra, ter sido também crime de ódio, embora essa última acusação tenha sido depois descartada. Sempre tive a impressão de que Jasper achou que urinar na mesa da senhorita Randolph era uma brincadeira boba e que ele via a si mesmo como vítima da ascensão do politicamente correto, mas para mim a transgressão dele teve, sim, um componente absolutamente racial; mesmo que ele não tivesse consciência disso, duvido que teria sido tão abertamente desrespeitoso com um professor ou uma professora brancos. Mais uma vez, no entanto, quando a comissão judicial votou por unanimidade pela expulsão, a acusação foi dano à propriedade. Supostamente, a dor da expulsão foi exacerbada pelo fato de ter ocorrido a poucas semanas de nos formarmos, negando a ele um diploma universitário, mas o fato é que, se você quer se formar em Stanford, é melhor não mijar na escrivaninha alheia. Claramente, você e eu temos impressões diferentes de Jasper, e espero que isso esclareça um pouco por que não sou exatamente um fã. Seria bom pensar que as pessoas podem melhorar, mas não tenho certeza de se acredito nisso. Em todo caso, reiterando o que eu disse ontem: sejam quais forem os parâmetros do seu relacionamento com Jasper, você é boa demais para ele. E, por favor, não pense que, ao fazer essa afirmação, estou sugerindo a mim mesmo como alternativa. A sua opinião a meu respeito foi bastante clara.

Fiquei tentado a lhe dizer tudo isso ontem, mas devido à natureza conturbada da nossa conversa, não me senti apto a relatar tais informações com coerência. Embora não tenha certeza sequer de que você lerá esta carta, acho que os mal-entendidos entre nós foram tão perturbadores que, não obstante, tentei esclarecê-los.

Desejo-lhe sorte na volta a Nova York.

Sem mais,
Fitzwilliam Darcy

Capítulo 111

Ao contrário das especulações de Darcy, Liz não apenas leu a carta; ela a releu muitas vezes e a cada vez experimentou novas incertezas e aflições. Os comentários dele sobre Jane não foram particularmente convincentes. Era plausível que ele acreditasse em sua própria versão dos acontecimentos, mas ela desconfiava de que a antipatia pela família dela contribuíra mais para sua participação no fim do namoro de Jane e Chip do que suas dúvidas quanto ao entusiasmo de Jane por seu amigo. Não ficou surpresa ao saber que Caroline Bingley também não aprovava a união.

Foi a descrição que Darcy fez de Jasper Wick que fez Liz parar para pensar. Ao mesmo tempo tão perturbadora e tão verossímil, lembrava em muitos pontos o próprio Jasper. E, no entanto, será que Liz julgava tão mal assim o caráter das pessoas? Será que Jasper, além de todos os defeitos, era também racista e verdadeiramente sem escrúpulos? Assim como a relação deles se tornara obviamente algo próximo demais de um clichê para ela acreditar que realmente fosse o caso, Jasper se referia a si mesmo frequentemente demais como um canalha para Liz interpretar suas piadas como mera brincadeira; um verdadeiro canalha não demonstraria menos consciência de si mesmo?

Ao ler a carta pela primeira vez, o estômago de Liz se contraiu, e quando se sentou em seu lugar no avião, ela se deu conta de que a sensação desconfortável era vergonha. Havia provas claras de que tanto sua grosseria com Darcy, em praticamente todos os seus encontros, quanto sua confiança em Jasper tinham sido equivocadas. Ao lado da vergonha, do ponto de vista de Jane, ela sentiu um grande remorso, porque agora parecia que havia sido um mal-entendido, em vez de falta de afeto, o responsável pela ruína da relação de Jane e Chip. E, no entanto, com Chip filmando em Los Angeles e Jane cada vez mais grávida no estado de Nova York, um esclarecimento que poderia ter ocorrido enquanto bebiam um café em Cincinnati agora parecia logisticamente impossível.

A única decisão da qual Liz não se arrependeu foi a recusa da declaração de amor de Darcy, assim como tampouco poderia ter aceitado a do primo Willie. Ela e Darcy mal se conheciam; toda interação que tiveram se resumia a discussões e sexo e, em determinada ocasião, na noite em que ambos quiseram que o outro ficasse por cima, às duas coisas. (Ele acabara cedendo.) Ela não iria negar que havia se divertido com Darcy, uma diversão confinada, antagônica, peculiar, mas certamente a diversão não poderia ser a base de uma relação. Ou poderia?

O avião começou a acelerar na pista e, então, decolou. De sua janela, Liz observou os prédios e as colinas diminuindo lá embaixo, o rio Ohio seguindo imóvel, os carros na estrada reduzindo até parecerem se arrastar antes de sumirem de sua vista. Cincinnati pareceu naquele momento uma maquete que podia ter sido criada por algum arquiteto; não parecia grande o suficiente para conter todos os acontecimentos dos últimos meses. Ela havia se perguntado, agora se dava conta, se conseguiria entendê-los ou se acabaria ficando para sempre presa pelas obrigações e pela inércia; contudo, era o próprio ato de ir embora que projetava dúvidas sobre seu desejo de escapar. Ou talvez não fosse nada tão simbólico quanto uma dúvida, ela pensou quando o piloto fez a curva para o sul; talvez a única coisa projetada fosse a sombra do próprio avião sobre a tarde manchada de verde do Meio-Oeste.

O tempo parecia – como sempre acontece na vida adulta após a conclusão de um determinado período, não importando quão lento ou desagradável tenha sido esse período – ter passado realmente depressa.

Parte dois

Capítulo 112

Dentro de um táxi, indo do Aeroporto Intercontinental George Bush, de Houston, até seu hotel no centro da cidade, Liz telefonou para o celular de Jane. Quando a irmã atendeu, Liz desabafou:

— Jane, eu transei com o Darcy quatro vezes, e hoje de manhã ele veio ao apartamento da Kitty e da Mary e disse que estava apaixonado por mim.

— Você está falando sério?

— Eu estava de pijama e não estava nem usando sutiã.

— O que você disse a ele?

— O que você acha? Ele está louco.

Jane ficou em silêncio antes de dizer:

— Talvez ele não seja tão ruim quanto nós pensávamos, se reconhece como você é especial.

— Na verdade, ele disse que eu não sou bonita, que eu não sou engraçada, que eu sou tagarela e que não suporta a mamãe, tudo isso *durante* a declaração de amor dele. Mas ainda acho que ele não imaginava que alguma garota, inclusive eu, recusaria a oportunidade de namorar com ele.

— Coitado.

— Estamos falando do cara que se intrometeu entre você e o Chip.

— Mas imagine como ele deve estar apaixonado por você para engolir o próprio orgulho, e nós duas sabemos que ele é um bocado orgulhoso.

— Você se lembra quando estávamos falando no jantar do Chip sobre a bicicleta que ele comprou para você e você estava em dúvida se aceitava ou não? Aparentemente, o Darcy entreouviu a nossa conversa e achou que a sua hesitação quanto à bicicleta era em relação ao Chip.

— Entendi.

— Você não está brava? O Darcy me criticou por ouvir a conversa dele, mas pelo menos eu entendi do que eles estavam falando.

— Lizzy, eu tinha mesmo algumas dúvidas quanto ao Chip. Falei disso com você mais de uma vez. Eu gostava muito dele, mas... — Jane fez uma pausa. — Todo o tempo que passei com o Chip, eu não sabia se estava grávida, mas também não tinha certeza de não estar.

— E eu também tenho uma coisa estranha para lhe contar sobre o Jasper — disse Liz.

— Vocês voltaram a se falar?

— Na verdade, não. — Ele havia enviado duas outras mensagens de texto, mas Liz não respondera. A primeira tinha sido outro link – de uma lista de manchetes de jornal engraçadas, mas sem intenção de serem cômicas – e a segunda dizia: Vc tá me ignorando? — Eu não sabia até agora — seguiu Liz —, mas o Jasper foi expulso de Stanford algumas semanas antes de se formar. O Jasper e o Darcy eram do mesmo ano, e embora o Jasper nunca tenha mencionado sua expulsão, por fim, ele admitiu. Mas a história que ele me contou e a história que o Darcy me contou só batem em alguns pontos. Basicamente, segundo o Darcy, o Jasper foi expulso porque... — Liz hesitou ao se lembrar do taxista, que, se estivesse ouvindo, já teria aprendido uma quantidade absurda de coisas sobre ela em poucos minutos. Mas, efetivamente, havia poucas maneiras de descrever o ato com precisão. — Porque ele mijou na escrivaninha da professora de escrita criativa — ela continuou. — E a professora era negra.

— Ele mijou? — repetiu Jane. — Como se fosse no banheiro?

— Sim — disse Liz. — Esse tipo de mijada.

— Na escrivaninha dela?

— Sim — confirmou Liz. — Na escrivaninha do apartamento dela.

— Essa é a coisa mais estranha que eu já ouvi na vida.

— É asqueroso, não é? Mesmo que ele tivesse só vinte e dois anos na época e estivesse bêbado, não há nenhuma possibilidade de não ter sido asqueroso. O Darcy também disse que o Jasper não chegou a se formar. Será que ele mentiu em todos os empregos que já teve? E isso só torna mais estranho o fato de ele usar o anel de Stanford.

— Ele usa? — perguntou Jane. — Eu não reparei.

— É de ouro. Sempre me pareceu algo que um corretor da bolsa de Nova Jersey usaria nos anos 1980.

— Será que o Darcy inventou essa história sobre o Jasper por ciúme?

— Não, eu acredito no Darcy. — A frase soou estranha. — Mas se o Jasper mijou na escrivaninha da professora, será que ele mijou em pé? Ou será que mijou em um vidro, e depois despejou?

— Ai, Lizzy.

— E será que foi espontaneamente, do tipo, ele precisou mijar e aí pensou: "Vou mijar nessa escrivaninha"? Ou será que ele premeditou tudo?

— O Jasper sempre pareceu ser uma pessoa complicada.

— É muito generoso da sua parte dizer isso. — Pela janela do táxi, Liz notou que as outras pistas da estrada estavam cheias de carros; à sua direita, o sol se punha e o céu se tingia de rosa. — Enfim. Como você está?

— Estou bem — disse Jane. — Hoje fui à nova médica, e ela foi muito simpática. Foi triste ir embora de Cincinnati?

Liz pensou na última imagem que teve da mansão estilo Tudor, toda coberta para a fumigação. As lonas usadas pela equipe de Ken Weinrich eram listradas de amarelo e azul royal, muito parecidas com as de circo, o que conferiu ao procedimento um ar festivo ainda que indigno. Então, ela pensou em Darcy, de pé, na porta do apartamento das irmãs dela, com seu uniforme cirúrgico.

— Não foi exatamente triste — falou Liz —, mas foi diferente do que eu esperava.

Capítulo 113

Embora Liz às vezes fingisse que entrevistar celebridades era algo glamouroso, a verdade é que ela raramente gostava. Marcar a entrevista com a assessoria da celebridade e com a assistente da assessora de imprensa era sempre oneroso, com frequentes cancelamentos e mudanças de horário; durante as entrevistas, as celebridades muitas vezes respondiam às perguntas com as mesmas respostas que já tinham dado antes, o que significava que a editora de Liz não as incluiria; os assessores costumavam ficar presentes, como acompanhantes, dissuadindo, assim, a celebridade de dizer qualquer coisa supostamente fora do assunto; e esses encontros todos tinham uma aura de urgência geral, como se as celebridades fossem chefes de Estado lidando com uma ameaça nuclear, e não, como de costume, pessoas bonitas que apareciam nas telas em histórias fictícias. Além disso, Liz sempre ficava preocupada com seus gravadores digitais – com celebridades, ela usava dois –, que podiam não funcionar. Eram, portanto, entrevistas estressantes sem serem necessariamente interessantes.

Ao mesmo tempo – e Liz descobrira que essa afirmação era incômoda para algumas pessoas que não eram tão famosas, como as suas irmãs caçulas –, a maioria das celebridades era carismática, inteligente e afetuosa. Lydia, Kitty, Mary e, a bem dizer, boa parte da população em geral claramente preferiam ouvir dizer que as celebridades eram, pessoalmente, rudes ou idiotas ou não muito atraentes, mas raramente essa tinha sido a experiência de Liz. As assessorias costumavam ser rudes, e as celebridades, quase nunca. Além disso, as celebridades costumavam ser ainda mais bonitas em carne e osso, emanando um certo brilho que fazia com que sua fama parecesse algo inevitável.

Que Kathy de Bourgh, embora aos oitenta anos e sem ser estrela de Hollywood, possuía esse brilho era evidente para Liz mesmo a distância, no vasto salão do hotel onde a Sociedade Nacional de Mulheres de Finanças se reunia para seu discurso de abertura. O discurso começou à uma e quinze da tarde, para um público de duas mil pessoas; das quais, pelas contas de Liz, menos de uma dúzia eram homens. Duas telas grandes de cada lado do palco projetavam a imagem de Kathy de Bourgh para as laterais da sala e, nos primeiros segundos depois de Kathy de Bourgh ter sido apresentada, Liz reparou que ela havia colocado botox e feito preenchimento, embora depois disso Liz tenha se concentrado na posição e no conteúdo de seu discurso. Como Liz lera *Revoluções e revoltas*, assim como o livro seguinte de ensaios e as memórias de Kathy de Bourgh, já conhecia boa parte dos conselhos que ela deu e algumas anedotas que contou, mas a forma rígida e enérgica com que falou fez tudo parecer novo. Mesmo citando estatísticas sobre a escassez de mulheres em postos de liderança ou recomendando medidas que cada mulher individualmente poderia tomar para exercer autoridade, ela demonstrou segurança e bom humor. Ser um ícone, aparentemente, combinava com ela.

Ao final do discurso, Liz aguardou sentada ali mesmo no salão, conforme a orientação recebida por mensagem naquela manhã da assessora de imprensa de Kathy de Bourgh, Valerie. Oito minutos depois, Valerie escreveu para dizer que Kathy de Bourgh estava terminando um telefonema, mas que Liz seria levada até os bastidores a qualquer momento.

E então, como havia acontecido muitas vezes nas últimas trinta horas, as palavras de Darcy na entrada do apartamento das irmãs dela voltaram a se repetir. "Estou apaixonado por você. Não consigo parar de pensar em você". Sim, sua confissão contivera múltiplas ofensas, mas aquelas palavras haviam tomado a dianteira. Lembrar de tais declarações era maravilhosamente incômodo, embaraçoso e delicioso ao mesmo tempo. "Estou apaixonado por você. Não consigo parar de pensar em você". Aquelas palavras a fizeram se sentir como se seu coração estivesse soltando lava.

Ela havia planejado deixar Darcy para trás sem pestanejar, mas agora parecia que as coisas entre eles haviam ficado pendentes. O que exatamente precisaria ser resolvido, contudo – o que ela poderia dizer a ele –, continuava misterioso para ela. Sem dúvida algo relacionado à indiferença dela para com os sentimentos dele, a insolência até, que ela demonstrara em sua última conversa. Se, em determinados assuntos, ele demonstrara insensibilidade, ela concluiu que as atitudes erradas dele haviam sido menores que as suas próprias. Também não conseguiu evitar pensar: será que ele ainda estaria apaixonado por ela? A reação hostil dela teria anulado imediatamente o desejo dele? Na realidade, como poderia ter sido diferente?

— Liz? — Aparecendo na porta ao lado do palco, veio uma mulher jovem de *tailleur* cinza escuro. — Sou a Valerie Wright. Kathy de Bourgh está pronta para recebê-la.

Capítulo 114

Nos bastidores, Kathy de Bourgh estava comendo uma salada de rúcula. Ela se levantou, apertou com firmeza a mão de Liz e disse:

— Desculpa por te deixar esperando, mas o meu cachorro está com inflamação da córnea e eu estava falando com o veterinário.

— Sinto muito — falou Liz. Ela sabia que Kathy de Bourgh tinha um pequinês chamado Button, embora não tenha mencionado essa informação devido à linha tênue entre competência profissional e esquisitice.

Ao se sentarem, Kathy de Bourgh sorriu e disse:

— Agora que nós duas já pedimos desculpas e nos lamentamos nos primeiros trinta segundos da nossa conversa sobre mulher e poder, podemos começar? — Quando Liz pôs os dois gravadores digitais na mesa de vidro e os ligou, Kathy de Bourgh acrescentou: — Talvez você não saiba, mas eu também já escrevi na *Rímel*.

— Ah, sim, é um dos nossos motivos de orgulho — afirmou Liz. Ela ficou mais confiante por Kathy de Bourgh saber qual revista a estava entrevistando; frequentemente, pessoas muito famosas não sabiam.

— Isso já faz uns quinze mil anos — lembrou Kathy de Bourgh. — No Pleistoceno.

— Saber que você trabalhou na revista foi o principal motivo de eu querer trabalhar lá.

Kathy de Bourgh deu risada.

— Liz, com esse tipo de elogio você vai longe.

Quando Valerie Wright e duas outras mulheres, cujas identidades nunca ficaram claras para Liz, se sentaram em cadeiras junto à parede e começaram a digitar em seus celulares, Liz perguntou a Kathy de Bourgh sobre o presente e o passado do feminismo, se ela achava significativa ou passageira a atual proeminência do feminismo na cultura popular, sobre liberdade reprodutiva e compensações igualitárias, raça e gênero, orientação vocacional, ambição, simpatia, e se ter tudo isso era uma possibilidade realista ou um fraseado que deveria ser expurgado da língua. Geralmente, em entrevistas, a cada cinco minutos o entrevistado costumava dizer algo articulado ou perspicaz o suficiente para Liz saber que podia usar em seu artigo, e ela se sentia um pouco enlevada, ou talvez aliviada; com Kathy de Bourgh, cada frase de cada resposta era utilizável. E as respostas não eram sempre as mesmas que Liz ouvira antes.

Ao final dos vinte minutos reservados, que Liz tinha esperança de exceder, ela disse:

— Você só se casou aos sessenta e sete anos. Foi por dificuldade de encontrar um marido que a tratasse como uma parceira em pé de igualdade?

Kathy de Bourgh tornou a sorrir.

— Você é casada? — perguntou ela.

Et tu, Kathy de Bourgh? Liz pensou bem e negou com a cabeça. Sabia que o marido de Kathy de Bourgh, um famoso arquiteto, havia morrido de aneurisma três anos após o casamento.

— Eu pensei em casar diversas vezes — contou Kathy de Bourgh. — Sem dúvida tive alguns pretendentes. Mas... — Ela fez uma pausa. — Como eu poderia descrever isso? — Liz permaneceu em silêncio – permanecer em silêncio era a ferramenta mais confiável de seu arsenal de reportagem – e Kathy de Bourgh disse: — Com todos os homens que namorei antes do Benjamin, sempre houve um certo grau de teatralidade envolvido. Mesmo quando aqueles homens e eu tínhamos uma boa química, ou talvez especialmente nesses casos, era como se estivéssemos interpretando a nossa química para uma plateia ou até só para nós mesmos. Cheguei a ficar noiva uma vez de um homem muito bonito — *De fato*, pensou Liz, *o procurador-geral de Nova York* —, mas, no fundo, me dei conta de que, quando eu estava com ele, estava sempre tentando apresentar a versão mais alegre, divertida e atraente de mim mesma, em vez de simplesmente ser eu mesma. Era um esforço muito grande, especialmente com o passar do tempo. Ao passo que com o Benjamin, as pessoas nunca nos viam como um casal perfeito, e não era assim que víamos a nós mesmos. Nesse período, aos poucos, fui percebendo que era fácil ficar perto dele e conversar. Uma vez fomos juntos à China, como parte de uma delegação – não éramos só nós dois, mas cerca de vinte pessoas – e mesmo quando o ônibus atrasava ou perdiam nossa bagagem, ele não se alterava, era muito gentil com os outros. Isso provavelmente não soa muito romântico, não é? Mas era real, tínhamos uma visão clara um do outro. Ao passo que quando eu saía com outros homens, fosse para um protesto ou uma festa na Casa Branca, havia um aspecto fantasioso no tempo que passávamos juntos que não creio que nos preparou para algumas das lutas mundanas que a vida nos reservava.

Quando Kathy de Bourgh deu um gole de água, Liz disse:

— Então a lição que você tirou...?

Kathy de Bourgh descansou o copo.

— O Benjamin era muito afetuoso, e com isso não quero dizer que ele falava demais sobre os próprios sentimentos. Ele não falava. Mas cuidava de mim constantemente, a todo instante, e espero que eu também tenha feito isso por ele.

— Kathy, você tem um compromisso às três com George Schiff — avisou Valerie Wright, já em pé. — Liz, vamos precisar encerrar. Fiquei contente por ter dado certo.

Ignorando Valerie, Kathy de Bourgh continuou:

— Existe uma crença de que cuidar de alguém ou deixar que alguém cuide de você são coisas antifeministas. Eu não concordo. Não existe nada de vergonhoso em se dedicar a outra pessoa, contanto que a outra pessoa também se dedique a você.

Em trinta segundos, Liz sabia, ela estaria de volta ao outro lado dos bastidores. Ela guardou os gravadores, mas não os desligou, caso Kathy de Bourgh fosse compartilhar alguma pérola de sabedoria final. Em vez disso, Kathy de Bourgh a abraçou, e Liz tentou se lembrar de alguém em sua vida que gostasse dela o suficiente para poder mostrar mais tarde o farfalhar audível de quando ela foi abraçada pela líder da segunda onda do feminismo. Jane ouviria só para agradá-la, embora não estivesse realmente interessada.

— Fique bem — desejou Kathy de Bourgh.

Capítulo 115

— Puxa — disse Jasper quando Liz atendeu o celular. — Que surpresa boa você ter atendido.

Estava anoitecendo, e Liz estava deitada na cama de seu quarto de hotel em Houston, assistindo a um filme medíocre que já vira no cinema quando estava no ensino médio e pensando: *Estou apaixonado por você. Não consigo parar de pensar em você.*

— Você mijou na escrivaninha da sua professora? — perguntou ela a Jasper.

O silêncio que se seguiu durou mais tempo do que teria sido necessário para expressar uma perplexidade reflexiva. Enfim, Jasper respondeu:

— Imagino que o Darcy tenha posto veneno nos seus ouvidos outra vez.

— Eu tenho o direito de saber o que realmente aconteceu.

— Se eu pudesse voltar no tempo, existem coisas que eu teria feito diferente? Sem dúvida.

— O que fez você pensar que podia fazer aquilo?

— Além de dez cervejas? — Jasper parecia estar esperando que ela risse, e como ela não riu, ele disse: — Foi uma coisa estúpida e juvenil. Não há como negar isso. Mas eu juro que não foi racismo. A Tricia Randolph podia ser azul, verde ou pintada de bolinhas que eu teria antipatizado com ela da mesma forma.

Jasper a fez lembrar de alguém, pensou Liz e, após um segundo, ela se deu conta de que era sua mãe. Ela disse:

— Você estragou o computador da professora? Deve ter estragado. — Jasper ficou calado, e Liz acrescentou: — Não consigo acreditar que você mijou no computador de uma escritora.

— Não me diga que você nunca fez nada idiota quando tinha vinte e dois anos.

— Eu te amava tanto. — Liz não elevou o tom de voz; sentia-se mais triste que indignada. — Desde a época em que nos conhecemos. Eu teria feito qualquer coisa por você. Eu achava você tão inteligente e bonitinho e engraçado, e fiquei tão lisonjeada por você me respeitar e querer ser meu amigo. Mas como você conseguiu me enganar todos esses anos? Se a minha desculpa foi uma paixão iludida, qual foi a sua?

— Nin... — O tom dolente de Jasper foi um lembrete de que, mesmo tendo cometido uma transgressão, ele não o fizera impunemente. A afeição que ele sentia por ela não era fingida; era apenas parcial. Ou talvez fosse fingida e ele estivesse fingindo uma emoção agora e tivesse um distúrbio de personalidade; mas, entre essas possibilidades, ela preferia vê-lo como inadequado em vez de clinicamente diagnosticável. — Eu vou melhorar. A partir de agora, vou dar um jeito na minha vida. Não desista de mim.

— Ah, Jasper — disse Liz. — Eu já desisti.

Capítulo 116

Ela estava dormindo havia menos de uma hora quando o celular tocou de novo e o som do aparelho no escuro, em um quarto de hotel, tarde da noite, foi suficientemente perturbador para que ela atendesse sem sequer verificar quem era para ter certeza de que não era Jasper outra vez.

— Eu te acordei? — disse uma voz feminina. — Desculpa. Eu ligo amanhã.

Não era Jane; este foi o fato de que Liz teve certeza primeiro, mas se passaram vários outros segundos até que seu cérebro determinasse quem era.

— Charlotte — reconheceu ela. — Oi. Tudo bem. Estou acordada.

E então Charlotte Lucas começou a soluçar e, aos prantos, falou:

— Você tinha me avisado. Você falou, mas eu vim para cá mesmo assim, como uma idiota.

— Espere. Devagar. Onde você está?

— Estou em casa. Na casa dele.

— Você não foi... ele não é, tipo, abusivo, não?

Charlotte fungou sonoramente.

— Não, abusivo, não. O Willie é um idiota gentil e egocêntrico.

— Ele está aí com você agora?

— Ele está trabalhando, como sempre. — Liz ouviu Charlotte engolir o choro, e ela soou ligeiramente mais calma quando voltou a falar. — Como eu sou burra!

— Aconteceu alguma coisa?

— Eu me mudei para um estado onde não conheço ninguém — declarou Charlotte. — Inclusive meu próprio namorado. Foi isso que aconteceu.

— Mas aconteceu algo específico? Ou você está se sentindo assim o tempo todo desde que se mudou?

— Eu recebi uma oferta de emprego — disse Charlotte.

— Que maravilha! — comentou Liz.

— Foi o que eu pensei também. É um bom emprego, em uma empresa de análise de dados que deve triplicar de tamanho no ano que vem. Fiz muitas entrevistas, mas não apareceu nada concreto até essa oferta hoje à tarde. E, de algum modo, isso me fez ver a realidade. Eu estava pegando leve, tipo, indo à academia à tarde e fazendo jantares sofisticados que comemos às dez horas da noite. Mas se eu aceitar esse emprego, vai acabar a brincadeira de casinha, esse papel de dona de casa dos anos cinquenta. E eu realmente vou acabar ficando por aqui, por um bom tempo, com o Willie.

— E você não quer isso?

— Eu não sei o que eu quero! — Charlotte gemeu. — Talvez, em vez de aceitar o emprego, eu deva engravidar logo, e assim, mesmo que eu e o Willie nos separemos, pelo menos eu continuaria sendo mãe.

— Eu sei como isso é assustador — falou Liz —, mas acho que você está misturando dois assuntos separados.

— Eu já disse que o Willie ronca feito um trem de carga? E eu fico ali deitada, pensando: bom, se eu tivesse namorado com ele por uns dois anos antes de ir morar junto, como uma pessoa normal, ou mesmo por seis meses, eu já estaria acostumada com isso. Ou estaria totalmente apaixonada por ele e acharia: *Ah, as deliciosas imperfeições do meu namorado querido*. Em vez disso, eu me sinto uma noiva que ele encomendou pela internet, e ele é um desconhecido que não me deixa dormir sossegada.

— Ninguém gosta de ronco. Ele sabe que ronca?

— Não faço ideia.

— Pergunte para ele. Se não sabe, talvez ele devesse ir ao médico para ver se não tem problemas respiratórios. Não existem uns travesseiros especiais para isso? Mas a grande questão é se você quer que dê certo. Se preferir pegar um avião e voltar para Cincinnati, você pode. Aposto que a Procter te contrataria de volta em um piscar de olhos.

— Se eu pagar a sua passagem, você viria aqui me dizer o que fazer da vida?

— Agora?

— Você já tem planos para o fim de semana do Primeiro de Maio? Ainda está em Cincinnati, não?

— Estou em Houston. Vim entrevistar a Kathy de Bourgh, que veio fazer um discurso de abertura aqui, e estava pensando em voltar para Nova York amanhã de manhã.

— Kathy de Bourgh – oh, meu Deus! Ela é mesmo incrível?

— Sim — confirmou Liz. — Ela realmente é.

— Sei que estou pedindo demais — disse Charlotte. — Mas eu só precisava de um outro ponto de vista, de alguém que me conheça bem. Nós temos um quarto de hóspedes.

A ideia de ficar na casa de Willie depois de sua última conversa não parecia tentadora para Liz. Mas ela falou:

— Vou procurar um voo depois que desligar, mas me prometa uma coisa: vá agora mesmo a uma farmácia e compre tampões de ouvido. Ou vá dormir em outro quarto hoje à noite.

— Tampões de ouvido.... Parece uma boa ideia — concordou Charlotte.

— A privação de sono torna os outros problemas ainda piores.

— Você tem razão. Está vendo como estou louca? Não consigo lidar nem com o meu bem-estar mais básico.

— Você está sendo muito dura consigo mesma. Só compre os tampões de ouvido, relaxe, e amanhã estarei aí.

— Obrigada, Lizzy — disse Charlotte. — Eu realmente agradeço. Por falar nisso, se você está preocupada em evitar um clima estranho com o Willie, não se preocupe, ele não registra esse tipo de coisa.

— Isso é algo quase invejável.

— É, eu sei — concordou Charlotte. — É sério.

Capítulo 117

Enquanto aguardava na fila do Aeroporto Intercontinental George Bush, de Houston, Liz se permitiu um exercício sem sentido e talvez até masoquista de imaginar como seria se Darcy fosse seu namorado. Com o emprego que ele tinha, ela precisaria se mudar para Cincinnati – uma possibilidade que teoricamente pareceria desinteressante, senão totalmente proibitiva, mas que, pelo motivo em questão, lhe pareceu potencialmente viável. Na verdade, a proximidade da família, mesmo que fosse para estabelecer sua própria vida, e não para facilitar a deles, podia ser uma bênção. Ela poderia ajudar os pais a se ajustarem em um novo lar, acompanhar de perto as finanças deles e, quem sabe, desenvolver relações adultas com Mary, Kitty e Lydia (ou talvez isso fosse só delírio em qualquer circunstância). Convencer Talia a deixar que ela trabalhasse permanentemente de Cincinnati seria um desafio, mas supostamente um perfil caprichado de Kathy de Bourgh deixaria a editora de Liz com um humor mais magnânimo.

Então, evidentemente, havia a questão do próprio Darcy em si – dividir a cama com ele, não apenas por quinze minutos suados de vez em quando, mas por noites inteiras, desfrutar da confiança de que ele estava feliz de estar ali, era uma ideia estranhamente luxuriante que lhe deixava com um misto de vertigem e mágoa. A ideia de ele ser a pessoa com quem ela dividiria tarefas diárias comuns – sopa e queijos-quentes juntos no almoço em um sábado frio, dramas na televisão ou programas de política tarde da noite, sentir a temperatura da testa um do outro com a palma da mão ou ir comprar remédio quando um desconfiar de que o outro está doente – parecia uma bizarrice inconcebível. E, no entanto, também a encheu de uma espécie terna de anseio.

Se eles morassem juntos – ela decidiu ao entregar a passagem no portão e embarcar não para Nova York, mas para San Francisco –, precisariam de um apartamento maior ou até uma casa, para que ela pudesse ter um escritório. Embora seu interesse em decoração fosse limitado (certamente em comparação com o da mãe), ela não acharia nada mal pendurar uma ou duas gravuras nas paredes e comprar uma planta.

Exceto, é claro, que nada disso aconteceria. Certamente ela destruíra tais possibilidades ao tratá-lo com uma brutalidade ríspida e sem remorsos; certamente a atração que ele sentira por ela teria passado.

Na verdade, ela tampouco sabia o telefone ou o e-mail dele, nem sequer o endereço exato; em todas as visitas ao apartamento dele, estivera mais preocupada com os acontecimentos do momento do que com números de prédio. Mas, hoje em dia, não devia ser difícil encontrá-lo pela internet. Ela provavelmente acharia o e-mail dele na página da Universidade de Cincinnati. E, no entanto, permanecia a questão: o que Liz diria? "Sinto muito" parecia a opção mais óbvia, mas talvez "Oi, tudo bem?" fosse uma abertura mais casual.

Pela janela do avião de Liz, as montanhas de Utah a noroeste pareciam lunares, cobertas de neve, mesmo em agosto. Preocupada demais para ler, Liz observou-as atentamente, mas não ofereciam nenhum desafio aos seus pensamentos. Enfim, ela inclinou a poltrona e fechou os olhos.

Capítulo 118

Assim que chegou a San Francisco, Liz telefonou para Ken Weinrich para saber se a fumigação dera certo, e ele confirmou que os níveis de gás sulfuroso no interior da casa já estavam abaixo de cinco partes por milhão, ele não encontrara mais nenhuma aranha e sua equipe já havia retirado as lonas e os ventiladores. Liz então telefonou para o celular de Mary. Embora fosse difícil ouvir a irmã com os gritos da mãe ao fundo, aparentemente, haviam voltado à mansão estilo Tudor e estavam na cozinha.

— Estava tudo em perfeito estado para comer! — estava dizendo a senhora Bennet. — Ah, aquele doce de pêssego da Bev Wattenberg não estava nem aberto!

— Diga a ela que os Wattenberg nos darão mais doce no Natal — falou Liz

— Nem adianta falar — respondeu Mary.

— A casa não ficou com um cheiro estranho, então? — perguntou Liz.

— Não ficou com cheiro de nada — disse Mary.

— Eu vou lhe dizer quem vai comer e não vai saber apreciar as minhas latas de truta defumada — estava gritando a senhora Bennet —: algum mendigo em um albergue.

— Tenho que desligar — avisou Mary.

— Aguenta aí — disse Liz, e Mary respondeu com voz mal-humorada:

— Obrigada por ligar de tão longe para fazer esse discurso estimulante.

Capítulo 119

Do lado de fora do terminal da Delta do Aeroporto Internacional de San Francisco, Charlotte parecia consideravelmente mais tranquila do que Liz esperava; essa tranquilidade foi um alívio, embora lançasse dúvidas sobre a necessidade da presença de Liz. Mas se agora elas eram amigas de novo, que importância tinha todo o resto?

— Tampões de ouvido são a melhor invenção de todos os tempos — declarou Charlotte ao passar para a pista da esquerda. — Dormi onze horas ontem à noite.

— Meus parabéns.

— Você quer ir comigo à Nordstrom para comprar novas roupas de executiva?

— Quer dizer que você aceitou o emprego?

— Telefonei antes de sair de casa para vir te buscar. Começo na semana seguinte ao Primeiro de Maio.

— Que ótimo, Charlotte. E será uma honra ir à Nordstrom com você.

Com trânsito, elas levaram quase uma hora para chegar ao Stanford Shopping Center, em Palo Alto; almoçaram em um restaurante antes de entrar na loja de departamentos.

— Todo mundo diz que as pessoas aqui se vestem muito à vontade, mas só se você tem vinte e cinco anos — disse Charlotte enquanto examinava uma arara de tops extragrandes.

Avaliando um sutiã na seção de lingerie ao lado, Liz pensou: *Será que ele gostaria desse ou acharia vulgar?* Com um sobressalto, ela se deu conta de que esse *ele* em questão, pela primeira vez em muito tempo, não era Jasper.

— Vou experimentar estes. — Charlotte mostrou três cabides, depois apontou o sutiã com o queixo. — *Va-va-va-voom.*

— Este é caro.

Charlotte olhou com ceticismo.

— Para uma nova-iorquina?

Liz mostrou a etiqueta com o preço: duzentos dólares.

— Não existe melhor investimento que o seu decote. — Charlotte deu risada. — Acho que aprendi isso na faculdade de Administração.

Setenta minutos depois, elas estavam no estacionamento, voltando para o carro de Charlotte com suas respectivas compras (Liz não teria como justificar o sutiã, que estava na sacola), quando Liz disse:

— Então, eu terminei com o Jasper.

— Você está arrasada ou aliviada?

— Um pouco das duas coisas. A maior parte do tempo eu me sinto idiota de não ter me dado conta até agora de que ele é insuportável, enquanto todas as outras pessoas já sabiam disso.

— Você era muito nova quando conheceu ele — disse Charlotte. — Isso a isenta de bastante coisa. — Ela apertou a chave para abrir o carro. — Hoje de manhã o Willie marcou hora no otorrino. Descobri que ele não fazia ideia de que roncava. Acho que, se a pessoa nunca namorou na vida, não tem ninguém para lhe contar isso.

Fosse ou não completamente verdade, Liz se sentiu obrigada a dizer:

— Só para que fique claro, eu gosto do Willie. Acho que ele é um bom sujeito.

Irônica, mas sem raiva, Charlotte respondeu:

— E foi por isso que você ficou com nojo quando ele te beijou? — Liz estava prestes a protestar: "Mas ele é meu primo", quando Charlotte acrescentou: — E não venha me dizer que foi porque vocês são primos. A gente sabe que você teria nojo de qualquer modo. Mas tudo bem.

— Eu só acho que não havia uma boa química entre nós — disse Liz, e Charlotte sorriu.

— Espero que você não se incomode, mas convidei a sua tia e o seu tio para jantar hoje.

— Perfeito. — Liz havia planejado passar três dias na Bay Area, depois pegar um avião para Nova York na madrugada. Ela disse a Charlotte: — Se você quiser dormir um pouco hoje à tarde, eu vou tranquila comprar coisas para cozinhar. Ou faço qualquer tarefa da casa em que você queira que eu ajude. Meus músculos para tarefas ficaram enormes este verão.

Elas colocaram as sacolas no porta-malas do carro, sentaram no banco da frente, e Charlotte respondeu:

— Não que tenha sido fácil me acostumar aqui, mas eu liguei num momento baixo astral ontem à noite. Vamos fazer alguma coisa divertida. Você já visitou o *campus* de Stanford?

— A sua vida mudou muito e rapidamente — disse Liz. — Seria estranho se você não tivesse nenhuma dúvida. E, não, nunca fui a Stanford, se bem que... — Como a proposta de um passeio pela universidade poderia levá-la a pensar em outra coisa além do que Jasper fizera à professora de escrita criativa? — Sabe o que também fica perto daqui? A propriedade da família do Darcy.

Charlotte deu risada.

— Propriedade? Quem ele é? O rei da Inglaterra?

— Fica perto de Atherton — contou Liz. — Certo, não me julgue, mas eu e o Darcy fomos para a cama algumas vezes.

Charlotte deu um grito de alegria.

— Eu sabia que vocês estavam flertando no jantar do Chip!

— É verdade — lembrou Liz. — Você percebeu, não foi?

— Algumas vezes? Se você voltou, imagino que o sexo tenha sido razoável.

— Foi. Eu devo dizer que sim.

— Imagino que você não tenha o endereço da propriedade, não é?

Quando Liz sacou o celular, seu coração acelerou. Ela digitou *Darcy propriedade Atherton* e, alguns cliques depois, anunciou:

— Pemberley Lane, mil oitocentos e treze. É só pegar a Sand Hill Road até El Camino Real.

Com voz aguda e afetada, Charlotte disse:

— Ui, Darcy foi criado aqui? Ora, vamos até lá conhecer? Agora? Que ingenuidade minha... Ora, quem diria?

Doze minutos depois, Charlotte estava virando à direita em El Camino Real, chegando a um bairro protegido das ruas movimentadas por um muro coberto de hera. Dos dois lados da entrada da rua calma havia placas dizendo ENTRADA PROIBIDA. APENAS MORADORES.

— Eu preferiria não ser presa hoje — disse Liz. — Sei que viemos por minha causa, mas acho melhor pararmos por aqui.

— A mesma mulher que foi sozinha à Arábia Saudita vai amarelar agora?

— Não vou fingir que não estou interessada. É só que... Caralho, será que é essa casa? — Uma cerca de ferro forjado de dois metros e meio de altura rodeava um gramado imenso, verdejante, onde árvores e uma combinação de esculturas modernas e antigas se erguiam aqui e ali. Charlotte continuou dirigindo e chegaram a um portão, que estava fechado. Do outro lado do portão, um longo caminho de seixos levava a uma mansão de tijolos que em sua grandiosidade e simetria evocava uma casa de fazenda escravista do sul.

Charlotte apontou através do portão para uma estátua de bronze de um homem nu em escala maior que a natural.

— Será que o Darcy posou para aquilo?

— Ninguém mora na casa — disse Liz. — Os pais do Darcy morreram, e a irmã faz faculdade em Stanford. Mas você imagina se... — O pensamento não chegou a ser expresso; nesse momento, um furgão preto com janelas escuras se aproximou pelo outro lado, parou ao lado delas e abriu o vidro do motorista. Um homem de meia-idade com corte de cabelo militar questionou bruscamente:

— Posso ajudar as senhoras?

— Somos amigas da família que é dona dessa casa — disse Charlotte. — Amigas de Fitzwilliam Darcy.

O homem cumprimentou Charlotte, e depois Liz.

— Alguma de vocês é Caroline Bingley?

Não era o que Liz esperava que ele perguntasse, e, se tivesse pensado melhor na situação, jamais teria dito o que disse em seguida. Mas ela não pensou melhor. Em vez disso, levantou a mão e disse:

— Sou eu.

A expressão do homem ficou um pouco mais amistosa.

— Só um minuto. — Ele levou o celular ao ouvido, mas antes que elas o ouvissem dizer qualquer coisa, ele subiu o vidro.

Charlotte se virou e sussurrou excitadíssima:

— Vamos pregar uma peça!

— O que eu tenho na cabeça? — disse Liz. — Por que fui falar isso?

O vidro escuro da janela tornou a descer, e o homem avisou:

— Fitzwilliam vai nos encontrar na entrada da casa. Sigam-me. — Por algum mecanismo invisível, o portão pesado começou a se abrir, e o homem entrou na frente.

— Vamos embora agora — pediu Liz.

— Pensei que o Darcy estivesse em Cincinnati — disse Charlotte.

— Eu também. — O pânico rapidamente estava tomando conta de Liz. Quando Charlotte virou para a esquerda e entrou atrás do furgão, Liz protestou: — O que você está fazendo?

— Eu não quero ser perseguida por esse cara. E se ele estiver armado?

— Charlotte, não podemos encontrar o Darcy. Pare o carro. Deixe-me sair.

— Você está preocupada com o quê? Você e o Darcy se conhecem biblicamente agora.

— Ele vai pensar que estávamos de tocaia na casa dele. Charlotte, pouco antes de eu ir embora de Cincinnati, o Darcy me disse que estava apaixonado por mim! Só que de um modo completamente esquisito, nada amistoso, e eu fui muito grossa com ele, e foi tudo muito bizarro.

Charlotte deu risada.

— Liz Bennet, sua sedutora! Existe algum cara que não tenha se apaixonado por você este verão? Além do mais, estávamos de tocaia. Ou, pelo menos, espiando a casa dele.

Na frente da casa – embora *casa* não parecesse um termo adequado para descrever a gargantuesca estrutura que tinham diante de si –, perto da escada que levava à enorme porta da entrada principal, havia alguém que, mesmo a mais de vinte metros de distância, Liz sabia que era Darcy. Ela pensou neles dois se pegando na cama do apartamento dele e sentiu uma confusão multifacetada. Perto de Darcy, o furgão preto deu meia-volta e seguiu de volta pelo caminho de seixos por onde vieram; Charlotte estacionou diante da escada e, sem avisar, automaticamente abaixou o vidro da janela de Liz. Darcy se aproximou, e quando recuou – de surpresa, Liz esperava, não de repulsa – já estava bem perto delas.

— Liz? — Ele pareceu chocado.

Charlotte se inclinou para a frente e acenou.

— Oi, Darcy.

— Charlotte?

— Estávamos na região — Liz ouviu Charlotte dizer, e era impossível não acreditar que a amiga estivesse adorando o encontro.

— Aquele cara — disse Liz. — O seu guarda-costas ou sei lá. Ele achou que eu era a Caroline Bingley, mas eu não sou.

— Não — repetiu Darcy. — Você não é. — Ele não parecia furioso, como Liz temia; ele ainda parecia simplesmente intrigado. — Eu achei que você ia voltar para Nova York.

— Eu vim visitar a Charlotte.

Darcy olhou de relance para Charlotte.

— Fiquei sabendo que você agora é californiana.

— Quem diria, não é? — disse Charlotte.

— Por que *você* está aqui? — perguntou Liz a Darcy.

— Na minha própria casa, você quer dizer? — Mas Darcy soou carinhoso, não zombeteiro – na verdade, ele pareceu a Liz mais carinhoso do que em Cincinnati, embora talvez essa diferença se devesse menos à afeição dele e mais à percepção dela. — A Georgie e eu passamos o feriado do Primeiro de Maio juntos todo ano ou recebemos hóspedes quando eu não estou trabalhando. Foi por isso que o Roger confundiu você com a Caroline Bingley. Ela deve chegar amanhã.

Liz tentou não se abalar com essa informação perturbadora e, em vez disso, empenhou-se em soar simpática e leve.

— Com o Chip? — perguntou ela.

Darcy negou com a cabeça.

— Não, ele ainda está filmando, mas alguns colegas da faculdade estão vindo de San Francisco, e alguns amigos da Georgie. — Darcy olhou para Liz e Charlotte. — Já que vocês estão aqui, gostariam de conhecer a casa?

— Na verdade, nós... — Liz começou a falar, mas Charlotte completou:

— Adoraríamos.

Quando Charlotte desligou o carro, Darcy disse:

— Espero que o Roger não tenha sido rude. Ele é o caseiro, não meu guarda-costas, mas às vezes é excessivamente cuidadoso quando há pessoas bisbilhotando em volta da propriedade.

Capítulo 120

Desta vez, Liz não teria feito aquela pergunta, mas Charlotte a fez, de um modo que parecia uma pergunta neutra que qualquer um poderia fazer sobre uma exposição em um museu, e Darcy respondeu à altura: a casa de Pemberley tinha quase dois mil metros quadrados e continha doze quartos e dezessete banheiros; havia também a casa de hóspedes, o chalé do caseiro, e um estábulo atualmente sem uso.

Entraram pelo saguão principal, viraram à direita em um corredor de teto alto e arqueado, viraram outra vez à direita, e se viram em um salão de festas, um vasto espaço com assoalho de nogueira, praticamente vazio com exceção de dois lustres de cristal espetaculares, lareiras de mármore em cada extremidade do ambiente, e meia dúzia de murais com cenas que Darcy identificou como o Lake District inglês. Ele disse:

— Imagino que meu tataravô achava que um verniz inglês disfarçaria o fato de ele ter vindo fugido do interior da Virgínia aos treze anos.

— Da pobreza à riqueza — afirmou Charlotte.

— Quer dizer que Pemberley está na sua família todo esse tempo? — completou Liz.

— E é por isso que a minha irmã receia que estejamos abrindo mão dos nossos ancestrais ao doar a casa para o Patrimônio Histórico Nacional, embora eu ache justamente o oposto. Nem Georgie, nem eu jamais teremos uma família tão grande que justifique esse tipo de espaço. *Ninguém* tem uma família tão grande.

Caminharam do salão até uma sala de troféus, depois um escritório revestido em painéis de carvalho com um retrato a óleo sobre a lareira de um homem calvo, soturno, de gravata preta, camisa branca de colarinho alto, colete preto, paletó preto e um relógio de bolso cuja corrente de ouro aparecia.

— Esse é o Fitzwilliam Darcy original, meu tataravô — explicou Darcy. — Ele começou a construir Pemberley em 1915, quando já havia se tornado um magnata das ferrovias e da mineração de bórax. Sem dúvida vocês já ouviram dizer que toda grande fortuna se constrói sobre um grande crime.

Liz, que falara pouco desde que entrara na casa, tentou soar normal ao perguntar:

— Eu deveria fingir que sei o que é bórax?

— Charlotte, aposto que na Procter & Gamble vocês sabem o que é. — Virando-se para Liz, Darcy esclareceu: — Borato de sódio.

Um composto que está presente em tudo, do detergente à fibra de vidro. — Estavam na biblioteca, onde fileiras de livros encadernados em couro se alinhavam em prateleiras embutidas, e um enorme tapete persa cobria o piso.

— Os livros são falsos? — perguntou Liz. — Sem querer ofender.

— Eles têm páginas com coisas escritas neles, se é o que você quer saber. Mas, sim, tenho certeza de que, mesmo quando foram comprados, foram uma forma de afetação. Uma vez eu li um exemplar de *A ilha do tesouro* que encontrei aqui, mas nós vivíamos a maior parte do tempo no andar de cima. Todo o térreo, como vocês podem ver, tem um caráter mais público, e a minha mãe tinha muitas atividades cívicas. Ela e meu pai costumavam organizar muitos eventos para arrecadar fundos.

— É como a Casa Branca — comentou Charlotte, e Darcy concordou:

— De certo modo, imagino que sim.

Da biblioteca, passaram pela sala de recepção, que era uma espécie de minissala de estar; a saleta, que era outra espécie de minissala de estar, onde aparentemente as mulheres se reuniam quando os homens desfrutavam, após o jantar, de seus charutos e conhaques; depois, a sala de jantar, a copa, e a cozinha. Na sala de recepção, Darcy apontou para um portal, que era emoldurado por colunas e um teto alto, e disse a Liz:

— Esta construção é chamada de edícula – bela palavra para uma escritora, não?

Quem era aquele homem, aquele anfitrião gracioso e gentil, que concedia seu tempo demonstrando modos impecáveis em um contexto em que seria justificável demonstrar o contrário? E como era estranho que ele tivesse crescido naquela casa absurda; realmente, parecia mais o cenário de um programa de televisão sobre opulência do que um lar.

A escada de mármore negro por onde subiram ficava perto da sala de troféus; do patamar entre os lances, via-se um orquidário. No primeiro andar, todos os quartos tinham lareiras e quase todos tinham televisões de uma era anterior às telas planas. Um pôster de Larry Bird ainda estava pendurado na parede do quarto que havia sido de Darcy, e um aparelho reprodutor de CD com espaço para fita cassete descansava sobre uma pequena escrivaninha. Havia para Liz algo inexplicavelmente pungente naqueles itens, assim como no edredom azul-marinho esticado sobre a cama (quantos anos fazia que ele não se deitava ali?) e no porta-retratos de seu time de futebol da quarta ou quinta série. Mas a dúvida se impôs, e ela começou a se perguntar se aquele seu surto de ternura por Darcy não seria alpinismo social disfarçado. Conscientemente, ela não desejava ser dona de um lugar como Pemberley, mas a riqueza que aquilo implicava era de fato espantosa.

Darcy as conduziu de volta até o térreo e então ao lado de fora. Atrás da casa, em um pomar de frutas e uma horta junto à cozinha, escolheram um pequeno tomate maduro cada um, antes de prosseguirem através de um jardim cercado por muros; depois, um jardim rebaixado; depois, um roseiral; e, finalmente, uma série de terraços mais baixos, no mais baixo dos quais um espelho d'água cintilava ao sol do meio da tarde. Aquela não era a piscina, Darcy explicou, e as levou até ela em seguida. A piscina havia sido acrescentada nos anos 1940, e logo ao lado ficava a casa de hóspedes, onde Darcy lhes disse que ele e algumas visitas dormiriam naquele fim de semana.

Conforme o passeio foi chegando ao fim, Liz quis dizer algo que demonstrasse sua satisfação pela gentileza dele em mostrar tudo a elas, uma gentileza ainda mais notável à luz da última conversa que tiveram em Cincinnati. O que ela disse, quando os três chegaram ao carro de Charlotte sem voltar para a casa, foi:

— Obrigada por nos mostrar o lugar.

Darcy olhou para ela, e ela olhou para ele, e, se não fosse Charlotte, Liz se perguntou que sentimentos expressariam um para o outro naquele momento.

— Imagina — disse ele. — É curioso, nós dois aqui neste fim de semana. — Ele deu um passo à frente e beijou o rosto de Charlotte. — Meu conhecimento da região está ultrapassado, mas se vocês quiserem algumas sugestões, é só me avisar.

— Avisaremos — garantiu Charlotte.

— Adeus, Liz — se despediu Darcy, e, quando se inclinou para beijar seu rosto, ela controlou o impulso de se atirar nos braços dele; em um instante, o beijo terminou.

O que haveria mais a fazer senão entrar no carro de Charlotte? Liz entrou e, quando Charlotte deu a partida, ela se sentiu como se fosse chorar. Do outro lado do vidro, a expressão de Darcy era pensativa. Conforme o carro foi se afastando, Liz deu um pequeno e angustiado aceno.

— Certo, isso foi muito louco — disse Charlotte. — Isso foi totalmente, completamente...

— Espere. Ele está dizendo alguma coisa. Pare o carro. — Pelo espelho retrovisor do seu lado, a cerca de vinte metros, Liz viu que Darcy vinha correndo atrás delas.

Charlotte freou, e Liz abriu o vidro.

— Não sei por que eu não disse isso antes — falou Darcy, apenas um pouco ofegante. — Vocês podiam vir jantar hoje à noite aqui. E o Willie também, obviamente. Sendo sua fã como ela é, Liz, minha irmã vai adorar conhecê-la.

— Ah... — Liz se virou para Charlotte, depois tornou a se virar para Darcy. — Nós tínhamos marcado com a minha tia e o meu tio, os pais do Willie. Quero dizer, obrigada, mas...

— Traga-os também. Seis e meia está bem?

— Seis e meia está ótimo — confirmou Charlotte.

— Alguma restrição alimentar? — perguntou Darcy. — A Georgie não come carne, então teremos opções vegetarianas.

— Eu não tenho nenhuma restrição — respondeu Liz.

— Nem eu. O que podemos trazer? — ofereceu Charlotte.

— Só vocês mesmas. Vou grelhar alguma coisa bem simples. Liz, se você puder me dar o seu número, vou lhe enviar uma mensagem de texto e, quando você chegar hoje à noite, é só me escrever e eu abro o portão da entrada.

Ela disse o número, e, segundos depois, o telefone dela vibrou em seu bolso. (Depois de todo aquele tempo, ela estava com o número do celular de Darcy! Ela tinha o número de Darcy e ele tinha o dela, e ela se sentiu animada como se o menino mais bonito da sétima série tivesse deixado um bilhete em seu armário.)

— Estou feliz que vocês vêm — Darcy disse.

Em um tom ronronado que fez Liz querer dar um tapa na amiga, Charlotte respondeu:

— Darcy, o prazer é todo nosso.

Capítulo 121

Liz estava tão nervosa que, quando ela e Charlotte pararam para comprar vinho para levar a Pemberley naquela noite, ela comprou uma garrafa a mais de *merlot*, que quis abrir assim que entraram na cozinha de Charlotte.

— Já passou das cinco em Cincinnati — disse Liz. — E em Nova York.

— Ei — falou Charlotte. — Manda ver.

— Você acha que ele realmente quer cozinhar para um bando de gente, inclusive o meu tio e a minha tia, que ele nem conhece, sendo que ele tem todos esses hóspedes chegando amanhã?

Charlotte sorriu.

— O sujeito está completamente apaixonado por você. Tenho certeza de que ele não pensa em outra coisa.

Liz bebeu um longo gole da taça que servira a si mesma.

— Você me acompanha?

— Me obrigue — disse Charlotte, e Liz serviu outra taça.

A única vantagem do novo plano para o jantar, pensou Liz, era que seus sentimentos complicados sobre passar a noite com Darcy suplantavam seus sentimentos complicados sobre encontrar o primo Willie, a ponto de fazer com que este último conjunto de emoções se tornasse irrelevante; sua rejeição a Willie já não era a rejeição que a preocupava.

Liz e Charlotte levaram suas taças para a varanda da frente da modesta casa de sítio de três quartos que Liz sabia, porque verificara na internet, que havia custado a Willie um milhão e cem mil dólares em 2010. Quando se sentaram nas cadeiras de jardim, o céu da tarde estava azul com alguns poucos cúmulos. Palo Alto pareceu naquele momento um lugar inacessivelmente caro, mas verdadeiramente adorável de se viver.

— O problema da sua teoria de que o Darcy ainda está na minha — disse Liz — é que ele convidou a Caroline para passar o fim de semana. E não foi nem com o irmão, mas só ela.

— A Caroline é odiosa. Ela nem se compara a você.

— Bem, eles já tiveram um envolvimento no passado. Com certeza, já foram para a cama juntos.

— E você não? Que diferença existe entre você e ela agora? — questionou Charlotte com voz maliciosa.

— Você reparou que em Cincinnati ela ficava sempre dando em cima dele? É óbvio que ela quer voltar a ficar com ele. — Liz se sentia agitada demais para permanecer sentada, e se levantou. — Tudo bem se eu tomar um banho?

— Claro. As toalhas estão na cama.

Antes de entrar na casa, Liz falou:

— Desculpa por deixar esse lance do Darcy me desviar do motivo de eu ter vindo. Depois desse jantar, vamos fazer um plano para a sua vida aqui.

— Lizzy, nada me deixaria mais feliz do que ter você na minha casa pirando por causa de um namorado.

Capítulo 122

Eles foram em caravana de volta a Pemberley: Willie e Charlotte no Prius dele, Liz de carona com tia Margo e tio Frank. Willie cumprimentara Liz, dizendo em tom acusatório:

— Obviamente, muita coisa mudou desde a última vez que nos vimos.

E Liz respondera, com uma sinceridade que surpreendeu a si própria:

— Fico muito feliz por você e Charlotte.

No caminho de Palo Alto a Atherton, Liz foi atualizando tia Margo sobre os últimos acontecimentos em Cincinnati: a saúde do senhor Bennet, a separação de Jane e Chip (Liz deu muito menos detalhes do que dera antes a Charlotte), o novo namorado de Lydia. Convenientemente, a descrição de Ham ajudou a evitar a discussão sobre a casa onde tia Margo havia crescido e que estava à venda. Logo, tio Frank estava virando na Pemberley Lane; chegando aos portões da propriedade, ele deu um assobio de aprovação.

— Você tem um amigo e tanto, Lizzy.

Oi, é a Liz, escreveu Liz a Darcy. Estamos aqui. Segundos depois, os portões se abriram.

Na frente da casa, Liz avistou Darcy e uma jovem esguia que usava o cabelo castanho-claro atrás das orelhas e mantinha a cabeça ligeiramente inclinada, como se evitasse a luz do poente, embora a casa fosse voltada para o norte. Quando os carros estacionaram e seus ocupantes desceram, todos os sete pararam na entrada de seixos enquanto as apresentações eram feitas e trocavam apertos de mão. Darcy usava chinelos de alta qualidade, calça cáqui e uma camisa de colarinho branca com as mangas arregaçadas até os cotovelos e um monograma no bolso da esquerda – FCD V, e Liz sabia por suas pesquisas na internet que o nome do meio dele era Cornelius.

Ficou imediatamente óbvio para Liz que Georgie era anoréxica. Mais de uma década trabalhando em uma revista feminina lhe dera uma abundante experiência em perceber distúrbios alimentares e a tornara solidária a seus desafios e ciente de que não devia dedicar uma atenção exagerada a tais questões. Na verdade, antes de completar um ano na *Rímel*, ela jurara a si mesma que não falaria mais sobre comida ou exercícios com suas colegas de trabalho, para não se tornar obsessiva como algumas delas. Ela havia, evidentemente, quebrado essa promessa muitas vezes, mas ainda a considerava importante para ajudá-la a manter sua perspectiva.

Alguns centímetros mais baixa que Liz, Georgie não devia pesar mais de quarenta e cinco quilos; e, embora usasse uma camisa folgada de linho com jeans e sapato baixo, a linha de seu queixo e a proeminência de seus dentes eram indícios de sua extrema magreza. Ela parecia muito mais frágil do que Liz imaginara; Kitty e Lydia seriam corpulentas em comparação.

— Vamos jantar na casa de hóspedes. — Olhando para tio Frank, tia Margo e Willie, Darcy acrescentou: — Já submeti a Liz e a Charlotte a um passeio pela casa hoje, de modo que estou inclinado a poupar o restante de vocês.

Tia Margo, observou Liz, ouviu essa notícia com frustração rapidamente disfarçada, embora Willie e tio Frank parecessem não se importar. Ao deixarem a ala leste da casa, Darcy disse:

— Vocês podem ver que a piscina fica ao lado da casa de hóspedes, mas vocês vão me desculpar por não lhes oferecer a oportunidade de nadar. Não usamos a piscina há alguns anos.

Tio Frank estalou os dedos, como se estivesse decepcionado.

— Justo hoje que eu trouxe uma sunga no porta-luvas.

Todos gargalharam polidamente diante dessa imagem de tirar o apetite, e Liz se viu caminhando ao lado de Georgie.

— Obrigada por nos receber assim em cima da hora — agradeceu Liz. — Espero que não tenha sido um problema o seu irmão convidar cinco desconhecidos para jantar com você.

— Ah, pelo contrário — garantiu Georgie. — O Fitzy falou muito de você, e imagino que ele tenha contado que eu sou uma grande leitora da *Rímel.* — Rapidamente, Georgie acrescentou: — Com o risco de parecer uma dessas meninas fanáticas.

— Ah, mas eu adoro meninas fanáticas — replicou Liz. — Quero dizer, o Darcy – imagino ter ouvido você chamá-lo de Fitzy – me disse que você está na faculdade, certo?

Georgie assentiu.

— Estou no meio da minha dissertação, que provavelmente será lida por um total de oito pessoas, se eu conseguir terminá-la. Eu precisava lhe perguntar uma coisa, embora eu imagine que todo mundo pergunta isso; você acha mesmo que o Hudson Blaise chifrou a Jillian Northcut?

Esquecendo sua habitual reserva diante do assunto, Liz respondeu:

— Claro que chifrou!

— Você já o entrevistou alguma vez? — perguntou Georgie.

Liz negou com a cabeça.

— Mas o que dizem as más línguas é que ele não gosta muito de tomar banho e tem um cheiro um tanto pesado.

Georgie deu risada.

— E a Jillian é simpática pessoalmente?

— Ela me pareceu, sim. Foi uma época tão bizarra da vida dela, e, obviamente, ela falou sobre a separação não porque quisesse, mas porque ela precisava divulgar um filme. Eu me senti mal por ela, na verdade. Sobre o que é a sua dissertação?

— Sufragistas francesas do início do século vinte e impostos. Fascinante, não?

— Georgie, você viu o saca-rolhas? — perguntou Darcy, a alguns metros delas. Haviam chegado à casa de hóspedes, e ele estava de pé junto a um carrinho com duas prateleiras repletas de garrafas de vinho, taças e guardanapos.

Georgie apontou.

— Na prateleira de baixo.

A piscina estava coberta com uma imensa lona verde que, de alguma forma, não comprometia a beleza do cenário. Quatro espreguiçadeiras estavam alinhadas em volta da piscina, e um sofá e poltronas ricamente estofados ficavam junto da entrada da casa de hóspedes; de cada lado do sofá, havia luminárias de chão, a postos como sentinelas. Duas outras luminárias ladeavam a longa mesa de ferro, já arrumada com pratos verdes e guardanapos de pano combinando, tão elegantemente dispostos que Liz imaginou que houvesse outra pessoa além de Darcy e Georgie – alguém com experiência profissional – organizando sua disposição. Do outro lado da piscina, havia um gramado de um verde muito escuro, o mais perfeitamente aparado que Liz jamais vira na vida; o gramado pedia para ser usado, e Liz desejou saber como fazer piruetas de costas, ou mesmo uma estrela decente. Um aroma que Liz pensou ser distintamente californiano – talvez de eucalipto – tornou-se perceptível.

O primo Willie se aproximou de Liz e Georgie com duas taças de vinho tinto.

— Senhoritas.

Liz pegou o seu, mas Georgie negou com a cabeça.

— Vou beber água.

Depois que todos se serviram, Darcy ergueu sua taça.

— À família e aos amigos.

Os olhos de Liz encontraram brevemente os dele, e então brindaram com suas taças, assim como todos os outros. Era difícil saber como lidar com a energia dela, como lidar *consigo mesma*, na companhia daquela versão de Darcy. Ela conseguia perceber, com clareza súbita e não inteiramente bem-vinda, que em Cincinnati ela havia cultivado rancores contra ele; fizera comentários rudes e provocativos, procurara ofensas nas respostas dele, e se deliciara com desdéns que podiam ser ou não reais. No entanto, apesar do ápice da rispidez durante sua confissão amorosa, ele havia decidido deixar de lado a má vontade entre eles. O comportamento dele agora não era um fingimento sarcástico de boas maneiras, não tinha intenção de se passar por gentileza sem conter genuíno afeto, simplesmente *era* gentileza. Ele tratava seus convidados, ela inclusive, como se não imaginasse prazer maior do que passar a noite com eles, e, ao fazê-lo, exacerbava ainda mais a vergonha de Liz pela mesquinhez com que ela o havia tratado.

A certa altura, enquanto o grupo inteiro conversava, quando nenhum dos dois estava interagindo com ninguém, Liz se virou para Darcy.

— Quando os seus outros convidados chegam?

— Em algum momento entre o final da manhã e o começo da tarde de amanhã. Você é bem-vinda se quiser voltar. Tenho certeza de que a Caroline vai adorar revê-la.

Liz analisou o semblante de Darcy e finalmente disse:

— Você não sabe que a Caroline Bingley e eu não nos suportamos?

Darcy pareceu achar graça.

— Desde quando?

— Desde cerca de trinta segundos depois de nos conhecermos. Imagino que possivelmente ela nem se lembre de mim o suficiente para não gostar de mim, mas eu não gosto dela.

— Posso saber por quê?

O motivo de não criticar Caroline não era o fato de ela não merecer, Liz pensou, mas o fato de que criticá-la só faria Liz causar uma má impressão de si mesma. Ela falou:

— Se eu lhe disser, você vai me achar uma pessoa que finge que falar mal dos outros demonstra o meu interesse antropológico na condição humana. — Darcy estremeceu brevemente, e Liz acrescentou: — Exagerei?

— Não que eu não merecesse. Se você me der licença, preciso começar a preparar a grelha. — Será que ela o teria ofendido? Ele entrou na casa de hóspedes e saiu no momento seguinte carregando um prato grande de bifes crus e outro de cogumelos e abobrinhas cortados em longas fatias.

Tio Frank se juntou a ele na grelha, e Liz conseguiu ouvir seu tio puxando assunto com ele sobre a história da propriedade.

— Todo mundo sabe que uma propriedade em Atherton vale um bocado de dinheiro — disse o tio Frank, e Darcy comentou afavelmente:

— Sim, as coisas mudaram muito desde que o meu tataravô comprou esta terra por doze dólares o acre.

Liz se levantou para procurar um banheiro. Do outro lado da porta de vidro da casa de hóspedes, ela se viu dentro de uma grande sala com equipamentos de cozinha em inox embutidos em uma das paredes. Passando por um primeiro banheiro, percorreu um corredor, com três quartos – dois com camas de solteiro, e um com uma de casal desfeita e uma mala aberta no chão – e, depois da mala, um banheiro privativo. Enquanto lavava as mãos, em uma pia com um padrão de peônias azuis pintadas na louça e nas torneiras, ela ficou impressionada, como acontecia às vezes durante a terceira taça de vinho, com a própria beleza no espelho. Sóbria, ela tendia, como a maioria das mulheres que conhecia, à autocrítica. Mas, ligeiramente embriagada, era capaz de admirar seus próprios olhos brilhantes e inquisitivos, seu cabelo sedoso e seu sorriso divertido, assim como o modelo de caimento perfeito de sua calça jeans e o volume oferecido pelo caríssimo sutiã que comprara aquela tarde. Mesmo na presença de seu primo esquisito e de seu tio caricato, a noite havia adquirido uma qualidade encantada que emanava do esplendor do cenário, do ar fresco, das velas que acenderam quando a noite caiu e sobretudo da solicitude de Darcy, que ela sentiu ser direcionada especialmente a ela; na verdade, ela interpretou a atenção dele a todos os convidados como um tributo pessoal. Mas evidentemente não tinha certeza disso – ela não tinha certeza de mais nada.

Fosse por uma decisão sua ou por algum estratagema mútuo, Liz acabou sentando-se ao lado de Darcy no jantar; a tia sentou-se do outro lado dele. Complementando a carne e os legumes, Darcy servira também um filão de pão fresco, uma salada e mais vinho, todos excelentes – que comida e bebida não ficariam deliciosas sob um céu estrelado de uma noite de verão?

— A sua mãe é da Califórnia como o seu pai? — perguntou a tia Margo a Darcy, e ele negou com a cabeça.

— Ela era uma ianque orgulhosa que jamais imaginou que fosse viver aqui permanentemente. — Darcy olhou para a irmã. — Você não acha, Georgie?

As atenções da mesa se voltaram para ela, o que aparentemente a deixou inibida, mas ela soou contida ao dizer:

— A nossa mãe nasceu em Boston, e ficava até sem voz de tanto gritar quando assistia às partidas do Red Sox na televisão.

— Como os seus pais se conheceram? — perguntou Liz.

— Nossa mãe estava estudando em Radcliffe quando nosso pai fazia Medicina. Ela tinha só dezenove anos quando ele a pediu em casamento, e ele imaginou que ela iria abandonar a faculdade e se mudar para a casa dele. Ela se recusou. Ele começou a trabalhar em San Francisco, mas dizia que continuou insistindo, propondo casamento todos os meses a ela, escrevendo cartas. Ela finalmente disse sim depois de formada — contou Darcy.

— O seu pai também era médico? — questionou tia Margo.

— Clínico geral — esclareceu Darcy. — Imagino que em uma outra vida nossa mãe teria sido paisagista. Quando penso nela, é sempre cavando nesses jardins.

— Acabei de me dar conta — disse Georgie. — Vocês deviam vir todos para o nosso campeonato de croquet amanhã. — Seguiu-se um silêncio, e Georgie acrescentou: — Não precisa se vestir de branco nem nada do gênero. É informal.

— Eles provavelmente devem ter outros planos, Georgie — comentou Darcy. — Liz, por quanto tempo você ainda fica na cidade?

— Até domingo à noite.

— Aposto que daremos um jeito — disse Charlotte. — Você não acha, Liz? Que horas começa o campeonato?

— Por volta das três — falou Georgie. — Quero dizer, não se sintam obrigados se acharem entediante.

— Margo e eu adoraríamos vir em outra ocasião — disse o tio Frank. — Mas vamos aproveitar para descansar no barco de um amigo.

— E eu preciso ir ao escritório — afirmou Willie. — Estamos com um prazo apertado, e tive sorte de conseguir escapar para vir jantar hoje.

— Então pode contar comigo e com a Liz — disse Charlotte. — Darcy, acho que você se lembra de quando jogamos mímica que a Liz é uma competidora feroz.

— Eu me lembro muito bem — confirmou Darcy.

Capítulo 123

Uma mulher de uns sessenta e poucos anos chamada Alberta se materializou antes da sobremesa para perguntar se precisavam de alguma coisa, e Darcy a elogiou pela excelente comida, confirmando assim a impressão de Liz de que ele pouco fizera para prepará-la. No entanto, foi o próprio Darcy quem encheu a lava-louças, enquanto Liz, Charlotte e Georgie levavam os pratos para a casa de hóspedes.

Georgie havia acabado de levar uma torta de avelã lá para fora – Liz duvidava que ela fosse comer – e Charlotte a acompanhava com uma enorme porção de sorvete de baunilha, deixando Darcy e Liz lá dentro, realmente sozinhos pela primeira vez naquela noite. Enquanto Darcy limpava a saladeira, Liz, que estava a um metro e meio dele, disse:

— Obrigada... — E ele fechou a torneira. — Obrigada por tudo hoje à noite...— ela começou de novo, e a interrompendo, ele disse:

— Você não precisa vir amanhã só para agradar a Georgie. Agora que eu sei o que você acha da Caroline Bingley, seria...

— Não, tudo bem. — Dessa vez, foi ela quem o interrompeu. — Quero dizer, eu não quero me intrometer, se...

— Você é mais do que bem-vinda.

Então eles simplesmente ficaram ali parados, olhando um para o outro. Ela desejou que não fosse impossível beijá-lo. Mas será que era impossível beijá-lo? Certamente que sim, com a irmã e a tia e o tio e o primo e uma amiga do outro lado da porta de vidro. Então pareceu que talvez eles fossem finalmente se beijar, porque ele deu um passo na direção dela, e ela deu um passo na direção dele. Ele falou:

— Desde que você foi embora de Cincinnati...

Nesse momento, Georgie entrou e disse:

— A Alberta deixou a faca da torta lá na casa grande? Ah, desculpe.

— Está bem aqui. — Darcy se virou, abriu uma gaveta, e deu a faca a Georgie.

O contato visual e o encantamento se perderam. E, no entanto, o pedido de desculpas de Georgie era a prova para Liz de que o encantamento havia existido, não era só imaginação dela.

— Eu levo os pratos de sobremesa — disse Liz a Georgie. Como não queria aumentar o constrangimento de Georgie – e também porque não sabia mais o que fazer –, ela seguiu a jovem até o pátio. No momento seguinte, Darcy veio atrás delas. Foi tia Margo quem partiu a torta.

Desde que eu fui embora de Cincinnati o quê?, pensou Liz. Embora ela não tivesse ficado mais sozinha com Darcy até a hora de ir embora, seu coração havia ficado cheio durante aquele encontro na cozinha, e só voltou a se encolher outra vez algumas horas depois de ela se deitar na cama de hóspedes da casa de Willie e Charlotte.

Capítulo 124

No carro de Charlotte, em El Camino Real, voltando a Pemberley na tarde seguinte, Liz baixou o quebra-sol e se olhou no espelho, que era algo que ela já passara um tempo considerável fazendo na casa de Charlotte e Willie, onde cuidadosamente aplicara base, rímel e batom. No carro, ela perguntou:

— Você acha que é estranho irmos lá?

— Liz, a TS entre você e Darcy está ameaçando destruir todo o norte da Califórnia com uma bola de fogo. É seu dever nos salvar a todos fazendo sexo.

— Fico contente por isso estar sendo tão divertido para você. — Liz tirou o batom da bolsa, passou outra camada – uma das muitas dicas que aprendera em seus anos na *Rímel* era começar no centro dos lábios e fazer movimentos para os cantos – e pressionou os lábios. — Mas é sério, espero que a Caroline não ache que estamos chegando de penetra.

— Quem se importa com o que a Caroline pensa?

Liz fechou o espelho do quebra-sol e dobrou-o de volta na posição.

— Isso é verdade. Ontem à noite você usou seus tampões de ouvido outra vez?

— Foi como se um anjo me pusesse para dormir. Obrigada pela sugestão. — Charlotte saiu de El Camino Real e disse em tom mais sério: — Eu sei que o Willie não é um arraso como o Darcy. Mas acho que ele me ama, e quero que a gente dê certo.

— Eu tenho certeza de que ele te ama.

— É estranho — disse Charlotte —, porque se o seu pai não tivesse sofrido um ataque cardíaco, você e Jane não teriam voltado para Cincinnati este verão, e se vocês não tivessem ido a Cincinnati, Willie não teria ido visitá-las com a Margo, e eu jamais o teria conhecido. Às vezes fico impressionada de ver como esses fatos decisivos da nossa vida dependem de acasos.

— Eu sei. Penso nisso o tempo todo.

Ambas ficaram em silêncio, e avistaram a cerca de Pemberley.

— Você está tomando pílula? — perguntou Charlotte. — Porque podemos dar meia-volta e comprar camisinha.

— Não será necessário — garantiu Liz.

Capítulo 125

— Que coincidência você estar na cidade no mesmo fim de semana que Darcy está aqui — disse Caroline a Liz ao cumprimentá-la. Elas estavam no gramado próximo à piscina coberta, onde o equipamento de croquet já estava posicionado: os aros inseridos na grama, os martelos e as bolas aguardando em fileiras arrumadas. De um dos lados da piscina, um bufê de almoço ainda parecia vibrante, apesar de já ser o meio da tarde: vários sanduíches e saladas, biscoitos enormes, limonada, chá gelado, cerveja e vinho branco. Examinando o cenário, Liz teve o pensamento um tanto perturbador de que estava começando a entender a opinião desfavorável de Darcy sobre Cincinnati; seria difícil para qualquer lugar competir com aqueles jardins luxuriantes, céus azuis e comidas magníficas.

— Vim visitar a Charlotte — explicou Liz a Caroline. — Você talvez tenha ficado sabendo que ela está namorando o meu primo, Willie.

— Imagino que a beleza realmente está nos olhos de quem vê — Caroline disse.

Liz teve certeza de que Charlotte não ouviu o insulto, porque estava sendo apresentada aos outros convidados, mas o comentário havia sido rude demais para passar em branco.

— Você está sugerindo que o meu primo ou que minha amiga mais antiga é feia? — perguntou Liz.

Caroline deu de ombros.

— Tanto faz. Quando duas pessoas assim ficam juntas, nunca sei se devo ficar feliz por elas ou simplesmente torcer para que não tenham filhos.

Você é um horror, Liz pensou. *Você é ainda pior do que eu me lembrava.*

— Falando nisso — continuou Caroline —, a Jane já chegou à fase dos tornozelos inchados e das estrias?

Liz sorriu do modo mais afetuoso que conseguiu.

— Sabe aquele brilho que algumas mulheres grávidas emanam o tempo inteiro? Jane é abençoada. — Antes que Caroline pudesse responder, Liz acrescentou: — Ouvi dizer que o Chip ainda está gravando o especial de reencontro do *Bom partido*. Aquela domadora de jacaré, Holly, deve estar participando, não? Ou será aquela Gabrielle, que tem uma cruz celta tatuada na língua? Sempre achei que rolava uma química forte entre o Chip e ela. — Liz abriu um sorriso para Caroline. — Qualquer uma das duas dariam cunhadas muito divertidas para você, não?

Capítulo 126

Na chegada, Charlotte e Liz haviam sido recebidas por Darcy de maneira graciosa, mas não especialmente atordoada (Liz ficou quase decepcionada ao ver quão pouco atordoado ele estava), e apresentadas para os outros convidados, cujos nomes Liz imediatamente esqueceu: um anestesista e a esposa advogada, um radiologista aparentemente solteiro, um nefrologista casado com um arquiteto, mais dois doutorandos em história de Stanford, ambos esguios e jovens, que Liz suspeitou, por sua postura e inflexão em torno da irmã de Darcy, estarem apaixonados por Georgie.

Embora a interação inicial de Liz com Darcy tenha sido contida e objetiva, conforme a tarde foi passando e o croquet começou – estavam jogando duas partidas simultaneamente, ambas na base do desespero de cada um por si, em vez de visar ao bem da equipe –, Liz sentiu que havia uma carga cada vez mais forte entre ela e seu anfitrião. Ela ficou o tempo todo agudamente consciente da distância que ele mantinha dela, de sua ausência se ele se afastava – para trazer mais garrafas de vinho para a casa de hóspedes, digamos, ou para cumprimentar o último convidado, um dermatologista, no portão de entrada – e das pessoas com quem ele conversava. De quando em quando, era ela quem estava conversando com ele, sempre de modo nada dramático. Eles não estavam disputando a mesma partida, mas os dois jogos aconteciam em trechos de grama vizinhos, e algumas vezes ficavam próximos um do outro, comentavam uma jogada de alguém ou sobre o tempo ameno e, conforme esses assuntos foram soando cada vez mais ridículos, assim também, supostamente, foi ficando todo o resto.

Liz bateu a bola para fora do campo, e Darcy surgiu no momento em que ela estava posicionando a bola no ponto exato da linha demarcatória.

— Eu sempre acho que vou descobrir uma nova habilidade — disse ela. — Mas aparentemente não é o croquet.

Darcy franziu a vista.

— Você está maquiada?

Instintivamente, Liz levou a mão ao rosto.

— Ficou esquisito?

— Acho que eu nunca tinha visto você assim — comentou Darcy, e de modo mais defensivo do que ela gostaria, Liz respondeu:

— É uma coisa que as mulheres passam no rosto.

Sem falar nada, Darcy tocou o ombro direito dela, como se a estivesse consolando; em vez disso, o contato foi perturbador, mas no bom sentido.

Enfim, Alberta chegou com um carrinho de golfe para retirar os pratos e talheres usados. Liz havia até aquele momento consumido duas taças e meia de vinho, três mordidas de um sanduíche de peru e meio biscoito; ela estava nervosa demais para comer. Darcy venceu a primeira partida e Charlotte, a segunda. Caroline disse a Liz:

— Pelo visto, você não é exatamente uma atleta.

Embora Liz tivesse zombado de suas próprias habilidades no croquet com Darcy, ela não poderia permitir aquele desrespeito da parte de Caroline.

— Bem, eu corro quarenta quilômetros por semana — falou. — E no meu trabalho já fiz quase todo tipo de exercício da moda que existe. Mas acho que, fora disso, não sou exatamente uma atleta.

As duas mulheres se entreolharam com mal disfarçada antipatia, e Caroline perguntou:

— Você vai embora amanhã, não é?

— A minha presença atrapalha os seus planos?

Caroline deu um passo na direção de Liz e abaixou a voz.

— Só para você saber, eu já entendi o seu joguinho. Esse seu jeitinho relaxado... Dá para ver que é pura pose.

— Vindo de você, vou considerar isso um elogio.

Quando Liz terminou sua terceira taça de vinho, a impaciência, o remorso e a embriaguez se somaram dentro dela. Ah, o que ela não daria por uma segunda chance naquela manhã desprevenida sem sutiã no apartamento das irmãs! Só para subir correndo com Darcy mais uma vez a Madison Road, só os dois, mais ninguém, e depois escapar para o apartamento dele, dessa vez com a consciência de que ele não estava vendo o encontro como uma transação qualquer – sabendo que ele gostava dela! Mas será que ele ainda gostava dela, aqui, hoje? Por quanto tempo os hormônios sexuais a que ele atribuía seu amor permaneciam na corrente sanguínea?

Pouco depois, Liz se viu contando a Georgie, enquanto um dos pretendentes de Georgie ouvia:

— O seu irmão mencionou que talvez vocês vendam ou doem a propriedade algum dia. E eu espero que não seja precipitado, mas eu queria contar uma coisa que a minha irmã mais velha fez. Os meus pais estão vendendo a casa onde viveram por muito tempo, então a minha irmã, que é professora de ioga, fez uma espécie de ritual, em que falou algumas das coisas que nós fizemos na casa e do que ela sentiria falta. E, mesmo eu sendo cética, acho que me ajudou. Ah, e levou só cinco minutos.

Georgie pareceu ao mesmo tempo interessada e confusa. Ela disse:

— Vem alguém e faz esse ritual para vocês, ou ela mesma faz sozinha?

— Não, ela mesma fez. Vou perguntar se ela seguiu algum roteiro ou se foi de improviso.

— Se você quer ouvir superstições comoventes, precisa falar com a minha avó chinesa — comentou o pretendente de Georgie. Ele ainda estava falando quando, de repente, Darcy estava ao lado de Liz; ele tocou o braço dela pouco acima do cotovelo e, mais uma vez, ela sentiu que ia desmaiar.

Em vez disso, com uma voz impossivelmente normal, ela disse:

— Oi.

Como Georgie e seu pretendente continuaram conversando, Darcy falou:

— Estava pensando se você estaria livre para o café da manhã de amanhã.

— Ah. Claro.

— Precisa ser cedo, porque há uma caminhada já planejada. É claro, você e Charlotte são bem-vindas para caminhar também.

Ciente de que a amiga provavelmente recusaria, Liz esclareceu:

— Preciso dar mais atenção à Charlotte, uma vez que foi por ela que eu vim para a Califórnia, mas café da manhã parece ótimo.

— Você acha oito horas pouco civilizado?

— Acho perfeito.

— Se você me enviar o endereço da Charlotte por mensagem, eu vou te buscar.

Então, ele também sentia. Ou sentiu, pelo menos, alguma coisa. Ele queria estar sozinho com ela, mesmo que, a julgar pela calma, não tanto quanto ela queria estar sozinha com ele. Ela desejou jogar seu corpo contra o dele, apertar o rosto dele em sua camisa, beijar o pescoço e o rosto dele, e levá-lo embora aonde não precisasse compartilhá-lo com mais ninguém.

Suavemente, ela disse:

— Charlotte e Willie moram em Palo Alto. A casa deles é muito perto daqui.

Capítulo 127

— O meu irmão — sussurrou Georgie, e agarrou o pulso de Liz. Estava escurecendo, e Liz e Charlotte iriam embora a qualquer momento, embora Charlotte e o nefrologista entabulassem uma discussão acalorada sobre terremotos. — Acho que ele gosta de você — continuou Georgie, ainda sussurrante. A embriaguez de Liz havia passado um pouco, mas ela se perguntou se a outra não estaria bêbada; se estivesse, Liz ficaria surpresa, diante do conteúdo calórico do álcool. — É sério. E é perfeito, porque sempre tive medo de que ele acabasse ficando com a Caroline Bingley, e ela é péssima.

Sim, Georgie estava definitivamente bêbada, o que não significava que não se pudesse confiar no que ela dizia. Na penumbra, Liz observou a outra mais jovem.

— Da minha parte, concordo com você — respondeu ela. — A Caroline é péssima.

— Você gosta do Fitzy?

Liz hesitou apenas brevemente.

— Sim. Eu gosto.

— Mas gosta como?

Liz sorriu.

— Eu entendi o que você perguntou, e a resposta continua sendo sim.

Georgie sacou o telefone do bolso.

— Me diz o seu número, e, da próxima vez que eu for a Nova York, você, a Jillian Northcutt e eu vamos tomar um café.

— Tome. — Liz pegou o telefone dela e digitou o número do seu. Ela se perguntou se Georgie se lembraria daquela conversa na manhã seguinte e, se lembrasse, se repetiria tudo ao irmão.

Devolvendo o celular, Liz disse:

— Não posso falar pela Jillian Northcutt, mas eu adoraria encontrar você a qualquer hora.

Capítulo 128

Ele foi buscá-la na hora, em uma SUV cinza com placa da Califórnia; a manhã estava ensolarada novamente, mas ainda fresca, e Liz dormira ainda menos do que na noite anterior à passada. Por volta das quatro da manhã, ela chegara à conclusão de que não havia nada a fazer senão pedir a ele uma outra chance. Por mais geograficamente inconveniente e temperamentalmente implausível que uma relação entre eles parecesse, ela queria – ela queria demais – e precisava saber se ele também.

A caminho do restaurante que ele escolheu – o Palo Alto Creamery, embora a comida fosse, é claro, irrelevante –, ela os sentiu ocupando uma espécie de simulacro de um casal que era ao mesmo tempo torturante e provocante. A mão direita dele apoiada no câmbio perto do joelho esquerdo dela, o antebraço com pelos castanhos dele, o aroma quase imperceptível do xampu ou sabonete ou loção pós-barba que ele usava – ela mal conseguia suportar. A beleza dele tão cedo pela manhã era devastadora e inimaginável, de modo que ela apelou para a conversa fiada. Perguntou se todo mundo na casa estava dormindo quando ele saiu, e Darcy confirmou que estavam; perguntou se a noitada se estendeu muito depois que Charlotte e ela foram embora e, outra vez, ele respondeu afirmativamente; ela comentou que ele devia estar exausto, e ele disse que estava acostumado à privação de sono.

Virando na Emerson Street, Darcy comentou:

— A Georgie achou você incrível.

— Ah, é recíproco. Ela é encantadora.

— Quem dera você tivesse conhecido a minha mãe. Vocês teriam se adorado.

Liz sentiu um aperto no coração.

— Eu também gostaria de tê-la conhecido. Ela parece ter sido muito interessante.

Darcy olhou de relance para ela no banco da frente.

— Agora que você conheceu a Georgie – ela pareceu diferente do que você imaginava? Ou talvez você não a tivesse imaginado de nenhuma maneira.

Uma certa vertigem passou, o que foi bom; aquela vertigem, afinal, era difícil de sustentar por muito tempo. Cuidadosamente, ela disse:

— Ela é muito magra, obviamente. É isso que você quer dizer?

— Vive entrando e saindo de centros de tratamento, que, até onde sei, não fazem nada. — Darcy suspirou. — Mas continuo me perguntando se ela devia voltar. Ela perdeu peso desde a última vez que nos vimos.

— Eu tenho uma colega que fez um programa na Carolina do Norte que realmente parece que ajudou, acho que em Duke. A Georgie já tentou esse?

— Não me soa familiar esse de Duke. Ela foi a lugares no sul da Califórnia e no Arizona. — Darcy sorriu tristemente. — Aquele perto de San Diego, acho que ela só quis ir porque várias celebridades costumam se internar lá, mas quando ela foi não tinha ninguém famoso. Deve ter sido fora da temporada.

— Eu sei que distúrbios alimentares são graves, mesmo — disse Liz. — Sinto muito.

— Eu me preocupo, porque ela corre o risco de morrer disso — falou Darcy. — E me preocupo com o coração e com os rins dela.

Ele estava estacionando em uma vaga – como tudo parecia inevitável, como Liz se sentia mais perto dele – quando o telefone dela vibrou com uma mensagem chegando. Antes do ataque cardíaco do pai, ela talvez não tivesse olhado para o celular; simplesmente teria entrado no restaurante e pedido ovos mexidos que mal comeria. Em vez disso, ela olhou. Antes de ler a mensagem, ela viu o nome de quem enviara e disse:

— Por falar em irmã, mensagem da Mary. — Então, exclamou: — Ah, meu Deus.

— Está tudo bem? — perguntou Darcy, mas, pela primeira vez em dois dias, Darcy não ocupava o primeiro plano de seus pensamentos; uma outra coisa o empurrou de lado, e a voz dele virou um ruído de fundo.

Lydia & Ham fugiram para Chicago, dizia a mensagem de Mary. Descobrimos que Ham é transexual/nasceu mulher!!!!!! Mamãe & Papai estão pirando vc pode voltar?

Capítulo 129

— Está tudo bem? — perguntou Darcy outra vez.

— A Lydia, minha irmã caçula, parece que fugiu com o namorado. E além disso... puxa. — Rapidamente, Liz digitou: É sério? Não é brincadeira? Mary ainda não havia respondido quando Liz enviou mais uma mensagem de texto: ????

Ham ser transexual parecia impossível. E Lydia sempre soubera? Mas ele usava cavanhaque!

Alguns segundos depois, a resposta de Mary chegou: Não é brincadeira. Rapidamente, a continuação: E a Lydia sempre ME acusou de ser gay! E em seguida: Papai e Kitty estão indo de carro para Chicago agora, mamãe está desesperada. Quando vc consegue vir para cá?

Liz olhou para Darcy, que havia estacionado e desligado o motor, e olhava para ela preocupado.

— Desculpe — falou Liz. — Eu simplesmente não previa isso. Preciso falar com a Mary. Você quer escolher uma mesa e eu entro em dois minutos?

Darcy deu as chaves para ela, e quando ele saiu do carro, Liz já estava ligando para a irmã.

— Você tem certeza de que o Ham é transexual? — perguntou Liz quando Mary atendeu. — E você tem certeza de que eles fugiram? Será que não é uma brincadeira da Lydia?

— Eles – o Ham – contaram tudo para a mamãe e o papai ontem à noite, e não foi nada bem. Hoje de manhã, tinha um bilhete da Lydia na mesa da cozinha dizendo que eles iam se casar.

— Ele tem um pênis falso? — Mais tarde, Liz ficaria aliviada por ter feito essa pergunta tão picante apenas a Mary.

— Como é que eu vou saber? Mas a mamãe está muito esquisita. Não estou conseguindo lidar com ela.

— O que o papai e a Kitty foram fazer em Chicago? Eles estão pensando em interromper a cerimônia?

— A Lydia e o Ham não vão poder se casar hoje porque os cartórios não abrem aos domingos. E amanhã é Primeiro de Maio. Além disso, eu pesquisei na internet e eles vão precisar esperar mais um dia para obter a licença de casamento, a não ser que já tivessem pedido antes de fugirem, o que eu duvido muito. Basicamente, acho que eles não vão conseguir oficializar as coisas na melhor das hipóteses antes de quarta-feira.

— Eu não estou em Nova York — explicou Liz. — Estou na Califórnia. Você está no seu apartamento ou em casa?

— Em casa, e a mamãe acabou de tomar uns calmantes cuja validade deve ter expirado há uns dez anos.

— Espere um pouco. — Liz afastou o telefone do ouvido e começou a digitar, procurando voos para Cincinnati; o próximo que ela poderia tentar pegar sairia de San Francisco às onze e quarenta da manhã, incluindo uma conexão em Atlanta, e a deixaria em Cincinnati às nove e vinte e oito da noite. Essa viagem realmente tortuosa custaria oitocentos e oitenta e sete dólares, o que com toda certeza acabaria com o resto de suas economias outrora aparentemente respeitáveis.

— Vou para o aeroporto assim que puder e escrevo de lá — disse Liz.

— É tão típico da Lydia fazer com que a gente conserte as merdas que ela faz!

— Se bem que eu gostei do Ham — comentou Liz. — Você não?

— Não estou nem aí para o Ham — respondeu Mary. — Preciso entregar um artigo da faculdade na semana que vem.

Capítulo 130

Dentro do restaurante, Liz avistou Darcy em uma mesa reservada, com um grande cardápio de plástico aberto na frente dele, e mais uma vez foi tomada pela consciência daquele universo paralelo em que eles dois poderiam funcionar como um casal comum. Isso só tornou mais difícil declarar, ao se aproximar da mesa:

— Eu sinto muito, mas preciso ir. Será que você poderia, e me desculpa por pedir isso, me levar de volta à casa da Charlotte para eu buscar minhas coisas, e depois me dar uma carona para o aeroporto?

— O que aconteceu?

— A pessoa com quem a Lydia fugiu de casa, o namorado dela, é transexual. Parece que os meus pais ficaram muito atordoados.

Darcy não pareceu chocado, e Liz se lembrou da desaprovação geral que ele tinha em relação à família dela. Que os Bennet estivessem envolvidos em mais extravagâncias parecia ser algo que ele mais ou menos já esperava.

— Você quer que eu te leve ao aeroporto agora? — disse ele.

— Eu acho que... Parece que precisam de mim lá em casa.

— Por quê?

Era uma pergunta surpreendentemente difícil de responder. Altivamente, Liz respondeu:

— Não é o tipo de notícia diante da qual meus pais costumam reagir bem, especialmente a minha mãe.

— Mas isso não é um problema deles? Não parece que a Lydia e o namorado fizeram nada de errado. — O tom abruptamente condescendente de Darcy lembrou a Liz de quando eles se viram pela primeira vez.

— Se eu acho que os meus pais vão acabar encontrando uma maneira de lidar com isso sem a minha presença? Claro que sim. — Liz podia ouvir a própria voz ficando hesitante ao dizer: — Mas sabe de uma coisa? Na verdade, eu não me envolvi muito com assuntos de família nos últimos vinte anos e, durante esse tempo, muitas coisas saíram dos trilhos por lá.

— E você acha que pegar esse avião vai aliviar retroativamente a sua culpa?

— Eu não estou tentando te convencer de que estou certa. Eu só quero saber se você me levaria ao aeroporto ou se chamo um táxi.

Darcy fechou o cardápio.

— Está bem. — Mas, no mesmo gesto com que ele concordou em ajudá-la, certa boa vontade entre eles se dissolveu oficialmente; a TS já não era uma bola de fogo ameaçando afundar todo o norte da Califórnia.

— Vocês não vão comer com a gente hoje? — perguntou um garçom quando eles se aproximaram da saída do restaurante, e Darcy disse bruscamente:

— Não.

— Vamos deixar para uma próxima — acrescentou Liz com falsa simpatia.

De volta ao carro, Darcy ficou calado, e ela também. Ocorreu-lhe de pedir a ele que simplesmente a levasse direto ao aeroporto, e depois mandar Charlotte enviar seus pertences, só que Liz não queria correr o risco de se separar dos gravadores digitais que usara para entrevistar Kathy de Bourgh.

Ela não se dera conta de que ficara ensaiando explicações concisas da situação para oferecer a Charlotte e ao primo Willie até o momento de entrar na casa e ver que a porta do quarto deles ainda estava fechada. Liz enfiou suas roupas e cosméticos na mala e os gravadores e o laptop na bolsa, e se perguntou se deveria ao menos deixar um bilhete para os anfitriões quando, passando novamente diante da porta fechada do quarto deles, ouviu gemidos femininos de natureza sexual inconfundível. Ela saiu correndo.

Darcy não chegara a desligar o carro e, depois que ela guardou a mala no banco de trás, mesmo antes de prender o cinto, ele partiu. Após um prolongado silêncio, ela disse:

— Se você me dissesse que a Lydia tinha fugido com um vaqueiro que acabara de conhecer no bar ou com o *quarterback* dos Bengals, tudo bem. Mas isso... Eu não sei, nunca vi ela ter muita simpatia por pessoas fora da média da normalidade.

Darcy continuou calado.

— Eu não sei nem se a minha mãe sabe o que é transexual — continuou Liz. — Imagino que agora ela saiba. — Talvez mais dez minutos se passaram em silêncio, e ela comentou: — O Ham pode não ser exatamente um cara, mas eu jamais teria adivinhado. Ele usa cavanhaque, e é todo musculoso.

— Ele deve fazer tratamento com testosterona. — falou Darcy sucintamente.

— Você já teve pacientes trans?

— Sim, mas não por serem trans. Para isso, eles teriam de consultar um endocrinologista.

O trânsito na Cento e Um estava leve – ainda eram oito e meia da manhã de domingo no fim de semana do Primeiro de Maio – e Darcy seguia pela pista do meio. Apesar da urgência que ela sentia, a tristeza se avolumou dentro de Liz assim que ela viu a primeira placa indicando o aeroporto. Ouviu a incerteza na própria voz ao dizer:

— Ainda não sei quanto tempo vou ficar em Cincinnati, mas quando você volta?

— Terça de manhã, mas vou direto para o trabalho.

— Bem, dependendo de quanto tempo eu ficar na cidade, talvez eu possa compensá-lo por isso.

Mais uma vez, ele ficou calado, e quando ele parou na frente do terminal, ela disse:

— Não precisa sair. É mais rápido se eu mesma pegar minhas coisas. — Ele aquiesceu, e depois que ela tirou a mala do banco de trás, ela acenou. — Obrigada, Darcy.

Ela estava com receio de que ele não fosse sair, de todo modo, de que ele não tentasse abraçá-la ou beijá-la, e por isso tinha pedido que ele ficasse sentado – porque ela não queria que o não abraço dele fosse o último acontecimento antes de ela embarcar naquele voo para atravessar o país.

Capítulo 131

O senhor Bennet havia encontrado o bilhete de Lydia ao entrar na cozinha da mansão estilo Tudor naquela manhã: "Quando vocês lerem isto, Ham e eu estaremos a caminho de Chicago para nos casar. Nem tentem telefonar porque não vamos levar nossos celulares. Se vocês me obrigarem a escolher entre vocês e o Ham, escolherei o Ham! Lydia, A NOIVA."

Como pensara Liz, nem o senhor, nem a senhora Bennet estavam familiarizados com o termo *transexual* antes da noite anterior, e havê-lo descoberto juntos, definido por Lydia e Ham, enquanto bebiam coquetéis na sala de estar, não despertara exatamente o melhor em cada um deles. Como era possível, a senhora Bennet disse a Liz assim que ela chegou em casa, que ela nunca tivesse ouvido falar naquilo! Era muito estranho e asqueroso que Ham fosse na verdade mulher, e o que Lydia tinha na cabeça de se envolver com alguém obviamente tão desequilibrado? Embora o senhor Bennet tenha recebido a notícia com um humor um pouco melhor, esteve longe de ser um paladino do respeito, dizendo alegremente a Ham:

— Se ao menos você tivesse nascido um século antes, poderia ter sido uma daquelas mulheres barbadas do circo Barnum.

Lydia e Ham não estavam, durante aquela conversa, pedindo a aprovação do senhor e da senhora Bennet para se casar; na verdade, não houve nenhuma discussão sobre casamento. A decisão deles de fugir, Mary explicaria a Liz, parecia ter surgido em reação à falta de aceitação ou simpatia com que o senhor e a senhora Bennet receberam a revelação de Ham.

Também antes de Liz voltar para casa, a senhora Bennet havia telefonado para o velho advogado e amigo da família, Landon Reynolds, que lhes explicara que acionar a polícia não adiantaria nada. Fugir não era uma violação da lei, e não havia nada que sugerisse que Ham houvesse levado Lydia para Chicago sem o consentimento dela. Embora o casamento entre pessoas do mesmo sexo fosse ilegal em Ohio e em Illinois, o que poderia anular a união de Lydia e Ham se ele fosse considerado mulher, tentar uma anulação em nome de Lydia, sendo ela maior de idade, seria complicado e caro; e, em todo caso, era provável que o gênero registrado na licença de motorista de Ham, e até mesmo em sua certidão de nascimento, já fosse masculino. O melhor conselho, disse o senhor Reynolds à senhora Bennet, era comprar uma garrafa de champanhe e esperar os recém-casados voltarem.

No entanto, a senhora Bennet insistiu tanto que, vinte minutos depois, a pedido seu, Kitty e o senhor Bennet partiram de carro em uma viagem de quase cinco horas até Chicago, que a senhora Bennet preferiu acreditar ter como objetivo evitar as núpcias do casal ou, caso fosse tarde demais, separá-los e trazer Lydia de volta a Cincinnati sozinha. Mary, nesse ínterim, fora incumbida de ligar para hotéis de Chicago para verificar se havia reservas nos nomes Bennet ou Ryan, busca que, ao final da noite de domingo, permanecia infrutífera.

Pouco depois da partida do senhor Bennet e de Kitty, a senhora Bennet tomara seus calmantes vencidos e se recolhera a sua cama, e foi ali, às dez e meia da noite, que Liz a encontrou. Ela estava chorando com um vigor que parecia insustentável, embora o volume de lenços espalhados na cama, no criado-mudo, e no tapete ao lado sugerisse que ela devia estar ali havia um bom tempo; na verdade, das quatro caixas de lenço de papel sobre o cobertor, duas estavam vazias, uma estava pela metade, e uma ainda estava fechada, mas claramente em vias de ser usada. A própria senhora Bennet estava cercada por uma variedade de objetos que incluía um telefone sem fio, dois controles remotos (quando Liz entrou no quarto, a televisão mostrava um infomercial de um selador em spray), uma barra de chocolate de oitenta e cinco gramas pela metade, um saco grande de Cheetos reduzido a farelos cor de laranja e uma abundância de almofadas; no criado-mudo, havia um copo baixo e uma garrafa de gim. Mary, que abrira a porta da frente da mansão estilo Tudor e levara Liz ao covil da mãe, agora estava ali de pé com os braços cruzados. Liz se aproximou da cama e se sentou, pondo a mão no braço da mãe.

— Oi, mamãe.

A senhora Bennet balançou a cabeça, com as faces avermelhadas e molhadas.

— Ela é tão bonita — disse em voz chorosa. — Não sei como uma menina tão bonita foi fazer uma coisa terrível dessas.

— Eu realmente acho que o Ham é uma boa pessoa — falou Liz. — A senhora se lembra de como ele ajudou a limpar o porão?

— Existe gente assim em Nova York?

— Existem pessoas transexuais em todo lugar. E sempre existiram ao longo da história.

No aeroporto de San Francisco e depois na escala em Atlanta, Liz pesquisara no celular sobre os *kathoey* no Sudeste Asiático e os *salzikrum* da antiguidade no Oriente Médio. Além disso, ela agora sabia se referir ao assunto como *redesignação de gênero* em vez de mudança de sexo, sabia que Ham talvez não tivesse feito cirurgia "na parte de baixo" (com base em sua própria observação, ela desconfiava fortemente que ele fizera na parte de cima) e, em todo caso, sabia que se sentira constrangida por ter perguntado a Mary se Ham tinha um pênis falso; aparentemente, não era menos rude especular sobre os genitais de uma pessoa transexual que sobre os de uma pessoa não transexual, ou *cisgênera*.

Em seu caso pessoal, Liz havia, antes de conhecer Ham, interagido regularmente apenas com uma pessoa trans, uma mulher de sessenta e poucos anos que era editora de texto na revista em que Liz e Jasper trabalharam no setor de checagem. Sem dúvida, se Liz ficasse sabendo que alguém de seu círculo social em Nova York tinha fugido com alguém transexual, ela teria recebido a notícia com grande apoio; talvez até tivesse aquela sensação de orgulho autocongratulatório que heterossexuais brancos sabidamente experimentam por estar próximos da diversidade. Então, por que seus sentimentos haveriam de ser diferentes com relação a Ham? Especialmente agora que ela entendia e podia desconsiderar o modo ligeiramente evasivo como ele reagira quando Liz perguntara sobre sua criação em Seattle ou a provocante sugestão de Kitty de que Liz ignorava o verdadeiro caráter de Ham. Algo em que ela não tinha acreditado na hora, pensou Liz. Sobrevoando os campos de trigo do Kansas, Liz concluíra que, se uma cincinnatiana podia se reinventar como nova-iorquina, se uma criança que fazia diários e que gostava de ler podia enfim se declarar escritora profissional, então por que o gênero também não podia ser algo mutável e eletivo? O mistério de Ham, na verdade, era como ele conseguia suportar a companhia de Lydia e como planejava agora fazê-lo pelo resto da vida.

— Vocês são em cinco — continuou a senhora Bennet, e uma nova torrente de lágrimas se derramou. — Como é possível que, das cinco, nenhuma conseguiu encontrar um homem simpático, normal, rico para se casar?

— Mamãe, nós somos saudáveis. Não somos viciadas em drogas. As coisas podiam ser muito piores. E depois que o papai foi internado, será que nem isso ajuda a senhora a perceber as coisas de outra perspectiva?

— Será que o Ham acorda de manhã e diz: "Hoje vou pôr um vestido. Não, calça! Não, vestido!"?

— Eu tenho certeza de que ele é homem o tempo todo, mamãe. Simplesmente pense nele como a senhora pensava antes de saber que ele um dia foi mulher. — *Um dia foi mulher* – Liz teve um palpite de que essa expressão não devia ser dita por sua nova versão esclarecida, mas ela ainda confirmaria isso na internet.

— Mamãe, a senhora devia tentar dormir — sugeriu Mary.

— Estou esperando notícias do seu pai — disse a senhora Bennet.

— Ele e a Kitty provavelmente também estão indo dormir a uma hora dessas — respondeu Mary.

A senhora Bennet olhou furiosa para as filhas.

— Como vocês podem ser tão egoístas? Vocês só fazem o que querem sem se importar em como isso reflete no nome da família.

— Certo, para mim já chega — declarou Mary, e Liz se levantou também.

— A Mary está certa, mamãe — disse Liz. — A senhora precisa dormir.

Capítulo 132

No corredor, diante do quarto da mãe, Mary disse:

— Acho que todos esses anos a Lydia projetou sua atração pelo mesmo sexo em mim.

Liz olhou para Mary.

— Você acha mesmo?

— Ela não faz ideia de como as pessoas podem ser cruéis, porque geralmente ela é a cruel. — O prazer na voz de Mary era indisfarçável. — Vivendo a vida toda como uma loirinha magra e bonitinha. Bem, agora ela vai aprender.

— Não creio que a maioria das pessoas que conhecem o Ham façam ideia de que ele é trans — disse Liz. — Embora também não pareça que eles estejam tentando disfarçar.

— Exatamente. Porque a Lydia não faz ideia. E, acredite em mim, esse é o tipo de fofoca que se espalha feito incêndio.

— A Lydia e o Ham estão vivendo a própria paixão. Tomara que dê tudo certo para eles.

Capítulo 133

Foi desagradável e confuso voltar outra vez ao quarto de sua infância tão pouco tempo depois de ter partido, e especialmente depois daquela fumigação com produtos químicos de cuja ostensiva inofensividade ela não estava convencida. Embora ela tivesse ficado fora de Cincinnati por apenas quatro noites, também sentia uma estranha inveja daquela versão de si mesma que anteriormente ocupara aquele quarto e que, mesmo que inadvertidamente, encantara Darcy. O resultado bruto de seu tempo na Califórnia, ela receava, havia sido um decréscimo no afeto dele. Embora alguns momentos tivessem sido promissores, algo entre eles se partira quando ela cancelou o café da manhã e pediu que ele a levasse ao aeroporto.

Ela pensou em escrever uma mensagem dizendo que chegara bem e desejara que ele tivesse se declarado para ela na hora em que a deixara no aeroporto. Mas e se, naquele exato momento, ele e Caroline Bingley estivessem rindo a sós, bem perto um do outro, com Caroline vulgarmente linda em um vestido caríssimo?

O ritmo dos acontecimentos fora pavoroso, embora não fosse tão surpreendente que, quando ela estava prestes a ter uma conversa franca com Darcy, ocorresse uma interrupção vinda da parte de sua família, e com ares de escândalo associados. Na opinião de Liz, era um erro enxergar simbolismo na própria vida, mas mesmo assim a necessidade de sua partida abrupta da Califórnia parecia quase um castigo. Ela se perguntou se não estaria sendo punida carmicamente pelo tratamento dispensado anteriormente a Darcy.

O sono acabou dominando-a. Mas, mesmo no sono, entretecido aos sonhos da noite, seu remorso não passou.

Capítulo 134

Quando Liz entrou no quarto da mãe pela manhã, depois de correr e tomar banho, já eram quase nove horas e a mãe estava ao telefone.

— Confira mais uma vez — a senhora Bennet estava dizendo. — Talvez eles tenham chegado logo depois que vocês foram embora.

Era difícil para Liz imaginar o pai e Kitty em Chicago. Será que eles estavam percorrendo de carro a Michigan Avenue ou perambulando a pé pelo Navy Pier e o Grant Park? Estariam de tocaia nas imediações do cartório ou entrando em restaurantes, mostrando fotografias de Ham e Lydia no celular de Kitty? Ou simplesmente, como parecia o mais provável, dentro de um quarto de hotel vendo televisão?

— Pelo amor de Deus, Fred, você precisa encontrá-la — suplicou a senhora Bennet. — Eu não preguei os olhos na noite passada. — Alguns segundos se passaram antes que Liz se desse conta de que o telefonema havia terminado e que o último comentário da mãe fora dirigido a ela.

— Sinto muito por isso — disse Liz.

— Como chama quando colocam remédio na bebida das garotas? — perguntou a senhora Bennet. — Eles fazem isso em festas de fraternidade. Estava pensando se o Ham não teria feito isso para levá-la a Chicago.

— Mamãe, eu tenho certeza de que ele não precisou drogá-la.

— Pois então vou lhe fazer uma pergunta: qual vestiário o Ham usa quando ele vai nadar? Porque ninguém no Country Club de Cincinnati vai querer se trocar perto de uma pessoa dessas.

— O Ham pode vestir a sunga antes de sair de casa — falou Liz. — Existem mil maneiras. Mas aposto que ele usa o vestiário masculino. É só pensar nele como homem, mamãe.

— A Lydia nunca vai poder ter filho. — A senhora Bennet esbravejou para Liz. — E do jeito que você anda, nem você.

— A Lydia e o Ham podem adotar. Ou... — Era impossível não pensar em Jane — ... existem ainda outras opções.

A senhora Bennet negou com a cabeça.

— Quando é adotado, só Deus sabe o que tem nos genes da criança.

— Só Deus sabe o que tem nos genes de qualquer um de nós — respondeu Liz, e a senhora Bennet passou a adotar uma postura altiva.

— Você vai me desculpar. Mas o seu pai e eu viemos ambos de boas famílias.

Capítulo 135

— Ainda nenhuma notícia da Lydia? — perguntou Jane.

Liz havia levado o laptop e o celular para o quintal dos fundos e estava sentada em uma antiga cadeira externa com a pintura descascada. Ela explicou:

— Como eles não levaram os celulares, imagino que não queiram entrar em contato até voltarem a Cincinnati.

O que Jane fez a seguir foi surpreendente: ela deu uma risada.

— Lizzy. É claro que a Lydia levou o celular. Era mais fácil ela perder um braço.

Assim que Jane disse isso, Liz se deu conta de que a irmã tinha razão.

— Puxa — disse ela. — Como eu sou burra.

— Sinto que eu devia estar aí — falou Jane. — Mas a mamãe bateria os olhos em mim e descobriria tudo, e não me parece um bom momento para ela descobrir.

— Não precisa vir. A mamãe está me deixando maluca, e a Mary abandonou o combate, mas não sei o que o você poderia fazer aqui.

— Parece bobagem, mas não consigo esquecer aquele cavanhaque do Ham.

— Ele deve tomar testosterona — explicou Liz, e pensou em Darcy.

— O que eu fiquei pensando — disse Jane — é que, se o Ham podia escolher dentre todos os nomes de homem do mundo, por que ele foi escolher justo Ham? Sei que é apelido de Hamilton, mas ainda assim é meio estranho. Você sabe como ele se chamava quando era mulher?

— Não.

— Eu queria ter conhecido ele melhor. Agora imagino que vou conhecer.

— Eu nem devia te contar isso — disse Liz —, mas havia novas caixas fechadas da Horchow na sala da frente quando entrei ontem à noite, e tem um monte de bifes congelados na geladeira. Ah, e muitas rosquinhas na bancada da cozinha. Pelo visto, a mamãe e o papai estão muito receptivos às nossas preocupações com o bem-estar físico e financeiro deles.

— A única coisa que podemos fazer é estimulá-los a fazer boas escolhas — replicou Jane. — Não podemos microgerenciar o comportamento deles. Ora, Lizzy, acho que acabei de sentir um chute do bebê.

— Espera aí, jura?

— Foi um movimento que eu juro que não veio do meu corpo.

— Que incrível!

— Eu sei. — Então, Jane completou: — Prometa que vai me telefonar assim que tiver qualquer notícia de Chicago.

Capítulo 136

Embora soubesse que devia ficar preocupada com Lydia, Liz se sentia mais nervosa com a possibilidade de saber notícias de Darcy. Assim como ela própria teria feito anteriormente, ele estava pegando um voo da madrugada, embora, depois de ter visto Pemberley, ela desconfiasse que ele voaria de primeira classe. Conforme o Primeiro de Maio prosseguiu de maneira nada festiva – a senhora Bennet continuava chorando e reclamando no quarto, Mary não voltara mais para a casa dos pais e Liz não sabia se estava ressentida com Mary por ficar longe ou aliviada por sua ausência –, ela ficou imaginando as atividades de Darcy. Supostamente, ele não iria ao aeroporto de San Francisco antes da meia-noite em Cincinnati, de modo que o imaginou fazendo a mala na casa de hóspedes de Pemberley, talvez saindo para correr ou jogando palavras cruzadas com Georgie. (Liz não fazia ideia de se Darcy e Georgie jogavam palavras cruzadas.) Será que Caroline Bingley já teria voltado a Los Angeles? Liz definitivamente esperava que sim.

De vez em quando, a mãe dela a chamava para especular lamuriosamente sobre Ham, às vezes por um novo ângulo e às vezes por ângulos já previamente explorados pouco tempo antes. Fora isso, Liz se ocupou arrumando a casa, assim como farejando agressivamente todos os armários e recantos dos cômodos em busca de resquícios de gás sulfuroso, não obstante as garantias oferecidas por Ken Weinrich.

Embora ela quisesse que sua impaciência enquanto esperava por notícias de Darcy cancelasse sua impaciência enquanto esperava por notícias de Lydia, o oposto se provou verdade; duplamente inquieta, Liz a todo instante imaginava que o celular estava vibrando em seu bolso com mensagens de texto que acabavam não existindo. Ela começou a compor em sua cabeça mensagens falsamente improvisadas que enviaria a Darcy quando ele voltasse a Cincinnati:

Oi, tudo bem, estava pensando se você estaria livre para um café/jantar/qualquer outra coisa antes de eu voltar a Nova York. Depois de mudar sua reserva duas vezes desde que fora de Cincinnati a Houston, ela já não tinha mais passagem para Nova York, mas imaginou que certa urgência não faria mal.

No começo da tarde, Liz voltava de carro para casa vindo do Smoothie King do Hyde Park Plaza quando o celular vibrou com uma mensagem real e concreta; não era, no entanto, de Darcy nem de Lydia. Era de Georgie.

Liz, dizia a mensagem, foi TÃO bom te conhecer... Imagino que o meu irmão tenha lhe contado sobre ele e a Caroline e agora eu fiquei me sentindo mal pela conversa que você e eu tivemos. Eu realmente devia ter controlado a minha língua. Mal posso esperar para ler o seu artigo sobre a Kathy de Bourgh e espero que nos encontremos de novo em breve!

O coração de Liz acelerou incomodamente, e continuou assim enquanto ela lia a mensagem mais uma vez, procurando o trecho em que Georgie especificava o que Liz teria ficado sabendo sobre Darcy e Caroline. Mas será que seria necessário especificar? Ainda assim, era chocante que exatamente o que Liz temia que acontecesse tivesse acontecido. Ela não havia dedicado uma atenção aflita o bastante àquela eventualidade para impedi-la? A discussão do assunto com Charlotte não havia sido um método suficiente para evitar que aquilo ocorresse?

Não havia nada a fazer senão trocar de roupa e sair novamente para correr. Embora houvesse quase um litro de framboesa e manga batidas chocalhando em seu estômago, ela não conseguiria simplesmente ficar sentada em casa, sabendo que Darcy e Caroline estavam juntos. (Como eles podiam ficar juntos? Seria possível que Liz tivesse imaginado toda a energia carregada entre ela e Darcy em Atherton, a solicitude dele, aquele momento em que quase se beijaram? Teria ele a convidado para tomar café da manhã para contar que estava com Caroline? Para oficialmente retirar sua afeição e estabelecer um modo mais amistoso e informal, será que ele e Liz se encontrariam mais uma vez algum dia?)

As mãos dela tremiam enquanto ela amarrava os cadarços dos tênis. No corredor do andar de cima, ela avisou:

— Mamãe, estou saindo para correr. — E saiu sem esperar pela resposta e sem levar a chave. Outra vez lá fora, nem se deu o trabalho de se alongar na rampa da entrada, simplesmente saiu correndo.

Por quase um quilômetro, a adrenalina e a perplexidade a estimularam, e seu ritmo foi mais rápido do que de costume. Mas a tristeza e os gases de sua vitamina logo se impuseram; ela reduziu o ritmo, e as lágrimas lhe encheram os olhos. Estava pronta para admitir seus erros para Darcy, fazer as pazes e se humilhar. Agora Caroline havia roubado dela essa oportunidade e, ainda pior, Darcy havia deixado Caroline fazê-lo.

Quando Liz chegou à Madison Road, as lágrimas lhe escorriam pelas faces, e uma cólica inegável tomou conta do lado direito de seu abdômen. E então ela começou a soluçar, arquejante, no meio do dia, em uma rua movimentada e, em vez de virar à direita, atravessou a Torrence Parkway, sentou-se em um banco público e se entregou a uma combinação de remorso e tristeza que lhe deu falta de ar e tremedeira. Ela se inclinou para a frente, e as lágrimas e o muco começaram a pingar enquanto ela chorava, e chorava, e chorava. Após um tempo indeterminado, uma voz hesitante disse:

— Querida? — Liz ergueu a vista.

Era uma senhora negra, magra, de meia-idade, que também parecia estar se exercitando; usava tênis brancos de caminhada, shorts e uma camiseta com o urso-gato da Universidade de Cincinnati.

— Está tudo bem, querida?

Liz passou a mão no nariz.

— Estou com o coração partido — disse ela, porque parecia o modo mais sucinto de declarar os fatos.

— Ah, minha querida. — A mulher balançou a cabeça. — Não estamos todos?

Capítulo 137

Sei que você está com o celular, Liz digitou uma mensagem de texto para Lydia. Não estou dizendo para vc não se casar com o ham, mas por que você não manda notícias para m & p avisando que vc está bem?

Nenhuma resposta chegou de imediato. Embora ela achasse que não fosse resultar em grande coisa, também procurou o número da academia de Ham e deixou um recado.

Ela estava deitada na cama, no escuro, quando, tinha quase certeza, o avião de Darcy saiu de San Francisco; só havia um voo direto na madrugada de San Francisco para Cincinnati. Ela já não estava mais esperando notícias dele, mas a desolação decorrente da mensagem de Georgie mal havia diminuído. Esse novo acontecimento devia ser mais do que apenas alguns beijos roubados, facilitados pelo vinho, entre Darcy e Caroline, não? Do contrário, Georgie não teria se referido a eles de maneira tão oficial. Será que também tinham fugido? Foi um pensamento genuinamente nauseante.

Durante os muitos anos de tormento romântico infligido por Jasper Wick, Liz se acostumara a ir dormir chorando. Mas isso havia passado, e o choro noturno de Liz em sua cama da infância na casa dos pais não tinha nenhum precedente recente; era quase – quase – desconhecido.

Capítulo 138

Setenta e duas horas se passaram até Liz receber a notificação de que a mensagem que enviara a Lydia fora recebida, e quando a resposta chegou, Lydia não havia escrito nada. Era apenas uma foto dela e Ham diante de um muro branco, com o brasão redondo e azul de Cook County parcialmente visível atrás deles. Ham estava usando uma camisa de botões e um paletó esporte, uma rosa vermelha na lapela, e Lydia parecia imperdoavelmente jovem e linda em um vestido branco sem mangas; atrás de sua orelha direita havia uma rosa vermelha combinando com a de Ham. Juntos, os dois mostravam um papel azul-claro preenchido com letras pequenas demais para Liz decifrar, exceto no alto da folha, onde estava escrito CERTIDÃO DE CASAMENTO. Ambos estavam radiantes.

Parabéns!, Liz escreveu de volta. Vcs estão lindos! E depois: Quando vcs voltam???

Mais uma vez, não houve resposta.

Capítulo 139

O senhor Bennet e Kitty voltaram a Cincinnati na tarde da quinta-feira, quatro dias depois da partida e apenas algumas horas depois de Liz ter recebido a fotografia de Lydia; o pai e a irmã não haviam conseguido encontrar os recém-casados.

A senhora Bennet estava, como de costume, em sua cama – as exigências do almoço da Liga das Mulheres, prementes como sempre, haviam sido deixadas de lado a semana inteira para que ela se dedicasse em tempo integral à própria vergonha e à aflição –, e o senhor Bennet e Kitty entraram no quarto para fazer um relatório sem novidades para ela, Liz e Mary.

— Você realmente não descobriu nada todo esse tempo? — perguntou a senhora Bennet ao marido.

— Descobri que custa quarenta e sete dólares para estacionar no Hilton. — O senhor Bennet parecia extremamente exausto. — Mais alguma coisa, Kitty?

— O feijão do Anish Kapoor é legal.

— Sempre achei que havia algo esquisito nesse Ham — comentou a senhora Bennet. — Ele tinha um olhar estranho, e eu nunca confiei nele.

— Eles provavelmente estão agora em plena lua de mel — disse Mary com prazer malicioso.

— Kitty, o que você acha? — quis saber Liz. Sem dúvida, se Liz entrara em contato com Lydia, Kitty também devia ter entrado. Mas Kitty só deu de ombros.

— Devíamos contratar um detetive — disse a senhora Bennet. — Fred, você se lembra de quando os Hoessles estavam se divorciando e a Marilyn contratou alguém para seguir o Buddy?

— Na verdade — contou Liz —, eu tive notícias da Lydia.

— E você não ia nos contar? — perguntou o senhor Bennet.

— Não faz muito tempo, e ela não disse nada. É só uma foto. — Liz clicou no ícone das mensagens da tela do celular, depois na foto em questão: Ham e Lydia em suas melhores roupas, segurando a certidão de casamento, com expressão de felicidade. Ela mostrou a foto primeiro ao pai, e ele pareceu expressar um divertimento mudo.

— Puxa, ela parece poderosa — comentou Kitty.

— Pelo visto, o caso está encerrado — respondeu Mary.

Quando finalmente Liz passou o celular para a mãe, a senhora Bennet olhou atentamente com os lábios franzidos e desatou novamente a chorar.

— Se é isso que a Lydia quer, está bem — disse a senhora Bennet. — Está bem. Mas eu não quero mais nada com eles.

Capítulo 140

Liz encontrou o pai em seu escritório e disse:

— Lembra quando conversamos sobre a Mary ser ou não gay, e o senhor disse que as pessoas podem fazer o que quiser desde que não seja na rua, nem assuste os cavalos?

O senhor Bennet suspirou.

— Parece que a sua irmã caçula está fazendo de tudo para eu provar o que eu disse.

— Eu sei que uma pessoa transexual parece algo estranho para o senhor. Mas o mundo mudou muito.

— Mudou mesmo.

— Não quero que sejamos uma dessas famílias brigadas e que não se falam mais. O senhor quer?

— O que você quer que eu faça?

— Ajude a mamãe a superar isso. Quando a Lydia e o Ham voltarem para Cincinnati, convide-os para jantar como se estivesse tudo normal. Ou, sei lá, dê uma máquina de waffles para o casal. Eles não se casaram para ofendê-los. Eles estão apaixonados.

O senhor Bennet sorriu com malícia.

— Eu imagino que sim — disse ele. — Mas isso é uma doença aguda, não crônica.

Capítulo 141

— Quando você ficou sabendo? — perguntou Liz a Kitty. Elas estavam no carro de Kitty indo buscar o jantar no Bangkok Bistro. — Descobriu logo quando vocês começaram a fazer crossfit?

— Praticamente.

— Então não é que a Lydia estava flertando com o dono da academia, e *depois* descobriu que ele era trans. Ela sabia desde o início?

— É o tipo de coisa que as pessoas comentam. E, assim, o Ham é absurdamente forte. Ele faz cinquenta flexões em um minuto, o que é impressionante se você pensar que ele nasceu menina... — Claramente, pensou Liz, a irmã não tinha a mesma preocupação que ela de usar a linguagem politicamente correta. Kitty agregou: — No mínimo, o fato de Ham ser trans deixou a Lydia mais intrigada.

— Será que ela vai virar uma ativista LGBT agora? — se perguntou Liz, e Kitty deu risada.

— Não é assim que ela se vê, nem como ela entende o Ham. Ela realmente pensa nele como homem, e adora toda essa coisa de cavalheirismo. Bem, pelo visto o conhecimento dele em primeira mão do corpo da mulher deve ser um bônus no sexo.

— Argh. — Liz levantou a mão, a palma virada para Kitty, e Kitty deu risada outra vez.

— Como você é pudica.

— Não sou pudica. Melhor para eles. Mas não quero mais falar nisso.

— Então, por que você veio me perguntar essas coisas?

Capítulo 142

A mensagem de texto de Lydia chegou na manhã do dia seguinte, enviada para o grupo de Jane, Liz, Mary e Kitty: Tamos voltando hoje à noite tem festa vcs podem levar bebida

Outro texto veio em seguida: Na nossa casa umas 9

E depois um terceiro: Sem champanhe, q eh muito doce e sim tequila/sidra não das baratas

Uma explosão de textos fraternais se seguiu.

De Kitty: Parabéeeeeens!!!!!!!!

De Jane: Queria estar aí, parabéns!

De Mary: *V*ocê está gostando de ser lésbica?

De Liz: Acho importante você avisar M & P

De Kitty: Eles tão pirando

De Liz: E também diga ao Ham que estou ansiosa para tê-lo como cunhado

De Mary: "Cunhado"?

De Lydia: Mary pode acreditar o ham é mais masculino que 99% dos caras por aí

De Lydia: M & P podem pensar o que quiserem

De Lydia: Usamos um vibrador de 23 cm Mary vc devia experimentar quem sabe vc não seria tão mal-humorada

De Lydia: Não é engraçado q eu sou a mais nova mas fui a primeira a casar?

Capítulo 143

As frases que anteriormente ecoavam na cabeça de Liz – "Estou apaixonado por você. Não consigo parar de pensar em você" – haviam sido substituídas.

Enquanto ela estava de pé no chuveiro tirando xampu do cabelo, enquanto comia sanduíche de peito de peru, enquanto ia de carro até o Hyde Park Wine & Spirits e resignadamente comprava tequila e sidra caras, e depois até a livraria Joseph-Beth e comprava uma edição barata de *Transgênero para iniciantes: um guia simples para uma questão complexa*, a frase que ecoava agora era: "Imagino que o meu irmão tenha lhe contado sobre ele e a Caroline". Dirigindo pela Edwards Road, ela pensava: *Imagino que o meu irmão tenha lhe contado sobre ele e a Caroline. Imagino que o meu irmão tenha lhe contado sobre ele e a Caroline. Imagino que o meu irmão tenha lhe contado sobre ele e a Caroline.*

De volta ao quarto, Liz pesquisou na internet e encontrou o endereço e os horários das reuniões de um grupo de apoio para famílias de indivíduos transexuais. Então encontrou os nomes de três terapeutas familiares, anotou as informações, dobrou o papel, inseriu em um envelope no qual escreveu *Mamãe & Papai* e prendeu o envelope no livro *Transgênero para iniciantes* com um elástico. Enfim, quando não conseguiu pensar em mais nenhum gesto para se convencer de que era uma filha e uma irmã prestativa, Liz fez reserva em um voo para Nova York na manhã seguinte.

Capítulo 144

Lydia estava com um vestido curto de verão amarelo e sandálias, e ela parecia plena de uma felicidade de recém-casada que Liz nunca acreditou que pudesse existir realmente. À guisa de cumprimento, a noiva estendeu a mão esquerda para Kitty e Liz (Mary resolvera não ir à festa), e um anel de noivado com um enorme diamante com lapidação de esmeralda e uma aliança cravejada de diamantes brilharam com a luz.

— Compramos na Tiffany's da Magnificent Mile — contou Lydia. — Tudo foi vinte mil dólares.

— Que bonitos — elogiou Liz.

— O Ham pagou em dinheiro? — perguntou Kitty.

Ham se aproximou delas e, embora Liz tenha notado nele uma certa cautela quando elas se inclinaram para abraçá-lo, ele também parecia genuinamente feliz.

— Parabéns — cumprimentou Liz. — Bem-vindo à família.

— Sei que as coisas não aconteceram da melhor maneira — disse Ham. — Mas quero que vocês saibam, Liz e Kitty, que pretendo honrar e cuidar da sua irmã.

A sinceridade dele era ao mesmo tempo comovente e constrangedora; além disso, Liz se pegou analisando o cavanhaque dele de um modo que nunca fizera no passado. Ela murmurou:

— Claro.

— Tenho planos de continuar tentando me relacionar com seus pais — disse ele. — Acho que é melhor deixá-los em paz por enquanto, mas não vou desistir.

— Fico contente em saber — falou Liz, e então uma ruiva alta que ela nunca tinha visto abraçou Ham e, ao fazê-lo, interrompeu a conversa.

Cerca de trinta e tantos outros convidados – visivelmente atléticos, homens e mulheres entre os vinte, trinta e quarenta anos, além de patricinhas jovens que eram amigas de infância de Lydia – circulavam pela festa. Ham morava em uma estreita e impecável casa de três andares em Mount Adams com uma cozinha de granito e um terraço no último andar. Ao deixar a tequila e a sidra na mesa da sala de jantar, onde haviam montado um bar – havia, afinal, algumas garrafas de champanhe, de uma das quais Liz se serviu –, ela foi abordada por Jenny Teetelbaum, a melhor amiga de Lydia em Seven Hills. Em volume normal de voz, Jenny disse:

— Que loucura isso do Ham, não é? Eu jamais teria adivinhado.

Na esperança de dar um exemplo, Liz abaixou a própria voz.

— Estou muito animada por eles.

— Ouvi dizer que os seus pais deram uma pirada — falou Jenny. — O que é totalmente compreensível.

— Você ainda dá aula no jardim da infância? — perguntou Liz.

Depois de ouvir detalhes sobre caprichos de crianças de cinco anos, Liz se viu na sala de estar, prestes a entabular uma conversa sobre qual tipo de flexão, comum, saltando ou *burpee*, era o melhor exercício de crossfit, quando Ham bateu o garfo na taça. Ele parou em frente à lareira, com Lydia ao lado.

— Obrigado por terem vindo hoje à noite — agradeceu ele, e só esse comentário já provocou palmas e gritos. — Eu só queria dizer, em nome da Lydia e de mim mesmo, que estamos felizes por termos vocês aqui hoje para comemorar conosco, e que agradecemos muito o apoio de vocês nessa nova etapa da nossa vida juntos. E quero dizer à Lydia: querida, obrigado por fazer de mim o cara mais feliz do mundo! — Eles se viraram para se beijar, e os aplausos e saudações que se seguiram foram definitivamente ruidosos. Quando o beijo terminou, Lydia ergueu os dois braços acima da cabeça como uma esquiadora olímpica que tivesse completado o percurso em primeiro.

— Liga o som! — exclamou ela, e Liz não saberia dizer se a primeira música que tocou – "I Don't Want to Miss a Thing", do Aerosmith

– estava planejada ou se foi um acaso. Que Lydia e Ham estavam apaixonados, não havia dúvida.

Minutos depois, enquanto Lydia estava dançando com Jenny Teetelbaum, Liz cutucou o ombro da irmã.

— Estou indo embora — avisou. — Mais uma vez, meus parabéns.

A expressão de Lydia foi de desdém.

— Não são nem onze horas!

— Vou voltar para Nova York amanhã de manhã. Lydia, eu realmente espero que você entre em contato com a mamãe e o papai.

— Não venha me amolar no meio da nossa festa.

— Eles podem ser velhos e esquisitos e tacanhos, mas são os únicos pais que você tem.

— Ai, meu Deus, você não pode relaxar um segundo? — Lydia estendeu a mão para Liz, agarrou-a e começou a girar embaixo de seus braços unidos. — Você esqueceu totalmente como se divertir? — perguntou Lydia, e Liz pensou: *Talvez.*

Ela deu um passo adiante e abraçou sua odiosa e encantadora irmã caçula.

— Mantenha-me informada — pediu.

Capítulo 145

Do lado de fora, Liz caminhou rapidamente até o carro do pai e estava quase entrando quando ouviu seu nome. Ela se virou e viu Ham correndo atrás dela.

— Você saiu sem que eu tivesse a oportunidade de agradecer de novo por ter vindo hoje. É sério.

— Obrigada por me incluir — disse Liz automaticamente, e então os dois se calaram, e Liz se perguntou se eles continuariam fazendo parte da vida um do outro por décadas ainda – se Ham e Lydia continuariam casados.

— Espero que você não se sinta... — Ham fez uma pausa — quero dizer, ah, enganada.

— Não me importa se você é transexual — falou Liz. — E mesmo que eu me importasse, sei que vocês dois não precisam da minha aprovação. Mas seria um grande aborrecimento se a Lydia se afastasse para sempre dos nossos pais.

— Ninguém mais do que eu deseja que ela tenha uma boa relação com eles — disse Ham. — Não foi ideia minha, foi ela quem teve a ideia de fugirmos. Eu poderia ter dito não, obviamente, mas e se eu me recusasse e depois os seus pais conseguissem voltá-la contra mim? Eu não podia correr o risco de perder o amor da minha vida.

Ser adorada profunda e inexplicavelmente como Ham adorava Lydia – será que ela mesma, Liz se perguntou, experimentaria aquilo algum dia?

— Resolvi que a melhor estratégia era casar agora, e depois passar o tempo que fosse preciso convencendo a sua mãe e o seu pai de que sou um bom sujeito — Ham estava dizendo. — Esse ainda é o meu objetivo, e agradeço muito os seus conselhos.

— Então, e as outras coisas que você me contou e a sua biografia na sua página da internet... Eu entenderia se não fosse, mas era tudo verdade? Você realmente esteve no exército e cresceu em Seattle?

— É definitivamente tudo verdade — confirmou Ham. — Eu servi no setor de Comunicações como mulher e tinha outro nome, mas, sim, é verdade.

Liz suspirou.

— Você acha que o depósito com todas as coisas que estavam no porão dos meus pais ficou infestado de aranhas?

— Isso passou pela minha cabeça. Eu posso confirmar. Liz, eu sei que a Lydia é às vezes dura com você, mas a sua opinião é muito importante para nós dois. Estou realmente feliz por ter a sua bênção, e juro que vou resolver as coisas com os seus pais.

— Eu acredito em você — disse Liz. — Agora volte lá para dentro. Você está perdendo a sua própria festa. — Quando Ham deu um passo adiante para abraçá-la outra vez, ela completou: — A Lydia tem sorte de ter encontrado você.

Capítulo 146

O avião de Liz pousou no aeroporto JFK pouco depois das onze da manhã e, quando estava taxiando em direção ao portão, ela alterou a configuração do celular para sair do modo avião. Imediatamente, três mensagens de texto apareceram na tela, uma de sua editora, Talia, uma segunda era de Jane, e uma terceira dizia: É o Darcy. Espero que esteja tudo bem com a sua família. Posso lhe convidar para beber algo este fim de semana?

O coração dela se dilatou e se contraiu. Por que agora? Claro que tinha de ser agora! *Imagino que o meu irmão tenha lhe contado sobre ele e a*

Caroline, pensou Liz, e a ideia de se sentar em um bar e ouvi-lo descrever seu romance reatado a deixou feliz por ter ido embora de Cincinnati.

Ela estava pronta – mais do que pronta – para voltar a viver sua vida em Nova York. Não havia dado certo com Darcy; ela estava com trinta e oito, e não havia dado certo com muitos outros caras. Na verdade, já cheguei a Nova York, ela digitou às pressas. Parece que somos dois navios que se cruzam no meio da noite. Cuide-se. Então ela clicou em *Enviar* e, minutos depois, saiu do avião e correu pelo terminal, motivada, ainda que temporariamente, pelo alívio de sua resolução.

Parte três

Capítulo 147

Para a manhã do almoço da Liga das Mulheres, Liz encomendara um grande buquê de rosas, hipéricos e ervilhas-de-cheiro, a ser entregue na mansão estilo Tudor, com um cartão no seu nome e de Jane. Durante o almoço, ela escreveu a Mary e Kitty para perguntar como estavam as coisas.

Bem, Mary escreveu de volta. Quase acabando.

Imagina uma sororidade de mulheres que viajaram no tempo cinquenta anos para o passado, Kitty mandou. Só que mais bêbadas.

Nenhuma das duas respondeu exatamente à pergunta de Liz.

No dia anterior, Liz fora avisada por Shane Williams de que outro casal estava pronto para fazer uma oferta pela casa, e ela propositadamente ocultara essa informação antes do almoço da mãe. Ao telefonar para a casa dos pais no final da tarde, o senhor Bennet a informou de que a mãe já estava na cama.

— Derrotada ou triunfante? — perguntou Liz, e o pai lhe disse:

— Às vezes é difícil saber a diferença, não é?

Capítulo 148

A oferta inicial foi de oitocentos e noventa e nove mil dólares; após a negociação, chegaram a novecentos e vinte mil, valor que Shane recomendou enfaticamente a Liz e ao senhor Bennet que aceitassem.

— A não ser que vocês queiram tirar a casa do mercado, reformar e colocar à venda outra vez na primavera — disse ele. — Mas com o período escolar começado e as férias de fim de ano no horizonte, a maioria das pessoas não quer mudar de casa neste momento.

Da segunda vez, a vistoria não revelou nenhuma surpresa; marcaram a assinatura para dezoito de outubro, e Liz reservou uma passagem para o mesmo dia.

Capítulo 149

Setembro em Nova York ainda tinha seus momentos de calor incômodo, mas outubro, que sempre fora o mês favorito de Liz, era a cidade em seu melhor momento – as folhas no Central Park estavam mudando de cor, as mulheres elegantes que trabalhavam na *Rímel* e suas revistas irmãs usavam seus casacos com cinto, e a lanchonete favorita de Liz estava servindo sopa de abóbora. Ocorrera a ela que sua estada prolongada em Cincinnati talvez a afastasse dos amigos de Nova York ou mesmo de seus próprios hábitos, mas, na verdade, ela passou a gostar outra vez da cidade, e a afeição parecia recíproca: passou a sair mais de casa para beber, jantar, comer um *brunch*, muitas vezes com pessoas que não via fazia mais de um ano, e havia muita coisa para contar e discutir. Embora ela tivesse feito questão de telefonar para os pais três ou quatro noites por semana, e de enviar mensagens para as irmãs quase todos os dias, a ausência das obrigações familiares constantes fez com que ela sentisse como se horas adicionais fossem inseridas em cada dia, horas em que ela podia ler romances, ir ao cinema, fazer longas corridas ou visitar exposições que, provavelmente, na primavera anterior, ela teria intenção de visitar, mas acabaria não visitando, acreditando estar ocupada demais.

Algumas semanas se passaram até que Liz se desse conta de que esses blocos de tempo auxiliares podiam ser atribuídos não apenas ao fato de não estar mais à disposição da família, mas também ao encerramento de sua relação com Jasper. Na segunda semana de outubro, sem prazer ou vingança, Liz jogou fora o *babydoll* vermelho e a calcinha, jamais usados, que ele enviara a Cincinnati. Ela também se desfez do papel sulfite no qual, ao longo de uma década e meia, ela escrevera o que considerava as melhores frases de Jasper: "Com você eu falo muito mais abertamente do que com ela. Às vezes fico pensando que você e eu formaríamos um belo casal". Eu *amo você na minha vida.* Como essas ofertas pareciam mesquinhas agora, como esses elogios eram contingentes! No entanto, sem dúvida, a culpa era tanto dela quanto dele; lembrando-se de que chegara a especular casualmente sobre a saúde da avó da esposa de Jasper, que liberaria Jasper para se divorciar de Susan, Liz se perguntou se existiria sinal mais forte da desonestidade essencial de uma relação do que depender, para sua realização oficial, da morte de outro ser humano.

Em todo caso, quando as noites de outono enchiam Liz de saudade – como quando ela estava saindo do trabalho, o cheiro das castanhas carameladas, as folhas esvoaçantes no ar frio –, a pessoa em quem ela pensava não era Jasper.

Capítulo 150

Parabéns, Kathleen Bennet!, dizia o e-mail que Kitty encaminhara para Liz. O Instituto de Cosmetologia Kenwood tem o prazer de lhe oferecer uma vaga em nosso rigoroso e atualizado programa de dezesseis semanas de Manicure; sua sessão começa na segunda-feira, 4 de novembro.

Feliz agora?, Kitty escrevera acima do e-mail do instituto, e Liz escreveu de volta: Sim, muito. Que bom para você!

Capítulo 151

Foi a senhora Bennet quem telefonou para Liz, o que era raro, a não ser que houvesse uma liquidação de tapetes de banheiro na Gattle's.

— O seu pai foi a uma palestra com aquele transviado — a senhora Bennet praticamente sussurrou. — Você pode imaginar isso?

— A senhora se refere ao Ham? — perguntou Liz.

— Não sei o que o seu pai tem na cabeça.

Liz havia ficado contente ao saber que o senhor Bennet e Lydia haviam se encontrado mais de uma vez para tomar café da manhã no Echo, mas, até onde ela sabia, era a primeira vez desde a fuga deles que o pai saía com Ham.

— Palestra sobre o quê? — quis saber Liz.

— Isso não faz a menor diferença — disse a senhora Bennet.

Uma rápida pesquisa revelou que os dois tinham ido assistir a um professor da Universidade de Cincinnati falar sobre lei e política na Grécia Antiga.

Você curte história?, Liz escreveu para Ham.

Faço o que for preciso, Liz, Ham escreveu de volta. Qualquer coisa :)

Capítulo 152

Com o auxílio de um aplicativo de celular que não existia da última vez em que estivera solteira, Liz embarcou em uma série de encontros que não foram nem terríveis, nem particularmente promissores. O quinto homem que ela encontrou para beber se revelou alguém com quem ela havia saído sete anos antes, embora nenhum dos dois tivesse se dado conta disso até o momento em que sentaram um diante do outro, em um restaurante na Trinta e Seis Leste, e já estavam conversando havia dez minutos. O nome dele era Eric, e estava morando nos subúrbios de Nova Jersey, divorciado, pai de dois filhos, um de cinco e um de dois.

Ele era uma pessoa perfeitamente agradável, mas, quando conversaram, todas as coisas que a haviam incomodado da última vez voltaram a incomodá-la, com apenas alguns detalhes diferentes. Ela não se lembrava de ter guardado essa lista de *Motivos para não sair com Eric Zanti* em seu cérebro durante sete anos, mas, assim que ela foi reativada, não havia como negar sua existência: ele não era muito de ler, segundo ele, porque era muito ocupado. Gostava de caçar pequenos animais, embora recentemente, em um fim de semana com seus amigos, tivesse abatido um veado de cauda branca de quase quatro metros. Achava que a ex-mulher passava tempo demais no Facebook.

Quando tinha vinte e poucos anos, Liz dividira apartamento com uma menina chamada Asuka que odiava supermercado; ela dizia que só de olhar para toda aquela comida nos corredores, pensando nas refeições que teria de preparar, dia após dia e ano após ano, ela ficava desesperada. Despedindo-se de Eric em frente ao restaurante – eles se beijaram no rosto, e Liz conteve o impulso de fazer uma piada dizendo que podiam marcar de se rever dali a sete anos –, entendeu o desespero de Asuka, só que com homens em vez de comida. Antes mesmo de voltar a seu apartamento, ela deletou o aplicativo de seu telefone.

Capítulo 153

Nas quarenta e oito horas que passou em Cincinnati para a mudança dos pais de sua mansão estilo Tudor e para a assinatura do contrato de venda na imobiliária, Liz procurou por Darcy. Ela o procurou onde ele corria na Madison Road, quando ficou dando voltas de carro – nas viagens que fez para ajudar na mudança dos pais – entre a mansão estilo Tudor e o Grasmoor, que era o edifício onde os pais, afinal, haviam decidido morar, embora estivessem alugando um apartamento de dois quartos em vez de comprar um de três e usando o dinheiro que poderia ter servido para a compra para manter o título de sócios do Country Club. Ela procurou por Darcy no centro, quando foi com o pai ao escritório da imobiliária (jamais encontrara Darcy no centro antes) e enquanto esperava no Dewey's, em Oakley, pela pizza para levar ao primeiro jantar dos pais em seu novo lar. Ela o procurou quando saiu para correr no dia seguinte, e seria mentira alegar que não considerou a hipótese de parar em frente ao apartamento dele, mas eram sete e vinte da manhã e ele tinha uma agenda complicada e uma namorada. ("Imagino que o meu irmão tenha lhe contado sobre ele e a Caroline.")

Antes de pegar o avião de volta, Liz encontrou Ham e Lydia para almoçar no Teller's.

— Não sei se a Lydia comentou que eu escrevi uma carta para a sua mãe — disse Ham. — Infelizmente, não tive resposta.

Durante a pizza na noite anterior, Liz perguntara se a mãe havia considerado acabar com aquele silêncio entre ela e a filha mais nova e o marido.

— Claro que não — a senhora Bennet havia declarado.

— Acho que ela ainda precisa de mais algum tempo — falou Liz a Ham. — Quem sabe depois que eles se instalarem no novo apartamento, ela fique mais receptiva. Mas fico contente por você estar tentando.

— Lizzy, eu queria te perguntar uma coisa — disse Lydia. — Você já depilou as sobrancelhas com linha?

Os três haviam se levantado para sair do restaurante quando viram uma mulher de meia-idade que Liz reconheceu como Gretchen Keefe, que décadas antes havia sido vizinha e cuidara das meninas na Grandin Road. Gretchen estava acompanhada por outra mulher, ambas com calças de lycra pretas, moletons de capuz nitidamente caríssimos e grandes anéis de diamante.

— Olá, meninas! — cumprimentou Gretchen afetuosamente. — É verdade que a Mary fugiu com um travesti?

Liz franziu o cenho e Ham estendeu a mão e disse tão afetuosamente quanto Gretchen:

— Na verdade, eu sou transexual, não travesti, e me casei com a Lydia aqui, mas de todo modo muito prazer, Hamilton Ryan.

— Ah, meu Deus. — Em vez de apertar a mão de Ham, Gretchen levou a própria mão à boca; e a alegria de seu semblante desapareceu.

— É verdade — disse Lydia a Gretchen com entusiasmo fingido — que você e o seu marido não fazem sexo há quinze anos? Porque foi o que ele disse para a Kitty no verão passado quando ela estava tentando nadar em paz.

— Eu não me dei conta... — começou Gretchen, e Liz interrompeu, em voz alta:

— É, muita coisa mudou na nossa família. Aliás, nossos pais se mudaram ontem da Grandin Road. A casa ficou grande demais para eles. — Isso havia sido o que a senhora Bennet dissera a Abigail Rycraw, uma viúva da Liga das Mulheres que elas haviam encontrado no estacionamento do Grasmoor, e a mãe dissera isso de modo tão convincente que Liz achou por um momento que ela havia acreditado.

Gretchen parecia estar prestes a chorar, e Liz falou:

— Seja como for, foi um prazer revê-la! — Ela olhou de relance para Ham e Lydia e apontou para a saída do restaurante. — Vamos?

Na calçada, Lydia comentou:

— A Gretchen Keefe é um horror.

— Você precisa ser menos sensível a essas coisas, querida — disse Ham. — Você vai conseguir.

— Sinto muito — falou Liz, e Ham deu de ombros.

— Já ouvi coisas piores.

Capítulo 154

Lembra aquele cara, o Darcy, que nos criticou no churrasco dos Lucas?, Mary escreveu a Liz no dia das bruxas. Acabei de vê-lo no Skyline, mas ele foi bizarramente simpático.

Liz estava em sua mesa na *Rímel*, preparando-se para entrar na reunião da uma da tarde.

Outra mensagem de Mary chegou: Talvez ele seja bipolar.

Sobre o que vocês falaram?, Liz digitou, depois deletou.

A irmã do Chip, a Caroline, estava com ele?, ela digitou, depois deletou também.

Vocês mencionaram meu nome?, ela escreveu, e também outra vez deletou.

Enfim, ela escreveu: Acho que ele gosta de chili, e foi esse o texto que enviou.

Capítulo 155

O aniversário de quarenta anos de Jane cairia no primeiro sábado de novembro, e Liz foi de trem até Rhinebeck para ajudar no jantar que Amanda e Prisha fariam em casa. Liz fora duas vezes a Rhinebeck antes e ficara contente ao ver que a pele da irmã estava corada, sua expressão, entusiasmada e um volume pequeno e encantador se destacava cada vez mais em seu ventre. No dia de seu aniversário, Jane completou vinte e duas semanas de gravidez e estava absolutamente curvilínea. Vestia uma bata que enfatizava seus seios voluptuosos, e uma calça jeans com elástico na cintura que ela mostrou a Liz com expressão divertida.

— Você está uma verdadeira deusa da fertilidade — afirmou Liz, e Jane deu risada, mas não pareceu incomodada.

O senhor e a senhora Bennet telefonaram à tarde para cantar "Parabéns pra você" – era o único dueto que Liz já ouvira os pais fazerem – e os convidados chegaram por volta das sete: amigos de Amanda e Prisha que Jane conhecera recentemente, uma colega de classe de Barnard e o marido, que moravam perto de Kingston, duas colegas do estúdio de ioga, que, como Liz, tinham vindo de Nova York. Embora Jane não estivesse bebendo, Amanda abriu várias garrafas de vinhos que Liz reconheceu serem caros. Liz havia comprado um bolo em uma doceria em Cobble Hill – no trem lotado, ela sentara com o bolo no colo como uma criança obediente, e com o livro que estava lendo por cima – e, apesar do jantar satisfatório, ninguém recusou nenhuma fatia.

Liz dividiu a cama de casal do quarto de hóspedes com Jane e seu travesseiro de corpo. Na manhã de domingo, enquanto Amanda e Prisha ainda estavam dormindo e o filho delas via televisão, as irmãs saíram para passear pelas estradinhas rodeadas de bosques, sem calçadas, em volta da casa de suas anfitriãs.

— Então, como é ter quarenta anos assim arrasadora e atraente? — perguntou Liz.

— Estou mais para acabada e abobalhada — disse Jane, mas soando entusiasmada. — Obrigada por ter vindo comemorar comigo.

— Como você está de grana?

Jane balançou a cabeça.

— A Amanda não me deixa pagar nada, e os amigos delas têm sido incríveis, me deram várias coisas usadas. Agora só preciso ver como contar a novidade para a mamãe e o papai. A mamãe ainda não está falando com a Lydia e o Ham, não é?

— Acho que ainda não. Você soube que a Lydia fez uma lista de presentes? Sem querer parecer a mamãe, mas quando a pessoa foge para casar pode fazer lista?

— Vou precisar encomendar algum presente para ela — considerou Jane.

— Que tal um serviço de jantar de porcelana de duzentos e quarenta dólares? Ou talvez você prefira um mixer de seiscentos e cinquenta.

— Você está inventando esses preços ou é isso mesmo?

— Para falar a verdade, o mixer também corta e faz cremes.

Jane deu risada.

— Talvez eu consiga comprar para ela uma parte de um garfo. Lizzy, não sei o que eu imaginava sobre a minha situação financeira quando tivesse quarenta anos, mas depender da caridade dos amigos... realmente não era o que eu tinha em mente.

A surpresa, pensou Liz, não era que alguém rico caísse do céu para subsidiar a gravidez de Jane; a surpresa era que Jane chegasse ao ponto de precisar desse subsídio. Jane era tão refinada e delicada, tão encantadora e amada que certa inevitabilidade cercara seu namoro com Chip, e era a separação, mais do que sua união, o que parecia um desvio do roteiro. Além disso, Liz se perguntou, seria indecoroso da parte dela se sentir aliviada pelo fato de Amanda, obscenamente bem-sucedida, e não ela própria, Liz, muito mais modesta, estar sustentando Jane? Será que Liz deveria insistir em assumir a responsabilidade, como membro da família? Em voz alta, Liz disse:

— Aparentemente todos estão contentes com o que você chamou de caridade.

— Você jamais teria aceitado. Aliás, pelo contrário; você não está pagando o aluguel da Kitty e da Mary?

— Só até elas terminarem os estudos e arrumarem empregos. Preciso contar só mais uma coisa sobre a Lydia. Ela adotou o sobrenome do Ham, de modo que agora ela se chama Lydia Ryan.

— Humm. No fundo, ela se revelou mesmo conservadora.

Capítulo 156

Não era inesperado deparar com Jasper na rua; nas diminutas dimensões do mundo da mídia de Manhattan, a única questão era quando esse encontro ocorreria. A resposta se revelou uma quarta-feira à noite, em uma festa de lançamento das memórias da Casa Branca de uma ex-conselheira de segurança nacional também conhecida por suas magníficas panturrilhas bronzeadas.

A festa ocorreu em um espaço de eventos no vigésimo segundo andar de um prédio em Columbus Circle. Três outras pessoas entraram no elevador do saguão com Liz e, pouco antes de as portas se fecharem, apareceu um braço entre elas, seguido por uma voz de homem:

— Segura! — Então, o resto de Jasper apareceu. Ele e Liz se entreolharam, e ele sorriu. — Ei! É você.

Reservadamente, Liz cumprimentou:

— Oi.

Ele sempre havia sido lindo e ainda era, mas Liz percebeu pela primeira vez como ele parecia velho: seus cabelos loiros cacheados estavam mais prateados, e os cantos dos olhos, marcados de pés de galinha. Quando aquilo teria acontecido? Ela não sentiu prazer nenhum em suas observações; em vez disso, elas a deixaram triste.

Todos saíram do elevador no vigésimo segundo andar, e Jasper a segurou pela manga do casaco.

— Estou tentando respeitar a sua vontade, mas você realmente vai me ignorar? — disse ele.

— Não estou te ignorando.

— O que você está fazendo, então? Terminamos assim? Depois de tudo?

— Você teve a sua chance.

— Se você está trepando com outro cara, só não vá me dizer que é com o Darcy. — Ela não falou nada e, conforme os outros convidados saíram do elevador ao lado e passaram por eles, Jasper acrescentou: — Será que não podemos tomar um café? Saudade das nossas conversas.

Ela se desvencilhou dele.

— Então acho que você não devia ter me tratado como tratou.

Capítulo 157

A mensagem de texto de Kitty chegou enquanto Liz estava tirando a roupa da secadora no subsolo de seu prédio: M & P levaram L & H para jantar no Country Club ontem. Achei q vc ia gostar de saber.

Liz telefonou imediatamente para a irmã.

— Isso foi importante — disse Liz. — Você não acha?

— Acho que sim. — A voz de Kitty soou desanimada, possivelmente entediada.

— Você está pintando as unhas agora? — perguntou Liz.

— Se eu estivesse, como teria escrito a mensagem para você?

Capítulo 158

Liz telefonou em seguida para a mãe.

— Fiquei sabendo que a senhora e o papai jantaram ontem com a Lydia e o Ham.

— Eles têm um macarrão com camarões no cardápio agora — comentou a senhora Bennet. — Eu não queria comer frutos do mar, mas acho que da próxima vez vou pedir. E a Lydia pediu o filé mignon; no clube eles sabem fazer um bom.

Sabendo que ela não devia ser provocada, Liz perguntou:

— A senhora não está mais incomodada por Ham ser transexual?

— Ora, isso é um defeito de nascença — disse a senhora Bennet rapidamente. — É como lábio leporino. Não nos cabe questionar o plano de Deus, mas basta você olhar por aí para saber que algumas pessoas não nascem do jeito que deveriam.

Será que era uma teoria do *Transgênero para iniciantes: um guia simples para uma questão complexa*? Sem ter lido o livro que dera aos pais, Liz não teria como saber ao certo.

— O Ham está pensando em abrir outra academia — a senhora Bennet estava dizendo. — Todas as aulas dele têm lista de espera, de modo que faz sentido ele querer expandir. — Ela parecia, Liz pensou, estranhamente, uma versão de si mesma que ela sempre quis ter sido: uma sogra se gabando do sucesso do marido da filha. Então, acrescentou: — Lizzy, não estou encontrando uma almofada muito bonita que eu tinha comprado para a casa antiga. Tinha um abacaxi. Você se lembra de ter visto em algum lugar?

Por alguns segundos, Liz congelou. Então, respondeu:

— Talvez tenha ido por engano com as doações para o leilão.

Capítulo 159

A mensagem de texto de Darcy, que chegou pouco depois das dez horas da quinta-feira à noite, dizia: Oi, Liz, estarei em NY na semana que vem, e gostaria de convidar você e Jane para jantar. Vocês estão livres na terça ou na quarta? Sei que é meio em cima da hora.

Como aquelas poucas frases podiam ser tão intrigantes! Por que Darcy haveria de querer jantar com ela e com Jane? Será que ele não se lembrava de que Jane não morava mais na cidade? Talvez, Liz pensou, ele quisesse evitar fazer um convite que, de outra forma, pareceria um encontro romântico.

E então, como às vezes acontecia, a lembrança da declaração de Darcy (ele estava *apaixonado* por ela, ele queria ser seu namorado) passou pela cabeça de Liz, seguida pelo eco pavoroso: "Imagino que o meu irmão tenha lhe contado sobre ele e a Caroline".

Sim, havia circunstâncias atenuantes; mas nenhuma, pensou Liz com tristeza e remorso, atenuante o bastante para absolvê-la.

Capítulo 160

O perfil escrito por Liz sobre Kathy de Bourgh saiu no número de dezembro da *Rímel*, e o artigo de Jasper sobre Cincinnati como celeiro do squash saiu no número de dezembro da *Sporty*; as duas revistas chegaram às bancas com intervalo de um dia no início de novembro. À tarde, seis pessoas haviam enviado mensagens ou e-mails para Liz sobre o artigo de Jasper, quatro das quais sabiam que ela o conhecia e todas sabiam que ela era de Cincinnati. Ela leu o artigo naquela noite.

Só depois de terminar de ler – o foco se alternava entre o treinador e o menino de onze anos com o pai empenhado – ela se deu conta de que uma parte sua esperava que o artigo de Jasper se transformasse de uma matéria de esportes em uma abordagem direta, quebrando a quarta parede, de sua relação com a própria Liz, ou em uma confissão ou tentativa de desculpas da parte de Jasper. No entanto, não era nenhuma dessas duas coisas; era apenas sobre squash. Ela ficou decepcionada ou aliviada? Ela esperava que fosse a primeira, mas, em vez disso, sentiu-se a última.

Na manhã seguinte, Liz descobriu que depois de deitar-se ela recebeu um e-mail de duas frases de Kathy de Bourgh: Querida Liz, obrigada por ter se dado ao trabalho de me descrever com respeito e precisão. Gostei de conhecê-la e agora a admiro muito. Kathy

Liz nunca havia se comunicado diretamente com Kathy de Bourgh e, por um momento, ficou sem saber como se dirigir a ela. Então, decidida, ela escreveu: Kathy, o prazer foi todo meu. Fico muito lisonjeada por você ter gostado do artigo. Liz. Ela encaminhou o e-mail de Kathy de Bourgh para sua editora, Talia, antecedido pela palavra *Fofa* e três pontos de exclamação.

Capítulo 161

Através de uma troca de mensagens com Darcy que tratou exclusivamente de logística, Liz concordou que iria com Jane encontrá-lo às sete em um bistrô no sul de Manhattan. Jane, que estava relutante, mas obviamente percebeu o desejo de Liz de que ela fosse, chegou de trem a Nova York naquela tarde.

Embora Liz desejasse ser capaz de parecer indiferente a Darcy como Jane era, ela se viu tomada por uma curiosidade irresistível. O encontro poderia deixá-la magoada ou com remorsos, mas ela se sentiu obrigada a saber por que ele queria vê-las. Quando entraram no restaurante, o coração de Liz disparou e seu corpo começou a pulsar com uma energia frenética.

Acompanhando o *maître*, Liz cruzou seu olhar com o de Darcy a metros de distância e, quando ele se levantou – sem sorrir, ele ergueu a mão direita –, uma estranha felicidade a inundou.

— Meu Deus, o Chip também veio — disse Jane.

Era verdade – Liz estava tão concentrada em Darcy que deixara de notar que Chip também estava na mesa.

Liz olhou para a irmã e falou:

— Eu juro que não sabia. — Jane mordeu o lábio, e Liz completou: — Tudo bem por você? Podemos ir embora agora.

— Tudo bem — falou Jane em voz baixa.

Mesmo antes de chegarem à mesa, Liz se sentiu exageradamente sorridente, falando alto demais e com um excesso de entusiasmo.

— Oi! — disse ela a Darcy e Chip. — Chip! Que surpresa! — Chip então também ficou de pé, e a complexidade física e simbólica dos quatro ali se cumprimentando pareceu algo quase insuperável. Assim, apesar dos pesares, Liz abraçou Chip com o abraço mais amigável e típico do Meio-Oeste, e ele respondeu com um abraço de lado enquanto lhe beijava a bochecha direita. Então, ela abraçou Darcy. Alguma vez os dois chegaram a se abraçar? Não, ela tinha certeza; vestidos, nunca. No tempo em que esse pensamento se formava, o abraço terminou, e estavam todos sentados. Ela se perguntou se eles estariam chocados com o tamanho da barriga de Jane.

— O que você está fazendo aqui? — perguntou ela a Chip com muita energia, e embora quisesse diminuir o volume da voz e a intimidade entre eles, aquela situação estranha e ambígua a impelia a assumir as rédeas da conversa. — Você vai ficar muito tempo na cidade?

— Não. — Embora ele se mostrasse consideravelmente mais contido que Liz, sua voz continha a sinceridade e a gentileza de sempre. — Mas é realmente um prazer encontrar vocês duas. — Ficou claro que o sentimento era dirigido a Jane; cada molécula do corpo de Chip parecia voltada e orientada para ela. Seria possível, imaginou Liz, que ele achasse essa versão curvilínea de Jane tão bonita quanto Liz achava? Quando ele disse a Jane: — Espero que você tenha passado bem esses tempos —, um sentimento tão profundo permeava o tom de sua voz que o desejo não pareceu descabido.

— Eu me mudei para Rhinebeck, que é muito relaxante. — Jane tirou o guardanapo da mesa diante de si e o abriu no colo. — Você continua na Califórnia?

Chip assentiu.

— Terminamos as filmagens do *Bom partido* em outubro.

Liz queria perguntar se ele havia encontrado o amor, do tipo genuíno ou da variedade convencional, embora fazer essa pergunta na presença de Jane pareceria cruel. Em vez disso, Liz disse:

— E o que você vai fazer agora?

— Curioso você perguntar. Agora estou com um agente, na verdade, que está negociando com um pessoal sobre fazer um programa de entrevistas de Medicina na televisão a cabo. Seria uma espécie de mesa redonda – sempre comigo, um enfermeiro e um alternativo, tipo um acupunturista ou um quiroprático. Espero que seja um modo de eu usar a minha formação sem precisar ficar nas trincheiras como este aqui. — Ele fez um gesto com o polegar na direção de Darcy e acrescentou, bem-humorado: — Como se houvesse alguma dúvida que eu sempre fui um peso-leve.

Nunca houve nenhuma dúvida quanto a isso, pensou Liz, mas Jane disse, com mais ênfase do que Liz teria esperado:

— Acho que você está sendo muito duro consigo mesmo. Se trabalhar em um pronto-socorro não era o que você queria, você não devia ser infeliz pelo resto da vida. — Será que ela estava, Liz se perguntou, falando apenas de Medicina?

O garçom se aproximou, e Darcy sugeriu:

— Vamos pedir uma garrafa de vinho? Jane, não sei se você está bebendo. — Ele e Chip já haviam pedido dois aperitivos.

— Não estou mais — disse Jane.

— A sua capacidade de não fazer julgamentos enquanto médico é impressionante, Darcy — comentou Liz.

A expressão no semblante de Darcy então foi difícil de interpretar – podia ser de irritação –, e Liz pensou: *Foi você quem nos convidou para vir aqui.*

— Acho que a Jane não deve satisfações a mim — disse Darcy, mas rigidamente, e pela primeira vez ocorreu a Liz que ele não estava inteiramente à vontade, e era só o que faltava para que o resto de nervosismo dela desaparecesse. Além do mais, dos quatro ali presentes, os dois homens da mesa haviam partido o coração das duas irmãs. Eles não mereciam o nervosismo dela!

Ela disse:

— Chip, você já pensou em participar daquela competição de dança da televisão?

— Acredite se quiser, é muito difícil conseguir entrar. Sem falar que eu não sei se tenho condições. Não, se tenho um mínimo de respeito por mim mesmo, esse reencontro do *Bom partido* vai ser o meu canto do cisne em reality shows. Se eu continuar na televisão, quero que seja algo que preste algum serviço.

Enquanto os quatro escolhiam e recebiam suas entradas, Chip foi o que mais falou, Liz foi a segunda, e Darcy e Jane apenas de quando em quando. Chip em nenhum momento pronunciou as palavras *grávida* ou *gravidez*, mas aparentemente sem qualquer embaraço aludiu diversas vezes à condição de Jane, perguntando como ela estava se sentindo, onde ela pretendia fazer o parto e se pretendia continuar dando aula de ioga depois que o bebê nascesse. Darcy pagou a conta – quando Liz sacou a carteira da bolsa, ele negou gravemente com a cabeça – e depois que ele passou o cartão de crédito ao garçom, Jane foi ao toalete. Quando ela se levantou, os dois homens fizeram o mesmo. Na ausência dela, Chip comentou com Liz:

— Ela parece realmente estar bem.

— Ela está bem.

— E ela... ela está bem instalada em Rhinebeck, pelo visto, não? — Afinal, ele queria que Liz o contradissesse? Durante o jantar, Liz havia concluído que tinham ido até ali só para que Chip e Darcy pudessem ser absolvidos; eles poderiam seguir em frente pelo resto da vida confiantes de que não agiram mal com as irmãs Bennet de nenhum modo profundo ou permanente, seguros de que chegaram a termos ressentidamente amigáveis. E essa crença de que tinham direito à absolvição parecia a atitude mais hedonista de todas. Mas e se tivessem se reencontrado para que Chip tentasse reacender a relação? Era uma possibilidade intrigante e preocupante.

Cuidadosamente, Liz disse:

— Acho que ela ainda não tem nenhum plano concreto para depois que o bebê nascer.

— Fico contente por ela... — começou Chip, quando o celular dele tocou. Quando olhou para a tela, ele falou: — Se vocês me dão licença, é a Caroline. — Ele se afastou da mesa, e Darcy e Liz ficaram a sós.

— Você não quer falar com ela também? — A pergunta saiu menos como brincadeira e mais amarga do que Liz pretendia.

Darcy olhou espantado para ela.

Liz mostrou o próprio celular.

— Acabei de baixar um joguinho de paciência para me divertir sozinha. — Como ele não disse nada, ela se ouviu acrescentar: — Parece um eufemismo para masturbação, não é? — Ela pensou consigo mesma: *Liz! Pare! Eu ordeno que você pare agora!* Em voz alta, ela disse: — Afinal, por que você está em Nova York?

Ele meneou a cabeça em direção à mesa uma vez.

— Para este jantar.

— Não, sério. Por quê?

— Peguei o avião para Nova York hoje à tarde, e volto para Cincinnati amanhã às seis da manhã.

Liz se viu tomada por uma nova perplexidade.

— O Chip também vai embora amanhã? — perguntou ela.

Darcy negou com a cabeça.

— Ele fica mais alguns dias. — Depois, ele falou: — Parece que os seus pais estão aceitando melhor o casamento da Lydia.

Liz olhou espantada para ele.

— Quem te contou isso?

— É uma boa notícia, não?

— É, sim. É uma boa notícia.

— Talvez você também fique contente em saber que a Georgie concordou em doar Pemberley para o patrimônio histórico. Ela quer que façamos uma espécie de ritual de despedida antes de entregar a casa, e sei que devo agradecer a você por isso.

— Na verdade, isso é coisa da Jane, não minha — corrigiu Liz. — Mas eu comentei, de fato, com a Georgie. — Liz queria saber da saúde de Georgie, mas a animosidade entre ela e Darcy a impediu. Ela ficou aliviada quando Jane voltou e, um minuto depois, veio Chip.

— Espero que vocês não considerem falta de educação da minha parte se eu sugerir que apenas Jane e eu façamos um passeio sozinhos — disse ele. — Jane, você aceitaria dar uma volta?

Jane corou de felicidade. Ela olhou para Liz.

— Tínhamos algo marcado hoje à noite? — Sendo que, Liz sabia, sua irmã tinha plena consciência de que não tinham.

— Não — respondeu Liz.

Virando-se outra vez para Chip, Jane disse:

— Então, sim, eu adoraria.

Liz e Chip se abraçaram mais uma vez, e Jane agradeceu gravemente a Darcy (mais uma vez, Liz invejou o modo como Jane naturalmente não demonstrava nem amizade fingida, nem um declarado desdém por ele). Jane e Chip mal haviam saído da mesa quando Liz perguntou:

— Ele está tentando voltar com ela?

— Isso é ele quem tem que responder — disse Darcy.

Liz revirou os olhos.

— Você acredita demais no poder da discrição.

Ele sorriu brevemente.

— Ou talvez você devesse acreditar mais.

Seguiu-se um silêncio, um silêncio no qual nenhum dos dois desviou o olhar nem mexeu no celular; era como se ele a estivesse examinando. Se ela não tomasse cuidado, sentiu, talvez deixasse escapar: "Como você pode me trocar pela Caroline Bingley?".

Certamente, sem a menor dúvida, ele precisava dizer alguma coisa. Mas não. Ele não disse nada, e quando Liz não conseguiu mais suportar, ela disse:

— Quer dizer que você vai embora de madrugada?

— O carro vem me buscar no hotel às quatro.

— Nesse caso, seria melhor você nem dormir. Você devia continuar na balada.

— Acho que meus pacientes de amanhã prefeririam que eu não fizesse isso.

Será que ele havia entendido que, sob o disfarce da piada, ela havia lançado uma isca para saber se ele gostaria de beber uma saideira com ela? Ela se afastou da mesa e procurou o casaco.

— Então vou deixá-lo descansar. — Ela pendurou a bolsa no ombro. — Cuide-se, Darcy.

Foi extremamente rude, ela sabia, não o esperar para que fossem embora do restaurante juntos; foi extremamente frio acenar com falsa elegância na despedida em vez de trocar um abraço ohiense ou um beijo nova-iorquino no rosto. Mas ele podia muito bem reclamar dos modos dela com

Caroline – que importância tinha isso àquela altura? E, de todo modo, quando as lágrimas irromperam sob as pálpebras de Liz e escorreram em seu rosto, ela preferiu estar longe dele, sozinha na calçada na noite fria.

Capítulo 162

Liz adormecera no sofá da própria sala enquanto esperava por Jane. Assim, as luzes estavam acesas, e o romance que Liz estivera lendo havia caído no chão, quando Jane bateu na porta. Liz estava ainda apenas parcialmente acordada quando abriu a porta do apartamento, dizendo:

— Eu realmente não imaginava que o Chip estaria lá. Você acredita em mim, não é?

Jane apoiou uma das mãos no alto da barriga.

— Lizzy, ele me pediu em casamento.

— O quê? Você está falando sério?

Jane assentiu.

— Que loucura — comentou Liz. — E o que você disse?

Jane respondeu quase sussurrante.

— Eu disse sim.

— Oh, meu Deus! — Liz abraçou a irmã. — Que maluquice. Conte tudo desde o começo.

— Deixe-me beber um copo d'água. Você quer também?

— Não, obrigada. — Liz olhou para o relógio e viu que eram três e meia. — Vocês transaram?

Jane se afastou da pia da cozinha de Liz e foi para a sala. Com a graciosidade possível para uma mulher grávida de vinte e quatro semanas, ela se sentou no braço do sofá, para o qual Liz se voltou. A expressão no semblante de Jane era ao mesmo tempo envergonhada e feliz. Ela disse:

— Eu estava preocupada, achando que ele... — Ela moveu a mão sobre o ventre — fosse achar estranho. E acho que ele achou no começo, mas depois foi muito bom.

— Isso foi antes ou depois de ele a pedir em casamento?

— Depois. Lizzy, eu sei que você acha que ele foi fraco, mas eu também estava em dúvida. A situação era tão confusa, e agora nós dois sabemos o que queremos.

— Pelo visto ele não levou aliança.

Jane negou com a cabeça.

— Ele não fazia ideia de qual seria a minha reação. — Ela franziu o cenho. — Há mais um detalhe maluco nessa história. O reencontro do *Bom partido* vai ao ar em janeiro, e, obviamente, a emissora quer que o final seja uma surpresa. Em todos esses programas, eles pedem que os participantes assinem acordos de confidencialidade, e esses acordos duram até a temporada acabar. Mesmo que um casal se apaixone durante as filmagens, eles são obrigados a não se ver durante alguns meses até transmitirem o último episódio. Se quebram esse contrato, eles são processados no valor do orçamento inteiro do programa, que é algo em torno de cinco milhões de dólares. — Jane deu um gole na água, depois prosseguiu: — O reencontro foi num *resort* luxuoso na beira da praia em Malibu, e o Chip disse que, no minuto em que ele entrou lá, percebeu que havia cometido um erro – não por ter desistido da Medicina, mas por ter desistido de mim. Ele permitiu que as dúvidas dele sobre ser médico, que por anos o acompanharam, confundissem seu julgamento sobre a nossa relação, e depois que ficou sabendo da minha gravidez, foi demais para ele. Mas, quando chegou à Califórnia e se viu naqueles cenários românticos com outras mulheres, só conseguia pensar em mim. Ele quer criar o meu bebê como se fosse dele. O problema é que, devido ao contrato que ele assinou, não vamos poder ficar juntos por, pelo menos, quatro meses – exceto que, e aqui entra o detalhe maluco da história, ele acha que, se eu topar, nós podemos nos casar em um episódio especial do *Bom partido*. Em uma reunião lá, ele conversou bastante sobre mim com uma produtora que ele já conhecia da primeira temporada, e ela tentou convencê-lo a me convidar para o programa, para irmos a Malibu, mas ele achou que não seria justo comigo, porque teria que ser tudo filmado. Na verdade, ele não estava planejando me procurar até que o Darcy sugeriu – o Chip estava preocupado, achando que eu o odiava. Seja como for, ele se encontrou com essa produtora na semana passada, e ela tem certeza de que, se nos casarmos ao vivo, a emissora pagaria pelo casamento, e depois, quando o programa for transmitido, eles alugariam uma casa para nós em algum lugar discreto, enquanto esperamos pelo bebê.

— Isso é uma loucura — disse Liz.

— Ele não está me pressionando a aceitar fazer isso — explicou Jane. — Ele disse que a decisão é minha, e que se tivermos que esperar até março ou abril para ficarmos juntos, tudo bem. Mas, Lizzy, em março eu vou ter um recém-nascido. Emocionalmente, vou estar em outra situação, assim como o Chip. Eu quero que sejamos pais juntos. Não há nenhuma garantia de que dará certo se tentarmos reatar depois do ponto em que paramos esta noite.

Após alguns segundos, Liz disse:

— Eu queria não concordar com você. A única coisa que eu não entendi é o seguinte: por que você simplesmente não vai para Los Angeles, aluga um apartamento e se encontra com ele discretamente?

— Eu perguntei a mesma coisa, e ele disse que acha que os produtores não vão deixar. Ele acha que, na cabeça deles, podemos ficar juntos desde que seja sob o controle deles, ou desde que possam tirar alguma vantagem disso, mas, de outro modo, eles dirão que seria um risco grande demais. O Chip é muito mais reconhecido na rua em Los Angeles do que em qualquer outra cidade.

— Jesus — disse Liz. — E eu achava que a mamãe gostava de governar nossas vidas. — As duas irmãs ficaram em silêncio, e Liz acrescentou: — Só de pensar em você, a doce ioguine, tendo o seu casamento transmitido em rede nacional... É muito estranho.

— Eu sei — concordou Jane — Eu costumava ter opiniões muito específicas sobre como o meu casamento seria. Lembra aquela brincadeira que fazíamos de escolher quem seriam nossas madrinhas? Mas faz muito tempo. Estou com quarenta, e prestes a ter um bebê. Não me importa a cerimônia. Só quero me casar logo com o Chip para seguirmos nossas vidas. — Jane olhou para Liz. — Talvez eu tenha enlouquecido.

— Bem, eu também acho que você vai dar muita audiência — falou Liz. — Até eu ligaria a televisão para ver uma mulher grávida e linda. Mas você está se dando conta da exposição que você teria? Você sairia na capa das revistas de fofoca.

— Você acha?

— Sim, Jane. Sem dúvida alguma. Você vai ter que assinar um contrato como esse do Chip, e uma das coisas que eles vão pedir é que você fale com a imprensa. Além do mais, milhares de páginas de fofoca que nem a entrevistaram vão dizer o que quiserem sobre vocês dois. O Chip falou na contrapartida?

— Tipo dinheiro?

Liz assentiu.

— Vagamente — contou Jane. — No momento, ainda não está decidido que o *Bom partido* vai mesmo fazer um especial sobre nós. O próximo passo é o Chip e eu sentarmos com o agente e essa produtora.

— A produtora já viu alguma foto sua?

— Não sei.

— Aposto que o Chip mostrou para ela. Pode acreditar, Jane, eles vão querer você na telinha.

— O único jeito de eu concordar com tudo isso é se vocês todos forem junto comigo — Jane disse. — A mamãe e o papai, obviamente, e você e a Mary e a Kitty e a Lydia e agora o Ham. Você acha que eles concordariam em aparecer na televisão no meu casamento?

Liz deu risada.

— Alguns deles, sim.

— E você?

— Claro. Por você.

— Tudo isso parece uma loucura?

— Parece — concordou Liz. — Mas eu acho que você e o Chip se amam de verdade. — Ela tocou o braço da irmã. — Fico contente que ele tenha caído em si.

Capítulo 163

Quase imediatamente, um turbilhão de atividades começou a se formar. Na noite seguinte, embora ainda fosse fim de tarde em Los Angeles, Liz, Jane e Chip participaram de uma audioconferência do apartamento de Liz com o agente de Chip, cujo nome era David Scanlon, e a produtora do *Bom partido* com quem Chip havia comentado sobre Jane, cujo nome era Anne Lee. Ficou acertado que dali a dois dias, quando Chip voltasse a Los Angeles, Jane também viajaria para o Oeste, em outro voo. Nesse ínterim, Jane iria preenchendo os muitos formulários que facilitariam a checagem de sua biografia.

— Por que eles precisam conferir a minha história inteira se nós já nos conhecemos? — perguntou Jane a Chip depois de encerrada a ligação.

Chip e Liz responderam ao mesmo tempo.

— Eles querem ser meticulosos — disse Chip.

— Porque eles não querem que a família do Chip os processe se você se revelar uma psicopata capaz de matá-lo na noite de núpcias — disse Liz.

Jane e Chip estavam sentados no sofá, de mãos dadas, e Jane olhou para ele.

— Nunca fui apresentada aos seus pais — comentou ela. — Espero que eles não fiquem furiosos comigo.

— Como alguém poderia ficar furioso com você? — disse Chip, e a beijou.

Mas, sendo os pais de Chip os mesmos pais de Caroline, Liz pensou, quem saberia dizer como eles seriam? Mesmo que fossem extremamente gentis, ver o filho se casar com uma mulher grávida que eles nunca viram antes, nas televisões de todo o país, talvez não fosse exatamente a realização do sonho de suas vidas. Por outro lado, como esse mesmo filho já havia participado de duas temporadas do *Bom partido*, talvez os pais compreendessem como Jane era muito melhor que as outras possíveis noras do programa.

Quanto a Caroline, a ideia de passar algum tempo em sua presença no casamento encheu Liz de um pavor exacerbado pela suposição de que Darcy e ela estivessem namorando. Por nenhuma outra pessoa, além de Jane, Liz teria se submetido a tais circunstâncias.

Capítulo 164

De manhã, Chip e Jane alugaram um carro e foram juntos até Rhinebeck, onde passariam uma noite para que Jane recolhesse seus pertences e se despedisse de Amanda e de Prisha.

No dia seguinte, Amanda telefonou para Liz e disse:

— Será mesmo isso o que a Jane quer? Casar na televisão com o cara que a largou no minuto que descobriu que ela estava grávida?

Mesmo em circunstâncias normais, Liz achou Amanda um pouco agressiva – se Liz não desconfiasse de que Amanda riria da ideia, adoraria escrever sobre ela na coluna "Mulheres que ousam" – e tentou não soar branda ou defensiva ao responder:

— Certamente eu não tentei convencer Jane a aceitar. E se você se aborreceu porque ela largou o emprego, é melhor você conversar com ela, não comigo.

— Podemos arranjar outra professora de ioga. Mas sempre achei o Chip um ridículo.

— Você já o conhecia?

— Não, mas aquelas lágrimas dele na última temporada eram de crocodilo. — Rapidamente, Amanda acrescentou: — Eu não assisto, mas a Prisha gosta. Liz, se o Chip abandonar a Jane outra vez, vou lá agredi-lo fisicamente.

—Deixa que eu faço isso por você — respondeu Liz.

— A Prisha quer falar com você — avisou Amanda. Houve um zumbido quando o telefone foi passado, depois a voz animada de Prisha.

— Será que a gente também recebe convite para o casamento? — perguntou ela.

Capítulo 165

O que os produtores imaginavam, Jane explicou a Liz por telefone da Califórnia, era um evento de três dias em um *resort* em Palm Springs. Na primeira noite, ficariam todos separados, os noivos, os padrinhos e as madrinhas. Na segunda noite, haveria um jantar. Na tarde do terceiro dia, aconteceria o casamento. Jane e Chip poderiam convidar no total vinte convidados, todos ficariam hospedados no *resort* e todas as despesas com viagens seriam pagas. O casal receberia um cachê de duzentos mil dólares, que Chip insistiu que ficasse para Jane e que Jane insistiu que deveriam dividir igualmente entre os membros da família dela depois que o agente de Chip – agora, agente dos dois – descontasse seus dez por cento.

— Você não precisa me pagar para ir ao seu casamento — afirmou Liz. Ela estava lavando louça quando Jane ligou, e fechou a torneira. — Eu me sentiria mais tranquila se você abrisse uma conta secreta e pusesse esse dinheiro lá. Você e o Chip assinaram um contrato pré-nupcial?

— Nem falamos sobre isso — disse Jane. — Mas, se não confiássemos um no outro, não estaríamos nos casando.

Disse uma mulher cega de amor, pensou Liz, mas o fato de não ter assinado era, na verdade, uma vantagem para a irmã.

— Eles querem que seja daqui a duas semanas — Jane estava dizendo. — De quarta a sexta-feira, porque é a data em que eles podem alugar o *resort* inteiro. Você acha que todo mundo vai poder?

— Provavelmente a Kitty é quem tem a agenda mais rígida, porque agora está tendo aulas — disse Liz. — Mas aposto que ela pode faltar alguns dias.

— A única coisa que o agente combinou é que todas nós teremos que passar pelos cabeleireiros e maquiadores deles, não só eu — contou Jane. — De modo que a Kitty pode até aprender com eles.

— E também se não aprender nada, tudo bem — disse Liz. — Jane, pelo menos no seu casamento você pode ser um pouquinho o centro das atenções.

— Eu não te contei por que os produtores querem gravar logo. — Jane soou irônica — Nas palavras da Anne Lee: "Porque você não está ficando mais magra, Jane, e a fantasia que as mulheres americanas têm de casar com Chip Bingley não inclui parecer uma baleia".

— Puxa. Que delicada.

— Não, ela disse de um jeito engraçado — garantiu Jane. — Eu não fiquei ofendida. Os produtores são muito legais e inteligentes. Eles me lembram de você e dos seus amigos da revista.

— Eles não são seus amigos. O objetivo deles é produzir entretenimento para televisão.

— Eu sei. — Jane parecia serena. — Mas eles também vão nos dar de presente as alianças. Eu já te contei isso?

— Aposto que alguma joalheria está fazendo isso como parte de um contrato de publicidade. — Mas Liz notou o cinismo no próprio tom de voz e, mais delicadamente, acrescentou: — Como são as alianças?

Jane deu risada.

— Sei lá.

Capítulo 166

— Tenho uma coisa para contar a vocês — disse Jane no viva-voz. — Na verdade, algumas coisas.

Era o Dia de Ação de Graças, e Jane havia voltado a Nova York. Em duas horas, ela e Liz deviam chegar na casa da editora de Liz, Talia, em Park Slope, levando uma travessa de batatas-doces com *marshmallow*. Em Cincinnati, os Bennet passariam o feriado, como de costume, na casa dos Lucas. Só depois de muita insistência de Liz e Jane, a família se reuniu antes do almoço de Ação de Graças na sala do apartamento do senhor e da senhora Bennet no Grasmoor.

Jane hesitou, e o senhor Bennet a estimulou:

— Continue.

Jane e Liz se entreolharam, e Jane mordeu o lábio e franziu o cenho. Liz assentiu.

— Estou grávida — contou Jane. Vários membros da família exclamaram ao mesmo tempo – foi difícil para Liz decidir se eram exclamações de apoio ou oposição – e Jane continuou: — Esperem, não é só isso. O modo como engravidei foi usando um doador de esperma anônimo. O bebê deve nascer no final de fevereiro.

Em tom agudo e emotivo, a senhora Bennet disse:

— Jane, eu não fazia ideia de que...

— Não — seguiu Jane. — Não terminei de falar. Vou me casar com o Chip Bingley, e sei que pode parecer estranho, mas nós decidimos permitir que o nosso casamento seja filmado para um episódio especial do *Bom partido*. Mesmo que o programa só vá passar em abril, as gravações devem acontecer logo mais, em dezembro agora, do dia onze ao dia treze, em Palm Springs. A coisa que eu mais quero no mundo é que todos vocês estejam lá. Pronto, era só isso.

Houve uma cacofonia de vozes e, enfim, Liz disse:

— É muito difícil entender o que vocês estão falando, a não ser que falem um de cada vez.

— Eu achava que o Chip estava morando em Los Angeles, e que você estava morando com *aquelas moças* no interior — falou a senhora Bennet.

— Ele está morando lá — confirmou Jane. — E eu estava no interior, e agora estou de mudança para Los Angeles. Mas o Chip veio me visitar.

— Será que eles podem te filmar só do pescoço para cima? — perguntou a senhora Bennet. — Ou eles podem fazer como fizeram com aquela menina de cabelo crespo daquela série de humor que engravidou, e você sempre aparecer carregando uma sacola de compras.

— A minha gravidez não vai ser um segredo. Eles vão mostrar tudo.

— E eles não podem dizer que o bebê é do Chip? — quis saber a senhora Bennet.

— Vocês não ficaram contentes porque vão ser avós? — perguntou Liz. — E tias?

— Jane, agora que você falou, os seus peitos estavam mesmo meio grandes quando você foi embora de Cincinnati — disse Lydia.

— Eu não vou participar do *Bom partido* de jeito nenhum — contrariou Mary. — E afinal por que você vai se casar com o Chip? Ele não tem fibra.

— Mary, homens ficam confusos — disse a senhora Bennet. — O Chip vem de uma ótima família e será um marido dedicado.

Empregando uma estratégia que ela e Liz haviam discutido antes, Jane pediu:

— Mary, eu estava contando com você para ler um poema na cerimônia.

— Não — negou Mary.

— Jane, meus parabéns — disse Ham. — É uma notícia fantástica. — Até ele falar isso, Liz não tinha certeza de se ele estava presente.

— Já que estamos todas fazendo anúncios — começou Kitty —, eu também tenho um. Estou saindo com o Shane, então ele vai comigo ao casamento.

Simultaneamente, o senhor Bennet disse:

— O corretor de imóveis?

E a senhora Bennet:

— Aquele negro?

— Estamos expandindo nossos horizontes — respondeu Kitty. — Bem-vindos ao século vinte e um.

— Então eu também tenho um anúncio a fazer — disse Lydia, e sua voz saiu mais hesitante que de costume. — Mary, eu continuo não gostando de você, mas eu não devia ter tentado obrigar você a sair do armário. O seu lesbianismo é problema seu.

Incisivamente, Mary afirmou:

— Eu não sou lésbica.

— O negócio dela é boliche — explicou Kitty. — É disso que ela gosta.

Com voz trêmula, a senhora Bennet perguntou:

— Mas o que diabos é boliche? É alguma gíria?

— Boliche, mamãe, aquelas bolas e pinos — disse Kitty. — É um esporte.

— Como você ficou sabendo? — perguntou Mary.

— Mary, nós moramos juntas agora — falou Kitty.

O senhor Bennet pigarreou.

— Alguém mais quer confessar alguma coisa? Lizzy talvez?

— Hoje, não — disse Liz.

A senhora Bennet falou:

— Jane, nós precisamos convidar os Lucas e os Hickman e os Nesbit para o seu casamento. Ah, e os Hoff. Eles ficariam chateados se não fossem convidados.

— O programa só permite vinte convidados — explicou Jane.

— Todo mundo vai ver que são só as pessoas da família, mamãe — disse Liz. — Vai passar na televisão.

— Todos nós vamos precisar assinar contratos de confidencialidade, e os produtores são muito rígidos quanto a isso — contou Jane. — Quer dizer, vocês não podem falar sobre o casamento com ninguém antes de o programa ir ao ar. Especialmente nas mídias sociais, Kitty e Lydia. Mas uma coisa divertida é que eles vão fornecer as nossas roupas e maquiagem para ficarmos todas lindas. Não é demais?

— Pode avisá-los de que o meu estilo é contemporâneo, porém clássico — informou a senhora Bennet. — E de que eu não gosto de azul-marinho.

— Eu não vou usar maquiagem — disse Mary. — A textura da base é nojenta.

— Papai, o que o senhor acha? — perguntou Jane. — O senhor não falou nada.

Antes que o senhor Bennet pudesse responder, a senhora Bennet disse:

— Por que eles não vêm aqui e filmam na Igreja de Knox? As cerimônias na Knox são muito elegantes.

— Acho que é mais fácil para eles filmar na Califórnia — disse Jane. — Papai?

— Você tem quarenta anos, Jane. Se você quer aparecer na televisão, dificilmente eu poderia impedir.

— Fred, o Chip é um médico formado em Harvard cuja família fundou as indústrias Bingley — declarou a senhora Bennet. — Ele é muito fino.

— É isso que o senhor acha então, papai? — Jane soou angustiada.

— Jane, deixe que eles se acostumem com a ideia — aconselhou Liz. — Você não pode esperar que eles deem pulos de alegria logo de cara.

— Você sabe que estamos ouvindo, certo? — disse Mary.

— Conte agora a última coisa — pediu Liz a Jane, e o senhor Bennet disse:

— Para superar tudo isso agora, só se for algo envolvendo abdução alienígena ou zoofilia.

— Cada um de vocês receberá cerca de trinta mil dólares — contou Jane. — Sinto muito, Ham, menos você. Mas todo o resto.

— Bem — disse Kitty. — Você continua achando base nojenta, Mary?

— Sendo assim — falou o senhor Bennet —, parece-me uma excelente oportunidade para a família inteira.

Capítulo 167

Doze dias depois, no avião para Phoenix, onde tomariam um segundo avião para Palm Springs – em ambos os voos, Liz ficou decepcionada, mas não surpresa, ao descobrir que iriam na classe econômica –, Jane disse:

— Nessa confusão toda, eu acabei nem pedindo oficialmente, mas estou contando que você será minha madrinha. Você aceita?

— Claro.

— Só para você saber, Darcy será o padrinho do Chip. Tudo bem para você? Você e ele pareceram bastante comportados no restaurante.

A presença de Darcy no casamento era uma possibilidade com a qual Liz já havia se conformado; afinal, como amigo de Chip e namorado de Caroline, ele estava duplamente ligado aos Bingley. Ela havia considerado a possibilidade de que o suposto desdém dele pelos reality shows combinado à sua agenda inflexível resultassem em sua ausência, mas acabara concluindo que esse raciocínio provavelmente era mera falácia. No entanto, ele ser o padrinho não era uma alternativa que ela tivesse contemplado.

— O Chip se sente em dívida com o Darcy — continuou Jane. — Nós não estaríamos nos casando se ele não tivesse feito aquele jantar acontecer.

— Ou talvez, se não fosse ele, vocês não tivessem se separado — comentou Liz.

— Mas eu estaria grávida do mesmo jeito. — Uma expressão preocupada se formou nos belos traços de Jane. — Lizzy, essa coisa da mídia passa logo, não é? Quando as pessoas aparecem nos tabloides o tempo todo, é tudo combinado com os repórteres, não é?

— Mais ou menos — disse Liz. — Mas com o bebê nascendo na época em que o casamento vai ao ar, aposto que vão pagar para tirar fotos do bebê do *Bom partido*.

Jane deu de ombros.

— O Chip vai querer que a Caroline também seja a sua agente agora? — perguntou Liz. — Eles vão querer que você faça propaganda de, digamos, fraldas?

Jane negou com a cabeça.

— Ele me disse na noite em que me pediu em casamento que eu sou a única pessoa que ele conheceu desde que apareceu na televisão que o ama pelo que ele é e não tenta pegar carona em sua fama. Ele sabe que eu não tenho nenhum interesse em ser famosa. Ele não chegou a dizer, mas, Lizzy, acho que ele desconfia que a Caroline o esteja usando um pouco.

— Um *pouco*? — repetiu Liz. — Ele *desconfia*?

— A casa onde vamos morar depois do casamento é em um condomínio fechado em Burbank — contou Jane. — Espero que não seja estranho viver tão isolada. Na verdade, estou animada com Los Angeles, mas ficarei feliz mesmo quando terminar o programa.

— Eu sei disso — disse Liz, mas o que ela pensou foi: *Só que o programa ainda nem começou.*

Capítulo 168

Liz, Jane e Chip tinham chegado a Palm Springs um dia antes das famílias para que Jane e Chip pudessem cumprir com diversas obrigações, incluindo ajustes nas roupas do casamento, entrevistas diante das câmeras e testes de filmagem (Jane caminhando pensativa e sozinha no campo de golfe do *resort*, e depois os dois sentados à beira da piscina assistindo ao pôr do sol, as mãos dele protegendo a barriga dela). Uma equipe de seis pessoas da rede de joalherias, que era, de fato, a patrocinadora do programa, consultou o casal para escolherem as alianças; esse encontro também foi, é claro, registrado pelas câmeras.

Liz imaginara que o Hermoso Desert Lodge estaria quase vazio quando chegassem, mas depois de ser recebida na esteira das bagagens do aeroporto por Anne Lee – que se revelou uma mulher segura, despretensiosa, de cabelo preto muito bem cortado e sorridente – e pelo motorista que levou suas malas em sua perua branca, ela descobriu que o *resort* estava cheio, com uma equipe de produção de quase oitenta pessoas. Na verdade, todo o complexo – o hotel principal, com sua fachada de estuque cor-de-rosa e seu telhado de telha espanhola; seu pátio elegante com uma banheira quente e uma piscina aquecida de borda infinita; o sofisticado campo de golfe de dezoito buracos cercado de coqueiros, além do qual se viam as montanhas ocres cobertas de arbustos rasteiros – parecia uma aldeia pequena, porém agitada. Homens e mulheres, embora a maioria homens, usavam camisetas escuras e calças com bolsos laterais, se moviam bruscamente e falavam em seus *walkie-talkies*; caminhões e vans entravam e saíam do estacionamento, ao lado das tendas e dos trailers; escadas dobráveis, grandes baldes pretos de plástico, rolos de fios grossos de extensão laranja e misteriosos equipamentos dentro de malas pretas empilhadas eram transportados em gigantescos carrinhos de mão; longas mesas com comida para a produção apareciam no estacionamento, os membros da equipe logo se aproximavam, e rapidamente tudo sumia, as pessoas e a comida. Enfim, Liz deduziu que uma espécie de sala de controle estava sendo instalada na suíte de hóspedes do térreo, cujas janelas davam para o pátio; rolos de sarja foram usados para cobrir as janelas por dentro, e as pessoas pareciam entrar e sair dali com uma urgência peculiar.

O quarto que Liz e Jane dividiriam incluía duas camas de casal, uma varanda (ponto de observação de Liz das atividades externas) e uma lareira. Na escrivaninha, uma cesta de presentes continha uma vela branca perfumada, dois pares de brincos de pérolas, cremes de depilação, aparelhos depiladores, garrafinhas em miniatura de rum e vodca e três biquínis cortininha com bojo para os seios. O cartão que acompanhava dizia: "Liz e Jane, bem-vindas a Palm Springs, de todos os amigos do *Bom partido*!".

Liz mostrou a parte de cima do biquíni.

— Será que isso é para mim?

Jane sorriu.

— Para mim, obviamente, não é.

Na outra mão, Liz mostrou um saquinho de depiladores cor-de-rosa.

— Que sutileza.

Muitas coisas não foram exatamente como Liz esperava: não confiscaram seu celular nem tiraram a televisão do quarto.

— Isso é mais para os participantes que ficam muito tempo — Anne Lee havia explicado ao acompanhá-las na escada, antes de apontar para algo a que se referiu como câmera Pelco – para Liz parecia uma câmera de segurança comum – pendurada no canto do quarto perto do teto. — Só para termos alguma conversa divertida, casual, entre vocês duas — disse Anne em tom despreocupado e, pelo bem de Jane, Liz evitou fazer uma piada sobre vigilância soviética.

Exceto no caso de Jane e Chip, os cabeleireiros e maquiadores que Jane mencionara só trabalhariam com os outros convidados no dia do casamento – Jane pareceu surpresa ao saber disso, e tentou se desculpar –, de modo que Liz seria responsável pela própria aparência. Mas, como irmã cujo casamento não era iminente, Liz queria mesmo aproveitar o tempo para desfrutar das amenidades do *resort* – talvez marcando uma massagem ou, antes que se desse conta do grau de exposição, tomando um banho quente de banheira – e logo ela também encontrou o que fazer.

Sua entrevista ocorrera na primeira noite, enquanto Jane e Chip faziam seu jantar "íntimo" no restaurante do hotel, que Jane depois contaria a Liz que fora filmado por duas equipes de câmeras com três homens em cada uma. (Ao descobrir que, antes do casamento, ela e Jane, e não Jane e Chip, ficariam no mesmo quarto, Liz imaginara que Jane sairia de fininho no meio da noite para se encontrar com o noivo. Mas, se ela fizesse isso, Liz se deu conta, a câmera Pelco alertaria os produtores, e provavelmente uma equipe de filmagem se materializaria no mesmo instante.)

Foi Anne Lee quem conduziu a entrevista de Liz, na sala de estar de uma suíte do térreo. Um homem atrás da câmera montou um tripé. Duas luzes foram posicionadas em tripés separados, e houve muitos ajustes: de luzes, móveis e até da postura de Liz. Ela se sentou em uma poltrona estofada, e Anne se sentou atrás da câmera, em uma poltrona idêntica, de frente para ela.

— Nós ficamos muito animados com essa incrível história de amor entre a sua irmã e o Chip — disse Anne afetuosamente. — Aposto que o país inteiro vai ficar também.

Desde a primeira audioconferência, Anne fora o principal contato de Jane; quando Jane falava positivamente sobre o pessoal do *Bom partido* que havia conhecido, ela se referia principalmente a Anne, e, de fato, havia sido Anne, com uma equipe de quatro pessoas, quem viajara até Cincinnati na semana anterior para entrevistar os Bennet. Liz também tivera o impulso de ir para lá para supervisionar e possivelmente intervir, mas já havia sido escalada para fazer duas entrevistas para a *Rímel* em dias seguidos em Nova York; além disso, toda essa história de *Bom partido* não era um pouco fora de sua jurisdição? Ainda assim, ela ficara mais incomodada do que segura com os elogios unânimes dos membros de sua família a Anne Lee (ou, como a senhora Bennet se referia a ela, "aquela chinesinha simpática", embora Liz suspeitasse que Anne fosse de origem coreana). Quanto mais favoráveis eram as opiniões de todo mundo, mais Liz ficava desconfiada de Anne, e conhecê-la pessoalmente não aliviou sua preocupação. O fato é que Anne Lee era tão entusiasmada, era tão fácil conversar com ela, tão reconfortante diante do absurdo daquela situação toda e, sobretudo, aparentemente tão pouco afetada, que Liz passou a desconfiar dela justamente com base nessa confiança que ela inspirava; não era de se espantar que, por causa daquela mulher, centenas de americanos se embriagavam, brigavam, tiravam a roupa, se pegavam e divulgavam segredos, tudo diante das câmeras.

— O que eu preciso que você faça — Anne estava dizendo — é falar em frases completas, o que não deve ser nenhum problema porque você é superinteligente. Mas se eu disser: "Qual é a sua cor favorita?", eu preciso que você diga: "Minha cor favorita é azul", e não simplesmente: "Azul". Tudo bem?

— Você já deve saber que eu sou jornalista — falou Liz. — Escrevo para a *Rímel.* De modo que eu sei muito bem como funciona uma entrevista, embora eu costume estar do outro lado.

— Fantástico! — exclamou Anne. — Agora, a televisão é uma mídia diferente, e eu não vou ficar dizendo "ahã, ahã" ou dando risada, mesmo que você diga a coisa mais engraçada do mundo, porque eu não quero fazer nenhum ruído enquanto você estiver falando. Se você perder o fio da meada, não se preocupe. Faça uma pausa e comece de novo. E não precisa se policiar; fale como você fala normalmente, e se você soltar um palavrão, nós editamos com um bipe depois. Não é ao vivo.

— Só não faça um *Frankenbite* do que eu disser — pediu Liz, e Anne olhou para ela sem entender nada. — Não é assim que se diz? Quando você pega uma palavra aqui e outra ali e depois as junta como uma gravação da minha voz em *off?*

— Nunca ouvi essa palavra. — Anne continuava sorrindo. — Mas você é divertida. Certo, para começar, que tal você me dizer o seu nome, sua relação com a Jane, a sua idade, e de onde você é?

Até parece, pensou Liz. *Até parece que você nunca ouviu esse termo.* Em voz alta, ela respondeu:

— Eu sou Liz Bennet. Sou irmã da Jane, a irmã mais próxima em idade. Eu tenho trinta e oito anos, e moro em Nova York.

A entrevista durou uma hora, e Anne era, Liz teve de admitir, extremamente competente – fez todas as perguntas que Liz teria feito em seu lugar – e também talentosa ao disfarçar tentativas de encontrar pontos de tensão ou vulnerabilidade. A maioria das perguntas era sobre Jane – a "trajetória" dela de solteira, sua "história de amor" com Chip – embora Anne também tivesse perguntado sobre alianças e discordâncias dentro da família Bennet e sobre a vida amorosa da própria Liz (que, neste campo, foi graciosamente discreta). Liz descobriu aliviada que Anne sabia que Ham era transexual, e assim não coube a ela divulgar ou esconder nada; porém, sobre um único assunto, cometeu uma infeliz indiscrição.

— Você conhece a irmã do Chip, a Caroline, não? — perguntou Anne depois de quase uma hora de entrevista, e Liz disse:

— Conheço, sim, a Caroline Bingley.

— Qual é a sua opinião sobre ela?

Liz estava cansada, tanto da viagem – era meia-noite na Costa Leste – quanto de responder às perguntas de Anne.

— Ela é simpática.

— Não senti muito entusiasmo — comentou Anne, e, como sempre, o tom era amigável. — Tem certeza de que é isso que você sente?

— Caroline Bingley é um *encanto* de pessoa — brincou Liz com tom de voz afetado. — É *adorável.* — Então olhou diretamente para o câmera e disse: — Não use isso.

— Por quê? — disse Anne. — Você estava sendo sarcástica?

Simultaneamente, Liz sentiu o arrependimento se formar dentro de si, e teve vontade de falar abertamente com Anne e dizer: "Estou exausta. Preciso voltar para o meu quarto e dormir. Eu não gosto da Caroline Bingley, mas certamente você entende como isso pode parecer pejorativo em relação à cunhada da minha irmã e só criaria problemas que se estenderiam até muito depois do seu especial de televisão. Falando de mulher profissional para mulher profissional, vamos editar essa parte".

— Aconteceu alguma coisa entre você e a Caroline? — questionou Anne.

Liz negou com a cabeça.

— Eu gosto da Caroline. Só estou brincando.

— Você acha ela metida? — seguiu Anne. — Ouvi dizer que algumas pessoas acham.

Liz deu risada. Ela não conseguiu se conter. Ela disse:

— Quem?

— Ah, é o que falam por aí.

Mais uma vez, Liz se sentiu tentada a admitir o absurdo daquela conversa e dizer: "Eu sei exatamente o que você está tentando fazer". Em vez disso, firmemente, ela afirmou:

— Bem, eu pessoalmente sempre me dei bem com a Caroline.

Ao voltar para o quarto, Liz pesquisou *Frankenbite* na internet. Havia muitas ocorrências, desde 2004, e a expressão significava exatamente o que ela pensava.

Capítulo 169

— Lizzy, não sei por que você não se casou — disse Lydia. — É muito divertido. Eu frito bife para o Ham quando ele termina de dar aula à noite e me sinto totalmente adulta.

Pouco depois da caravana de Cincinnati chegar ao Hermoso Desert Lodge – eram um grupo de sete, contando não só com os Bennet, mas também Ham e Shane –, Lydia e Kitty foram inspecionar os aposentos das irmãs. No mesmo corredor, Lydia e Ham ficariam em um quarto, assim como Kitty e Shane; Mary ficara com um quarto todo seu, o que fez Liz se perguntar por que ela também não tinha um, até se lembrar do comentário de Anne Lee sobre a câmera Pelco para filmar algumas conversas – divertidas, casuais – entre ela e Jane. Liz ficou ainda mais determinada em não lhe propiciar nada desse gênero.

Jane não estava, mas Lydia e Kitty entraram e ficaram à vontade na cama da irmã, apesar do fato de Liz estar na escrivaninha, com o laptop aberto, tentando terminar de escrever o discurso do brinde que faria no jantar.

Sem desviar os olhos, Liz respondeu:

— Quando eu comecei a trabalhar em período integral e pagar o meu próprio aluguel, eu me senti adulta. E isso foi... hummm... — Ela fingiu calcular na hora: — Dezesseis anos atrás.

— Você não quer ter alguém quando volta para casa à noite? — insistiu Lydia. — Eu morreria de tédio morando sozinha.

— Então acho que para você foi bom.

— Se o bebê da Jane for bonitinho — disse Lydia —, o Ham eu vamos procurar o mesmo doador de esperma.

— Os filhos de vocês seriam duplamente parentes — comentou Kitty. — Isso é esquisito.

— É só a porra de um cara qualquer — disse Lydia. — Ele não vai fazer parte da vida deles. Seja como for, às vezes dois irmãos se casam com duas irmãs, e seus filhos são duplamente primos. A Jessica e a Rachel Finholt casaram com dois irmãos.

— Eu odeio a Jessica Finholt — comentou Kitty. — No jardim, ela roubou a minha boneca de pano da minha casinha de madeira. — Kitty estava folheando um livro que estava no criado-mudo. — A gente precisa pagar se quiser fazer o spa?

Liz olhou por cima do ombro.

— Com certeza.

— É um desperdício a Jane casar no *Bom partido*, sendo que ela nem assiste — disse Lydia. — Você não acha que o Ham e eu daríamos um reality ótimo?

Ela não estava errada, mas isso não significava que a ideia fosse boa. Suavemente, para não encorajar Lydia, Liz respondeu:

— Aposto que vocês ficariam incomodados com todas essas câmeras em volta. — Ela se levantou. — Vocês duas, venham comigo. — Ela entrou no banheiro, e Lydia e Kitty olharam intrigadas uma para outra. Lydia perguntou:

— Você vai nos ensinar a fazer o autoexame de mama?

— Entrem aqui um minuto — pediu Liz.

Quando elas entraram, ela fechou a porta e falou sussurrando.

— Vocês repararam que tem uma câmera no canto do quarto perto do teto? — ela disse. — Não digam nada que vocês não queiram que apareça na televisão o tempo todo que ficarem aqui. Estou falando sério.

— Tipo o quê? — perguntou Lydia.

A informação foi provavelmente, na melhor das hipóteses, inútil; na pior, talvez incitasse o comportamento oposto ao que Liz pretendia encorajar.

— Os produtores não ligam se passamos uma imagem boa ou ruim de nós mesmas — explicou Liz. — A única coisa que interessa para eles é fazer um programa de televisão a que as pessoas queiram assistir. Simplesmente não digam nada pesado sobre ninguém, e não briguem. — Foi difícil não pensar nos comentários intempestivos que ela mesma fizera na noite anterior sobre Caroline Bingley. — Eles querem gerar conflitos.

Lydia deu risada.

— Duvido que eles precisem provocar muito.

Liz suspirou.

— Então está bem. Façam como quiserem. Mas eu avisei.

Capítulo 170

No quarto dos pais, Liz encontrou a mãe perambulando e o pai sentado em uma poltrona, com um enorme livro sobre o Renascimento aberto no colo. O quarto tinha apenas uma cama de casal; sem dúvida, pensou Liz, seria a primeira vez em anos que os pais dormiriam juntos sob o mesmo lençol.

Do banheiro, a mãe chamou:

— Não estou encontrando o secador de cabelo. Quando eu liguei na recepção, disseram que estava aqui, mas, Lizzy, eles esqueceram de nos dar.

Liz entrou no banheiro e apontou para o gabinete embaixo da pia.

— Está bem aqui, mamãe.

Irritadiça, a senhora Bennet disse:

— Bem, não estava aqui antes. — Ao pegá-lo, ela acrescentou: — Acho que é muito melhor se eles disserem que o bebê da Jane é do Chip. Se não, as pessoas que assistirem vão ficar confusas.

— A senhora já encontrou a Jane? — perguntou Liz. — Ela parece bem, não?

Com muita confiança, a senhora Bennet disse:

— Ela já está com a barriga pontuda. Quer dizer que é menino. — Em um tom aflito, que usava para assuntos delicados, a senhora Bennet acrescentou: — Liz, eu não sei se a Kitty e o Shane vão acabar juntos, mas a vida pode ser dura para uma criança mulata.

Liz franziu o cenho.

— Eu não falaria esse tipo de coisa a nenhum deles.

— Fitzwilliam Darcy é o padrinho do Chip. — A senhora Bennet agora soava estranhamente satisfeita, mesmo antes de declarar: — Uma coisa boa do Chip é que ele tem amigos realmente de alto nível. O Fitzwilliam é solteiro?

Quando e por que sua mãe formara uma opinião favorável de Darcy? Em julho, na festa dos Lucas, a senhora Bennet ficara ofendida por Liz.

— Ele está namorando a irmã do Chip — afirmou Liz.

— Que pena. — A senhora Bennet franziu o cenho. — Agora precisamos ver se aquela chinesinha vai saber como dizer no programa que a situação do Ham é um defeito de nascença. As pessoas podem achar nojento se não souberem, mas se souberem que é um problema congênito, todo mundo vai entender.

A crença da mãe de que poderia, por intermédio de Anne Lee, controlar a narrativa do especial do *Bom partido* era, pensou Liz, tão inteiramente equivocada que nem adiantaria tentar corrigi-la. Como se sentisse a reflexão desleal da filha, a senhora Bennet olhou bem para ela.

— Você não acha complicado se disserem que a Jane engravidou de um homem que ela nem conhece?

— Mamãe, ninguém hoje em dia descreveria assim uma inseminação artificial. E, não, não acho um conceito nada complicado.

— Acho que seria mais simpático se dissessem que o bebê é do Chip.

— Mas não seria verdade.

— Ah, pelo amor de Deus — disse a senhora Bennet. — Isso não tem a menor importância.

Capítulo 171

Como quando ela voltara a Cincinnati para fechar a casa da família, Liz estava constantemente alerta para a possibilidade de encontrar Darcy. A apenas algumas horas das festas dos padrinhos e das madrinhas, certamente ele chegaria a qualquer momento ao *resort*, mas, mesmo parada na varanda e percorrendo todo o complexo a intervalos regulares, ela ainda não o havia avistado. Se bem que, ela refletiu, talvez não o ver fosse melhor do que encontrá-lo de braço dado com Caroline passeando pelo campo de golfe.

A varanda permitiu a Liz uma visão panorâmica do encontro entre o senhor e a senhora Bennet e o senhor e a senhora Bingley, que, evidentemente, contou com a presença de Jane e Chip. O evento se deu em torno de uma mesa onde havia um belo arranjo de flores, taças de champanhe, e nenhuma comida. Embora Liz não conseguisse escutar a conversa, sem dúvida foi uma cena memorável; um homem segurava um microfone comprido sobre as cabeças dos membros das famílias, dois outros homens com câmeras nos ombros ficavam logo atrás das famílias, e luminárias de chão iluminavam os procedimentos ao crepúsculo.

A senhora Bingley era uma mulher magra e loira, com um corte de cabelo clássico na altura do pescoço, usava calças capri bege, jaqueta bege combinando, sandálias bege, lenço lilás no pescoço, e nunca sorria; Liz a identificava como o tipo de mulher que joga tênis no Country Club de Cincinnati e que se parece com algumas amigas da mais roliça e antiquada senhora Bennet. O senhor Bingley parecia uma versão mais velha de Chip, com cabelos grisalhos divididos de lado; usava um terno azul escuro, uma camisa branca de colarinho e uma gravata-borboleta verde. Liz estava ansiosa demais por Jane para observar toda a interação, e logo ela entrou de novo para tomar banho e se vestir para a noite.

Jane voltou para o quarto uma hora mais tarde, acompanhada de Anne Lee, dois maquiadores, e uma estilista.

— Como foi com os Bingley? — perguntou Liz.

— Foi ótimo. A mãe dele faz ioga todo dia. — Jane estava visivelmente microfonada – a bateria estava nas costas dela, e o microfone em si estava preso por um grampo dentro do colarinho da blusa –, mas se ela quis enviar alguma mensagem cifrada, contraditória, Liz não percebeu; a felicidade de Jane parecia genuína.

Enquanto a irmã retocava a maquiagem no quarto, Liz começou a se maquiar sozinha no banheiro, de porta fechada, antes de se juntar às outras. O processo de embelezamento de Jane ainda estava em andamento, quando, seguindo a agenda do dia, uma assistente de produção e um sonoplasta bateram na porta. O sonoplasta microfonou Liz, e a assistente a acompanhou até a entrada do *resort*. Duas equipes e uma limusine preta aguardavam na rampa, e quando Liz entrou na limusine – ela estava propositalmente com seu jeans mais caro em vez de saia –, teve a precaução de expor apenas o mínimo possível da bunda. Dentro do veículo, descobriu outra equipe de câmera esperando, embora ela fosse a primeira convidada. Dirigindo-se ao câmera, um sujeito de quarenta anos com cavanhaque grisalho e boné de beisebol, ela disse:

— Vamos a um restaurante ou está mais para boate?

Após uma pausa, o sujeito respondeu:

— Não podemos falar sobre o programa com você. Qualquer coisa que você queira saber, pergunte a um produtor.

A assistente de produção que acompanhara Liz desde o quarto havia desaparecido. Olhando para o câmera, para um cara com fones de ouvido pretos e para um terceiro sujeito cujo papel parecia associado à iluminação, Liz perguntou:

— Vocês todos trabalham para o *Bom partido* em período integral?

— Eu trabalho — respondeu o câmera. Ele indicou com a cabeça os outros. — Eles, não.

— Há quanto tempo você... — Liz começou a dizer, mas não terminou a pergunta porque Caroline Bingley estava entrando na limusine. Naqueles primeiros segundos em que se viram, Liz podia jurar que as narinas de Caroline se dilataram de desprezo.

— Olá, Liz — cumprimentou ela, em tom sereno.

— Oi, Caroline. — Liz tinha plena consciência tanto da equipe de filmagem quanto do microfone; ela podia sentir o volume da bateria entre suas costas e o encosto do banco. — Acho que nenhuma de nós estaria aqui hoje se você não tivesse inscrito o Chip pela primeira vez no *Bom partido*, não é mesmo?

— A sua família deve estar adorando — disse Caroline, e Liz tentou aplicar uma dose extra de amabilidade na voz ao responder:

— E a sua, ainda mais.

A experiência dramática de Liz começara e terminara com um papel no coro de uma produção de *Oliver!* durante o ensino médio em Seven Hills. E, no entanto, conforme a noite foi passando, Liz foi se sentindo estranhamente como se participasse outra vez de uma peça, sendo obrigada, sobretudo, a não sair do papel; sendo o papel, nesse caso, o de bondosa e solícita irmã da noiva. A Caroline e Liz se juntou em seguida Mary, depois Kitty e Lydia apareceram juntas, depois a irmã mais velha de Chip, Brooke, cuja existência Liz desconhecia até o momento em que ela entrou na limusine. (Ela era a mais velha dos três, aparentemente, casada e mãe de um de oito e um de dez, e todos moravam perto da casa do senhor e da senhora Bingley nos arredores de Filadélfia.) Finalmente, Jane se materializou, para aplausos que, ao menos da parte de Liz, vieram do fundo do coração. Quando o veículo saiu do *resort*, o vidro preto que separava o motorista dos passageiros desceu, e Anne Lee sorriu e mostrou duas garrafas de champanhe. (Claro que Anne Lee estava ali, e claro que estava segurando duas garrafas de champanhe.)

— Quem está preparada para a melhor festa de despedida de solteira de todos os tempos? — falou, enfaticamente.

Capítulo 172

Elas jantaram na sala reservada de um restaurante, onde a princípio as conversas foram altamente forçadas; quando Liz foi ao toalete, Anne Lee, que até então estivera atrás das câmeras, interpelou-a e perguntou de seu jeito normal e pouco confiável:

— O que você está achando do programa?

— Tudo bem — disse Liz.

— Não está achando nada estranho?

— Nós não conhecemos muito bem as irmãs do Chip. Acabei de conhecer a Brooke.

— E existe essa tensão entre você e a Caroline. — A expressão de Anne era de enfática solidariedade. — Talvez a melhor coisa seja você conversar francamente com ela antes do casamento. Tipo, resolver de uma vez isso e ficarem amigas, sabe?

Liz havia decidido antes que não beberia mais do que duas taças; depois do champanhe na limusine, um coquetel de vodca na chegada ao restaurante e uma taça de vinho durante o jantar, ela já havia excedido esse limite. Mas ainda estava longe de achar Anne convincente. Ela sorriu calada.

— Eu já disse que não tenho nenhum problema com a Caroline.

Foi logo depois de retirarem os pratos que se ouviu uma batida na porta da sala reservada; Liz imaginou que seria Chip, mas, quando a porta se abriu, era um policial e um bombeiro ou, como Liz percebeu depois do quarto copo, dançarinos de *striptease* com uniformes de policial e bombeiro. Liz demoraria para esquecer a visão dos dois dançando em volta de Jane grávida e sóbria – ela era a única que não estava bebendo. Seus abdômens definidos, besuntados de óleo, apareceram quando tiraram a roupa toda, exceto pelas cuecas, além do capacete, suspensórios e botas, no caso do bombeiro e, no do policial, um quepe azul e algemas penduradas em um dos pulsos. Os *strippers* passaram a dançar com algumas das outras mulheres ao som de "Single Ladies", de Beyoncé: Lydia e Kitty batiam os quadris e rebolavam com especial entusiasmo, Liz dançou o suficiente para parecer (ela esperava) participativa, e até Brooke se roçou brevemente no bombeiro, o que fez Liz gostar dela muito mais; porém, Mary e Caroline ficaram assistindo com desdém e negavam com as cabeças quando alguém as chamava para se juntar à festa.

Os *strippers* haviam acabado de sair quando se ouviu outra batida na porta, mas, outra vez, não era Chip; desta vez, era Rick Price, o apresentador do *Bom partido*. Entre as mulheres, ouviram-se gritinhos espontâneos, Liz se surpreendeu ao se juntar ao coro e foi então (ela estava na quinta bebida) que ela se deu conta de que estava ao mesmo tempo completamente bêbada – não só alegre, não apenas embalada – e também muito mais feliz do que uma ou duas horas antes. Sentiu um remorso retroativo por todas as participantes do *Bom partido* que sempre considerara vulgares e idiotizadas ao assisti-las do conforto de sua sala de casa; aparentemente, assim como a pizza de *teriyaki* e o uso cosmético de veneno de abelha, ficar bêbada em um reality show não era algo que se devia criticar sem experimentar.

— Fiquei sabendo que a festa está uma loucura — disse Rick Price em tom provocante, e as mulheres voltaram a soltar seus gritinhos. — Acabei de vir da festa dos homens, e eles propuseram um desafio. Convidaram vocês para um clube superdescolado onde eles estão agora para um jogo que estamos chamando de Quase-no-altar. Vocês topam, garotas?

A gritaria foi ainda maior, e quando passou, Liz ouviu Mary dizer:

— Posso voltar para o hotel?

Quando estavam todas de volta à limusine, contudo, Mary se sentou ao lado de Liz.

— Que saco — reclamou Mary. — É exatamente como eu pensava.

— Pelo menos, estão pagando para você participar.

Supostamente, o reconhecimento de que o dinheiro trocaria de mãos não devia ir ao ar; mas, caso houvesse alguma dúvida, e também só para não perder a deixa, Liz olhou diretamente para a câmera e abriu um sorriso.

O clube estava fechado para os amigos de Chip. A brincadeira seria em uma área de descanso que continha sofás e poltronas laranjas e brancos; e, mesmo antes de entrar ali, Liz viu Darcy sentado entre Shane e Chip, segurando um copo de algo que parecia uísque, com semblante melancólico. Os outros homens presentes eram Ham e o cunhado de Chip, que se chamava Nick, e Liz abruptamente pensou que, se o jantar das mulheres fora estranho, o dos homens devia ter sido quase insuportável. Porque, na verdade, Shane e Ham eram praticamente desconhecidos de todos os presentes, inclusive um do outro.

Foi desagradável observar Caroline ir diretamente para cima de Darcy. Os dois se falaram e, enquanto o faziam, os olhos de Darcy encontraram os de Liz. Será que Caroline estava falando mal dela? Liz desviou o olhar.

A brincadeira exigia que os grupos de Jane e Chip se alternassem tentando adivinhar como o noivo e a noiva completariam frases como "Eu percebi que estava apaixonado quando...".

Rick Price, que fazia as perguntas, estava no centro da sala; Jane e Chip se sentaram em poltronas que pareciam tronos, um de cada lado do apresentador; as equipes feminina e masculina de frente uma para outra; e, em uma mesa baixa entre eles, alinhavam-se o que Liz estimou serem nada menos do que cem copos de uma dose, cheios de líquidos de diversas cores. A princípio, ela pensou que quem errasse devia beber um copinho, mas aparentemente quem acertava também bebia um.

O jogo ter sido tremendamente divertido foi uma surpresa, ou não foi? Certamente era melhor do que as mímicas que faziam em Cincinnati, ou talvez tenha sido apenas porque, desta vez, Liz era a melhor jogadora. Tanto em "A primeira vez que saímos foi..." como em "O lugar em que ficamos noivos foi...", Liz mal hesitou. Embora Rick Price a estimulasse a consultar as colegas da equipe, ela logo passou a gritar as respostas, e a essa altura se instalou o caos: Lydia estava sentada no colo de Ham e Brooke havia vomitado no cantinho, depois limpado a boca com o dorso da mão e alegremente voltado ao grupo. ("Caras, vocês são demais!", ela dissera a Liz", e Liz quase não se conteve de vontade de dizer: "Fico tão contente por você não ser horrível como a Caroline!".) Rick Price a todo instante lembrava os competidores para não se interromperem quando alguém estivesse falando, e, em algumas perguntas, os câmeras precisaram fazer tomadas adicionais por haver muita gente falando ao mesmo tempo. Liz se perguntou se não mereceria um Oscar de Melhor Atriz Coadjuvante quando gritou, pela quarta vez:

— O primeiro encontro deles foi no Orchids!

Depois, ela estava em outra parte da boate, e ela e Kitty estavam dançando ao som de um rap cuja letra inteira as duas sabiam, e Kitty estava usando uma tiara de plástico com antenas, das quais pendiam dois pênis cor-de-rosa fosforescentes em tamanho natural. Como aquela tiara era maravilhosa! Ainda mais maravilhoso, Kitty observou, era que Liz usava uma idêntica. Verdadeiramente, foi uma noite mágica. Liz não viu mais Darcy – ele não estava na pista –, mas não se lembrava de ter se divertido tanto na companhia das irmãs.

Quando Lydia se juntou a ela e a Kitty na pista de dança, Lydia pôs a boca perto do ouvido de Liz e gritou mais alto que a música:

— Você conhece o padrinho do Chip? — Embora seus rostos estivessem a centímetros de distância, Liz mal entendia o que a irmã estava dizendo.

— É o Darcy! — berrou Liz de volta.

— Ele se chama Darcy! — gritou Lydia. — Eu odeio esse cara! Foi ele que falou para a mamãe essa bobagem de que transexualidade é um defeito de nascença.

— Você quer dizer essa coisa que ela fica falando por aí de lábio leporino? — confirmou Liz. — Isso é coisa do Darcy?

Lydia assentiu.

— Ele acabou de ir embora, mas amanhã quando eu o encontrar, vou mandar ele não se meter nos assuntos dos outros.

— Mas você há de convir... — Por muitos motivos, uma pista de dança não parecia o lugar para aquela conversa; não obstante, Liz disse a plenos pulmões: — Você não acha que pelo menos isso foi um começo para a mamãe começar a entender o Ham?

— Se a mamãe entende ou não entende o Ham, é problema dela! — berrou Lydia. — Ele não precisa pedir permissão para existir!

— Mas a vida não é melhor quando você, pelo menos, consegue conversar com a própria mãe?

Lydia deu um sorriso irônico.

— Não é assim tão simples.

— Mas por que afinal o Darcy conversou com a mamãe? — gritou Liz.

— Porque ele se acha o sujeito mais inteligente do mundo e gosta que as outras pessoas ouçam o que ele diz.

— Não! — berrou Liz. — Quero dizer, como ele ficou sabendo que era preciso intervir nesse caso?

— Justamente! — berrou Lydia de volta. — Não precisava.

Capítulo 173

Menos de uma hora depois, Liz se deitou no escuro em sua cama que girava no quarto de hotel enquanto a pobre Jane estava lá embaixo no pátio, ainda sendo entrevistada diante de luzes ofuscantes. Embora Liz tivesse tido uma das melhores noites da sua vida, certamente àquela altura Jane começou a sentir algumas dúvidas sobre o modo como resolvera se casar. Abruptamente, e um tanto enjoada, Liz se sentou, ligou o abajur do criado-mudo, levantou-se da cama, pegou o cartão que abria a porta e saiu às pressas pelo corredor.

Depois que Liz bateu na porta, Mary abriu com a escova de dentes na boca, uma linha de espuma de pasta ao redor dos lábios.

— O que foi? — perguntou ela.

— Daquela vez em que você encontrou o Darcy no Skyline — disse Liz —, você contou a ele que a mamãe ainda não estava falando com a Lydia?

Desconfiada, Mary perguntou:

— Por quê?

— Acho que ele acabou conversando com ela depois.

— Ah — disse Mary em tom um pouco mais amistoso. — Ele falou. — Ela se virou e caminhou até o banheiro, e Liz entrou atrás dela. Mary cuspiu na pia e lavou as cerdas da escova. — No Skyline, ele perguntou se devia falar com ela. Por conta do trabalho dele, ele achou que poderia explicar tudo em termos do cérebro do Ham.

— Quer dizer que ele explicou isso de defeito de nascença?

— Eu não estava na hora da conversa, mas parece ser o único assunto da mamãe ultimamente.

Então Darcy havia tentado salvar a felicidade da família dela em não só uma, mas duas ocasiões; além de fazer Jane e Chip reatarem, ele havia facilitado a reconciliação entre Lydia e a senhora Bennet. Mas por quê? Em benefício de quem? Nenhuma das duas situações o afetava diretamente, e em nenhum dos casos ele quis ficar com o crédito – na verdade, Liz de repente se lembrou de como Darcy desviara do assunto quando ela lhe perguntou no restaurante em Nova York como ele sabia que a senhora Bennet e Lydia haviam voltado a se falar –, no entanto, seus esforços excediam em muito o que se espera da generosidade de uma pessoa comum.

Mary fechou a torneira, e as irmãs se entreolharam no espelho.

— Caso não tenha percebido — avisou Mary —, você ficou superbêbada hoje, e está fedendo a álcool até agora.

Capítulo 174

Ham deu uma aula de crossfit no pátio às nove horas da manhã. Ele dissera a Liz na noite anterior que todos eram bem-vindos, inclusive os pais dos noivos, e que modificaria os exercícios para serem compatíveis com o condicionamento físico – ou a falta dele – dos participantes. Mas nenhum exercício poderia ser modificado o suficiente para abranger a ressaca, a boca seca e a dor de cabeça com que Liz acordou. Ela não foi à aula; não foi ao almoço ao meio-dia oferecido às duas famílias; e apenas pouco antes do jantar, que também ocorreria no pátio, se obrigou a sair da cama. O jantar devia ser casual; até trajes de banho, os produtores comentaram, seriam aceitos.

Liz fez sua maquiagem, bebeu uma xícara de café puro que ela mesma fez no banheiro, e foi visitada pela mesma assistente de produção da noite anterior e por outro sonoplasta.

Que o jantar funcionaria tanto como um ensaio de verdade para o casamento e também como evento que estava sendo gravado para entreter o público representava um enigma de fundir os miolos, mas os miolos de Liz ardiam por outros motivos, e ela estava mais preocupada com o que beberia para curar a ressaca assim que a cerimônia terminasse. Conversando amenidades com o senhor Bingley, ela pegou, de uma bandeja que passava, uma taça de vinho branco. Ao saber a profissão dela, o senhor Bingley confessou que sempre desejara escrever um romance. Com o vinho na mão, as perspectivas de Liz para aquela noite melhoraram enormemente.

Embora Liz estivesse usando um vestido de verão em vez de traje de banho, Lydia, Kitty, Ham, Shane e Caroline foram preparados para dar um mergulho. (Liz tentou não ficar encarando o peitoral de Ham, mas, até onde pode perceber, notou que era impressionante e masculinamente definido; um caminho de pelos se estendia acima e abaixo do umbigo, e a única evidência de seu corpo ter sido anteriormente feminino eram duas cicatrizes vermelhas e finas abaixo dos mamilos de aparência máscula.) Todas as mulheres estavam com os biquínis que ela supôs serem cortesia das cestas de boas-vindas; o de Caroline era branco e, a certa altura, ela saiu da água, aproximou-se de Darcy – ele estava com calça cáqui e uma camisa comprida de botões aberta no colarinho – e claramente tentou convencê-lo a se juntar a ela na piscina. Ele negou com a cabeça; ela se retorceu com sensualidade; ele tornou a negar com a cabeça.

Jane, que estava ao lado de Liz, disse:

— Você está pensando em dar um mergulho?

— Estou com medo de acidentalmente virar a típica americana que não deveria usar biquíni, mas usa.

Jane apontou para a própria barriga.

— Então que Deus me ajude.

— Ah, por favor — replicou Liz. — Você tem passe livre.

Havia uma infinidade de assuntos que Liz desejava discutir com Jane, e não havia como abordá-los com um mínimo de segurança de que não seriam transmitidos para o país inteiro. Será que Jane estava odiando tudo aquilo ou estaria achando o espetáculo divertido? Será que ela gostava mesmo dos Bingley ou estaria apenas fingindo? Seus pais estavam se comportando ou sua mãe já fizera seus desabafos para a câmera? Para espanto de Liz, o senhor Bennet e o senhor Bingley descobriram uma paixão comum por jogos de baralho e por charutos e, aparentemente, passavam a maior parte do dia em uma mesa no pátio fumando e jogando.

Uma briga de galo começou na piscina, com Lydia nos ombros de Ham e Kitty nos ombros de Shane, enquanto Liz perguntava a Jane:

— Você está nervosa por causa de amanhã?

Jane sorriu.

— Estou pronta para começar a viver o resto dos meus dias.

Por achar difícil se controlar, Liz novamente olhou bem para as câmeras e para os sonoplastas a menos de dois metros delas.

— Essa é para vocês — disse.

Capítulo 175

Liz estava atravessando o saguão com Mary e o senhor Bennet, todos indo em direção aos elevadores para voltar aos quartos depois de encerrado o jantar, quando ouviu seu nome sendo chamado. Ao se virar, ficou surpresa ao ver Caroline Bingley caminhando rapidamente atrás dela.

— Vocês podem ir na frente — disse Liz ao pai e à irmã, e, impacientemente, esperou por Caroline. A irmã de Chip havia trocado o biquíni branco por uma calça jeans escura e um moletom de capuz cinza que parecia de *cashmere*.

Quando Caroline ainda estava a alguns metros de distância, Liz disse:

— O que você quer?

— Você não serve para o Darcy — falou Caroline.

— O que você disse?

— Não se faça de boba, Liz. É óbvio que você está de olho nele desde aquele churrasco horrível de Quatro de Julho. Mas, na época, ele não estava disponível, nem agora.

— Certo. — O que diabos, perguntou-se Liz, havia inspirado aquela confrontação?

— A sua irmã tem sorte de se casar com o Chip — disse Caroline. — Muita sorte. Não deixe que isso alimente os seus sonhos. Eu sei que a sua família se considera tipo — Caroline fez aspas no ar — "alta sociedade de Cincinnati". Mas isso é um paradoxo. E Darcy e eu já temos uma longa história. Nós temos uma química intensa, e finalmente chegou a hora de oficializar a coisa.

Liz sorriu o mais maliciosamente que podia.

— Que maravilha para vocês.

— Se o Darcy escolher você, vai ser apenas porque ele perdeu as perspectivas agora que mora em Ohio. É como quando a pessoa começa a simpatizar com o próprio sequestrador.

"Se o Darcy escolher você" – mas Darcy e Caroline não estavam namorando? Porque se estivessem, aquela cena teria sido ainda mais absurda do que se não estivessem. *Imagino que o meu irmão tenha lhe contado sobre ele e a Caroline*, Liz pensou, e a revelação de sua própria estupidez estalou como um trovão em seu cérebro. Ao receber a mensagem de texto de Georgie, ela havia se perguntado, é claro: "Contado o quê?". Mas rapidamente passara da dúvida à suspeita de que estava certa. Escrevendo um artigo, ela jamais daria esse salto para a conclusão, jamais aludiria a um fato que não fosse esclarecido adiante. Ela acreditaria, mas verificaria – eis o que teria feito. No entanto, nenhuma vez nos últimos três meses ela sequer tentou checar qualquer coisa. Com quanta negligência, com que evidências tão parcas, ela embarcou na frustração de seus próprios desejos. Por que, afinal, se mostrara tão disposta, tão cúmplice da negação daquilo que ela mais queria?

— Mas se o Darcy escolher você — respondeu Liz lentamente a Caroline, — seria um casal melhor? Nenhum de vocês se sentiria constrangido?

— Escute aqui — esbravejou Caroline. — Não é nenhum segredo que você faliu a sua família. A sua mãe e as suas irmãs são umas idiotas, e agora você tem um cunhado *traveco*. Você não serve para namorada de Fitzwilliam Darcy.

— Deixe-me ver se eu entendi. O seu irmão é astro de um reality show, depois de ser lançado por você. Mas a *minha* família é muito cafona para Darcy?

— Isso de televisão é trabalho. O *Bom partido* foi só uma forma de estabelecer a marca do Chip e lançá-lo em seus próprios projetos.

— Em sua defesa — disse Liz —, eu estou vendo que você acredita no que está dizendo, mesmo que seja completamente ilógico. Mas, seja como for, o Darcy é adulto e pode tomar as próprias decisões.

Os olhos de Caroline se franziram.

— Vocês por acaso já estão namorando?

Liz deu risada.

— Como isso seria possível sem violar a propriedade alheia? Seria pior que usar linho depois do Primeiro de Maio. Talvez até que usar um garfo de salada no prato principal.

— Você se acha muito esperta. Todos sabemos isso sobre você.

— Agora vou dormir — anunciou Liz. — Boa noite, Caroline. — Mas Liz dera apenas alguns passos rumo ao elevador, quando se virou. — Por falar nisso, nós adoramos que o Ham tenha entrado para a família, e não se usa mais *traveco*. Ou, pelo menos, ninguém que teve boa educação.

Foi dentro do elevador, durante a breve subida ao segundo piso, que Liz se lembrou de que estivera microfonada durante toda a conversa.

Capítulo 176

No quarto do hotel, Liz pegou o celular do armário onde o deixara antes do jantar e pesquisou freneticamente a mensagem de texto de Georgie. Depois de relê-la (Imagino que o meu irmão tenha lhe contado sobre ele e a Caroline e agora eu fiquei me sentindo mal pela conversa que você e eu tivemos. Eu realmente devia ter controlado a minha língua), Liz digitou rapidamente.

Georgie, desculpa eu não ter respondido. Foi ótimo te conhecer também. Sei que isso parece absurdo, mas o que vc quis dizer quando disse que imaginava que o seu irmão teria me contado sobre ele & Caroline?

Nos dez minutos seguintes, Liz ficou tão confusa e impaciente que começou a fazer polichinelos para se distrair; depois de alguns, por cortesia à pessoa que estava no quarto embaixo do seu, ela passou a fazer abdominais. Embora não fumasse havia anos, considerou procurar um cigarro, quando, enfim, a resposta de Georgie chegou. Eu me referia ao acidente de carro. O seu artigo sobre a Kathy de Bourgh está incrível! Eu sabia que seria.

Que acidente de carro?, Liz respondeu. Obrigada pelo elogio!

A resposta seguinte de Georgie chegou em três blocos separados.

Não sei o quanto você já sabe, dizia a primeira parte, mas voltando da caminhada naquele dia, outro motorista bateu no carro do meu irmão na montanha e a Caroline quebrou a clavícula.

A segunda mensagem explicava: A culpa não foi do Fitzy, mas ele se sentiu responsável, já que estava dirigindo. A Caroline não ficou NADA feliz durante o resto do fim de semana. Eu acho que ela já está bem agora!

E a terceira mensagem: Vocês estão todos aí no casamento do Chip com a sua irmã, certo? É muito engraçado imaginar o Fitzy no bom partido. Eu pedi para ele me mandar um selfie c/ Rick Price. Provavelmente ele vai "esquecer", então, por favor, lembre-o disso!

Será que o fato de Caroline ter sofrido um acidente, Liz se perguntou, significava que ela devia ter mais compaixão e odiá-la menos por isso?

Só para confirmar, Liz escreveu, o seu irmão & Caroline não estão juntos agora & nem desde quando estávamos em Atherton?

Não mesmo!, Georgie respondeu.

Eis o motivo, resolveu Liz, para ela não odiar Caroline: não porque ela não fosse odiosa, mas porque ela não era namorada de Darcy. E Liz compreendeu com urgência abrupta o que precisava dizer a Darcy e – ainda mais importante – o que precisava perguntar a ele. Na verdade, a urgência era tão grande que ela considerou enviar uma mensagem de texto imediatamente ou só descobrir o quarto onde ele estava e bater na porta. Mas seguramente aquela conversa não deveria começar por impulso.

Obrigada, Georgie, ela escreveu. Vou ver como faço para conseguir uma foto com Rick & seu irmão.

Capítulo 177

Embora as lágrimas de Chip durante os votos não fossem uma surpresa, a duração e a magnitude daquele pranto foram um espetáculo como Liz jamais testemunhara. O choro começou no momento em que Jane apareceu, depois da procissão de irmãs e futuras cunhadas. Ela estava esplêndida com um vestido de organza de seda marfim; o cabelo loiro puxado em um coque mais solto; usava um véu de tule delicadamente salpicado de pérolas artificiais; e levava um buquê de rosas brancas. Nos pés, usava sandálias abertas na frente, cujos saltos, Liz pensou um tanto consternada, não haviam sido desenhados para alguém nas condições atuais de Jane, embora contribuíssem para a apresentação geral de uma beleza sofisticada e até mesmo mágica; Jane parecia nada menos que uma grávida angelical.

Ela veio acompanhada pelo senhor Bennet, de *smoking* novo. Na mala, ele havia trazido à Califórnia um *smoking* dos Brooks Brothers que comprara em 1968, ocasião em que, na qualidade de cadete do Cotilhão de Cincinnati, acompanhou uma debutante chamada Peggy Isborne, e foram necessários argumentos de diversas jovens atraentes da equipe do *Bom partido* para convencê-lo de que ele ficaria ainda mais lindo se o traje formal fosse novo. As madrinhas usavam vestidos de *chiffon* lavanda com acessórios cor de ameixa, e embora Liz continuasse cansada do *Bom partido* como um todo, ela gostou que a produção tivesse escolhido modelos diferentes de vestido para valorizar o corpo de cada mulher; o seu era sem manga, com gola em V e saia até o joelho.

A cerimônia ocorreu no pátio; durante a noite, milagrosamente, a piscina fora coberta por um tampo de acrílico translúcido onde estavam as cadeiras dos convidados, divididas em dois grupos, para criar o corredor da noiva. Do outro lado da piscina, havia um altar de madeira de onde pendiam metros de gaze branca enfeitada com pérolas em um padrão que lembrava o véu de Jane, e em torno do qual se espiralavam guirlandas de rosas brancas que ecoavam o buquê de Jane. Seis equipes de filmagem estavam presentes, uma das quais era responsável pela câmera grande da grua. Também em uma grua havia um painel de luzes retangular e estreito que media talvez um metro e oitenta por três. O oficiante era Rick Price.

A partir do momento em que viu Jane, o rosto de Chip se contraiu; e o jorro subsequente de seus olhos com certeza seria suficiente para dar um banho em um cachorro médio: um corgie ou quem sabe um border collie. Como madrinha e dama de honra, Liz ficou logo atrás de Jane e teve a melhor vista de todas da tempestade que transbordava o rosto de Chip. Depois que Jane e o senhor Bennet atravessaram o corredor, o senhor Bennet ergueu o véu da filha, beijou-a no rosto, depois pegou a mão direita dela e entregou-a na mão de Chip. (Quem dera, Liz pensou quando essa sequência ocorreu pela terceira vez para as câmeras, ela conseguisse enxergar aquela tradição como algo charmoso e não nauseantemente patriarcal.) Quando o senhor Bennet se sentou, Chip balbuciou para Jane as palavras "Você está tão boni...", mas não conseguiu terminar, interrompido por um novo acesso de emoção. Jane pôs a mão no braço dele, acariciando de leve, e embora Liz não pudesse ver o semblante da irmã, ela tinha certeza de que era de enorme afeição.

— Bem-vindos — entoou Rick Price. — Estamos aqui hoje para um acontecimento verdadeiramente abençoado, uma celebração que é o apogeu da vida e do amor. Chip e Jane, diante de seus familiares, de Deus e do mundo inteiro, vocês vieram afirmar o compromisso um com o outro. — Ele fez uma pausa e piscou para os convidados. — Agora, vocês estão prontos para um pouco de diversão?

Uma pausa confusa se seguiu, e então Jane respondeu:

— Eu estou.

Chip tentou falar, não conseguiu, congestionado ainda pelas lágrimas, e simplesmente assentiu com a cabeça.

— Rick, vamos fazer de novo, agora sem piscar — exclamou um produtor barbudo atrás de uma das equipes de filmagem, e a cerimônia prosseguiu nesse passo: uma sucessão de repetições de tomadas e lágrimas que fizeram com que um rito que levaria dez minutos durasse quase uma hora. De quando em quando, retocavam a maquiagem, especialmente de Jane, mas também de Chip, Rick Price e todos que estavam no altar; fizeram um intervalo quando Jane, acompanhada por Liz e outras três da equipe de produção, foi ao banheiro; e, por longos minutos, a cada vez, todos simplesmente tinham de esperar que Chip se recompusesse, com Jane murmurando frases de incentivo que, na verdade, eram ouvidas por todos.

No entanto, Liz não sentiu nem um minuto de tédio; a cerimônia inteira foi um purgatório surreal e delicioso que, por ela, poderia durar para sempre, trocando olhares indecifráveis, mas que possivelmente flertavam com Fitzwilliam Darcy. Liz atravessou o corredor como última madrinha na frente, de Jane e conseguiu, por algum mistério em sua visão, ignorar tanto Chip quanto Rick Price, que estavam de pé na sua frente, e enxergar apenas Darcy: absurdamente alto e sério e lindo. A beleza dele ainda era estonteante. Mas eram a gravidade daquilo que ela queria dizer para ele combinada com a incerteza sobre como ele reagiria que faziam com que ela não tivesse nenhuma pressa em chegar ao fim. Já que Darcy não estava namorando Caroline, e já que havia rumores de que Darcy ainda gostava dela – rumor inebriante insensatamente propagado por Caroline –, Liz sentia certo otimismo. Mas o otimismo sempre podia ser cancelado e ela ter seu coração partido outra vez.

Enfim, mesmo após o volume de lágrimas de Chip, a cerimônia acabou. O casal fez seu passeio triunfante pelo corredor como marido e mulher, sob grande aplauso. Então, de modo a garantir que as câmeras não perdessem nenhum ângulo, deram a volta e fizeram o mesmo percurso mais duas vezes. Nessa altura, os convidados puderam se misturar, embora Liz soubesse que ainda havia muito pela frente, inclusive seu próprio discurso do brinde. Presumivelmente, o registro da primeira dança e dos noivos partindo o bolo de casamento também exigiria uma dose extra de paciência. Mas o champanhe estava sendo servido, os aperitivos passavam – cogumelos recheados, torradas com queijo de cabra – e houve, ao menos por alguns minutos, um interlúdio de relativa liberdade. Darcy estava perto da banheira aquecida conversando com Shane, e quando Liz correu na direção deles, foi interceptada por Lydia.

— Hoje é o dia mais chato da minha vida — disse Lydia com a boca cheia de cogumelos. — Você não está achando um tédio?

— Acho que você não foi feita para reality shows — respondeu Liz. — O que é bom para você, certo?

— Será que a Jane vai poder ficar com o vestido? — perguntou Lydia, e Liz disse:

— Preciso fazer uma coisa. Já volto, um segundo. — Ao passar, às pressas, por Jane, Chip, e a pequena fileira de pessoas que os rodeavam para dar os parabéns, ela desligara o microfone discretamente preso por um grampo por dentro do vestido, perto da clavícula. Junto à banheira aquecida, tocou o braço de Darcy. Quando ele olhou para ela, ela disse: — Oi. Oi, Shane. Posso roubar o Darcy por um segundo? — De perto, ela não teve como não notar a maquiagem que fizeram em Darcy – base e pó, aparentemente –, o que poderia ter sido desconcertante se ela não estivesse tão preocupada com a missão que designara a si mesma.

— Você está linda, Liz — elogiou Shane. Ele ergueu sua taça de champanhe. — Um brinde.

Liz estava sem taça, mas repetiu:

— Um brinde. — Para Darcy, pediu: — Você pode vir comigo?

— Aonde? — quis saber ele, sem muito entusiasmo.

Ela havia pensado em um lugar ao lado da trilha que levava ao outro lado do resort. Ela apontou.

— Para lá. E você pode desligar o seu microfone?

— Posso o quê?

Era mais fácil fazer que explicar – ela ficou na ponta dos pés, alcançou a lapela dele e desligou ela mesma o microfone. Virando-se, ela foi rapidamente até a trilha, ainda levando o buquê, evitando olhar para a família e para os membros da equipe e torcendo para que Darcy e mais ninguém a estivesse seguindo; certamente, algum sonoplasta, talvez alguém na sala de controle, já tivesse notado a falta de som nos canais da madrinha e do padrinho e estivesse a caminho para resolver a situação. Olhou de relance para trás – Darcy estava atrás dela – antes de sair da trilha e contornou uma pedra enorme, rodeada por arbustos do deserto e uma terra embranquecida e arenosa. Ele se aproximou dela, com o semblante intrigado, e eles ficaram frente a frente.

— Você falou com a minha mãe sobre o Ham, não falou? — disse Liz. Ele pareceu surpreso, e Liz acrescentou: — A Lydia e a minha mãe comentaram.

Darcy avaliou a expressão de Liz antes de responder:

— Receio que a explicação do defeito de nascença não seja politicamente correta, mas eu tentei encontrar termos que fossem compreensíveis para alguém da geração dela.

— Você falou sobre isso com ela pessoalmente ou por telefone? — Liz não tinha planejado perguntar aquilo, mas acabou perguntando.

Darcy sorriu.

— É uma pergunta bastante lizbennetiana. Eu convidei os seus pais para um almoço.

— Essa foi boa. — Depois de uma pausa, completou: — Uma pergunta lizbennetiana é uma coisa boa ou ruim?

— Na verdade, essa é outra pergunta bastante lizbennetiana.

— Vocês não foram ao Skyline, foram?

— Fomos ao Teller's. Você quer saber também o que pedimos?

Mas havia um afeto maior na voz dele, não sarcasmo. E a imagem dele convidando a mãe e o pai dela para almoçar, sentado à mesa com eles no Teller's, ajudando-os, com a autoridade conferida por seu diploma de Medicina, a entender que ter um genro transexual não era algo terrível era comovente. Liz disse:

— Obrigada. E obrigada também por fazer a Jane e o Chip voltarem, por ter feito acontecer aquele jantar em Nova York.

— Fico contente que você se sinta assim depois dos acontecimentos dos últimos dias. — Ele coçou o queixo com os dedos. — E eu aqui parado feito um bobo maquiado.

— Você ficou bem maquiado. O hospital não criou problemas para você vir?

— Vou trabalhar no Natal e no Ano-Novo, que eu até prefiro. A Georgie vai para Cincinnati neste fim de ano. — Eles se entreolharam outra vez, e ele disse: — A Georgie me ligou ontem à noite. Ela estava aflita porque tinha mandado uma mensagem confusa no Primeiro de Maio para você.

— Não foi culpa da Georgie. É só que... — Liz engoliu em seco. — Eu tirei logo outras conclusões. Não sabia que você e a Caroline tinham sofrido um acidente de carro, e achei que vocês estavam juntos, tipo namorando. Não me pareceu muito absurdo, porque eu sabia que você tinha ficado irritado por interromper o nosso café da manhã para eu pegar um avião para Cincinnati quando a Lydia fugiu de casa. Então, quando você me escreveu depois que eu tinha voltado a Nova York, hoje eu queria não ter respondido tão friamente, mas foi o que eu fiz. E por isso eu não me comportei muito bem no jantar com a Jane e o Chip.

— Sim, naquela noite ficou claro que eu tinha feito alguma coisa de que você não tinha gostado — disse Darcy. — Mesmo que eu não soubesse ainda o quê.

— Eu queria ter perguntado em Nova York se a Georgie estava bem.

— Ela está bem melhor — contou Darcy. — Obrigado.

Houve um breve silêncio, e Liz tomou coragem.

— Eu sinto muito — disse ela. — Sinto muito por ter sido rude, sendo que você não merecia. Em Atherton, eu achei que as coisas entre nós estavam bem de um modo que não eram antes. Eu realmente gostei de me aproximar de você, e muito embora eu tenha sido insuportável em Cincinnati, achei que talvez você pudesse me perdoar. Mas, depois que a Lydia fugiu, pareceu que eu tinha arruinado qualquer possibilidade entre nós.

— Eu não fiquei irritado aquele dia, eu fiquei decepcionado. E depois me lamentei por não ter reagido logo, mas você estava tão absorvida pela sua família que na hora me pareceu melhor deixá-la com mais espaço.

— Bem, você tinha razão, a minha família é um desastre, como o resto do país ficará sabendo em breve. E você tinha razão, sou tagarela e não sou tão engraçada quanto eu penso que sou.

— Liz. — Darcy estendeu a mão e tocou o braço dela, e o gesto transformou o coração dela em um vulcão. — Espero que você saiba que o seu talento para conversa fiada é um dos principais motivos de eu gostar da sua companhia. — Ele olhava para ela com uma expressão ao mesmo tempo elogiosa e terna. — Nunca conheci ninguém com o seu interesse pelo outro. Mesmo quando você está julgando esse outro, você o faz com muito cuidado e atenção. Nunca consigo prever de quem você vai gostar ou odiar, mas sei que sempre os seus motivos serão muito específicos e você os expressará com grande paixão. Eu também nunca vi ninguém mais leal à família.

— Você está brincando? Eu nem gosto de todas as minhas irmãs. Nem dos meus pais.

— Mas não hesita em pegar um avião ou sair correndo no meio do dia para ajudá-los no minuto em que eles precisarem de você. — Darcy desviou o olhar, embora sua mão continuasse, eletricamente, no antebraço dela. — Se ainda não é óbvio, eu estava errado sobre uma série de coisas também. Naquela manhã, no apartamento das suas irmãs, acho que eu pensei... — Ele fez uma pausa. — Eu achei que precisava ser grosseiro para compensar o fato de estar apaixonado por você. Estava com medo de parecer um menino perseguindo você, e você me achar ridículo. Mas fui longe demais na direção oposta.

Simultaneamente, Liz sentiu uma arrebatadora esperança diante da referência à paixão por ela e um pânico de que tal paixão não mais existisse. Será que ele não podia ser mais específico, para tirá-la daquele sofrimento? Era difícil, mas ela disse devagar:

— Ontem à noite a Caroline me disse que eu não sirvo para ser sua namorada. Porque a minha família é bizarra e tal. Mas eu fiquei pensando... — Liz hesitou. — Isso me fez pensar se ela não estaria enganada. Se ela estava achando que você ia se confessar apaixonado por mim por não saber que você já tinha feito isso.

Darcy olhava para ela seriamente.

— Se eu dissesse de novo que estou interessado em você... Você acha que seria uma boa ideia?

Liz assentiu e tentou manter a voz serena ao dizer:

— Tenho idade suficiente para saber que às vezes não se tem uma segunda chance.

— Minha querida... — Darcy levou a mão do braço ao rosto dela, e ela se inclinou na mão dele; ela achou que iria chorar, e fechou os olhos. — Eu lhe daria, darei, dou quantas chances você precisar. Meu sentimento por você nunca mudou. E todas as coisas melosas que fui covarde demais para dizer continuam tão verdadeiras agora quanto antes. Você é diferente de todas as outras mulheres que já conheci. E aquelas vezes em que você foi ao meu apartamento foram as maiores alegrias da minha vida.

Liz abriu os olhos.

— Você passa o dia inteiro vendo tumor cerebral. Sem querer ofender, mas o seu padrão de alegria deve ser meio baixo.

— Não — negou Darcy. — Não é. Eu ficava olhando pela janela quando você saía com suas roupas de corrida, e pensava: *Um dia desses ela vai acabar indo embora para sempre e nunca mais vou vê-la*. Isso acabava comigo. Eu não queria que tivéssemos uma última vez, e foi assim que eu me dei conta de que estava apaixonado por você.

Tais elogios eram excitantes, mas quase impossíveis de absorver em tais quantidades, naquele ritmo. Era como se estivesse chovendo granizos magníficos, e ela quisesse guardar cada um para examinar depois, mas eles só existiam com aquela potência naquele momento, agora. E, em todo caso, o relógio não parava nunca.

Ela ainda segurava o buquê e, com sua sandália de seda cor de ameixa aberta na frente, se agachou, deixou as flores no chão irregular; depois se ergueu novamente e estendeu os dois braços na direção dele. Após uma brevíssima hesitação, durante a qual Liz silenciosamente evocou o espírito-guia de Kathy de Bourgh, ele tomou as mãos dela nas suas.

— Darcy — disse ela. — Fitzwilliam Cornelius Darcy V. Eu sei o seu nome do meio porque pesquisei na internet. Você acha isso esquisito ou impressionante?

— Você ficaria magoada se eu disse que nem uma coisa, nem outra?

Ela sorriu.

— Fitzwilliam Cornelius Darcy, eu o admiro muito. O seu trabalho, o modo como você literalmente salva vidas, os seus princípios... Você é a pessoa com mais princípios que eu já conheci. Mesmo que isso signifique que você às vezes é ofensivo, você é a única pessoa que eu conheço, incluindo eu mesma, que nunca mente. E você é absurdamente inteligente, e quando não está dizendo verdades duras, é incrivelmente gracioso e bondoso e decente. Eu te amo, Darcy, eu te amo ardentemente. E eu queria saber se... — Um dos dois estava, ou talvez ambos estivessem, tremendo; as mãos unidas tremiam, e dentro do peito dela, o coração acelerava. Ela olhou para ele e disse: — Eu gostaria de saber se você se casaria comigo? Você me daria a honra de ser meu marido?

Ela não sabia que ele era capaz de abrir um sorriso. Ele respondeu:

— Pensei que você nunca fosse me pedir em casamento.

— Eu não trouxe aliança — falou ela —, mas tome. — Ela inclinou a cabeça e beijou a ponta do dedo anular da mão esquerda dele, que ainda estava entrelaçada à dela.

Ele estava inclinando o rosto para ela, e ela estava erguendo o rosto para ele, quando ela disse:

— Ah, e eu evidentemente vou assinar um contrato pré-nupcial. Obviamente, a sua família tem milhões de dólares e a minha está à beira da ruína, mas isso não tem nada a ver com o meu desejo de me casar com você.

— Que romântico. Acho que podemos acertar esses detalhes depois.

— E eu me dei conta de que vou precisar me mudar para Cincinnati. Não acredito que estou dizendo isso, mas nem me importo. Que ironia, hein?

— Liz?

— Sim?

— Você pode parar de falar um segundo para eu poder te beijar direito?

Liz sorriu.

— Contanto que você não se importe de borrar o meu batom e o seu.

— Na verdade, esse é o único cosmético que eu não passei — explicou ele, e depois, do lado de fora do *resort*, atrás de uma pedra enorme, ele de *smoking* e ela de vestido lavanda de madrinha, seus rostos se encontraram e eles se beijaram tão longamente que o beijo conteve múltiplas fases, inclusive uma em que ambos estavam sorrindo, praticamente gargalhando, e uma em que ela se esqueceu de quem ela era.

Quando enfim fizeram uma pausa, ele comentou:

— Imagino que seria uma violação do contrato do *Bom partido* ir para o meu quarto agora.

Eles estavam se olhando, conferindo um ao outro em silêncio, quando Anne Lee contornou a pedra, acompanhada de perto por uma equipe de filmagem. Darcy e Liz instintivamente se afastaram.

— Vocês dois estão com os microfones desligados — disse Anne em tom ríspido. — Precisamos consertar. — Nisso, um sonoplasta já estava com a mão dentro do vestido de Liz; ele estava sendo o mais profissional que podia, o que ainda assim não eliminava a estranheza da situação. — Vocês desligaram de propósito? — perguntou Anne.

— Não — respondeu Liz, ao mesmo tempo que Darcy disse:

— Sim.

Anne olhou para os dois.

— Por que vocês desligaram?

— Nós queríamos um pouco de privacidade — afirmou Liz.

— Vocês estão namorando? — perguntou Anne.

Depois de outra pausa, Darcy disse:

— Isso não parece relevante.

— Eu sei que vocês estão — falou Anne. — Acabei de ver vocês se pegando.

Será que ela estava blefando?

— Então acho que isso responde a sua pergunta — disse Liz.

— Há quanto tempo vocês estão juntos?

Mais uma vez, houve um silêncio e, com indisfarçada irritação, Anne disse:

— Tudo bem. Precisamos de vocês dois na festa agora mesmo.

Ao retomarem a trilha de volta ao pátio, Liz podia sentir a presença de Darcy atrás dela, e seu corpo estremecia de alegria. Sexo raivoso, ela pensou contente. Sexo raivoso! Só que sem raiva!

A festa durou até depois da meia-noite, e durante todo esse tempo, ela e Darcy ficaram juntos, próximos, mas pouco conversaram, exceto para comentar banalidades divertidas.

— Você está se divertindo? — perguntou ele a certa altura, com a maior polidez, e ela respondeu no mesmo tom:

— Sim. E você?

— Eu também estou — afirmou ele. Dançaram apenas uma vez – aparentemente, Darcy só dançava músicas lentas, e mesmo assim era um tanto desajeitado, mas nada que a surpreendesse – e mal trocaram palavras; mas ela apoiou a cabeça no peito dele, e a solidez de seu corpo era como a promessa de seu futuro juntos.

Embora os diversos rituais da festa fossem encenados e filmados, incluindo o brinde de Liz (ironicamente, sua distração tornou o discurso ainda mais leve), Liz sabia que a equipe do *Bom partido* estava apenas fazendo o que devia fazer, o que as famílias Bennet e Bingley haviam concordado em permitir que fizesse. Mas, ainda assim, Liz não estava disposta a permitir que tivessem acesso ao seu novo e maravilhoso romance; ela amava Darcy demais para tentar provar seu amor a qualquer outra pessoa além dele.

Quatro meses mais tarde

Capítulo 178

Discutiu-se inconclusivamente sobre as circunstâncias em que os Bennet assistiriam ao especial de casamento do *Bom partido* quando o programa foi ao ar, e a opção mais plausível parecia ser que Ham e Lydia fariam um jantar e todos veriam juntos na sala da casa deles. Liz e Darcy ainda estavam morando no apartamento dele na Madison Road – ela deixara Nova York em fevereiro, e os dois haviam comprado um *loft* recém-reformado no bairro de Over-the-Rhine, para o qual ainda não tinham se mudado – e Liz francamente não estava pensando em assistir com a família. Os ataques à vaidade deles, era com isso que ela se preocupava, podiam ser tão intensos a ponto de exigir sua intervenção como juíza.

Na verdade, todos os Bennet de Cincinnati foram pegos de surpresa quando a primeira aparição de Jane foi ao ar, não no episódio *Bom partido: a trajetória de Chip e Jane até o altar*, mas, em vez disso, duas semanas antes da estreia do especial, no episódio *Bom partido: reencontro dos favoritos do público*. Embora Liz já esperasse precisar desviar o olhar quando Chip apareceu beijando outras mulheres na temporada do reencontro, até aquele ponto ele só havia ficado com uma outra. E embora os amassos na rede entre ele e Rachelle B. (não confundir com Rachelle T.) tenham parecido totalmente consensuais, na manhã seguinte, foi com grande pesar que Chip disse a Rachelle B. que seu coração pertencia a outra pessoa. No episódio seguinte, ele mencionou o nome de Jane no confessionário, mas nem assim Liz ou qualquer outro membro da família Bennet estava preparado para o momento em que a própria Jane apareceu na tela, na semana seguinte, no penúltimo episódio do reencontro.

Na banheira aquecida da casa de Malibu, as concorrentes estavam se recuperando de uma competição de obstáculos em que ficavam nuas, quando um telefone tocou nitidamente. Uma competidora chamada Lulu se levantou da banheira e correu para dentro da casa de biquíni molhado. Da mesa da sala de estar da casa, ela atendeu um telefone preto de discar que Liz tinha certeza de que era apenas cenográfico; ela estava quase certa de que, até aquele momento, não havia nenhum telefone em lugar nenhum da casa.

— Chip — gritou Lulu. — É para você!

Chip atendeu, e então a tela se dividiu ao meio e apareceu Jane. Ela estava deitada em uma cama que Liz reconheceu como sendo do quarto delas no Hermoso Desert Lodge.

— É a Jane — anunciou Jane. — Tenho novidades. Eu sei que a gente se separou, mas... — A câmera se afastava para mostrar sua barriga, que ela acariciou. — Estou grávida. — O queixo de Chip caiu de perplexidade, e o programa cortou para o comercial.

Claramente, Jane e Chip eram cúmplices de uma trapaça, embora Liz hesitasse em telefonar para Jane e perguntar, porque Adelaide Bennet Bingley, nascida três semanas antes com três quilos e trezentos gramas, ficava muito agitada no final da tarde, e eram pontualmente seis e meia da tarde em Los Angeles. Nas cenas adicionais, Jane e Chip declararam ao telefone seu duradouro afeto um pelo outro, e Chip saiu em uma longa caminhada pela praia, excursão marcada (a julgar pela expressão dele) por melancólica contemplação ou mera cólica de constipação. O celular de Liz não parava de vibrar com mensagens de texto de Lydia e Kitty, que estavam assistindo com a mãe no Grasmoor (PQP! vc sabia disso? A Jane nem estava lá no reencontro, certo?) No intervalo comercial, Liz não resistiu mais e escreveu a Jane: Vc sabia que vc está aparecendo no reencontro do bom partido neste exato momento?

No instante seguinte, o celular de Liz tocou.

— Os produtores queriam me apresentar durante o reencontro para que o público começasse a torcer para que o Chip e eu terminássemos juntos — explicou Jane. — Está parecendo convincente?

— Na verdade, está.

Ao fundo, Liz podia ouvir Adelaide berrar. Três dias depois do nascimento, Liz fora até Los Angeles conhecê-la; era um ser humano milagroso e minúsculo, por quem Liz sentiu devoção imediata e alívio por não ser filha dela. Ao telefone, Liz perguntou a Jane:

— Como vai a minha sobrinha?

— Ela não quer dormir sem ser no colo de alguém, e às vezes nem mesmo assim. — A voz de Jane ficou aguda e cantarolada; ela parecia felicíssima. — Tudo bem, Addie? — disse. — Tudo bem, minha bebê? Por que afinal fechar os olhos quando existe tanta coisa a aprender sobre o mundo?

— Pronto — Liz ouviu Chip falar. — Passe-a para mim. E diga a Liz que eu disse oi.

— Vocês estão assistindo? — perguntou Liz.

— Não estava nos nossos planos. — Jane deu risada. — Quero dizer, a gente já sabe o que acontece.

Capítulo 179

— Fred, venha cá depressa! — gritou a senhora Bennet quando viu a filha mais velha na televisão. — Santo Deus, Lydia, vá chamar o seu pai e diga para ele vir já.

— Papai! — berrou Lydia sem se levantar do sofá. — É uma emergência.

O senhor Bennet saiu de seu quarto parecendo despreocupado.

— Olha a Jane! — A senhora Bennet apontou para a tela. — Bem ali.

A senhora Bennet continuou exclamando durante o intervalo comercial e na volta do programa, momento em que Kitty disse:

— Mamãe, não dá para ouvir com a senhora falando.

— Eu jamais teria ido embora de Cincinnati se eu soubesse — Chip dizia a Jane ao telefone. — Jane, não sou do tipo que abandona a mãe do próprio filho. Sempre te amei, e sempre quis que desse certo entre nós.

— Oh! — A senhora Bennet até bateu palma. — Eles vão dizer que é dele! Eu sabia que eles fariam isso, eu sabia! Faz muito mais sentido assim!

— Mas é mentira — disse Kitty, e Lydia contrariou:

— Kitty, isso é um reality, e não jornalismo.

Nem Ham, nem Shane, nenhum dos dois foi com as irmãs ao Grasmoor; depois de se conhecerem na insólita Palm Springs, Shane passara a frequentar a academia de Ham e os dois iam comer churrasco coreano depois da aula que Ham dava quinta-feira à noite.

— Que engraçado — comentou a senhora Bennet—, o primeiro episódio do *Bom partido* que eu vejo é justo com a minha filha!

O senhor Bennet grunhiu.

— Já está mais do que na hora de parar com esse fingimento, Sally.

— Não sei o que você quer dizer.

— Mamãe, a senhora assiste com a gente toda semana — falou Kitty.

— Bem, eu só vi alguns pedaços aqui e ali, mas não o programa inteiro. — Kitty, Lydia e a senhora Bennet se entreolharam, e a senhora Bennet disse: — Eu nunca vi! Vocês me conhecem, eu fico mudando de canal o tempo inteiro.

Na verdade, como de costume, ela ficou sentada o episódio inteiro, que já durava mais de duas horas; folheou seus catálogos de utensílios para casa, mas só na hora dos comerciais.

— Eu nunca gostei muito de ver televisão — afirmou a senhora Bennet, e, se alguém acreditou ou não, ficou muito claro que ela acreditava no que dizia; ela falava com confiança e prazer. — Eu sempre preferi um bom livro, é mil vezes melhor.

Duas semanas mais tarde

Capítulo 180

— Eu tinha a impressão de que era um programa terrível — disse Darcy sete minutos depois de começar o *Bom partido: a trajetória de Chip e Jane até o altar*. — Mas é literalmente impossível de ver.

— Não literalmente. Os seus olhos não estão derretendo.

Eles estavam encaixados no sofá, com um cobertor por cima; era o início de abril e ainda estava frio em Cincinnati.

Com a ponta dos dedos, Darcy afastou a pele em volta dos próprios olhos.

— Você tem certeza?

— Eu vou lhe fazer uma proposta — disse Liz. — Se você prometer que assiste comigo nas próximas três noites, eu nunca mais obrigo você a assistir *Bom partido* pelo resto da sua vida.

Darcy sorriu.

— Você acha isso tentador? Eu não sou obrigado a assistir, na verdade.

— Você é um pouco obrigado, sim — falou Liz. — Porque você participou, e eu também, e nós somos o amor da vida um do outro.

Darcy se inclinou e a beijou.

— Nós somos o amor da vida um do outro — concordou ele. — Mas isso não tem nada a ver com o *Bom partido*.

O que Liz ainda não sabia, mas descobriria em breve, era que a humilhação de *Bom partido: a trajetória de Chip e Jane até o altar* se devia principalmente a ela. Ela, suas irmãs, e as irmãs de Chip apareceriam na tela com legendas, mostrando não apenas seus nomes, mas também – talvez no intuito de distinguir cada tipo de mulher – suas identidades, ou versões estereotipadas de suas identidades sem nenhum rigor de fato. Brooke Bingley foi "A mãe-dona-de-casa" – o que era bastante preciso –, mas Caroline Bingley foi "A romântica", Lydia Bennet foi "O espírito livre", Kitty foi "A empreendedora", Mary foi "A acadêmica", e Liz (ah, como isso doeu!) foi "A festeira". Pouco depois de um clipe em que Kitty declarou: "O que eu realmente quero da vida no longo prazo é abrir uma rede de salões que visem não só a beleza física, mas também o bem-estar interior", Liz apareceu dizendo: "Eu descreveria a mim mesma como uma pessoa concentrada, pé no chão" e em seguida uma montagem em que ela bebia vinho, virava doses de destilados e, a certa altura, não só segurava, mas também bebia duas taças de champanhe diferentes. O que efetivamente ocorreu na festa do casamento, mas apenas porque ela estava levando uma taça para a mãe e uma para si mesma, e a da mãe estava muito cheia, e Liz estava tentando evitar derramar.

Naturalmente, o confronto que ela tivera com Caroline apareceu na íntegra, contextualizado anteriormente por Caroline xingando Liz durante as entrevistas e descrevendo com surpreendente franqueza, se é que uma ilusão pode ser franca, sua crença de que ela mesma, Caroline, e Darcy foram feitos um para o outro. Uma equipe de filmagem, ainda que sem som e de uma distância de uns doze metros, captou o pedido de casamento que Liz fez a Darcy e o abraço subsequente; as cenas foram intercaladas por Caroline chorando furiosamente, como se tivesse visto aquilo pessoalmente, algo que Liz duvidava fortemente que tivesse acontecido. Mas talvez chorar diante das câmeras tenha sido o preço que Caroline pagou para se tornar a estrela da temporada seguinte do *Bom partido*; o anúncio de seu papel, refletindo sobre a primeira vez na história do programa em que uma dupla de irmão e irmã estrelariam duas temporadas seguidas, aconteceria na semana seguinte.

Liz supusera não ser interessante o suficiente para ter um papel de destaque no especial de casamento, uma vez que já estava chegando aos quarenta, não era transexual nem estava em uma relação inter-racial, e não usava biquíni. O fato de ela estar enganada teria sido lisonjeiro se não fosse tão constrangedor.

— Acho que não vou poder nunca mais sair desse apartamento — disse ela a Darcy. — Você não ficou arrasado porque todo mundo vai saber que você acabou com "A festeira"? — (Eles se casariam em agosto, na Igreja de Knox. Chegaram a pensar em fazer a cerimônia em Pemberley, antes que a propriedade passasse ao Patrimônio Histórico, mas Liz argumentara que sua mãe era quem mais se importava com essas coisas e, devido a uma confluência de circunstâncias antes inimaginável, Liz acabou se vendo na posição de ser a filha que realizaria todos os sonhos de casamento da senhora Bennet. Sendo assim, por que não?)

Darcy achou graça.

— Quem se importa com o que as pessoas vão pensar? — Ele beijou a testa de Liz e acrescentou: — Além do mais, quem não iria querer se casar com "A festeira"?

Capítulo 181

Mary acreditava firmemente que uma mulher capaz de satisfazer os próprios desejos – os quais, embora nem todas elas saibam, eram os mesmos de qualquer mulher em qualquer lugar – jamais precisaria se desgraçar em busca de um homem. Os vibradores de vinte e três centímetros de que Lydia se gabara pareceram chamativos demais, mas, depois de experimentar alguns ao longo dos anos, Mary acabara preferindo um fino e ergonômico com cinco modos de estimulação, que vibrava com um motor quase silencioso. Ela o usava toda noite antes de ir dormir, e às vezes também de manhã, depois de desligar o despertador, agora que era gerente de contas da Procter & Gamble.

Nos anos de faculdade, Mary frequentara a Macalester College, onde se envolvera, nesta ordem, com dois homens e uma mulher, e a lição coletiva que tirou disso era que não gostava muito de sexo e menos ainda de dividir a cama com alguém. Na época, antes de páginas e aplicativos de namoro se tornarem comuns, a intimidade física envolvia tanta lenga-lenga – era possível começar a jantar e conversar com uma pessoa durante semanas ou meses até que começassem as primeiras gratificações concretas e, mesmo assim, a satisfação não era garantida; era tudo incrivelmente ineficaz. Quanto a dormir com outra pessoa, os roncos e monopólios de cobertas, aquela conversa fiada ao dormir e ao acordar – sinceramente, por que se sujeitar a isso? Mary preferia se esticar sozinha no colchão, desligar ou ligar a luz quando bem entendesse.

Explicar sua opinião a suas irmãs ou a qualquer outra pessoa estava fora de questão. Todo mundo que ela conhecia se preocupava em arranjar namorado, para si mesmo ou para os outros, e Mary sabia que tentar convencê-las seria um exercício não só de futilidade, mas também de tédio. (E, por falar em exercícios, era outra coisa que Mary não fazia; nem dieta, nem depilava pernas ou axilas, nem tirava sobrancelhas, nem tampouco se maquiava. Ela tomava banho todos os dias, escovava os dentes e usava desodorante, uma rotina que julgava mais do que adequada como sua contribuição para a higiene geral da sociedade.)

Embora Mary soubesse que suas irmãs a achavam estranha, e a considerariam ainda mais se ela revelasse suas verdadeiras perspectivas, observava com desdém quase antropológico os elaborados rituais de condicionamento físico, suas loções com perfumes artificiais e as horas – ou melhor, os anos – que elas dedicavam a fazer com que determinado homem as visse de determinado modo. Elas lhe pareciam minibailarinas de plástico dentro de caixas de música, rodopiando em suas próprias órbitas de narcisismo.

Ela não detestava as irmãs, não as considerava más – certamente superficiais, mas não más – e, no entanto, se não fossem parentes, jamais passaria seu tempo na companhia delas. Por ela, é bem verdade, não passaria seu tempo na companhia de praticamente ninguém.

Mesmo os integrantes da liga de boliche, que era o mais próximo que Mary tinha de uma comunidade, não eram pessoas que ela via além das noites de terça. A equipe de Mary consistia de duas outras mulheres e dois homens, e a pessoa de idade mais próxima dela era dezoito anos mais velha. Uma de suas qualidades mais atraentes para Mary era o fato de não haver a menor chance de encontrar nenhum deles no Country Club de Cincinnati.

Na verdade, era mais o esporte que as pessoas o que atraía Mary a cada quinze dias ao Madison Bowl. Toda vez que ela entrava ali, sentindo aquele aroma de ginásio e batata frita, no estrondo ritmado de poliuretano pesado contra madeira, a excitação ativava suas glândulas salivares.

Se o primeiro episódio de *Bom partido: a trajetória de Chip e Jane até o altar* caísse em outra noite, com exceção de terça-feira, Mary talvez tivesse assistido ou talvez não; a decisão dependeria do que mais ela teria a fazer em relação aos prazos da P&G ou a suas leituras favoritas. De fato, o primeiro episódio foi ao ar numa terça, e Mary nem por um momento cogitou faltar no boliche. Assim, no exato momento em que sua imagem apareceu pela primeira vez nas telas de todo o país ("Mary Bennet: 'A acadêmica'"), ela estava esperando a sua vez na pista 10. Quando Felicia, uma professora de alunos especiais de cinquenta e sete anos da equipe de Mary, acabou de jogar, Mary caminhou até o lugar onde as bolas retornam, inseriu os dedos em sua bola (ela usava uma de seis quilos), tirou-a do lugar, concentradamente se aproximou da linha, enquanto estendia o braço direito atrás do corpo, olhando fixamente para os pinos, e lançou. A bola percorreu a pista de madeira lustrosa. Segundos antes de colidir com os pinos, Mary sabia que fizera um *strike*, e então aconteceu: todos os pinos caíram e, quando caíram, foi muito, mas muito satisfatório mesmo. Quando a máquina desceu novamente os pinos, Mary cerrou o punho direito, puxou o braço, e empurrou de volta, comemorando com um soco no ar sua vitória. Suas irmãs, ela pensou, podiam ter suas paixões e seus namoros, seu histrionismo e suas reconciliações. Para Mary, aquilo ali, sim, era o céu.

Agradecimentos

Tenho a incrível sorte de trabalhar de perto com um trio de mulheres fortes, inteligentes e divertidas: minha agente, Jennifer Rudolph Walsh; minha editora, Jennifer Hershey; e minha assessora de imprensa, Maria Braeckel.

Por advogarem a meu favor, e por serem pessoas com quem é sempre um prazer interagir, sou grata a muitas outras pessoas na WME, incluindo Cathryn Summerhayes, Raffaella DeAngelis, Tracy Fisher, Alicia Gordon, Erin Conroy, Suzanne Gluck, Eve Attermann, Eric Zohn, Maggie Shapiro, Katie Giarla e Elizabeth Goodstein.

Na Random House, foi para mim um enorme benefício contar com o apoio e o conhecimento de Gina Centrello, Avideh Bashirrad, Theresa Zoro, Sally Marvin, Leigh Marchant, Susan Kamil, Tom Perry, Sanyu Dillon, Caitlin McCaskey, Anastasia Whalen, Anne Speyer, Allyson Lord, Christine Mykityshyn, Janet Wygal, Bonnie Thompson, Alaina Waagner, Maggie Oberrender, Paolo Pepe, Robbin Schiff e Liz Eno.

No Reino Unido, devo agradecer a Louisa Joyner e Katie Espiner, que me procuraram com a ideia deste livro, assim como a Kate Elton, Jaime Frost, Suzie Dooré, Cassie Brown e Charlotte Cray, da Borough Press, que me acompanharam até o fim. Agradeço às minhas amigas da Transworld, entre elas Marianne Velmans e Patsy Irwin, que permitiram uma excursão profissional.

Meus generosos primeiros leitores incluem Emily Miller, Susanna Daniel, Samuel Park, Jynne Dilling Martin, Sheena Cook, Eric Bennett, Rory Evans, Anne Morriss, Susan Marrs, Tiernan Sittenfeld, Jo Sittenfeld e, por seu papel de especialista em tudo relativo a Cincinatti, P. G. Sittenfeld. Meus pais, Paul e Betsy Sittenfeld, não devem (por tudo que é mais sagrado) ser confundidos com Fred e Sally Bennet, embora eu tenha quase certeza de que eles se conheceram durante um coquetel. Meu marido, Matt, e nossas crianças são as minhas pessoas do Meio-Oeste favoritas.

Desfrutei de divertidas conversas e saborosos aperitivos com as pessoas do meu clube de fãs de Austen: Hillary Sale, Maggie Penn, Becky Patel, Stephanie Park Zwicker, Jane Price, Susan Appleton, Susan Stiritz e Kristin Maher.

Sinto um grande carinho pelas pessoas que sabem mais sobre certos assuntos do que eu, que me deixaram recorrer a seus cérebros, muitas vezes em detalhes minuciosos: Ben Hatta, Jute Ramsay, Elizabeth

Randolph, Liz Rohrbaugh, Mariagiovanna Baccara, Bruce Hall, Wyman Morriss, Cynthia Wichelman, Craig Zaidman, Stephanie Park Zwicker (outra vez!), Maurizio Corbetta, John Stewart, Jarek Steele, Kris Kleindienst e Tricia Sanders.

Em termos de pesquisa, quero também agradecer pelo uso que fiz da página eletrônica Filoli, em Woodside, Califórnia, e de um artigo publicado em outubro de 2014 no St. Louis Post-Dispatch, sobre aranhas, de Susan Weich. *Transgender 101: a simple guide to a complex issue* [*Transgênero para iniciantes: um guia simples para uma questão complexa*] é na verdade um livro real de Nicholas M. Teich.

Finalmente, espero que esteja implícito, mas vou dizer mesmo assim: sou muito grata a Jane Austen, cujos livros sempre deram tanto prazer a tantos leitores, incluindo a mim mesma.

Acreditamos
nos livros

Este livro foi composto em Garamond
Pro e impresso pela RRD para a Editora
Planeta do Brasil em fevereiro de 2019.